N&K

Daniel Griffin

# RETTUNG

Roman

Aus dem Englischen von
Matthias Strobel

Nagel & Kimche

Für meine Eltern,
Sharon Thompson und Malcolm Griffin,
in Dankbarkeit für ihr
unerschütterliches Vertrauen, ihre Liebe
und ihre Unterstützung.

Der Verlag dankt dem

Canada Council for the Arts / Conseil des arts du Canada

für die freundliche Unterstützung

Titel der Originalausgabe: *Two Roads Home*
Freehand Books, Calgary, Kanada


1. Auflage 2018


Satz: Eva Kaltenbrunner-Dorfinger, Wien
Druck und Bindung: CPI books GmbH, Leck
Umschlag und Bildcollage:
Hauptmann & Kompanie, Zürich

ISBN 978-3-312-01088-2
Printed in Germany

FSC www.fsc.org
MIX
Papier aus verantwortungsvollen Quellen
FSC® C083411

Da ist ein Riss in allem,
so kann das Licht einfallen.

LEONARD COHEN

# APRIL 1993
# VANCOUVER ISLAND

# PROLOG

An einem Sonntagmorgen im April parkten die fünf – vier Männer und eine Frau – ihren Van in einer Nothaltebucht unterhalb von Bedwell Pass. Sie folgten einer Schneise in den Wald hinein und gelangten hinter einer scharfen Kurve zu einer Lichtung, auf der sich hie und da zwischen Stümpfen Abraum stapelte. Der Hang stieg an, und der Forstweg führte in einen Gürtel aus Zedern und Tannen und endete abrupt an einem aufgeschütteten Erdhügel, davor eine Planierraupe, ein Tieflöffelbagger und ein Kipplaster.

Die fünf kletterten darüber hinweg, drangen ins Unterholz, kein Pfad. Durch den Regen der letzten Nacht stieg von der feuchten Erde ein kräftiger Duft auf, Farne und Salal, der Wirrwarr des Waldbodens ein glitzerndes Grün. Bäume stemmten sich in die Hänge hinein, die Stämme in Flechten und Moos gekleidet, die Wurzeln verknotet. Wo es flacher wurde, standen Tannen so breit wie ein Kleinwagen.

Auf der Passhöhe schlugen die fünf ihr Lager auf: zwei helle Igluzelte unter dem Astgewölbe zweier Douglastannen. Vogelrufe hallten durch die Luft, Lerchen, Drosseln, Waldsänger. Wipfel rauschten im Wind, das alte Holz knackte. Sonntagnachmittag, ein engelhafter Friede.

Pete Osborne kletterte einen dünnen Baum hinauf und befestigte in gut sechs Metern Höhe ein Ankerseil, wiederholte das Manöver mit einem zweiten Seil an einem weiteren, rund zehn Meter entfernten Baum, dann spannte er eine Hängematte dazwischen, zog sie hoch genug, damit man nicht so leicht an sie herankam. In derselben Manier brachte er noch eine zweite Hängematte an, kletterte hinein und stieß einen jodelnden

Schrei aus. Ein Stück weiter den Grat entlang knüpfte Art Kosky ein Bettlaken hoch zwischen zwei Zedern, darauf gemalt die Worte: «Die Straße endet hier», ein kräftiges Schwarz inmitten des ungebärdigen Grüns.

Es war bereits später Nachmittag, doch das Licht reichte noch aus, also rief Pete die anderen zu sich, postierte sie vor das Banner und stellte die Kamera auf einen Felsen. Nachdem er den Timer eingestellt hatte, rannte er zu der Gruppe, schob das rote Halstuch über die Stirn und lächelte, als der Auslöser klickte: die fünf, eng zusammengedrängt, oben auf dem Bedwell Pass – Pete Osborne, Art Kosky, Fay Anderson, Jeremy Dunn und Derek Newfeld.

Am Abend sammelte Pete Holz, suchte den Grat nach allem ab, was trocken genug war, dann machten sie vor dem größeren der beiden Zelte ein Lagerfeuer. Sie aßen Baked Beans, Brot und Käse. Bevor es dunkel wurde, verstaute Fay die Reste in dem einzigen Rucksack, fädelte ein Seil durch die Riemen und hängte ihn hoch oben auf, damit die Bären nicht herankamen. Auf dem Weg zum Zelt, das sie mit Art teilte, drehte sie eine kleine Pirouette. Die anderen hatten sich abgewandt, so dass nur Pete es sah: eine einzige Umdrehung auf dem Waldboden, bei der ihre zum Bob geschnittenen Haare aufflogen.

Am Montag drang in aller Frühe der Lärm von Kettensägen aus dem Tal herauf. Die fünf frühstückten gerade und blickten hinunter in den Wald, lauschten dem schrillen Kreischen der Zweitaktmotoren, das alle paar Minuten vom Krachen eines umstürzenden Baums unterbrochen wurde. Die Schaufel des Tieflöffelbaggers schlug scheppernd gegen das Grundgestein, die Straßenbaukolonne bei der Arbeit. Später erschütterte eine Sprengung den Hang und löste Regentropfen von den Zweigen über ihnen.

Gegen Mittag kam ein Mann der Straßenbaufirma herauf. Er trug einen Schutzhelm und eine gelbe Warnweste. Er fragte, was sie wollten. Art stellte sich vor ihn hin und deutete auf das Banner. Ein leichter Wind blähte das Laken. Der Mann fragte, wie lange sie zu bleiben gedächten. Keiner antwortete. Art verschränkte die Arme. Er starrte ihn fest an, mit glühendem Blick, den Mund zusammengekniffen. Die fünf hatten vereinbart: kein Wort, keine Verhandlungen. Irgendwann machte der Mann kehrt und stieg den Hang wieder hinunter.

Am Morgen des dritten Tages erwachten sie bei Regen. Tiefe Wolken umschlossen die Welt, und das stetige Prasseln des Regens dämpfte das Kreischen der Kettensägen im Tal. Die fünf harrten in ihren Zelten aus. Am Abend klarte es auf, und Pete schulterte seine Kamera und machte sich auf den Weg den Grat entlang. Die Luft war kühl und klamm, der Mond stand hoch am Himmel, eine schmale Sichel. Pete richtete die Kamera auf einem Ast aus, stellte die Belichtung auf zwei Sekunden und hielt still.

Am Morgen des vierten Tages tauchten drei Studenten auf, eine Frau in einem hellgelben Parka, bei ihr zwei Männer; einer hatte einen kahlrasierten Schädel, und als er seine Wollmütze abnahm, kamen feine dunkle Stoppeln zum Vorschein. Sie hatten im Campusradio ein Interview gehört, in dem Fay und Art von ihrem Plan erzählt und dazu aufgefordert hatten, sich ihnen anzuschließen. Sie waren auf der Insel nach Norden getrampt und hatten sich durchgefragt. Niemand, mit dem sie sprachen, hatte ihnen weiterhelfen können. Übernachtet hatten sie in einem Kahlschlaggebiet zwei Meilen nördlich. Am Morgen waren sie den Geräuschen der Straßenbaukolonne gefolgt, dem Knallen des Dynamits.

Die Studenten errichteten zwei Zweimannzelte. Jetzt waren sie zu acht. So wurden Proteste größer, so erreichten Bewegungen eine Kraft, die man nicht mehr ignorieren konnte. Die drei neuen Gesichter hatten den fünf Auftrieb verschafft.

Als am fünften Tag gegen Abend der Mann mit der sanften Stimme und der gelben Warnweste erneut zum Grat heraufstieg, sah er sich mit acht schweigenden Menschen konfrontiert. Er hielt ein Blatt Papier in die Höhe, las die richterliche Anordnung vor und sagte, die Polizei sei unterwegs, um sie zu verhaften und wegzuschaffen. Der Bautrupp war näher herangerückt. Durch die niedrigen Äste war das rostig gelbe Führerhäuschen des Baggers zu erkennen, dahinter ein Kipplaster.

Die acht entzündeten mit dem Holz, das sie im Trockenen aufbewahrt hatten, ein Lagerfeuer. Jeremy zerbröselte eine Zigarette, formte den Tabak zu einem kleinen Knäuel und verbrannte ihn, als Opfer an die Bäume.

Am nächsten Morgen verstummten die Kettensägen und der Bagger, und in die Stille hinein erhob sich der Gesang einer Lerche. Wind wehte den Kamm entlang, tippte die Spitzen der uralten Bäume an und trug Stimmen aus dem Tal herauf, dann das Geräusch von Menschen, die durchs Unterholz stapften: Füße auf totem Geäst und zersplittertem Holz.

Pete lag seit Tagesanbruch in der einen Hängematte, Jeremy in der anderen. Jeremy hatte sich rasiert. Mit geradem Rücken saß er da, bereit, Herr seiner selbst. Er war der Erste, der die uniformierten Gestalten erspähte. Er rief den anderen zu, dass sie im Anmarsch waren, mit energischer Stimme, gebieterisch. Pete hob die Kamera, blickte durch den Sucher. Der vorderste Mann keuchte schwer. Hinter ihm schleppte ein zweiter Polizist eine Trittleiter durchs Gehölz. Der Auslöser klickte. Pete transportierte den Film weiter, sah erneut durch den Sucher.

Fay zog den Reißverschluss des Igluzelts hoch und trat auf das Totholz hinter dem blauen Nylon. Als sich der erste Polizist der Passhöhe näherte, sah sie zu Pete und Jeremy. Wieder klickte der Verschluss. «Wir gehen hier nicht weg», rief Fay, und Pete machte ein weiteres Foto, Fay im Profil, nach vorne gelehnt, das Kinn gereckt, herausfordernd, ihre schwarzen Haare gerade lang genug, um sie hinter die Ohren klemmen zu können. Er fotografierte auch einen der Studenten. Die drei hatten beschlossen, sich nicht verhaften zu lassen, und traten einer nach dem anderen beiseite, als der Polizist mit den Streifen am Arm ein Megaphon hob und die Anordnung vorlas.

«Sie müssen uns schon hier wegschleifen», rief Art, doch der Beamte mit dem Megaphon las einfach weiter.

Fay legte sich auf den Boden und machte ihren Körper schlaff, als die Polizisten heranschwärmten. Zwei Beamte packten Derek und hoben ihn hoch. Die Kamera klickte erneut, fing Derek ein, sein kantiges, knochiges Gesicht mit der Drahtgestellbrille, die ihm auf die Nasenspitze gerutscht war.

Die Studenten hatten Art geholfen, eine Kette um sich zu wickeln. Sie hatten ihn an einen Baum gebunden, doch die Polizei hatte Bolzenschneider dabei. Sie waren gut vorbereitet. Pete betrachtete Art durch den Sucher, angespannter Kiefer, rotes Gesicht, an der Kette zerrend, während ein Beamter den Bolzenschneider ansetzte und mit einem Schnappgeräusch ein Kettenglied durchtrennte.

Der Polizist mit den Streifen auf dem Arm näherte sich Fay. Sie blieb reglos liegen. Sie würde nicht von selbst gehen. Ja, nicht einmal aufstehen. Ein Mann bückte sich und ergriff ihre Beine. Ein anderer packte sie an den Armen. Pete lehnte sich über den Rand der Hängematte und schoss ein Foto ihres zwischen den beiden Männern eingeklemmten Körpers.

Die oberste Sprosse einer Leiter schlug gegen die Zeder direkt neben Pete, und aus dem Strauchwerk kletterte ein Polizist hervor. Sein Gesicht kam auf gleiche Höhe, tiefliegende Augen, rote Wangen, münzgroßes Muttermal auf dem Nacken. «Kann ich erst noch meine Kamera einpacken?», fragte Pete. «Nur damit nichts kaputtgeht.»

Art war der Letzte, der den Hang hinuntergetragen wurde, nachdem die um seinen Oberkörper gewickelte Kette durchtrennt worden war. Drei Beamte schleppten ihn den Pfad entlang, den viele Füße matschig getreten hatten. Auf halber Strecke rutschte der Mann, der Arts linkes Bein hielt, aus, und Art knallte mit dem Rücken auf Felsengestein.

Am Kopf des neuen Forstwegs stand ein Mann mit einer Fernsehkamera auf einem kleinen Erdhügel. Art hob den Kopf und blickte direkt in die Linse. Ein paar Bauarbeiter standen herum und sahen zu. Einige klatschten Beifall. Ein Stück den Forstweg runter hielt ein Bulle Jeremy am Arm gepackt, und ein Reporter ging mit gezücktem Diktiergerät neben ihnen her. Jeremy redete im Gehen, mit angelegten Handschellen, ohne zu gestikulieren, ohne dem, was er sagte, Lebendigkeit verleihen zu können. Trotzdem neigte er sich dem Reporter zu, hielt seinen baumlangen Körper schräg.

All dies geschah Anfang Frühjahr, bevor die Proteste weiter nördlich, am Clayoquot Sound, wirklich heftig wurden, bevor der RCMP die Kontrolle entglitt. An jenem Tag ließen die Polizisten sich Zeit, nahmen die fünf vierundzwanzig Stunden lang in Gewahrsam, setzten sie dann gegen eine Kaution auf freien Fuß.

Jeremy marschierte die gut sechs Kilometer zurück, um den Van zu holen, der unterhalb der Schneise geparkt war. Vierundzwanzig Stunden war es erst her, dass sie sich dem Bautrupp in den Weg gestellt hatten, und nun hatte der Löffelbagger sich bereits in den Wald hineingeschaufelt. Zwei der Seile, an denen die Hängematten befestigt gewesen waren, hingen immer noch sichtbar in sechs Metern Höhe.

Der Van stand am Ende eines Forstwegs. Jemand hatte *Hippies, verpisst euch* auf die Rückseite gesprayt. Nach einigen weiteren Schritten bemerkte Jeremy, dass die Scheiben fehlten. Würfelförmige Glassplitter lagen überall auf dem Boden verstreut. Als er um den Wagen herum zur Fahrertür ging, trat er auf eine Patronenhülse. Neben dem Van lagen, zu einem wilden Haufen gestapelt, die Zelte, Schlafsäcke und Hängematten. Das mussten die Studenten gewesen sein, sie mussten ihre Sachen hergebracht haben. Jeremy zog den Schlüssel aus der Hosentasche und zupfte, so gut er konnte, die Glasscherben vom Fahrersitz. Der Motor sprang problemlos an. Jeremy stocherte in der Gangschaltung herum, fand den Rückwärtsgang und wendete.

Auf dem Weg nach unten war eine Sprengung zu hören, ein polternder Knall, der dumpf durchs Tal hallte.

Noch am selben Tag machten sich die fünf auf den Heimweg, erst nach Osten, über den Rücken der Insel hinweg, dann nach Süden. Sie hielten an einer Tankstelle außerhalb von Ladysmith, und Fay kaufte eine Nachmittagszeitung. Sie bat alle um Aufmerksamkeit, als sie zum Van zurückkehrte und die Zeitung vor sich hochhielt. Die Titelseite zeigte zwei Männer im Anzug. Jeremy musste die Augen zusammenkneifen, um aus dieser Entfernung die Schlagzeile lesen zu können: «Ausschuss: vierundsiebzig Prozent des Primärwalds freigegeben.»

Die Zeit dehnte sich, elastisch, glitschig, bis Pete schließlich sagte: «Diese Arschlöcher.»

# JULI 1993

# 1

Auf dem Unterdeck der Fähre roch es nach Diesel und Salz. Regen war durch die ovalen Fenster hereingespritzt und hatte Pfützen um die Reifen der Sattelschlepper und Lieferwagen gebildet. Als Pete Osborne sich zur Schiffswand durchschlängelte, kam er an einem kleinen Wohnmobil und an einem Auto mit U-Haul-Anhänger vorbei. Die Luft war kühl hier, wo die Fenster einen Blick über die Meerenge hinweg auf flache Inseln boten. Er zog den Reißverschluss seiner Jacke hoch und steckte die Hände in die Hosentaschen.

Sie hatten den Kombi in der Mitte des Schiffs geparkt, nah an der Reling. Fay Anderson saß mit gesenktem Kopf auf dem Beifahrersitz, die hohlen Hände auf dem Schoß.

Pete beobachtete sie, als er um den Wagen herum zur Fahrerseite ging. Sie hatte ihre Strickmütze bis über die Augenbrauen gezogen. Da sie den Kopf gesenkt hatte, war ihr Gesichtsausdruck kaum zu erkennen. Sie schien sich auf das zu konzentrieren, was sie da in den Händen hielt. Als er die Tür öffnete und sich in den Schalensitz zwängte, sah sie zu ihm herüber. Ihre Hände waren leer.

«Wieso gehst du nicht rauf an Deck und schnappst ein bisschen frische Luft?», sagte er. «Und trinkst einen Kaffee.»

«Nein, nicht noch mehr Kaffee, sonst werde ich noch ganz zappelig.»

«Ein bisschen die Beine zu vertreten würde dir guttun. Und etwas frische Luft auch. Ich passe so lange auf die Sachen auf.»

«Wir sind fast da. Lohnt sich nicht mehr.»

Pete hielt das Lenkrad fest umklammert. Trotz seiner Runde auf dem Passagierdeck war er noch immer nervös. Er bog seine

Hände, drehte sie ein und aus. Es roch leicht nach Pech. Pete hatte es sofort bemerkt, nachdem er die Autotür zugezogen hatte, ein dünner Hauch, der ihm in der Kehle steckenblieb. Er drehte sich um und sah nach hinten. Eine Karodecke, ausgebreitet über Kisten.

«Riecht irgendwie nach Teer, oder?»

Er kurbelte das Fester auf, aber Fay legte ihre Hand auf seinen Arm. «Besser, der Geruch bleibt hier drin.» Ihre Finger lagen oberhalb seines Handgelenks, doch als er das Fenster wieder hochkurbelte, durchflutete ihre Wärme seinen ganzen Arm.

Sie waren in einen engen Kanal hineingefahren, und durch ein Fenster kam die schroffe, graue Felswand einer Insel in Sicht. Am Rand des Kliffs wuchs ein kleiner Baum. Sein Stamm war krumm, das Laubwerk dürr. Die Insel wirkte erstaunlich nah, als könnte man den Arm durchs Fenster strecken und die Felswand berühren. Das Schiffshorn tutete tief und lang.

«Tut gut, wieder auf der Insel zu sein», sagte Pete. «Diesen Teil erledigt zu haben.»

«Das Ende des Anfangs.»

Pete versuchte zu lächeln, doch es fühlte sich gezwungen an, sein Gesicht angespannt. Er zwickte sich am Nasenrücken und drückte die Augen zu. Er wollte etwas Witziges sagen, sie zum Lachen bringen, seine Nervosität abschütteln und zu der heiteren Stimmung zurückfinden, die sie bei ihrem Trip gestern Abend beflügelt hatte.

Die Passagiere hatten begonnen, zu den Fahrzeugdecks hinunterzusteigen. Das Neonlicht des Laderaums zuckte grell, irgendwo in der Nähe lief ein Radio, zwei Autotüren wurden geöffnet und geschlossen. Ein Lastwagenmotor heulte auf und verstummte wieder.

Zwei Fahrzeuge vor ihnen versuchte ein kleines Mädchen, einen Hund in einen Caravan zu zerren, doch der Hund sträubte sich, verlagerte sein Gewicht auf die Hinterbacken und setzte sich. Es war ein Collie, schwarz, mit einem weißen Streifen auf dem Vorderkopf. Das Mädchen zog, und das Band dehnte den Hals des Hundes.

«Ich hatte auch mal so einen», sagte Fay. «Er hieß Max. Als ich acht war oder so, ließ mein Vater ihn im Wald von der Leine, und Max jagte nach irgendwas im Unterholz. Wir haben ihn nie wiedergefunden und irgendwann einen neuen gekauft, Max zwei, auch ein Collie. Es war aber nicht das Gleiche. Max zwei war faul und wurde fett.»

«Der Hund erinnert mich daran, dass die Russen mal versucht haben, Füchse zu domestizieren», sagte Pete. «Es hat Jahre gedauert, vielleicht dreißig Generationen, und irgendwann wurden die Ohren der Füchse tatsächlich weich, ihr Fell gescheckt, der Schwanz zeigte nach oben statt nach unten, und sie bekamen vorne auf dem Kopf einen weißen Fleck, genau wie bei dem da.»

«Wie haben sie das gemacht?»

«Nicht auf die nette Art oder durch Umerziehung oder so, sie haben schlicht die Tiere erschossen, die nervös wurden, wenn jemand ihnen zu nahe kam. Erschieße Generation für Generation alle, die bellen oder jaulen, dann machst du in dreißig Jahren aus Füchsen Hunde.»

Die Rampe schepperte, als sie von der Fähre hinunter in das Licht eines grauen Nachmittags hinausfuhren. Der Wind verfing sich in den Türschlitzen und machte ein pfeifendes Geräusch, als sie beschleunigten.

Es dauerte über eine Stunde, bis Pete und Fay wieder offenes Wasser erreichten. Die Straße durchstieß den Wald, und vor ihnen öffnete sich der Blick auf eine weite, wie von einem Löffel ausgeschälte Bucht von tiefem Blau. Knapp einen Kilometer weiter wies Fay ihn an, landeinwärts abzubiegen. Sie schien den Weg genau zu kennen. Irgendwann zeigte sie nach vorn, lotste

Pete auf eine Forststraße. «Das ist die Thurlow Road. Der Name steht nirgends, aber das ist sie.»

Bald nachdem sie abgebogen waren, hatte das Radio die ersten Aussetzer. Irgendwann schaltete Fay es aus, und kurz darauf entdeckten sie den gelben Pinto in einer Pannenbucht, direkt am Waldrand. Pete fuhr langsamer, glitt dahinter. Beide Türen des Pinto schwangen gleichzeitig auf. Aus dem Beifahrersitz stieg Derek Newfeld, seine schwarzen Haare verstrubbelt, widerspenstig, Drahtgestellbrille hoch auf der Nase. Aus dem Fahrersitz stieg Art Kosky, der Reißverschluss seiner Lederjacke geöffnet, die Arme zum Willkommen ausgebreitet.

Die ganze Fahrt die Thurlow Road entlang hatte Pete diesen letzten Moment, in dem er mit Fay allein war, nutzen wollen, um ihr etwas zu sagen, doch sie hatte die Beifahrertür schnell geöffnet. Pete entriegelte die Fahrertür. Es war kühl und feucht draußen, er spürte es in seiner Brust, als wäre die Luft schwerer als sonst.

Auf der anderen Seite des Kombis schlang Art einen Arm um Fay, zog sie zu sich heran und küsste sie. Pete sah hin, ohne hinsehen zu wollen, konnte seinen Blick nicht abwenden, bis sie sich wieder voneinander gelöst hatten.

«Wir dachten schon, ihr hättet euch verfahren», sagte Art, «und haben uns allmählich Sorgen gemacht.»

«Ist halt eine langsame Karre», erklärte Fay.

«Habt ihr alles?»

Pete ging nach hinten, öffnete die Heckklappe des Kombis und hob die Karodecke an. «Neunzig Kilo.»

Alle drängten sich zusammen, staunten gemeinsam. Derek stieß einen langen Pfiff aus, als er langsam den Deckel einer Kiste lüpfte.

«Wir haben uns alles gekrallt, was da war», sagte Fay.

«Das ist sehr gut. Und es reicht. Locker. Geteilt durch drei:

Esterway Ridge, List Cove, Dutton. Jeweils dreißig Kilo.» Art schlug mit der Hand auf die Heckscheibe. «Derek, du stehst an dem einen Ende der Straße Schmiere. Und du, Fay, an dem anderen. Pete und ich verstecken den Rest. Acht Kisten. Das schaffen wir in zwei Gängen, höchstens drei.»

Fay trat einige Schritte zurück. Sie verschränkte die Arme und zog ihre Strickmütze tiefer. Pete sah ihr nach, als sie davonging, dem lässigen Rhythmus ihres Gangs. Oben fuhr der Wind in die Bäume und rüttelte an den Ästen. Art legte einen Arm um Petes Schulter. «Zieh mal deine Mundwinkel nach oben.»

«Ich?», fragte Pete.

«Läuft doch alles nach Plan. Du brauchst dir keine Sorgen zu machen.»

«Sehe ich so aus?»

Art zog Pete näher zu sich heran, nahm ihn in den Schwitzkasten. Pete hustete, sein Atem stockte, bis Art ihn wieder losließ.

«Mensch, Art.» Pete massierte sich den Nacken, den Adamsapfel.

«Und du guck nicht so wie ein trauriger Dackel.»

Art hob die erste Kiste aus dem Wagen. Er reichte sie an Pete weiter, setzte noch eine drauf.

«Seid ihr gut klargekommen, du und Fay?»

«Sicher, wir kommen super miteinander klar.»

«Nein, ich meine, gab's irgendwelche Probleme? Hat euch jemand gesehen?»

«Nein. Am Tor mussten wir die Kette knacken. Das Magazin selbst hatte nur ein Vorhängeschloss.»

«Und euch hat wirklich keiner gesehen?»

«Nein, kein Mensch.»

Der Pfad führte durch ein Tannenwäldchen und stieg dann sanft an, vorbei an mit Moos und Farnen überwucherten Felsen.

Art ging voran. Der Boden war verharscht. Fußabdrücke im trockenen Schlamm. Ein Vogel schreckte auf und flatterte hoch, als sie vorbeikamen.

Zwei Kehren weiter dünnte der Wald aus, kurz eröffnete sich ein Blick auf das Flusstal. Nach weiteren hundert Metern verließ Art endgültig den Pfad und watete durch ein Beet aus Schwertfarn. Pete folgte ihm, und als es flacher wurde, entdeckte er die Öffnung: eine lose Felsenformation, ein dunkler Spalt zwischen den Steinen.

Art musste sich bücken. Er hievte die ersten beiden Kisten hinein, verschwand vollständig im Dunkeln. Kurz darauf lehnte er sich wieder heraus, und Pete reichte ihm die nächsten beiden Kisten. Er schüttelte seine schmerzenden Hände aus, bog seine Finger. «Wie hast du dieses Versteck gefunden?»

«Hab mal einem Kumpel geholfen, Bewässerungsequipment für Marihuana-Anbau hier raufzuschleppen.»

«Meinst du, es ist trocken genug?»

Art trat wieder ins Licht, richtete sich zu seiner vollen Größe auf und fischte eine Schachtel Zigaretten aus seiner Jackentasche. «Wir haben eine Plane. Die könnten wir bei der nächsten Runde mitnehmen.»

Wieder unten an der Straße, öffnete Pete die Heckklappe des Kombis und holte die nächsten beiden Kisten heraus, als Fays Stimme die Luft durchschnitt. «Achtung, Auto.»

Nördlich von ihnen ertönte ein Motorengeräusch, Reifen auf Schotter. Pete stellte die beiden Kisten zurück in den Kofferraum und schlug die Heckklappe zu. Ein Lastwagen bog um die Kurve. Art duckte sich rechtzeitig, doch für Pete war es zu spät. Der Fahrer hob zwei Finger an, ein träges Winken, der Rest der Hand am Lenkrad. Er trug einen Bart, Brille, sein Beifahrer eine Baseballkappe. Der Lastwagen war da und gleich wieder weg, verschwunden hinter der nächsten Kurve. Pete atmete langsam aus.

«Warnen geht eigentlich anders.» Art stand schon wieder, klopfte sich den Staub ab. «Der Witz beim Schmierestehen besteht darin, dass man den anderen Zeit verschafft.»

«Sollen wir das ganze Zeug jetzt lieber woandershin bringen?»

«Noch drei Aktionen, und die Sache ist durch. In sechs Wochen, höchstens acht.»

«Der Typ hat mich voll gesehen.»

«Du hättest dich ducken sollen.»

«Ich habe gerade die Heckklappe zugemacht. Hättest du es besser gefunden, wenn er da reingeguckt hätte?»

Pete öffnete den Kofferraum wieder. Die Kisten fühlten sich diesmal schwerer an, der Weg wirkte länger. Auf halber Strecke klemmte Pete die Kisten zwischen sein Knie und einen Baumstamm und ruhte sich aus, schüttelte Hände und Arme. Unten schnitt die Straße einen blassen Streifen in den Hang.

Als die acht Kisten verstaut und mit Plastikplane umwickelt waren, kehrten Art und Pete zum staubigen Seitenstreifen an der Thurlow Road zurück. Pete lehnte sich an die Motorhaube des Kombis. Art steckte seine Finger in den Mund und pfiff scharf.

Fay kam um die Ecke gebogen, den Kopf zurückgelehnt, die Hände in den Jackentaschen. «Findet ihr diese kleine Höhle okay?»

«Du hättest uns ruhig ein bisschen früher warnen können, Fay.»

«Ich habe sofort gerufen, als ich den Lastwagen gehört habe.»

«Als du gerufen hast, konnte auch ich ihn hören, und ich stand wesentlich weiter weg.»

Sie hielt an, zehn Meter entfernt, mitten auf der Schotterpiste. «Ich habe sofort gerufen, als ich ihn gehört habe, Art.»

«Dann hättest du dich weiter die Straße rauf postieren müssen.»

«Sie hat gerufen», sagte Pete. «Wir haben sie gehört. Ich habe sie gehört.»

«Ich auch.» Derek stand jetzt hinter ihnen, den Autoschlüssel in der Hand. «Wollen wir los?»

«Ich will damit nur sagen, dass man Schmierestehen ernst nehmen muss. Fay hat das nicht getan, und das Ergebnis kennen wir.»

Fay ging vorbei an Pete, vorbei an dem Pinto und öffnete die Beifahrertür des Kombis. «Du hattest mehrere Sekunden Zeit, wenn du dich nicht rechtzeitig weggeduckt hast, bist du selber schuld.»

«Ich habe mich rechtzeitig weggeduckt. Pete war der Einzige, der noch stand.»

In solchen Momenten, wenn Spannungen die Gruppe im Griff hatten, vermisste Pete Jeremy am meisten, seine besonnene, beruhigende Art.

Fay zog die Beifahrertür zu, und Pete hob die Hände. «Wir haben jetzt keine Zeit für so einen Streit.»

Art bückte sich und spähte durch die Windschutzscheibe des Kombis. «So wie's aussieht, fährt sie bei dir mit, Pete.»

Derek schloss den Pinto auf und öffnete mit einem leisen Knarren die Fahrertür. «Weißt du, wie man zum Steinbruch kommt, oder fährst du uns nach?»

«Fay kennt den Weg», erwiderte Art. «Ihr beide wartet lieber noch ein bisschen, bringt etwas Abstand zwischen den gestohlenen Wagen und dem mit dem Dynamit.»

Pete legte seine Hand an den Griff und spähte hinein zu Fay, beobachtete sie durch die Scheibe, während hinter ihm der Motor des Pinto ansprang.

# 2

Pete setzte sich hinters Steuer. Fay hatte ihre Strickmütze auf den Schoß gelegt. Ihre Haare darunter waren wild und zerzaust, über der Stirn stand eine verfilzte Strähne ab.

«Art meint, wir sollen es langsam angehen», erklärte Pete. «Abstand lassen zwischen den Fahrzeugen.»

Der Pinto rollte leise knirschend über den Schotter. Pete sah dem Auto nach, das sich auf der Thurlow Road entfernte. «Art ist ziemlich ätzend», sagte Pete.

«Ich will nicht über Art reden.»

«Über irgendwas muss ich reden. Ich muss mich ablenken.» Er hob seine Hand. Seine Finger zitterten, die ganze Hand. «Ich spüre schon seit heute Morgen so eine schleichende Angst, und jetzt ist es noch schlimmer geworden.»

«Angst wovor?»

«Vor dem, was passieren könnte. Davor, dass es ein Fehler sein könnte.»

«Das nennt man Nervosität. Dagegen ist niemand gefeit.»

«Es ist mehr als nur Nervosität. Ich bin am Ende meiner Kräfte», erklärte er. «Kurz vor einer Panikattacke. Ich muss …»

«Fühl mal, wie kalt meine Finger sind.» Sie ergriff seine Hand und drückte sie. «Mein ganzer Körper ist ein einziger Eiszapfen.»

«Sind wir dabei, einen Fehler zu machen, Fay?»

«Es wird alles glattgehen. Alles okidoki. Genau wie in Tammery Mill. Genau wie in Westlake.»

«Das hier ist was anderes als Tammery Mill oder Westlake. Was ganz anderes. Das ist …»

«Ich bin auch nervös, okay? Sieh mich an. Ich bin angespannt. Ich bin total …» Sie hielt inne, und er wandte sich ihr zu.

«Du siehst gut aus», sagte Pete. «Ich meine, spitzenmäßig.»

«Art ist wirklich ätzend gerade.»

«Ich war auch schon in Tammery Mill und Westlake nervös, aber das hier ist schlimmer.»

«Und es wird sogar noch schlimmer, bis es dann vorbei ist und es dir wieder bessergeht. Okidoki.»

«Meine Mutter hat auch immer okidoki gesagt. Das hieß dann Schlafanzug anziehen und ab ins Bett.»

Pete setzte sich so hin, dass er nach hinten sehen konnte. Die Karodecke lag verknäuelt zwischen den vier Kisten. «Wir könnten ein Bett herrichten.» Kurzer Blick zu Fay. «Ich meine, da hinten liegt eine Decke, falls dir kalt wird. Oder falls du ein Nickerchen machen willst.» Er sah wieder zu den Kisten, als auch Fay sich zwischen den Sitzen nach hinten lehnte. Ihre Gesichter kamen sich nah, so nah, dass er ihren Atem spüren konnte, ein Kitzeln auf seiner Haut. Ein wilder, langer Herzschlag, dann hob er den Kopf und traf auf ihre großen braunen Augen, die ihn direkt ansahen. Zwei Zentimeter trennten sie noch, dann nichts mehr, ihre Lippen berührten sich, und er war sich nicht sicher, ob er sie geküsst hatte oder sie ihn, jedenfalls öffnete sich ihr Mund, ihr sanfter, großzügiger Mund, und der Doppelschlag seines Herzens übertönte alle anderen Geräusche. Sie rückte von ihm weg, aber nur ganz wenig. Ihre Stirn berührte seine, es kam ihm vor wie eine Frage. «Ist das …», sagte er. «Bist du …»

Bevor er weitersprechen konnte, schnellte sie nach vorne, küsste ihn ein weiteres Mal, schnitt ihm das Wort ab, presste sich an ihn. Diesmal schlang er seine Arme um sie. Sie roch nach Kiefernadeln und feuchter Luft, doch über allem hing nach wie vor der stechende Geruch nach Pech, der von den Holzkisten aufstieg. Fay ließ sich in ihren Sitz sinken und begann, ihre Jacke aufzuknöpfen. Sie zog sie aus, hob ihren Pullover an.

Pete knöpfte sein Hemd auf, zerrte daran, schälte sich heraus, und dann war sie über ihm, hing quer über dem Sitz, ihre Gliedmaßen verknäuelten sich, als sie sich küssten. Er zog sie zu sich heran, ihre nackte Haut auf seiner, ihre Brüste auf seiner Brust, doch ihr Fuß verfing sich in der Gangschaltung. «Warte», sagte sie. «Ich stecke fest. Moment.» Sie begann zu lachen, und er versuchte, den Sitz nach hinten zu schieben, tastete nach den Knöpfen auf der Seite und fuhr schließlich die Lehne nach unten. In dem Moment biss sie ihn, scharfe Zähne auf seiner Schulter.

«Wir können die Rückbank umklappen», schlug er vor. «Oder die Decke aufs Gras legen.»

Fay hatte bereits die Hände unten, fummelte an ihrer Jeans. Sogar als sie ihn küsste, zerrte sie daran, und er tat das Gleiche, wand sich zentimeterweise aus seiner Hose heraus.

Vier Holzkisten voll mit Dynamit standen direkt an seinem Kopf, dreißig Kilo, das ging ihm einfach nicht aus dem Sinn. Sogar als Fay sich auf ihn setzte, war ihm vor allem präsent, wie nah der Sprengstoff war, die Verheerung, die er anrichten konnte, wie wahnsinnig die Situation, sie beide in diesem Auto, der Rest des gestohlenen Dynamits in der Höhle, die Gefahr, dass jederzeit ein Auto um die Kurve biegen konnte.

Danach blieb Fay auf ihm liegen, aber nur kurz. Als Pete wieder zu Atem gekommen war, beugte er sich vor, um sie zu küssen, doch sie wich ihm aus, bevor seine Lippen die ihren berühren konnten, rollte von ihm hinunter, zurück auf ihren Sitz. Sie raffte ihre Kleidung zusammen, und dann stiegen sie gleichzeitig aus, um sich anzuziehen. Fay trug keinen Büstenhalter, nur ein Unterhemd, ein langärmeliges Hemd, einen Baumwollsweater, ihre Armeejacke. Pete sah ihr beim Ankleiden zu. Er wusste nicht, was er sagen sollte, was dies zu bedeuten hatte, aber er wollte auch nicht fragen. Vielleicht war alles klar: eine kleine, spontane, gefährliche, bedeutungslose Ablenkung.

Fay schlüpfte in ihre Unterwäsche, in ihre Jeans, wackelte

mit den Hüften, bevor sie den Verschluss zuknöpfte. Es dämmerte, das Licht glitt aus der Landschaft. «Ist meine Mütze hier irgendwo?» Sie sprach so leise, dass es auch an sich selbst gerichtet sein konnte, während sie sich bückte, um unter dem Auto nachzusehen. Beide gingen sie einmal um den Wagen herum, inspizierten auch das Gras am Straßenrand. «Sie muss im Auto sein.»

Sie tasteten unter die Sitze, auf ihrer und auf seiner Seite. Schließlich setzte Pete sich hinters Steuer. «Vielleicht sollten wir einfach fahren.»

Nach zehn Minuten waren sie auf asphaltierter Straße. «Hat Art hier irgendwo Zigaretten liegen lassen?»

«Wir haben dreißig Kilo Dynamit da hinten, Pete.»

«War ein Scherz.» Er wollte Fays Hand ergreifen, doch sie hob sie genau in diesem Moment an und kratzte sich am Ohr.

Sie hörten Musik, einen Song nach dem anderen, bis sie die West Coast Road erreichten und der Empfang schwächer wurde. Die einbrechende Dunkelheit vertrieb die Wärme des Sommernachmittags. Sie kurbelten die Fenster hoch und stellten die Heizung an. Die Straße war kurvig, ein ständiges Auf und Ab, Asphalt, der sich in die Konturen der Landschaft schmiegte, dann wieder nur Erde und Schotter.

Sie folgten der Küstenlinie westwärts, bis Fay auf einen Forstweg deutete, der zwischen klumpigen Hügeln hinaufführte. «Da ist es», sagte sie. Pete bog ab, und kurz darauf wies Fay ihn an, noch einmal abzubiegen, in einen Seitenweg. Hinter ihnen wirbelte Staub auf, den ihre Rücklichter rötlich färbten, während sie weiter in den Kludahk hineinfuhren, durch dichten Sekundärwald, dann wieder kahlgeschlagene Flächen.

Pete hatte die Orientierung verloren. Sein Gefühl für Norden und Süden, sein Gespür dafür, wo das Wasser lag, alles war durcheinandergeraten, doch Fay führte sie, Abzweig für Abzweig, durch dieses Wegegewirr. Art hatte recht. Sie wusste genau, wo es war. «Noch eine Kurve.»

«Letzte Chance, einen Rückzieher zu machen», sagte Pete.

Fay antwortete nicht. Es war ein Witz gewesen. Mehrheitlich ein Witz. Sie wussten beide, dass Fay nicht zu der Sorte Mensch gehörte, die von Zweifeln befallen wurde.

Sie rutschte etwas auf ihrem Sitz, wandte sich ihm zu. «Und jetzt immer geradeaus. Wir sind fast da. Es ist hier an dieser Straße.»

Die Scheinwerfer des Kombis erfassten Art und Derek, die nebeneinander an dem gestohlenen Pinto lehnten. Derek sah weg. Art hob die Hand schützend vor die Augen, um nicht geblendet zu werden. Pete sagte: «Ich kann mir schon denken, was du an Art findest, aber ich frage mich manchmal, ob du wirklich mit ihm glücklich bist.»

Sie öffnete die Tür. «Kein guter Zeitpunkt, um darüber zu sprechen.»

Art ließ seine Zigarette fallen und trat sie aus, als Fay ausstieg. «Wenn irgendwas schiefgeht», sagte sie, «treffen wir uns hier wieder.»

Die Scheinwerfer des Kombis waren noch an, und als Fay einen Schritt in Richtung Steinbruch machte, traf der Lichtstrahl ihre Flanke, ihr Bein, den Saum ihrer Jacke, ihren barhäuptigen Kopf. Art folgte ihr, lautes Knirschen auf dem Kiesbett, während Pete sitzen blieb und sich wünschte, er wäre derjenige, der ihr nachging.

Kurz nach zwei Uhr früh waren sie wieder bei den Fahrzeugen. Fay ging zu dem Pinto, dessen Fahrertür Art einen Spaltbreit geöffnet hatte. Sie schielte zu Pete hinüber, als sie auf dem Beifahrersitz Platz nahm. Pete blieb draußen stehen, die Finger um den Türgriff des Kombis geballt. Ein paar Meter entfernt bückte sich

Derek und löste den Schnürsenkel seines Stiefels. «Da ist ein Steinchen oder so reingerutscht.» Er schüttelte den Stiefel aus. «Nervt schon den ganzen Tag.»

«Du kommst mit mir, Derek.»

Pete trat das Gaspedal durch und drehte den Zündschlüssel. Derek glitt neben ihn, setzte sich dahin, wo Fay gerade gesessen hatte. Vor ihnen flammten die Rücklichter des Pinto auf. Pete versuchte, nicht an Art und Fay zu denken. Er brauchte einen klaren Kopf. Er musste sich auf die anstehende Aufgabe konzentrieren, doch dadurch flackerten seine Ängste wieder auf: ein Gurt, der seine Brust einschnürte, ihm den Atem nahm, das Herz aufwühlte.

Auch Derek war unruhig. Er zappelte herum, plapperte permanent – über die atmungsaktiven Mikrofasern in seinen Stiefeln, die er aufband, auszog und wieder zuband. Über Wasseraufbereitung und Entsalzungsprojekte, über Bewässerungsanlagen und den Verkauf von Wasser an Mexiko, ein Versuch, sie beide abzulenken oder es wenigstens zu versuchen, seine Stimme ein Flattern in der Nacht.

Pete richtete seine Aufmerksamkeit auf die Straße, auf den Lichtkegel vor ihnen. Hinter der letzten Kurve, kurz vor der Lagerhalle von Greer-Braden, fuhr der Pinto seitlich ran, und Pete hielt dahinter. Ab hier wurde die Fahrbahn breiter, weil ein Nebenweg einmündete und so die Hauptstrecke bildete, eine Straße, die direkt hinunter nach Port Thorvald und dem dortigen Holzfällercamp führte. Derek öffnete seine Tür.

«Willst du hier Schmiere stehen?», fragte Pete.

«Scheint mir die richtige Stelle zu sein.»

«Hast du hier auch wirklich einen guten Blick auf beide Straßen?»

«Ich denke schon.»

Pete fuhr den Hügel hinunter. Nach etwa hundert Metern

endete der Weg an einem Maschendrahtzaun. Ein einziges Flutlicht beleuchtete einen Teil des Kiesbetts und die Betonwand der Lagerhalle. Das Firmenschild von Greer-Braden wurde vom Lichtkegel gerade noch erfasst. «Esterway Ridge Lagerhalle», daneben das Firmenlogo, ein roter und grauer Wirbel.

Da war er nun. Alles nahm seinen Lauf.

# 3

Der Chor von St. Stephen sang in die leere Kathedrale hinein, die Stimmen stiegen aus dem Gestühl empor. Die Musik schwebte durch das Querschiff in die große Halle und führte hoch über den Kirchenbänken ein Eigenleben. Der Text war auf Latein, Tab Harper also fremd, doch die anderen im Chor kannten das *Magnificat Mysterium* und rissen sie mit, eng verwobene Stimmen, in die sich Tabs Soprantöne hineinmogelten. Sie schielte immer wieder hinunter zum Notenblatt, um abzuschätzen, wann sie atmen musste. Sie bemühte sich um eine gute Aussprache. Vor ihnen beugte Mr. Novak sich über das Pult, seine Hände tanzten auf Schulterhöhe, als hinge an jenem Finger ein Faden, mit dem er einen Teil der Melodie spielen konnte. Jetzt deutete er gerade auf den Bass, zog ihn mit den Fingern zu sich heran. Mit tiefen, ehrerbietigen Stimmen donnerten die Männer die Noten der Partitur. Leicht und luftig schwebte der Sopran darüber und führte den Bass immer höher hinauf. Sopran und Bass waren jetzt wie ein Tanzpaar, das sich zusammen bewegte, aber darum rang, wer führen durfte. Novak richtete sich auf. Er hob die Hände und trat beiseite. Die Stimmen verstummten. Die Musik stockte und verklang, Stille im Kirchengewölbe, ein Husten. Jemand neben Tab räusperte sich.

«Ihr singt wie Truthähne. Ihr kollert.» Novak war Slowake, so dass es klang wie «Ihr kullert». «Das Lied handelt von Hoffnung und Freude. Es ist kein träges Brummen. Bass und Tenor, was war denn das für ein Einsatz? Ihr klingt wie Nilpferde, die aus dem Sumpf auftauchen.»

Die Frau rechts neben Tab drückte ihr den Ellbogen gegen den Arm. Tab sah kurz zu ihr hin und wollte etwas beiseiterücken, um Platz zu schaffen, aber es war zu eng. Es gab einfach keinen Platz. «Staccato muss Biss haben», erklärte Novak. «Staccato ist Erregung.» Er sang einige Takte, den Bass, mit tiefer Stimme. Der fülligen Frau neben Tab ging es gar nicht um mehr Platz. Sie wollte ihre Aufmerksamkeit. Tab spähte erneut zu ihr hin, wollte schon lächeln, doch die Frau sah gerade hinunter zu ihrem Notenblatt. Sie war etwa in Tabs Alter, trug aber schon eine Lesebrille. Bei ihrer ersten Probe vor einer Woche hatte Novak Tab einige Chormitglieder vorgestellt, doch Namen hatte sie sich noch nie gut merken können.

«Seht ihr», sagte Mr. Novak. «Ganz einfach.» Er hob die Arme. Seine offenen Handflächen verwandelten die Bemerkung in eine Frage.

Vereinzeltes Gemurmel, ein, zwei nickende Köpfe inmitten des Chors. Tab verlagerte ihr Gewicht von einem Fuß auf den anderen.

«Nein.» Novak tippte sich mit dem Finger aufs Ohr. «Ihr seht nicht, ihr hört.» Jetzt gab es Gelächter. Einer der Tenöre hatte ein besonders theatralisches, weil bauchiges Lachen. Novak klopfte auf das Pult und hob eine Hand. «Noch mal von oben.»

Nach der Probe gab es in der Eingangshalle Kaffee. Tab schenkte sich eine Tasse ein. Er war schwarz und bitter. Das Neonlicht der Halle warf eine Mondsichel auf die Oberfläche. Tab nippte einmal und blickte sich um. Der einzige Name, den sie sicher wusste, war der von Novak. Am anderen Ende des Raums hatte sich ein loser Pulk von Männern gebildet. Das bauchige Lachen gehörte zu einem untersetzten Bartträger, nur dass es jetzt irgendwie gekünstelt klang. Vielleicht, weil es so laut war. Und wer konnte schon so viele Sachen lustig finden?

Die Frau, die bei der Probe neben Tab gestanden hatte, trat an den Kaffeespender heran. Die Lesebrille hing ihr um den Hals.

Ihr Sweater war von Goldlamé durchwirkt. Ein geometrisches Muster. Sie hielt ihr die Hand hin. «Tabitha, stimmt's? Ich bin Alice. Novak hat heute so richtig aufgedreht, finden Sie nicht?»

«Ich bin ganz neu. Heute ist erst meine zweite …»

«Natürlich. Aber Sie haben bestimmt schon einiges über ihn gehört.»

«Er wirkt schon ein bisschen, wie soll ich sagen, exzentrisch.»

«Das ist stark untertrieben, meine Liebe. June Balfour war mal bei ihm zum Tee eingeladen. Er hat eine ganze Wand mit Tellern und Platten tapeziert, alles Elvisporträts. Haben Sie schon in vielen Chören gesungen?»

«Nur in einem. Verglichen mit dem hier war das aber zweite Liga. Dann sind wir umgezogen. Das ist jetzt ein Jahr her, und ich dachte, es wird Zeit, mal wieder was zu tun.»

Tab hatte vor knapp einem Monat vorgesungen, hier in diesem Raum. Fünf oder sechs weitere Bewerber hatten es ebenfalls versucht, alle hatten sie nebeneinander auf der kleinen Bühne gestanden, doch nur sie und ein jüngerer Mann mit Bassstimme waren in den Chor aufgenommen worden. Dieser Mann redete gerade mit Novak. Er war etwa in Tabs Alter. Seine Hände hatten ziemlich gezittert. Damals hatte sie gedacht, es wäre die Nervosität, aber auch jetzt zitterten sie wieder. Sein Gesicht erinnerte sie an Peter – schmale Wangen, fliehendes Kinn, auch der Schwung seiner Schultern, die welligen Locken.

Tab überlegte, ob sie nicht aufbrechen sollte, als die Tür aufging und ein Priester eintrat. Sein schwarzes Hemd spannte über dem Bauch. Der Bart über seinem Römerkragen war sehr gepflegt. «Ich konnte bis ins Pfarrhaus hören, wie Sie die Kathedrale zum Leuchten gebracht haben. Herrlich», sagte er zu allen und keinem. «Wirklich herrlich.»

Er ging zum Kaffeespender und hielt eine Tasse darunter, und Alice beugte sich über den Tisch hinweg und drückte den

Pumpknopf. «Sie sind doch nur wegen des Kaffees hier, nicht wegen des Gesangs.» Alice sprach mit leiser Stimme, ein freundliches Gefrotzel zwischen Freunden.

«Das liegt daran, dass Sie besseren Kaffee kochen als die Damen im Pfarrhaus.» Auch der Priester sprach leise, und Tab wollte sich auf den Weg machen, doch Alice legte die Hand auf ihren Ellbogen.

«Reverend Simms, das ist Tabitha. Sie lebt noch nicht lange hier und ist gerade dem Chor beigetreten.»

«Wenn Sie eine der Stimmen waren, denen ich gerade lauschen durfte, können wir uns wahrlich glücklich schätzen.» Er gab ihr die Hand, sah sie forschend an, und kurz hatte Tab das Gefühl, auf dem Prüfstand zu stehen. «Kommt Ihre Familie am Sonntag zur Messe?»

«Mein Mann ja, aber mein Sohn wohnt nicht mehr zu Hause.» Sie hielt inne.

«Wo lebt Ihr Sohn dann?»

«Im Westen. Er studiert.»

Eine verlegene Wärme stieg ihr ins Gesicht, als sie dies sagte. Simms zog seine Augenbraue hoch, und sie war sich sicher, dass er ihre Lüge durchschaute. Er wippte vor und zurück. Seine massige Gestalt wankte. Tab war noch nie eine gute Lügnerin gewesen. Es wäre überhaupt nicht nötig gewesen, ins Detail zu gehen. Er hatte nur gefragt, wo Peter war. Hatte wahrscheinlich nur höflich sein wollen. Tab wusste nicht so genau, was Peter gerade machte, zur Uni ging er jedenfalls nicht mehr.

Simms stellte seine Tasse auf einen Unterteller. «Ich freue mich darauf, Ihren Mann kennenzulernen, Tabitha.»

Er drehte sich um, und während er wegging, flüsterte Alice: «Manche Leute sagen, Simms wäre ein Kommunist.»

Tab lachte. Ein Priester, ein Kommunist. Es war, als hätte sie gesagt, er wäre ein Nudist.

«Es heißt, er wäre sogar schon mal in Russland gewesen.»

«Um Himmels willen.»

Alice räumte einen Schwung schmutziger Kaffeetassen auf ein Tablett und trug sie durch eine Flügeltür in die Küche. Tab sammelte die restlichen Tassen ein und folgte ihr.

«Stimmt das?», fragte Tab.

«Was?»

«Dass er Kommunist und Priester ist.»

«Ist nur ein Gerücht.»

«Wenn ich meinem Mann erzähle, dass es hier einen kommunistischen Priester gibt, wird er womöglich nie einen Fuß in die Kirche setzen. Sollen wir abwaschen?»

Alice warf einen Blick auf die leere Spüle und tätschelte ihre Hand.

«Nee.»

# 4

Ein Geräusch hallte durch die Nacht, ein Knarren, ein metallisches Stöhnen, wie wenn jemand ein Tor öffnet. Pete spähte um die Ecke des Lagerhauses, hielt einen Moment inne und sah dann zum Hang hinauf. Hinter ihm, jenseits des Zauns, hielt Art die Drehzahl des Motors hoch. Fay rief, er solle sich beeilen, und Pete ging los, doch dann erregte ein Geräusch seine Aufmerksamkeit: Schritte. Schritte auf festgestampftem Kies. Pete drehte sich um. Da war jemand an der nördlichen Seite der Lagerhalle. Art hupte, doch Pete blieb vor der Halle stehen, vor dem einstöckigen Gebäude, an dem der Pinto geparkt war, mit dreißig Kilo Dynamit an Bord.

Ein Mann trat aus dem Dunkeln in den Scheinwerferstrahl, ein Mann in Uniform, ein Nachtwächter, dicker Schnauzbart, Brille auf der Nase. Kurz blieb er stehen, machte sich ein Bild: der durchtrennte Stacheldraht, der gelbe Pinto vor der Lagerhalle.

Das Hupen verstummte. Fay hörte auf zu rufen. Die Welt schien sich zu verlangsamen, außer dem Timer im Kofferraum des Pinto, dessen leises Summen in der Luft hing. Er war auf zwei Minuten gestellt, von denen wahrscheinlich nur noch Sekunden übrig waren. «Stopp», brüllte Pete. «Kehren Sie um. Hauen Sie ab!» Stattdessen machte der Wächter einen weiteren Schritt vorwärts. Er ging in die falsche Richtung, im Flutlicht leuchteten die silbernen Fäden seiner Uniform auf, die Nähte an Taschen und Schulterstücken. Peter winkte, brüllte noch einmal, und dann erschütterte auch schon ein dröhnendes Beben den Boden. Pete sah nur noch weiß, und es riss ihm die Füße weg. Er stürzte zu Boden. Schutt prasselte auf ihn herunter: Kieselsteine,

Dreck, Betonteile. Das Chassis des Pinto brannte lichterloh. Das Flutlicht erlosch zuckend, es folgte eine Explosion, die alles erhellte. Lose Kabel zappelten in alle Richtungen, funkelten und zischten. Ein riesiges Loch klaffte in der Wand. Papier flatterte durch die Luft. Ein leises Brummen erfüllte Petes Kopf, sein Atmen stockte. Er stützte sich auf, rang nach Luft. Der Timer musste versagt haben. Das waren keine zwei Minuten gewesen. Höchstens eine.

Pete kämpfte sich auf die Knie, dann wurde ihm schwindlig, und er musste sich darauf konzentrieren, nicht zu kollabieren. Er sah immer noch alles weiß, doch irgendwie erkannte er, als er den Kopf hob, wie durch Schlieren hindurch, den Wachmann, der vor einem umgestürzten Strommast leblos auf dem Boden lag. «Hey», krächzte Pete. «Sie.»

Die Luft war beißend, rauh, chemisch. Petes Brust hob und senkte sich, er musste husten. Er sah über seine Schulter. Alle drei riefen ihm etwas zu, doch er hörte ihre Stimmen wie von fern. «Hier ist ein Mann», schrie Pete, doch seine eigene Stimme klang ebenfalls merkwürdig, hallte dumpf in seinem Kopf. «Hier liegt einer.»

Art, Fay und Derek mussten den Nachtwächter gesehen haben. Natürlich hatten sie ihn gesehen. Pete schaffte es aufzustehen und stolperte auf sie zu. «Hört ihr mich?» Petes rechtes Bein knickte ein, und er hielt an, um es auszuschütteln. Funken schlugen, wo die Kabel auf dem Zaun lagen. Der Zaun konnte unter Strom stehen. Das ganze Ding konnte geladen sein. Derek schlug auf die Seite des Kombis. Fay winkte wie verrückt. Alle drei brüllten, doch Pete wandte sich wieder dem Nachtwächter zu, ging an dem Pinto vorbei, aus dem es wild loderte. Das Wrack strahlte eine sengende Hitze ab. Betonbrocken lagen überall auf dem Kies verstreut. Dahinter, im Dunkel der Lagerhalle, stand verbogenes Industriegerät. Jetzt konnte er auch das andere Ende des Geländes sehen, wo ein Pick-up stand, mit geöffneter Tür und brennendem Innenlicht. Der Mann war die ganze Zeit hier gewesen. Auf dem Parkplatz hinter der Lagerhalle.

Der Nachtwächter blutete nicht, zumindest soweit Pete es beurteilen konnte, doch er lag unnatürlich da, merkwürdig verdreht, der rechte Arm unter seinem Körper vergraben.

«Können Sie mich hören? Können Sie sprechen?» Pete beugte sich über ihn, ließ sich auf die Knie fallen und nahm das Handgelenk des Mannes, presste seine Finger darauf. Keinen Meter entfernt zischte und blitzte ein herausgerissenes Kabel. Kein Puls. Was sollte er jetzt tun? Was um Himmels willen konnte er jetzt tun? Pete löste den Griff, setzte die Finger etwas weiter weg von der Uhr des Mannes an, und da endlich spürte er ein zartes Pochen, ein Lebenszeichen. Pete konzentrierte sich, wartete ab, bis er sich sicher war. Dann schrie er: «Er lebt. Ich glaube, er lebt.»

Art stand jetzt an dem Loch, das sie in den Zaun geschnitten hatten, winkte, rief, doch das herausgetrennte Stück war wieder zurückgeklappt, und aus einer der Schnittstellen schlug ein Funke. Pete kniete sich so hin, dass er Art sehen konnte, der den Zaun berührte, mit einer Hand nur, und zurücktaumelte, die Hand schüttelte, sich krümmte. Der Zaun war tatsächlich elektrisch geladen. Der Maschendraht um das ganze Gelände herum stand unter Strom.

Schwer zu sagen, was die anderen ihm mitteilen wollten, alle schrien durcheinander, und das Summen in seinen Ohren übertönte alles.

Der Knall war garantiert bis Port Thorvald zu hören gewesen. Wenn der Nachtwächter Meldung erstattet hatte, würden sie bald hier sein: Polizei, Feuerwehr. Pete beugte sich noch einmal über den Mann. Ihn zu bewegen war zu gefährlich, doch er legte eine Hand auf seine Brust. «Hilfe ist unterwegs. Halten

Sie durch.» Das Feuer warf flackerndes Licht. Wind wirbelte ein Blatt Papier auf.

Der Parkplatz war leer, bis auf diesen einen Pick-up. Vermutlich hatte der Nachtwächter darin gedöst, hatte nicht bemerkt, dass sie ein Loch in den Zaun geschnitten und den Pinto direkt vor das Gebäude gefahren hatten. Alles war schiefgegangen. Alles war so schrecklich schiefgegangen.

Am Rand von Petes Gesichtsfeld blitzte etwas auf. Lichter in der Ferne, die in den Nachthimmel blinkten. «Sie kommen», sagte er. «Sie sind unterwegs.»

Er hob noch einmal das Handgelenk an, der Puls fühlte sich stabil an.

Dass sie im Anmarsch waren, bedeutete, dass er wegmusste, und zwar schnell. Der Kombi hatte gewendet, die Scheinwerfer waren nun auf die Straße ausgerichtet. Wenn Pete jetzt flüchtete, würde er den Nachtwächter im Stich lassen, einen Mann, der um sein Leben kämpfte. Er drehte den Kopf zur Seite, beugte sich über ihn und spürte, wie der Atem seine Wange kitzelte. Er atmete jetzt regelmäßig. Etwas Helles, Metallisches blinzelte Pete an: die Armbanduhr. Er hob sie auf. Sie war ziemlich schwer, ein schöner Zeitmesser. Er wollte die Uhr in die Uniformtasche stopfen, doch sie war ausgerissen. Außerdem war es keine richtige Tasche gewesen, der Knopf war reine Dekoration. Also steckte er dem Mann die Uhr in die Hosentasche und stieß dort auf ein zusammengefaltetes Stück Papier und einen Schlüsselbund.

Trotz des Klingeltons in seinen Ohren hörte Pete die Sirenen und blickte zur Straße. Der Kombi war nirgends mehr zu sehen. Ein kurzer Moment der Panik, ein Taumel in der Brust. Sie waren weg. Sie waren losgefahren, die Straße rauf oder zurück zum Steinbruch. «Ich komme.» Pete war aufgestanden, um zu rufen. Er starrte zu den blinkenden Lichtern: zwei Fahrzeuge, helle Scheinwerfer im Tiefflug durch die Nacht. Bestimmt warteten die anderen oben an der Straße auf ihn. Sie hatten sich nur in Deckung bringen müssen. Er hatte jetzt die Schlüssel des Nachtwächters. Vielleicht sollte er abwarten, bis die Helfer, die im Anmarsch waren, den Strom abstellten, der den Zaun auflud, und dann hinten rausschlüpfen. Dunkel genug war es, um sich unbemerkt aus dem Staub machen zu können.

Pete ging zum Zaun und berührte eine Klammer, tippte sie nur kurz an, dann noch einmal, diesmal länger. Das Metall fühlte sich warm an, war aber nicht elektrisch geladen. Er drehte sich in Richtung Straße, zu dem Loch im Zaun. Wenn er da durchschlüpfte, würde er womöglich direkt in das Scheinwerferlicht eines Streifenwagens tappen. Er zog sich tiefer in den Schatten zurück, hin zum hinteren Tor, musste sich höllisch konzentrieren, um einen Schlüssel ins Schloss zu bugsieren. Der zweite Schlüssel ließ sich drehen. Scheinwerferlicht auf der Straße vorne, Einsatzfahrzeuge keine hundert Meter entfernt. Oder noch weniger. Pete wartete. Er hielt das Tor geöffnet, bis vorne ein Löschfahrzeug stoppte, mit rotierenden Lichtern auf dem Dach. Männer inspizierten das Wrack, riefen etwas. In diesem Moment ging Pete los, hinein in die Büsche, erst jetzt, da er Leute gesehen hatte, jetzt, da er wusste, dass man sich um den Nachtwächter kümmern würde. Er huschte vom Seitentor in das Salal hinein und watete durch Schwertfarn, ging einen weiten Kreis durch die Dunkelheit, bis er spürte, dass er den Gipfel des Hügels erreicht hatte, dann trat er hinaus auf die Forststraße und begann zu rennen. Fay, Art und Derek warteten wahrscheinlich oben hinter der Kurve auf ihn, dort, wo Derek gestanden hatte, außer Sichtweite.

Als Pete die Gabelung erreichte, war er außer Atem. Kein Auto, nicht die leiseste Spur. Ein Pfad führte rechts den Hang hinauf, wand sich in den Wald hinein. Also nicht von hier weg. Zumindest glaubte Pete das nicht. Zu viele Wege, zu viele Möglichkeiten. Er wischte sich den Schweiß von der Braue und presste die Finger auf seine Ohren, dann entschied er sich für den Weg nach links.

Der Steinbruch war ihr Treffpunkt. Fünfzehn Minuten, wenn er rannte, vorausgesetzt, er fand den Weg in diesem Gewirr. Wenn dies die richtige Straße war, müsste er bald an eine Abzweigung gelangen und dann links gehen.

Pete hatte noch immer die Schlüssel und das zusammengefaltete Blatt Papier in der Hand. Gerade als er es in seine Hosentasche steckte, bog hinter ihm ein Auto um die Kurve, Scheinwerfer flammten auf. Er flüchtete zu den Bäumen. Drei schnelle Schritte durch den matschigen Graben, und er war am Waldrand. Er zog sich an einem jungen Baum hoch, hinein in das dünne Gehölz, und rannte los. Die Reifen des Autos bohrten sich knirschend in den Kies. Pete stampfte über den trockenen Boden. Er blickte zurück. Licht schimmerte von der Motorhaube: ein Streifenwagen mit ausgeschalteter Sirene, mitten auf der Straße. Pete hielt sich schützend die Arme vors Gesicht und spurtete durchs Unterholz. Schlingpflanzen peitschten ihn. Seine Lungen taten weh. Er sprang über einen umgestürzten Baumstamm, sah kurz nach hinten. Der Himmel klarte auf – ein Vorhang, der stückchenweise hochgezogen wurde –, trotzdem war es schwer zu sagen, ob das Auto noch da war. Er streckte den Kopf vor, um besser zwischen den Bäumen hindurchspähen zu können. Am Rand seines beschädigten Blickfelds huschte etwas, eine Gestalt im Gehölz. Pete duckte sich unter einen tiefhängenden Ast, schlug Zweige weg und rannte weiter. Seine Lunge lechzte nach Sauerstoff, seine Beine brannten vor Anstrengung. Er durchstieß ein Spinnennetz, hustete, spuckte und wischte die seidigen Fäden aus dem Gesicht.

Schließlich gelangte er auf eine kleine, mit Farnen bewachsene Lichtung. Er vergrößerte seine Schritte. Eine Insektenwolke rauschte auf ihn zu. Ein Käfer drang ihm in den Mund, dann brach der Boden weg. Mitten im Lauf fiel das Gelände plötzlich steil ab. Pete stolperte, verlor die Haftung und rutschte mit den Füßen voraus in die Tiefe. Er versuchte, die Fersen in den Grund zu stemmen, sich abzubremsen, doch die Welt überschlug sich. Schon war er über den Rand des Felsens hinaus, befand sich einen schrecklichen Moment lang in freiem Fall, dann schlug er auf lockerer Erde auf, und sein Atem setzte aus. Er kullerte weiter, bis ein umgefallener Baum ihn stoppte. Ein Schmerz stach ihm in die Rippen.

Es war nicht schwer zu erkennen, wo er den Hügel heruntergeschlittert war, doch die Spur begann erst auf halbem Weg und zog sich dann gute fünf Meter weit. Niemand würde dort runterklettern, wenn er nicht musste. Hinter dem umgefallenen Baumstamm blieb er liegen, um wieder zu Atem zu kommen. Hinter ihm gurgelte ein Fluss.

Kein Bulle würde diesen Abhang runterspringen. Nicht ohne vorher nach einem einfacheren Weg gesucht zu haben. Was bedeutete, dass er etwas Zeit gewonnen hatte, dass er es vielleicht über den Fluss schaffen würde.

Pete sah nach oben. Um den blinden Fleck herum, den der Blitz der Explosion bei ihm hinterlassen hatte, konnte er den ersten Hauch des Sonnenlichts erahnen, das durch Bäume und Büsche bis zum dichten Bett des Waldbodens sickerte. Er suchte die Kante des Grats ab: nichts, ein langer Hang, grünes Dickicht. Der Morgen war da, blauer Himmel, der durch zackenförmige Baumwipfel schimmerte.

Bald würden sie die Gegend durchkämmen. Jeden Zentimeter: Hunde, Suchtrupps, Helikopter. Er musste auf die andere Seite des Flusses gelangen, bevor sie kamen, oder er würde dazu verdammt sein, sich hier zwischen Forststraße und Fluss zu verstecken. Es bedeutete, dass er den Plan, sich zum Steinbruch durchzuschlagen, aufgeben musste, doch jetzt ging es vor allem darum, Distanz zwischen sich und seine Verfolger zu legen. Er musste in die Gänge kommen. Pete löste seine Schnürsenkel und rollte beide Socken hinunter.

Die Zerstörung von Gebäuden war ihr ausgemachtes Ziel gewesen. Sabotage, die Maschinerie zerstören, die die Welt zerstörte. Es war keine zwei Wochen her, da waren sie mit dem Kombi bis zur Lagerhalle gefahren und hatten keinen Wachmann bemerkt. Es war totenstill gewesen. Und jetzt war da plötzlich dieser Wachmann aufgetaucht, der offenbar geschlafen hatte, bei der Arbeit gedöst, so dass er nicht gehört hatte, wie Art den Pinto durch das Loch im Zaun gesteuert und an der Lagerhalle geparkt hatte. Genau dieses Gefühl hatte Pete auf der ganzen Fahrt hierher gequält: die Angst vor der Katastrophe, die Angst davor, dass alles schiefgehen könnte.

Und jetzt war er ganz allein im Kludahk, irgendwo im riesigen Holzabbaugebiet von Elliot Muir. Laut Art genau der richtige Ort, um ein Zeichen zu setzen: ihre kostbare zweite Front, ein obskurer Wald, den keiner auf der Rechnung hatte, den keiner observieren würde, ein Angriff weit weg von Clayoquot, weit weg von Kennedy Lake und dem Black Hole mit seiner nie abreißenden Pilgerschar aus Wochenenddemonstranten.

Pete krempelte seine Hosen hoch, hielt Stiefel und Socken vor die Brust und watete ins Wasser. Es war so kalt, dass seine Füße taub wurden. Er war jetzt aus beiden Richtungen rund hundert Meter weit sichtbar. Langsam beschritt er einen Bogen flussabwärts. Dies musste der Sawyer sein. Das Wasser war eisig, aber wenn sie mit Suchhunden anrückten, musste er seine Geruchsspur unterbrechen. Zweihundert Meter mindestens, besser dreihundert. Auf halber Strecke spürte er die Schlüssel in seiner Hosentasche, zog sie heraus und warf sie in den Fluss. Das Wasser lappte um seine Hüften, eine westliche Strömung, die an ihm zerrte, Wasser mit Zugkraft, das den Staudamm passiert hatte und dem offenen Meer entgegenfloss. Schritt für Schritt kämpfte er sich ans andere Ufer, vier-, wenn nicht fünfhundert Meter von der Stelle entfernt, an der er hineingewatet war.

Barfuß balancierte Pete über die Steine, die von der vergangenen Nacht noch ausgekühlt waren. Er bahnte sich einen Weg in den Wald hinein, bis er vom Fluss aus nicht mehr zu sehen war. Anhalten und seinen Geruch an irgendeinem Strauch hinterlassen durfte er erst wieder, wenn er ein gutes Stück vom Wasser entfernt war. Schließlich setzte er sich auf einen Felsen und rieb sich den Dreck von den Füßen.

Ein weißer Fleck nahm nach wie vor das Zentrum seines Blickfelds ein, und es dröhnte auch weiterhin in seinen Ohren, doch als er einen kleinen Stein warf, drang der klackende Aufprall zu ihm durch.

An dieser Uferseite zog sich der Hang steil nach oben. Pete ging im Zickzack, den Weg des geringsten Widerstands, um dichtes Buschwerk und umgestürzte Bäume herum, mit triefend nassen Hosen, die ihm um die Beine scheuerten. Er schlug Äste und Kletterpflanzen von sich weg, kämpfte sich vorwärts. Gefiltertes Sonnenlicht fiel aufs Unterholz, diamantene Flecken auf Farnen und dunkler Erde. Schließlich dünnte sich der Wald zu einer Lichtung aus, die von entrückender Schönheit war. An einem umgestürzten Baum lehnte so etwas wie ein Wanderstock. Pete schälte etwas Rinde von dem Stock und legte das glatte Holz darunter frei. In diesem Augenblick hörte er ein Geräusch, ein Tier, das durchs Gehölz streifte. Er kauerte sich zusammen. Zog den Kopf ein, hielt den Atem an. Wieder das Geräusch, dann trat hinter einer Tanne eine Hirschkuh hervor. Sie schritt auf die Lichtung, senkte den Kopf und zerrte an den Blättern eines Hartriegelstrauchs. Pete ließ sich fallen. Wischte sich den Schweiß von der Stirn, lag still da.

In diesem Moment der Erleichterung flogen seine Gedanken mit aller Macht zu Fay, wurde die Erinnerung an sie so gegenwärtig, dass er fast körperlich spüren konnte, wie sie im Kombi auf ihm gelegen hatte, ihre blasse Haut, ihre Lippen auf seinen. Nichts wäre ihm lieber gewesen, als zu diesem Augenblick zurückzukehren, zur Thurlow Road, um alles zu beenden, bevor es überhaupt begonnen hatte. Auszusteigen. Die anderen zu stoppen. Es hätte alles verhindert werden können. Verhindert werden sollen.

Kaum hatte er es gedacht, traf ihn eine Erkenntnis: Vielleicht war es gar kein Streifenwagen gewesen, der da schlitternd gebremst und ihn in die Bäume gejagt hatte, sondern der Kombi mit Art, Derek und Fay. Vielleicht war es gar nicht die Polizei gewesen. Vielleicht hatte er seine Chance verpasst.

# 5

Drei Monate zuvor, als sie von Bedwell Pass hinuntergefahren waren, in dem mit Graffiti beschmierten Van, dessen Fenster herausgeschossen worden waren, hatte Pete sich wegen des kalten Fahrtwinds tief in die Rückbank gekauert, die Strickmütze bis über beide Ohren gezogen. Art und Fay hatten vor ihm gesessen, Jeremy am Steuer, Derek unten auf dem Boden, um dem Luftzug zu entgehen.

Der Schock über das neue Landnutzungsgesetz war ihnen tief in die Glieder gefahren. Es war nur wenige Monate her, dass die Regierung die Hälfte der Anteile an Greer-Braden erworben hatte, und dann hatte dieselbe Regierung verkündet, dass das Unternehmen vierundsiebzig Prozent des Primärwalds abholzen durfte. All dies an ebenjenem Tag, an dem die Holzfäller die Scheiben aus ihrem Van geschossen hatten.

Als sie von der Autobahn abfuhren, ließ das Knattern der kalten Luft nach, und Pete setzte sich wieder aufrecht hin. Es hatte geregnet an diesem Ende der Insel, und der feuchte Geruch nach Frühling hing in der Luft. Straßenlaternen warfen funkelndes Licht auf den Asphalt. Jeremy hielt vor der Wohnung in der Bee Street und würgte den Motor ab. Sie stellten ihre Ausrüstungen und den Rest ihres Proviants einfach in der Küche ab, stopften die Zelte nicht einmal zurück in die Hüllen, beließen auch die Zeltschnüre um das feuchte, verschlammte Nylon, stapelten die zusammengeknüllten Hängematten zu einem erbärmlich aussehenden Haufen. Art lehnte im Türrahmen, als Pete und Jeremy die letzten Rucksäcke hereintrugen. «Auf der Rückfahrt habe ich die ganze Zeit über all die Maschinen und Lastwagen nachgedacht, das ganze Equipment, das Greer-Braden zum Ausführen seiner Aufträge braucht.» Art ließ seine Bemerkung einen Moment lang im Raum stehen. «Könnte man nicht bei allen Fahrzeugen von denen die Scheiben einschlagen?»

«Die würden sie einfach wieder reparieren.» Jeremy stellte den Rucksack ab, drehte sich um und ließ sich darauf nieder. «Einfach ersetzen.»

«Das käme sie aber ganz schön teuer. So wie uns auch. Derek schätzt, dass die Reparatur der Scheiben mehr kosten wird, als der Van überhaupt wert ist. Wenn Greer-Braden ständig Scheiben ersetzen müsste, könnten sie nicht weitermachen wie gehabt.»

«Eine Kurzschlussreaktion können wir jetzt nicht brauchen», erklärte Jeremy. «Was wir jetzt brauchen, ist strategisches Denken und Geduld. Wenn du von Sabotage sprichst, den berühmten kleinen Nadelstichen, wenn du also das unter militantem Umweltaktivismus verstehst, dann liegst du falsch.»

«Ein paar wenige könnten ein großes Ding in Gang setzen. Fay ist auch der Meinung, dass es Zeit wird, mehr Wirkung zu entfalten. Derek auch. So viel müsste man gar nicht tun.»

«Das ist Quatsch», sagte Jeremy. «Total verrückt.»

Damals in der Küche waren sie nur zu dritt gewesen – Fay hatte sich ins hintere Schlafzimmer zurückgezogen, Derek war im Bad. Art hatte die Hände gehoben und die Finger gespreizt. «Weißt du, was wirklich verrückt ist? Immer wieder das Gleiche zu machen und zu hoffen, dass was anderes dabei rauskommt. Das ist verrückt. Immer noch eine friedliche Protestaktion mehr, die zu gar nichts führt, höchstens ins Gefängnis.»

«Mach nicht alles madig, was wir erreicht haben», entgegnete Jeremy. «Wir haben uns einen völlig unbekannten Pass in einem völlig unbekannten Wald ausgesucht und innerhalb von fünf Tagen die Zahl der Aktivisten fast verdoppelt. Und die Presse hat über die Festnahmen berichtet.»

«Herzlichen Glückwunsch. Inzwischen sind sie längst über den Pass drüber und bereiten die Abholzung von Spooston Valley vor, unberührten Primär…»

«Dieses Landnutzungsgesetz könnte sich als ihr größter Fehler erweisen. Dass Industrie und Regierung so offensichtlich miteinander verbandelt sind. Eine dumme Gegenaktion können wir uns nicht leisten. Irgend so ein unausgegorenes Ding, das wäre unkalkulierbar. Du hast keine Ahnung, wie man etwas in die Luft jagt oder abfackelt oder was du da vorhaben magst. Du nicht, Derek nicht, Fay, Pete oder ich auch nicht.»

«Wenn du grundsätzlich mit dabei bist», erwiderte Art, «können wir uns über jeglichen Einwand …»

«Ich bin nicht grundsätzlich mit dabei. Hörst du mir überhaupt zu? Ich bin nicht mal halbwegs mit dabei.»

Sie hatten schon des Öfteren so gestritten, ein strategisches Tauziehen, bei dem Pete sich meist auf Jeremys Seite geschlagen hatte. Heute jedoch hob er die Hände, um ihnen Einhalt zu gebieten, und sagte: «Und wenn Art recht hat? Wir könnten wirklich eine kleine Aktion starten, die Sand ins Getriebe streut und sie zumindest Geld kostet. Ihnen ökonomisch schaden. Wir müssen nur vorsichtig sein.»

«So was kann man nicht vorsichtig machen», erwiderte Jeremy. «Man kann nicht etwas vorsichtig in die Luft jagen oder vorsichtig abfackeln. Das geht einfach nicht.»

Pete nutzte einen Teil seiner Sozialhilfe, um die Fotos von Bedwell Pass entwickeln zu lassen. Sechsundsiebzig Schnappschüsse, alles Dias. Die ersten sah er gleich am Abholschalter durch, dann setzte er sich in einen kleinen Park, fing noch mal von vorne an und hielt jedes Dia gegen den Himmel. Die Aufnahmen versetzten ihn zurück in den Wald von Spooston Valley. Genau das liebte er an der Fotografie: dass sie ihn zu dem eingefangenen Moment zurückversetzen konnte, zu den versteckten Überraschungen.

Bei der Aufnahme eines Wassertropfens, der ein Blatt hinunterrollt, hielt Pete inne. Das nächste Bild war ein Selbstporträt: Pete, mit übereinandergeschlagenen Beinen in der Hängematte. Seine Haare feucht vom Regen, dunkler als sonst, weniger lockig, seine dünnen Lippen zum Hauch eines Lächelns verzogen. Er hatte Fotos vom Baumkronendach, von Wipfeln vor gesprenkeltem Himmel, von moosbedeckten Stämmen. Ein Dia zeigte den Mann des Bautrupps, der den Hügel heraufgekommen war, um es ihnen auszureden. Er hatte ein Bild von dem Polizisten, der Jeremy am Revers gepackt hatte, eins von der Erde, die für die Forststraße ausgehoben worden war. Weitere Aufnahmen fingen die abgeholzten Schneisen ein, die sich quer über den Hang zogen. Mindestens zwölf Fotos zeigten Fay. Sein Lieblingsbild war eine Nahaufnahme: ihr Kopf leicht gedreht, die Aufmerksamkeit auf etwas in der Ferne gerichtet. Sie hatte an dem Van gelehnt, irgendwohin geschaut und ihn doch wahrgenommen. Es brachte auf den Punkt, wie Fay ihrem Wesen nach war: da und doch nicht da, mit ihm zusammen und dann auch wieder nicht.

Sechsundsiebzig Dias, darunter nur zwei von Derek: beide von seiner Festnahme, die zeigten, wie er die Polizisten anschrie, den Mund weit aufgerissen, eine Momentaufnahme: Dereks vulkanische Wut. Einige Fotos übersprang Pete, weil unscharf, Blende zu früh geöffnet oder zu spät, leicht unter- oder leicht überbelichtet. Meist übersprang er die Fotos aus einem anderen Grund: weil sie nicht einfingen, was er gesehen hatte.

Am besten gelangen ihm Fotos von Menschen: Porträts und Nahaufnahmen. Doch dem, was er eigentlich hatte einfangen wollen, worauf er seine Kamera am häufigsten gerichtet hatte – die majestätischen Bäume, die große Kathedrale des Waldes dort am Rand der wuchernden Schneisen –, wurden seine Fotos nicht gerecht, nicht einmal im Ansatz. Kameras waren da, um zu fokussieren, um Details hervorzuheben. Die Welt da draußen war einfach zu groß für so ein kleines Apparätchen.

Ein Bild sprang ihm besonders ins Auge: Jeremy im Van mit den herausgeschossenen Fenstern, über das Lenkrad gebeugt, müde, erschöpft. Gemacht hatte er es an dem Tag, als sie aus dem Gefängnis entlassen worden waren. Jeremy sah niedergeschlagen aus, ausgelaugt, gestresst, nicht mehr er selbst, nicht mehr so beherrscht und souverän wie sonst.

Vielleicht hatte Art recht. Vielleicht war es an der Zeit, etwas zu tun. Nach ihrer Rückkehr in die Bee Street waren Art, Fay und Derek regelrechte Energiebündel gewesen – genau das Gegenteil von dem, was Pete gerade auf dem Foto sah –, hatten lebhaft die Notwendigkeit von Aktionen diskutiert, über einen Kurswechsel, Brandbomben, gezielte Brandstiftung.

Pete hatte sich zurückgehalten. Bis dahin hatte er noch nicht offiziell erklärt, ob er mit dabei sein würde oder nicht, doch diese Fotos hatten zu seiner Entscheidung beigetragen: die nagende Enttäuschung darüber, wie wenig die Dias eingefangen hatten, wie wenig sie zeigten. Die Kluft zwischen Ehrgeiz und konkretem Ergebnis.

Das letzte Dia auf dem Stapel zeigte Fay, ein goldenes Lächeln, helle blaue Augen, die direkt in die Linse schauten, ihr Gesicht in perfekter Symmetrie, in der natürlichen Balance, auf der ihre Schönheit basierte.

Auch Fay hatte zu seiner Entscheidung beigetragen.

An diesem Abend hatte auch Fay die Dias durchgesehen, hatte bei den Bildern von ihr selbst innegehalten, sich aber noch mehr Zeit für die Fotos von Art genommen. Stets sah er direkt in die Kamera, mit ausdrucksstarkem Blick. Auf einem Foto hockte er am Fuß einer Tanne und löste einen Knoten aus einem Seil. Auf einem anderen lehnte er an der Stoßstange des Vans und rauchte gemütlich. Und auf einem dritten lag er ausgestreckt auf dem Waldboden, der Körper im Kontakt mit der Erde, der Blick hinaus in die Welt gerichtet, sein Ziegenbart fein säuberlich gestutzt.

«Die sind gut», sagte Fay. «Wirklich gut.»

«Mag sein, ist aber trotzdem unwahrscheinlich, dass sie im *Time Magazin* oder im *Maclean's* abgedruckt werden. Sie sind gut genug zur Erinnerung oder für ein Sammelalbum, und selbst wenn ich einen normalen Film benutzt hätte, würden sie es nicht in die Wohnzimmer dieses Landes schaffen.»

«Du bist zu streng zu dir.»

«Man kann Fotos machen oder man kann mitmachen, so sehe ich das zumindest.»

«Man kann beides machen.»

«Nein, fotografieren ist was Passives.»

«Nicht unbedingt.»

«Ich habe meine Kamera weggepackt.»

Er sah, wie sie überlegte, was er ihr damit sagen wollte. Sie blinzelte, deutete ein Lächeln an, erst dann rückte Pete damit heraus: «Ich bin dabei», sagte er. «Ich schließe mich euch an, dir, Art und Derek. Es ist Zeit, etwas zu unternehmen.»

Sie legte ihre Hand auf sein Knie. Keine Worte, nur eine Geste.

«War Jeremy da?»

Ihre Hand löste sich, und er bereute, dass er gefragt hatte. «Heute Morgen», antwortete sie. «Er und Art haben was besprochen. Oder vielmehr sich gestritten.»

«Ist er auch dabei?»

«Vielleicht. Vielleicht ist er auch nicht engagiert genug.»

Da war er, der entscheidende Maßstab, der Goldstandard, dem man genügen musste: die richtige Mischung aus Idealismus und Engagement. Bisher hätte niemand Jeremy je als nicht engagiert genug bezeichnet. Jeremy hatte Pete mit ins Boot geholt. Jeremy hatte sie alle zusammengehalten. Es fühlte sich an, als würde eine Familie auseinanderbrechen.

Drei Wochen später legten sie auf dem Parkplatz in Westlake die Brandbomben unter die Lastwagen, und zwar ohne Jeremy: drei Eimer gefüllt mit Benzin und etwas Teer, verbunden mit einem Schlauch, der sicherstellte, dass sie nacheinander explodierten. Pete stand an diesem Tag nur Schmiere, und trotzdem war er so nervös, dass er sich in den Straßengraben gegenüber erbrach. Tagelang hatte er sich gefragt, ob ihm die Polizei dadurch irgendwie auf die Spur kommen konnte: über die DNA in seinen Magensäften oder so.

# 6

Art Kosky saß auf dem blassorangefarbenen Teppich. Fay lag ihm gegenüber, die Knie aufgestellt, die Hände unter dem Kopf verschränkt. Sie hatte die Augen zu, aber sie war wach. Alle waren sie wach. Derek saß am anderen Ende des Zimmers auf einem Rattansessel, der knarrte, wenn er sich vorbeugte, um Radiosender zu suchen. Als die Neunuhrnachrichten zu Ende waren und der Sprecher die Börsennotierungen vorlas, stellte Derek wieder leiser.

Art zog eine Zigarette aus der Schachtel, die auf seinem Schoß lag, und zündete sie sich mit seiner noch brennenden Kippe an.

«Mensch, Art, du rauchst uns noch alle zu Tode.»

Fay öffnete die Augen und setzte sich auf. «O Gott», sagte sie. «Bitte nicht.» Sie vergrub ihr Gesicht in den Händen.

«Pete sagte, der Mann hat noch gelebt. Lasst uns nicht in Panik verfallen, bis …»

«Und Pete? Was ist mit Pete? Wir hätten dableiben sollen. Wir hätten auf ihn warten sollen.» Ihre Stimme krächzte, verlieh ihren Worten eine vibrierende Schärfe. «Allermindestens hätten wir zurückfahren müssen.»

«Wir sind zurückgefahren. Ich bin zurückgelaufen. Er war weg.»

Nach hundert Metern hatten sie angehalten. Art war ausgestiegen und so weit zurückgelaufen, dass er einen Teil der Umzäunung sehen konnte, den Löschwagen, den Pick-up auf dem Parkplatz, dessen Fahrertür offen stand. Zwei Männer hatten den Sicherheitsmann auf einer Bahre weggetragen. Ein Streifenwagen hatte hinter dem Feuerwehrfahrzeug geparkt, doch nichts an der Art, wie sich die Männer auf dem Gelände bewegten, deutete darauf hin, dass sie Pete hatten.

Wenn Pete entkommen war, würde er sich zum Steinbruch durchschlagen, also kehrten sie dorthin zurück. Fay wartete vor Ort. Derek stieg aus und postierte sich an der nächsten Kreuzung, während Art zurück zu dem Gelände fuhr. Die Forstwege bildeten ein wirres Muster, in dem man sich leicht verfahren konnte. An der T-Kreuzung hatte er umgedreht und es auf einer Nebenstrecke versucht. Kurz hinter der zweiten Kurve hatte er Pete entdeckt, nach einer scharfen Kehre, doch Pete war in den Wald geflüchtet. Art war ihm nachgelaufen, aber ihm waren die Hände gebunden gewesen, weil der Kombi mitten auf der Straße gestanden hatte und die Blaulichter noch immer in den dämmrigen Nachthimmel zuckten.

Er hatte getan, was er konnte. Er war sich nur nicht sicher, ob die anderen es genauso sehen würden.

Im Radio erklangen mehrere Pieptöne, dann unterbrach ein kurzer Jingle den Wetterbericht. Derek stellte lauter. Asche löste sich von Arts Zigarette und fiel auf den Teppich.

«Gerade erreicht uns die Meldung, dass es auf einem Camp der Holzindustrie im Süden von Vancouver Island einen Anschlag gegeben hat. Berichten zufolge explodierte eine Autobombe auf einem Fuhrpark des Unternehmens Greer-Braden Limited. Laut Polizeiangaben befindet sich eine Person in kritischem Zustand.»

Art atmete einmal tief aus. Es dauerte, bis er wieder einatmete.

«Noch hat sich niemand zu dem Attentat bekannt, doch es zeigen sich Parallelen zu zwei anderen Brandanschlägen, die der Gruppierung Earth Action Now zugeschrieben werden. Die Polizei bittet um Mithilfe. Informationen nimmt jede örtliche Dienststelle entgegen. Für heute zehn Uhr, Pacific Time, ist eine

Pressekonferenz angekündigt. CBC hält Sie weiter auf dem Laufenden.»

Derek erhob sich aus dem Rattansessel. Ein Tritt, und das Radio knallte gegen die Wand und landete auf dem Teppichboden. Eine zitternde Stille erfüllte den Raum. Art drückte seine Zigarette aus. Hinter ihm tigerte Derek hin und her, mit hochgezogenen Schultern und gesenktem Kopf. «So viel zum Thema Zuschlagen, wo es keine Zeugen gibt.»

Auch Fay stand jetzt. «Wenn die Polizei Pete nicht hat, wo ist er dann?»

Draußen ratterte ein Lastwagen vorbei. Art hob den vor Stummeln überquellenden Aschenbecher hoch und stellte ihn auf den Beistelltisch. «Als du das Dynamit besorgt hast, Fay, ist da was passiert, das sie auf unsere Spur führen könnte?»

«Nein. Keine Überwachungskameras, keine Zeugen. Das war am Arsch der Welt. Wüsste nicht, womit man uns kriegen könnte.»

«Doch, Pete», erklärte Derek. «Wenn sie ihn schnappen, dann war's das, dann sind wir geliefert.»

«Oder wenn jemandem auffällt, dass er nicht mehr da ist.»

«Wenn jemand nach ihm fragt, sagt ihr einfach, er wäre nach Osten zu seiner Mutter gefahren. Erzählt es überall herum. Ein Notfall in der Familie.»

«Und wenn sie in einer Woche seine Leiche finden?», fragte Derek.

«Seine Leiche? Mein Gott, Derek.»

«Könnte doch sein. Wir müssen uns auch über so was Gedanken machen.»

«Tot?», sagte Fay. «Du glaubst, er ist tot?»

«Sieh's mal so: Wär's dir lieber, er ist tot, oder er verpfeift uns, während wir uns hier die Köpfe heißreden?»

«Derek, er ist nicht tot, und er wird uns auch nicht verpfeifen. Wir sagen, er ist zelten. Wenn jemand fragt, sagen wir, er ist zum Zelten in die Natur gefahren. Sollte er es irgendwie aus dem Wald rausschaffen, wär's kein Problem, weil stimmig.»

Derek nickte. «Wenn eine Leiche gefunden wird, wäre es auch stimmig.»

Fay ging in Richtung Tür. «Ich muss mal frische Luft schnappen.»

«Warte.» Art folgte ihr. Er legte eine Hand auf ihre Schulter und versuchte, sie zu sich herzudrehen, wollte, dass sie ihm ins Gesicht sah. «Wir müssen jetzt alle Ruhe bewahren, Fay.»

«Derek redet daher, als wäre Pete tot. Und der andere Mann auch. Der Nachtwächter.»

«Er ist nicht tot. Er wird wieder auftauchen. Glaub mir.» Art legte seinen Arm um sie, aber sie war ganz steif, der ganze Körper angespannt, die Arme ein Bündel vor ihrer Brust. «Wir müssen jetzt cool bleiben und eine Weile in Deckung gehen.» Er trat noch näher an sie heran. «Wir haben alles für ihn getan. Alles versucht.»

«Sprichst du von Pete oder sprichst du von dem Wachmann?»

Art löste sich von ihr. «Als ich noch mal zurück bin, war nichts von Pete zu sehen. Ich bin überall rumgekurvt, bin so nahe rangefahren, wie es irgendwie ging.»

«Und du hast ihn wirklich nicht gesehen?»

Es war alles konfus gewesen, chaotisch. Art hätte Pete vielleicht zurückhalten können, wenn er schneller ausgestiegen wäre, wenn er sofort aus dem Wagen gesprungen und ihm nachgerannt wäre. Doch das konnte er Fay nicht sagen. Er konnte ihr nicht sagen, dass er Osborne gesehen hatte, ohne dass sie ihm vorwerfen würde, dass er ihm nicht in den Wald gefolgt war.

«Was gestern passiert ist, ist schlimm, aber wir dürfen nicht vergessen, wer eigentlich schuld ist. Wir wissen, wem wir all das zu verdanken haben. Also müssen wir dafür sorgen, dass die

Öffentlichkeit das auch erfährt. Dass es eine Tragödie ist, kann jeder sehen. Jetzt müssen wir noch ein Kommuniqué rausgeben, das deutlich macht, wie unverantwortlich es von Greer-Braden war, diesen Mann einer solchen Gefahr auszusetzen.»

«Dann ist es ihre Schuld?»

«Unsere Aktion gestern wird Gutes bewirken.» Art trat einen Schritt von Fay weg. «Was passiert ist, ist schrecklich, aber es wird positive Folgen haben. Die Leute werden uns zuhören. Wir sind jetzt eine Macht, die sie nicht mehr ignorieren können.» Er hatte seine Stimme erhoben, wollte, dass auch Derek es hörte.

«Wichtig ist jetzt, dass wir dranbleiben. Wir schreiben ein Kommuniqué, halb Entschuldigung, halb Erklärung. Keiner wird gutheißen, dass ein Mensch im Krankenhaus liegt, aber es wird positive Folgen haben. Pete wird zurückkommen. Wir halten Kurs. Oben an der Thurlow Road warten sechs Kisten Dynamit auf uns. List Cove und Dutton sind unsere nächsten Ziele. Jeder hört uns jetzt zu. Wir haben ihre Aufmerksamkeit. Dass weitere Aktionen drohen, wird zu echten Veränderungen führen.»

# 7

Als Pete wieder zu sich kam, war die Sonne gewandert. Es war später Nachmittag, und sein Kopf tat weh – ein Druckschmerz in seinen Schläfen. Es dauerte eine Weile, bis er stand, und selbst dann musste er eine Hand ausstrecken, um das Gleichgewicht zu halten. Zu lange her, dass er etwas gegessen hatte, er fühlte sich schwach, seine Beine waren steif, seine Schritte zaghaft. Er blickte nach oben, um kurz die warme Sommersonne zu genießen, zupfte ein Blatt von einer Erle, kaute und schluckte es hinunter, aber Blätter würden ihn nicht satt machen. Vielleicht verdarb er sich sogar den Magen. Eine Libelle flog sirrend vorüber, kehrte um, stieg auf und verschwand. Der Sonne nach musste es gegen fünf oder sechs Uhr sein.

Es war fast dunkel, als der Wald sich zu einer Schotterpiste lichtete, einer schmalen, in den Wald getriebenen Schneise. Der Weg führte leicht bergab und verschwand in der Ferne hinter einer Kurve. Pete schaute nach links und nach rechts, überlegte, welche Richtung er einschlagen sollte.

An der Küste würde er irgendwo Essen auftreiben können, und dies half ihm bei seiner Entscheidung: die Aussicht auf Essen und Wasser. Port Thorvald konnte nicht weit sein, und dort würde er bestimmt eine Telefonzelle finden. Er kramte sein Kleingeld aus der Tasche, faltete die Scheine auseinander, breitete die Münzen auf seinem Handteller aus: vier Dollar und sechzig Cent.

Am ausgefransten Wegrand entdeckte Pete Pilze, eine vom Mond beschienene Kolonie. Er bückte sich und pflückte das größte Exemplar, schnupperte daran, wischte die Erde ab und steckte es in den Mund. Das Fleisch war weich, schmeckte sicher, sah auch sicher aus. Mit Bev Norman hatte er beim Zelten in Long Beach des Öfteren solche Pilze gesammelt, also aß er noch einen, putzte sie im Gehen, wischte die Erde weg, aß noch einen dritten, verschlang sie alle. Seine erste Mahlzeit seit der Fähre.

Allmählich wurde es kühl. Der Forstweg wurde breiter, mündete in eine T-Kreuzung, an der ein Schild – weiße Buchstaben auf grünem Grund – die Entfernung nach Port Thorvald und Port Renfrew angab. Schon allein der Anblick des Schilds war erhebend: eine Erinnerung daran, dass ihn jenseits des Waldes eine Welt erwartete. Die West Coast Road bedeutete einen Weg nach Hause.

Auf der gegenüberliegenden Seite der Straße stieg der Wald sanft an. Rasche Schritte, und schon war Pete hineingeschlüpft. Kurz darauf stieß er auf eine breite, von einem dicken Nadelbeet umsäumte Tanne. Er musste schlafen. Danach konnte er immer noch überlegen, was er tun sollte. Er war weit gekommen, und bestimmt würde er bald Fay, Derek und Art finden – es sei denn, sie waren geflüchtet oder saßen im Gefängnis. Gut möglich, dass sie schon vierundzwanzig Stunden ostwärts gefahren waren, untergetaucht. Jeder Polizist, jede Zeitung, jeder Politiker würde sie jagen. Wenn er die anderen nicht fand, blieb immer noch Jeremy. Das würde er als Erstes tun. Er würde Jeremy aufstöbern, ihn um Hilfe bitten.

# 8

Es war Sonntagmorgen und Tab spät dran. Die meisten Chormitglieder waren bereits angekleidet, und die Garderobe war erfüllt von summendem Gemurmel. Tab streifte sich die Robe über den Kopf, und als sie sie zurechtzog, stieg Nervosität in ihr auf. Einige sangen sich bereits ein. Tab schlug ihre Noten auf und überflog die ersten Takte, bewegte ihren Mund zu den Worten, übte leise, mit gedämpfter Stimme.

Novak kam, und es wurde ruhig im Raum. Er half ihnen beim Einsingen. Fünf Minuten vor Beginn der Messe gingen sie hintereinander den Gang entlang und nahmen ihre Plätze im Chorgestühl ein. Novak stellte sich vor sie hin. Er hatte seinen Bart getrimmt, kurz, akkurat, sauber.

In der Mitte der Messe sangen sie das *Magnificat Mysterium*. Ihre Stimmen schallten durch die Kathedrale, ein wuchtiger Auftakt, ein trällernder Akkord. Der Sopran sang die Führungsmelodie, ein spitzer Ton, der hoch im Querschiff schwebte. Novak schwang hin und her. Seine erhobenen Hände hüpften, der Körper stand ganz im Bann der Musik, die Finger geleiteten ihn. Tab hatte ihre Füße schulterbreit gespreizt, ihr Zwerchfell gleichmäßig angespannt. Sie hatte das Lied zu Hause geübt, hatte am Text gearbeitet, an der Atmung, dem schnellen, stakkatoartigen Tempo.

Drei Minuten Gesang, Punkt und Kontrapunkt. Tenor- und Sopranstimme verflochten sich und lösten sich wieder voneinander. Nach einer winzigen Pause setzte donnernd der Bass ein.

Sie strebten dem Ende entgegen. Novak nahm eine Hand herunter und ballte sie zur Faust, sog die Lautstärke aus ihnen heraus, die letzte Phrase glitt in den Raum hinein, stieg wie mit eigenem Leben erfüllt hinauf zum Dach. Stille in der Kathedrale.

Während der Eucharistie entdeckte Tab Frank, der sich in die Schlange vor dem Altar eingereiht hatte. Sein Haar war weißer, als sie es in Erinnerung hatte. Vielleicht lag es an dem dämmerigen Licht in der Kirche. Vielleicht an ihrem Blickwinkel. Eine rote Nelke steckte in seinem Knopfloch. Ihr Garten stand in voller Pracht, ein helles Blütenmeer seit Juni.

Nach dem Gottesdienst wartete Frank auf dem Parkplatz auf sie, mit laufendem Motor, um die Klimaanlage in Betrieb zu halten. Bis nach Hause waren es gut drei Kilometer. Der Weg führte vorbei an Backsteinhäusern, Hecken, fröhlichen Gärten, Straßenzug um Straßenzug gepflegte Häuslichkeit. Die Klimaanlage trocknete Tabs Augen aus, so dass sie blinzelte, als sie endlich in die Chestnut einbogen. Irgendetwas unter der Motorhaube quietschte leise, als sie um die Kurve fuhren, ein loser Keilriemen oder eine verstellte Spur. Sie wollte gerade Frank sagen, er solle das Auto mal durchchecken lassen, als sie den Streifenwagen vor ihrem Haus bemerkte.

«Seltsam», sagte Frank. Tab blinzelte immer noch. Sie drückte ihre Augen zu, öffnete sie wieder. Erneut dieses leise Quietschen, als sie in die Einfahrt einbogen. Zwei Polizisten standen auf der Veranda und spähten durchs Fenster. «Meinst du, es wurde eingebrochen?», fragte Tab, aber das war es nicht. Sie wusste, dass es das nicht war. Die Polizisten waren gekommen, um über Peter zu sprechen. Sie hatte ein flaues Gefühl im Magen, als sie an den Türgriff fasste. Sie drückte so heftig zu, dass sich ihr die Fingernägel in die Handteller gruben, dann stieß sie die Tür auf.

«Mister und Misses Harper?» Die Polizisten eilten über den Rasen auf sie zu. Der Größere von beiden nahm seine Mütze ab. Er hatte ein flaches, fast planes Gesicht.

«Wie können wir Ihnen helfen?», fragte Frank.

«Es geht um Peter Osborne, Misses Harper. Sie sind seine Mutter, richtig?»

«Was ist los? Ist ihm was passiert?»

«Wann haben Sie zuletzt vom ihm gehört?»

«Sagen Sie mir erst, ob ihm was passiert ist.»

Tab sah erst den einen, dann den anderen Polizisten an. Der Mann, der näher bei ihr stand, hatte ein schmales Gesicht und einen akkurat gestutzten Bart. Er räusperte sich. «Die RCMP würde ihm im Zusammenhang mit einem Bombenanschlag im Osten gern einige Fragen stellen.»

«Peter? Ein Bombenanschlag?»

«Den auf die Lagerhalle des Forstunternehmens?», fragte Frank. «Das war gestern in den Nachrichten.»

«Es besteht ein Haftbefehl gegen eine Gruppe, die sich Earth Action Now nennt, wegen zweier Fälle von Brandstiftung. Wir haben Grund zu der Annahme, dass Ihr Sohn darin verwickelt ist.»

Tab trat näher an die Eiche heran. Sie legte ihre Finger auf die rauhe Rinde. Die anderen redeten weiterhin, doch sie hörte es gedämpft, als wäre sie hinter einer Mauer oder unter Wasser. Fahndung. Terrorismus. Greer-Braden. Nachtwächter. Die Wörter hatten ihre Ordnung verloren, waren ein Knäuel, das sie nicht entwirren konnte. Ein rostiger Nagel steckte tief in dem Baum. Sie umkreiste mit den Fingern seinen Kopf. Ihr war, als wären ihre Knochen plötzlich weich geworden. Sie musste sich setzen. Sie brauchte ein Glas Wasser.

«Hat Ihr Sohn Freunde, an die er sich vielleicht wenden wird? Haben Sie deren Namen und Telefonnummern?»

«Wir haben schon länger nichts mehr von ihm gehört. Seit Weihnachten nicht. Meine Frau hat versucht, ihn ausfindig zu machen.»

«Er hat sein Studium abgebrochen», erklärte Tab. Irgendwie war sie zu dem Schluss gekommen, dass ihn dies aus der Bahn geworfen hatte. «Er hat …»

«Sie haben ihn rausgeworfen», mischte Frank sich ein. «Er war an diesen Protestaktionen beteiligt, den Barrikaden, Demos in Holzfällercamps, all dem Zeug drüben an der Westküste.»

Der kleinere Beamte gab Frank sein Kärtchen. «Wenn er etwas damit zu tun hat, bedeutet das jede Menge Ärger. Am besten, er meldet sich bei uns.»

Frank nahm das Kärtchen entgegen, ohne einen Blick darauf zu werfen, und ging den sanft ansteigenden Rasen hinauf. Er sah nicht zurück zu Tab, nahm sie nicht am Arm. Seine Schritte ertönten auf den Holzstufen, während Tab noch wie gestrandet im Vorgarten stand. Sie war sich nicht sicher, ob sie überhaupt würde gehen können, doch sie drückte sich von dem Baum ab und schaffte es irgendwie: ein Schritt nach dem anderen.

Der kleinere Beamte hielt auch ihr ein Kärtchen hin. Tab unterdrückte das Zittern in ihren Fingern, als sie es entgegennahm. Sie stieg die drei Stufen zur Veranda hinauf. Gekauft hatten sie das Haus auch deshalb, weil ihr diese altmodische, rundum verlaufende Veranda so gut gefallen hatte, dieser Südstaatencharme. Doch in diesem Augenblick hasste sie diesen riesigen Eingangsbereich: zu exponiert, zu protzig.

Tab lehnte sich von innen an die Tür und drückte so lange, bis der Schnapper klickte. Äußerlich war sie ruhig, aber es war alles so irreal, dass sich ihr der Kopf drehte.

Frank atmete tief ein und aus. Er sah abgespannt aus, blass. Tab tastete nach dem Teil der Zeitung, der auf dem Sessel lag. Patches miaute und strich ihr ums Bein. «O Gott», rief Tab, mehr brachte sie nicht heraus. Sie ging hinüber zum Sekretär und zog eine von Franks Zigaretten aus der Schachtel. Die Katze trottete hinter ihr her.

Die Polizei konnte sich irren. Jeder machte Fehler, auch die Polizei. Und selbst wenn es stimmte, bedeutete es noch lange nicht, dass er schuldig war. Vielleicht wollte ihn die Polizei tatsächlich nur befragen. Vielleicht hatten diese Leute von Earth Action Now Peter da mit reingezogen. Peter war einfach zu vertrauensselig. Zu naiv.

Vielleicht würde das Telefon gleich klingeln. Ihr Blick wanderte zu dem schwarzen Apparat. Vielleicht würde die Polizei gleich anrufen und sich dafür entschuldigen, dass ihnen ein Versehen unterlaufen war. Oder Peter rief an. Krampfhaft versuchte sie, diese Hoffnungsfäden so zu verknüpfen, dass ihre innere Unruhe sich legte. Sie hätte sich nach ihrem Streit an Weihnachten mehr Mühe geben müssen, ihn zu finden. Sie hätte hinfahren müssen, persönlich mit den Leuten sprechen. Es wäre besser gewesen, als einfach nur zu telefonieren. Sie hätte ihn aufspüren müssen, zur Uni fahren, seine Professoren treffen. Sie hätte Zettel aufhängen müssen.

Und sie hätte Reverend Simms am Freitag nicht anlügen sollen. Sie hatte einen Priester angelogen, das hatte sie nun davon. Zu viel hätte sollen und hätte müssen.

Als Peter an Weihnachten da war, hatte sie manchmal das Gefühl gehabt, ihn kaum noch zu kennen. Seine ungekämmten Haare, die schlabbrigen Klamotten, angeblich aus Hanf. Sie hatte Hanf immer mit Seilen assoziiert und sich gewundert, dass man daraus auch Kleidung herstellen konnte. Wie sich herausstellte, war Hanf auch Marihuana. Und dann war er so feindselig gewesen, so voller Zorn, der direkt gegen sie gerichtet schien. Sie würden zu oft Auto fahren. Er hatte unbedingt zu Fuß zum The Keg gehen wollen. Drei Kilometer durch den Schnee. Und er hatte sich geweigert, Steak zu essen. Zu Frank hatte er gesagt, Weihnachten sei nur Konsum und Verschwendung. Ausgerechnet Weihnachten.

Ein- oder zweimal war etwas von dem alten Peter aufgeblitzt, dem Peter von vor seinem Umzug nach Westen. Einmal waren sie lange aufgeblieben und hatten Cribbage gespielt, hatten sich am Tisch gegenübergesessen und geplaudert. Peter hatte ihr von seinem Leben im Westen erzählt, seinen Freunden, seinem Interesse für Fotografie. Und einmal hatte er auch das Mittagessen gemacht, Caesar Salad und Sandwiches. Nur über die Uni hatte er nicht reden wollen; war Fragen nach seinen Seminaren und dem Campusleben ausgewichen. Am zweiten Weihnachtsfeiertag hatte er ihr schließlich gebeichtet, dass er rausgeflogen war, dass er sich nicht auf das Abschlussexamen vorbereitete, ja nicht einmal seine Seminare besuchte. Achtzehn Monate lang hatte Frank ihm währenddessen Geld geschickt, für die Studiengebühr, für die Miete, für wer weiß was.

Sie erzählte es Frank noch am selben Tag. Er hatte ein Recht, es zu erfahren. Schließlich war er derjenige, der alles bezahlte. Frank war natürlich an die Decke gegangen, und Peter hatte sofort seine Sachen gepackt, einige Bücher, seine Kamera, ein paar Klamotten.

An diesem Abend klingelte kurz nach sechs das Telefon und riss Tab aus dem Schlaf. Am anderen Ende war eine Frau. «Hier ist Alice», sagte sie mit schriller, energischer Stimme. «Vom Chor.» Schlagartig war alles wieder da. Sie hatte auf die Polizei gewartet. Oder auf Peter. Hatte auf diesem Sessel gesessen und gehofft, dass jemand anrief und ihr sagte, es sei alles ein Irrtum gewesen, ein schreckliches Missverständnis.

Tab hörte sich selbst krächzen, ein kehliges Sprechen.

«Als ich zu Hause ankam, hatte ich eine Idee», sagte Alice. «Hätten Sie und Ihr Mann Lust, nächsten Sonntag mit Dick und mir zu brunchen?»

Tab spürte, wie ihr im Sessel zusammengerollter Körper nachgab. So fühlte es sich an, wenn man schmolz. Wenn die Welt einen zu nichts zerrieb. Sogar als Alice sprach, war es, als würde das Telefon aus Tabs Hand gleiten.

«An der Ridings Road gibt es ein tolles Restaurant, das Sunshine. Wir könnten auch den guten Reverend Simms einladen. Er mag Sie.»

«Nächsten Sonntag», sagte Tab und hörte sich wie aus der Ferne, wie ein Echo. «Ja, gern.» Sie versuchte, ihrer Stimme Leben einzuhauchen. Sie durfte sich jetzt nicht gehenlassen, hatte ja selbst den Kontakt gesucht, war dem Chor beigetreten, um mehr rauszukommen. Sie durfte nicht einfach zusammenbrechen aus lauter Angst vor dem, was Peter getan haben könnte.

«Ich rufe Reverend Simms an und frage nach, ob er kann. Er kann allerdings immer. Zumindest wenn es Speck mit Eiern gibt.»

Alice erzählte noch etwas, doch als sie kurz innehielt, ging Tab sofort dazwischen und sagte so beschwingt wie möglich: «Okay, dann sehen wir uns am Freitag zur Probe?»

«Ja, genau, zur Probe», erwiderte Alice.

An diesem Tag aßen Tab und Frank schweigsam zu Abend, eine einfache Mahlzeit in irgendeiner Ecke ihres riesigen Hauses. Besteck kratzte über Porzellanteller. Eis klimperte in Gläsern, meist hell und laut. Im Flur tickte die Standuhr. Tab konnte hören, wie ihr gegenüber Frank sein Essen kaute, langsam und methodisch, so wie er alles langsam und methodisch tat.

«Du solltest Martin anrufen», sagte er nach einer Weile.

«Wozu sollte das gut sein?»

«Sag ihm, was du weißt. Der Vater des Jungen sollte …»

«Ich will nicht mit Martin sprechen. Ich weiß noch rein gar nichts.»

«Und deine Mutter?»

«Es könnte sie umbringen. Das hier könnte ihr den Rest geben.» Sie schob eine Kartoffel auf ihrem Teller umher. «Ich will nur eins: mit meinem Sohn reden.»

«Und wie willst du das anstellen? Seit Monaten treibt er sich weiß Gott wo herum, ohne sich zu melden, und du meinst, er ruft ausgerechnet jetzt an, wo die Polizei hinter ihm her ist?» Frank trug seinen Teller zur Spüle. «Ein bisschen mehr Realitätssinn wäre gut, Tab.»

«Kein Grund, gehässig zu werden.»

Er verließ die Küche. Im Wohnzimmer ging der Fernseher an.

Als Tab allein am Tisch saß, fiel ihr auf, dass sie noch nicht geweint hatte, nicht wirklich. Vor Jahren hätte sie einfach losgeheult. Jetzt saß sie am Esszimmertisch und musste sich konzentrieren, musste ihr Gesicht weich werden lassen und ihre Augen zusammenkneifen, bevor sich endlich etwas tat. Anfangs wurde nur ihr Blick glasig, doch als ihr die erste Träne über die Wange gekullert war, konnte sie endlich loslassen. Schluchzen erfasste ihren ganzen Körper. Sie griff nach einer Serviette. Ihre Lippe zitterte. Sie fühlte sich schwach.

# 9

Pete wachte auf. Sein Körper war nicht mehr kalt und klamm, sondern heiß und verschwitzt. Seine Kleidung klebte an ihm. Erst dachte er, es hätte geregnet, aber es war nur sein Schweiß. Sein Magen fühlte sich geschwollen an. Bilder vom Esterway Ridge hatten sich in seine Träume geschlichen: der Nachtwächter auf dem Rücken, leblos, Pete über ihm. In seinem Traum konnte Pete sich nicht bewegen, konnte nicht sprechen, dafür aber der Nachtwächter. «Bitte», hatte er immer wieder gesagt, während Pete ihn angestarrt hatte.

Waldgeräusche ertönten. Pete drehte sich auf die Seite, um bequemer zu liegen, doch dadurch verschlimmerten sich seine Bauchschmerzen. Im Geiste war er immer noch oben auf dem Esterway Ridge, bedrängten ihn die Bilder, war sein Körper angespannt, ein Knoten auf dem Waldboden. Wenn er doch nur zu dem Moment zurückkehren könnte, bevor sein Finger den Knopf gedrückt hatte. Wenn der Wachmann doch nur etwas früher aufgetaucht wäre. Bevor der Timer aktiviert gewesen war. Wenn er könnte, würde er alles anders machen. Aussteigen, abhauen, weg von dem gestohlenen Pinto, weg von dem Sprengstoff an der Gebäudewand.

Irgendwo in der Ferne fuhr ein Fahrzeug vorbei, dann hörte Pete ein Rascheln im schattigen Wald, ganz nah, ein Hirsch vielleicht. Mühsam stand er auf. Ja, ein Tier, doch sein Blick war so verschwommen, dass er es nicht richtig erkennen konnte: kleiner als ein Hirsch, vielleicht ein Hund, eine Wildkatze. Pete drehte sich um und ging schnell davon. Er stolperte den Hang hinauf, tastete nach etwas, an dem er sich festhalten konnte. Dann versuchte er zu rennen. Es wurde flacher.

Bestimmt war die Mutter in der Nähe. Ein Baby bedeutete, dass irgendwo eine Mutter war, aber Petes Muskeln schmerzten, sein Kopf tat weh, und er hatte Durchfall. Er hätte diese Pilze nicht essen sollen. Er hätte nicht zulassen dürfen, dass der Hunger ihm die Sinne vernebelte.

Pete marschierte, so weit er konnte, und ließ sich vor einem Baum fallen. Als er wieder aufwachte, war es vollkommen dunkel, und er hatte Hunger. Das Fieber war weg. Zumindest fühlte es sich so an. Ihm war nicht mehr heiß, doch sein Körper tat immer noch weh, als er sich erhob und ziellos weiterstolperte, weil er nicht wusste, in welcher Richtung die Straße lag. Auf dem Schild gestern hatte gestanden, dass es sechs Kilometer bis Port Thorvald waren. Er versuchte, im Kopf eine Karte zu skizzieren. Hinter Port Thorvald und der Mündung des Sawyer River lag eine breite Halbinsel. Dort musste er sein. Irgendwo am südlichen Zipfel dieser Landmasse, irgendwo zwischen der West Coast Road und dem offenen Meer.

Er legte sich wieder hin, um auszuruhen, rollte sich zusammen auf dem kalten Untergrund, zog die Knie hoch und schlief ein. Sofort war er wieder in Esterway Ridge, auf dem rauchgeschwängerten Gelände, bei dem reglos daliegenden Nachtwächter. Ein leichter, unruhiger Schlaf, bis ein quälender Husten ihn hochriss. Er würgte und spuckte einige Fäden Galle aus, dann kratzte er sich an einem Stich auf seinem Ellbogen. Auch an seinem Schlüsselbein juckte es, also kratzte er sich auch dort. Er musste weiter. Irgendwohin. Sanfte Hügel, Bäume, so weit er blicken konnte. Nicht einmal einen Pfad gab es hier.

Menschen kamen so um: schutzlos im Wald, krank, nicht als vermisst gemeldet. Dieses Land war geradezu übersät mit menschlichen Knochen, doch solange er gehen konnte, würde er hier wieder rausfinden. Er war auf einer Halbinsel, begrenzt von einer Straße und von Wasser. Rauf führte zur Straße, runter zum Wasser. Wenn er eins von beidem erreichte, würde er es auch nach Hause schaffen.

Allmählich tat sich vor ihm ein Pfad auf: leichteres Durchkommen, eine kaum merkliche Spur, die ein Hirsch gebahnt haben konnte. Der Pfad schien am Hang entlangzuführen, aber wenigstens war es ein Pfad, ein Anreiz, einer bestimmten Richtung zu folgen. Irgendwann machte der Pfad eine Kurve und führte bergab. Er hatte es sich anders erhofft, aber der Zug der Schwerkraft war verlockend. Wenn er erst mal am Wasser war, würde sich der Rest schon ergeben. Dann musste er eben der Küstenlinie folgen. Außerdem bestand die Chance, dass er auf Leute stieß: Fischer, Camper, Holzfäller, Jäger. Menschen trieben sich an den ungewöhnlichsten Orten herum.

# 10

Inez Pierce saß vor ihrer Staffelei, als etwas im Wald ihre Aufmerksamkeit erregte. Sie rutschte ein Stück auf ihrem Stuhl nach vorne und sah, wie ein Mann neben dem Weg, der nach Seeley's Bay führte, aus dem Wald stolperte. Seine Kleidung war über und über mit Dreck verschmiert. Er rieb sich die Augen, blickte sich um und entdeckte die beiden groben Holzfiguren, die Ray geschnitzt hatte, seine Zwillingsskulptur, starrte sie an. Scout brauchte eine Weile, bis ihr klar wurde, dass ein Fremder in ihr Territorium eingedrungen war, doch dann hob sie den Kopf und bellte. Inez umfasste den Nacken der Hündin. «Schschsch.»

Der Mann hörte das Bellen, legte eine Hand schützend an die Stirn und blickte zu Inez herüber. Trotzdem schien er sie nicht zu entdecken. Dann ging er weiter.

Inez legte den Pinsel auf die Ablage. Sie malte die Zedern, die sie einst Fred und Ginger getauft hatte: weil sie so eng zusammengewachsen waren, dass ihre Äste sich beim leisesten Wind gemeinsam bogen. Der Mann stand nur noch wenige Meter von den beiden Bäumen entfernt. Noch drei Schritte, und er hätte sie berühren können, doch stattdessen rutschte er weiter den Hang hinunter. Er war groß und blass, hatte lockige Haare, die so hell waren, dass die Erdklumpen und trockenen Blätter, die sich darin verfangen hatten, regelrecht hervorstachen. Inez folgte dem Mann, vorbei an Brombeerbüschen und zwei alten Baumstümpfen, hin zu dem Holzstapel. Die Hündin trottete neben ihr her.

«Kann ich Ihnen helfen? Haben Sie sich verlaufen?»

Der Mann stützte sich mit der Hand auf einem der Baumstümpfe ab und ließ sich mühsam darauf nieder. Erst als er saß, wandte er sich ihr zu. Sein Hemd war falsch zugeknöpft und hing ihm schief von den Schultern. Er hatte eine breite Stirn, stahlblaue Augen.

Scout bellte. «Keine Angst. Sie ist harmlos. Ich bin Inez.»

«Ich habe Durst.»

«Ah, okay.» Inez drehte sich um. Der Mann schien allein zu sein. Nichts rührte sich entlang der Bäume, die dieses Ende des Strands säumten, kein weiterer Mann trat aus dem Wald. «Warten Sie hier. Mein Sohn kann schnell zur Hütte laufen und Wasser holen.»

Dennis war hier irgendwo. Zumindest glaubte sie das. Er hatte an seinem Kajak gewerkelt, hatte die neueste Schellackschicht geschliffen. Inez rief nach ihm, ging runter zu den Felsen, wo sie Dennis entdeckte, der sein illustriertes Handbuch zum Kajakbau studierte.

«Hier ist gerade ein Mann aus dem Wald gestolpert. Sagt, er hat Durst. Kannst du ihm einen Becher Wasser holen? Und was zu essen?»

Dennis legte seinen Kopf schief. «Ein Camper?»

«Eher nicht.»

Inez kehrte zurück zur Lichtung. Der Mann saß noch immer auf dem Stumpf. «Haben Sie sich verirrt?»

Er schien nach Worten zu suchen. Leckte sich die Lippen. Sah aus, als ob er Schmerzen hätte. «Krank. Ich war krank und habe mich verirrt.» Er schielte beim Sprechen.

«Ist da noch jemand? War jemand bei Ihnen?»

Er schüttelte den Kopf. Inez kniete nieder, um auf seiner Höhe zu sein. Er hatte einen Bartansatz, dünne Lippen, eine blasse Narbe unterm Auge, einen kleinen Streifen faltiger Haut.

Dennis kam mit einem Becher Wasser, den er in beiden Händen trug. Der Mann schlürfte daran, sein Adamsapfel sprang auf und ab. «Das ist mein Sohn Dennis», erklärte sie. Sie kniete noch immer vor ihm und legte ihr Handgelenk auf seine leicht mit Dreck verschmierte Stirn. «Sie glühen ja. Wollen Sie sich etwas ausruhen?»

Das Kinn des Mannes klappte herunter.

«Vielleicht in meinem Bett?», schlug Dennis vor.

Inez wandte sich ihrem Sohn zu. Ihre Hütte war klein und schon für sie beide zu eng. «Lieber bei Gunter und Maggie.» Dann wandte sie sich wieder an den Mann. «Oben auf dem Hügel ist eine leere Hütte. Wir könnten Ihnen raufhelfen.»

«Mir ist schlecht.»

So sah er auch aus. Sein Mund stand offen. Die Augen waren matt und blutunterlaufen. Immerhin konnte er aufstehen. Inez und Dennis griffen ihm von beiden Seiten unter die Arme, und gemeinsam schlurften sie los. Der Mann fühlte sich knochig an, vom Fleisch gefallen, und obwohl er von beiden gestützt wurde, setzte er seine Schritte langsam. An dem Erdbeerbaum, der den Beginn des Wegs markierte, machten sie halt. Inez hielt sich an einem Ast fest und sah den schlammigen Anstieg hinauf. Gunter hatte sich nie die Mühe gemacht, einen richtigen Weg anzulegen. Diesen Pfad hatten über viele Jahre hinweg allein Wanderstiefel ausgetrampelt.

Die Hütte selbst stand auf einer Lichtung, ein schiefer Schuppen, der in Richtung Meer zu kippen schien. Inez konnte sich vorstellen, was der Fremde dachte, aber es war die beste der vier leeren Hütten, trotz der Schräglage. Die Fenster waren heil, drinnen gab es eine Pritsche. Nur ein einziger Raum, ein so großer Kerl wie er konnte die Süd- und Nordwand vermutlich gleichzeitig berühren, doch Hauptsache, das Dach war dicht, und er würde nicht nass werden.

Inez packte noch fester zu, um den Fremden auf die Veranda zu hieven. Drinnen brauchten ihre Augen einen Moment, um sich an die Dunkelheit zu gewöhnen. Es roch muffig und abgestanden: Der Winterschimmel steckte noch in allen Ritzen. Die Sprungfedern der Pritsche quietschten, als der Mann sich hinlegte. Es gab weder Laken noch Kissen, eine Matratze, das war's. Am anderen Ende stand eine Kommode. «Schau doch mal, ob du eine Decke findest, Dennis.»

«Danke», sagte der Mann, die Augen bereits geschlossen, die Hände über der Brust gefaltet.

Inez zog eine Kiste unter der Küchenplatte hervor und setzte sich darauf.

«Wie heißen Sie?»

Das hätte sie gern gewusst. Das wäre ein Anfang, aber er hatte die Augen zu, atmete ruhig. Wie sie erst jetzt bemerkte, war seine Lippe aufgeplatzt, geschwollen, blutverkrustet. «Meine Güte, Sie sehen vielleicht aus.»

Hinter ihr kramte Dennis in der Kommode, durchsuchte die ganze Hütte. In diesem Moment ergriff der Fremde ihre Hand und drückte sie. «Danke.» Dann drückte er sie noch einmal, diesmal länger. «Für Ihre Hilfe.» Sie entzog sich ihm nicht. Er sah friedlich aus. Sein Atem wurde weicher.

«Hier sind keine Decken», sagte Dennis.

«Dann hol die graue von meinem Bett. Und bring auch ein Kissen mit.»

«Er wird wieder gesund, oder?»

«Bestimmt.»

Dennis öffnete die Tür und schlug sie hinter sich zu. Inez hörte, wie er die Lichtung überquerte. Morgenlicht flutete herein, fiel auf das Feldbett und die schmutzige Kleidung des Mannes. Sie zog ihre Hand aus seiner. Er hatte nichts dabei, nur was er auf dem Leib trug, diese verschmierte Jacke, die er sich um die Hüfte gebunden hatte. Sie konnte es kaum erwarten, ihrer Schwester davon zu schreiben.

Gunter hatte sich eine Wasserleitung gelegt, die die Schwerkraft nutzte, und daraus füllte Inez nun einen Eimer. Unter dem Fenster hing ein steifgetrocknetes Geschirrtuch. Sie tauchte es in das Wasser und wischte damit dem Mann den Schlamm von Stirn und Nase. Seine Augen flackerten. Sie zupfte Erde und Blätterreste aus seinen Haaren.

Unter all dem Dreck sah der Fremde gar nicht so übel aus. Er hatte ein rundes, weiches Gesicht, war vielleicht vierundzwanzig oder fünfundzwanzig, jedenfalls ein paar Jährchen jünger als sie.

Dennis brachte ein Kissen und eine Decke, dazu den Becher mit dem Sprung, den der Mann bereits bei dem Holzstapel benutzt hatte. Inez hob seinen Kopf an und schob das Kissen darunter. «Wasser?»

Seine Wange zuckte, aber er war eingeschlafen. Inez stellte den Becher auf den Stuhl neben dem Bett. «Für später.» Sie zog die Decke über ihn. «Am besten, wir lassen ihn jetzt in Ruhe.» Zwei Schritte über die staubigen Dielen und sie war an der Tür.

Zurück in ihrer Hütte, schaltete Inez den Wetterfunk ein. Der Lautsprecher klang scheppernd. Sie drehte an der Antenne, verrückte den Apparat ein wenig und hörte sich den Seewetterbericht an. Es war mittlerweile ein Ritual, dem sie ein-, wenn nicht zweimal am Tag nachging. Wind aus nordwestlicher Richtung, zweiundvierzig Knoten, Höchststand des Wassers um drei Uhr fünfzehn bei zwei Meter zehn, Tiefststand um neun Uhr bei einem Meter zwanzig.

«Dennis, hast du die Eier eingesammelt und den Hühnerstall gesäubert?»

«Noch nicht. Wir haben dem Mann das Leben gerettet, oder?»

«Kümmere dich um die Hühner, Dennis. An deinem Kajak kannst du hinterher weiterwerkeln.»

«Wie ist der Mann hierhergekommen?»

Ein Camper, der sich verirrt hatte, schien die wahrscheinlichste Erklärung. Vielleicht war auch sein Boot aufgelaufen. Obwohl er nicht aussah, als käme er von einem Boot. Wie ein Camper sah er allerdings auch nicht aus. Er sah aus wie jemand, der mit dem Auto rechts rangefahren und in den Wald gelaufen war: bis er so vor Schmutz starrte, dass keiner ihn mehr erkennen konnte.

So wie er getorkelt war, war er vermutlich schon seit einer Woche durch den Wald geirrt. Andererseits wären dann schon längst Suchtrupps unterwegs. Seit sie hier lebte, hatte sie an zwei teilgenommen. Einmal hatten sie einen Jungen gesucht, der etwa in Dennis' Alter gewesen war. Gefunden hatten sie ihn schließlich mitten auf einer Forststraße.

Kurz vor Mittag trug Inez eine Schüssel Suppe und einen Becher Tee den Serpentinenpfad hinauf zu Gunters und Maggies alter Hütte. Sie hatte einen ihrer gebundenen weißen Skizzenblöcke zum Tablett umfunktioniert. Unterwegs musste sie ihn immer wieder gegen ihre Hüfte stemmen, um sich mit ihrer freien Hand an Baumstämmen und niedrigen Ästen festzuhalten.

Die Außentür war eigentlich eine Innentür und hatte noch nie so richtig gepasst, außerdem blätterte die Farbe ab.

«Jemand da?» Als sie klopfte, schoss ihr der Gedanke durch den Kopf, der Fremde könnte fortgegangen sein. Oder es könnte ein schlimmes Ende mit ihm genommen haben. War er womöglich gestorben und lag jetzt da auf der alten Matratze? So arbeitete ihr Gehirn: Es spuckte die absurdesten Möglichkeiten aus – absurd deswegen, weil er, als sie eintrat, nach wie vor auf dem Bett lag und atmete, die Augen geschlossen, die Decke zerwühlt. Die Dielen unter ihren Füßen knarrten. Sie stellte den Notizblock mit der Suppe und dem Tee auf die Kommode, ließ ihr Mäppchen mit den Pinseln in ihre Tasche gleiten. «Sind Sie wach, Fremder?» Sie legte ihre Finger auf seine Wange, knapp oberhalb der Bartstoppeln. Er war noch immer heiß. «Ich habe was zu essen mitgebracht.»

Die Lider des Mannes flackerten und beruhigten sich wieder. Der Becher Wasser, den Dennis geholt hatte, war noch voll.

«Ein bisschen Suppe, dann geht's Ihnen gleich besser.» Sie stellte die Schüssel auf den Hocker, zwängte sich auf den Rand des Betts und schob sacht ihre Hand unter seinen Nacken. Sie hob seinen Kopf an und löffelte ihm Brühe in den Mund. Ein bisschen was tropfte daneben und verfing sich in den Stoppeln am Kinn. Seine Lippen schmatzten. Der zunehmende Druck auf ihre stützende Hand zeigte ihr an, dass er genug hatte. Er wollte sich wieder hinlegen.

Der Schlamm auf seiner Kleidung hatte sich auf der Matratze verteilt. Er war getrocknet und zerbröselte. Sie könnte ein paar von Rays alten Sachen holen, die sie noch nicht zu Mallumpen umfunktioniert hatte. Der Fremde hatte etwa die gleiche Größe, nur war er dünner, wirkte hager und ausgehungert. Sie tastete seine Vordertaschen ab, erst die rechte, dann die linke. Beide leer. Er murmelte etwas. Sie beugte sich zu ihm hinunter. «Nicht», sagte er. Sanft, fast flüsternd, und doch begann ihr Herz vor Scham schneller zu schlagen.

«Ich wollte nur nachsehen, ob Sie einen Ausweis dabeihaben.»

Sein Atem beruhigte sich wieder und wich einem leise rasselnden Schnarchen. Im Lauf des Nachmittags hatte sie mehrere Möglichkeiten durchgespielt – Wanderer, Camper, Beerensammler, Vogelnarr, irgendein Landvermesser, Marihuana-Farmer, jemand aus der Holzindustrie, Mountainbiker, Moto-Cross-Fahrer. Dutzende Möglichkeiten waren ihr durch den Kopf gegangen, allesamt harmlos. Der Mann hatte sich verirrt. Kam selten vor, hatte es aber schon gegeben. Ungewöhnlich machte den Fall, dass er so krank war.

Inez nahm ihren Skizzenblock zur Hand, wählte einen Bleistift, und während der Fremde schlief, zeichnete sie ihn. Sie begann immer mit flüchtigen Eindrücken, führte rasche Striche: Bleistift und Kohle auf Papier.

Das menschliche Gesicht besaß keine Linien, es war nur Oberflächen und Schatten, und daher waren Inez' Eindrücke auf dem Papier auch nur Schatten und Kurven. Nach jeder Skizze drehte sie das Buch weiter, so dass die Variationen in einem merkwürdigen Winkel zueinander lagen, ein Medley aus verschobenen Zeichnungen. Diese Art von grobem, kurzlebigem Werk verschaffte ihr ein eigenartiges Vergnügen. Ihr Drang zur Farbe hatte stets wie ein Fluch auf ihren Bildern gelegen. In den vergangenen Monaten hatte sie sehr zum helleren Ende der Palette tendiert, obwohl sie doch hier in einer Welt ohne künstliche Farben oder tropischen Glanz lebte. Vielleicht hatte Farbe sie die ganze Zeit gehemmt. Mit Kohle war die Welt reine Struktur und Schatten, ein flacherer, leichter zu bewohnender Ort.

Inez blätterte um und begann eine neue Zeichnung. Ein Gesicht einzufangen, das sie nicht kannte und das ihr trotzdem vertraut war, hatte etwas Unwiderstehliches. Sie würde ihrer Schwester eine Skizze schicken, zusammen mit einer Kurzfassung der Geschichte. Wie immer sich diese Geschichte noch entwickeln würde.

Vor Jahren hatte Ray Inez einmal das Buch eines deutschen Fotografen gezeigt. Auf jeder Seite waren zwei Bilder eines sterbenden Menschen gewesen, eines aufgenommen wenige Tage vor dem Tod und eines wenige Stunden nach dem Tod, alles Close-ups, alle über die ganze Seite. Links war immer das lebende Gesicht gewesen, die Augen offen, der Blick krank und schmerzerfüllt.

Manche Leute sagten, das Wesen der Schönheit sei Jugend, Jungsein sei gleichbedeutend mit Schönsein, doch in Wahrheit war das Wesen der Schönheit das Leben selbst. Lebendig sein bedeutete schön sein. Das hatte Inez in diesen Bildern gesehen. Für das nächste Semester hatte die Kunsthochschule für sie die Erlaubnis erwirkt, in einem Hospiz zeichnen zu dürfen. Es hatte bedeutet, dass sie lange Busfahrten über die Lions Gate Bridge hatte auf sich nehmen müssen. Jedes Mal hatte sie dabei ein mulmiges Gefühl befallen. Sie hatte sich zwingen müssen, die Fahrt überhaupt anzutreten – wobei es nicht die neunzigminütige Busfahrt selbst gewesen war, die ihr so zugesetzt hatte. Auf der anderen Seite hatten sie lauter Räume mit Sterbenden erwartet.

Sie hatte jedoch ein Talent dafür. Das hatte sie schon immer gewusst, aber nach dem Zeichnen in dem Hospiz hatte sie jahrelang vor dem Figurativen zurückgeschreckt und hatte sogar noch länger gebraucht, bis sie wieder ein Gesicht skizziert hatte. Und nun saß sie hier und zeichnete jemanden, der wirkte, als stünde er an der Schwelle des Todes. Sie wusste allerdings, dass er nicht sterben würde. Seine Wangen hatten wieder etwas Farbe angenommen, er hatte nicht mehr dieses Ausgemergelte und Ausgezehrte, das sie an diesem Morgen so sehr erschreckt hatte.

Bald würde er wach sein. Bald würde er hier herumlaufen, und dann konnte er ihnen erzählen, wie er hier gelandet war.

# 11

Art Kosky schloss die Wohnungstür zu und blickte zu dem Fußweg, der zur Bee Street führte. Niemand zu sehen. Er überquerte den Kiesparkplatz hinter dem Gebäude und ging die Gasse entlang, die zwischen den Häuserblocks verlief. An der Thompson Street bog er Richtung Süden ab. Es tat gut, aus der Wohnung rauszukommen, sich zu bewegen. Der Nebel der vergangenen Nacht hing frostig in der Morgenluft.

Drei Querstraßen weiter rollte ein Bus an ihm vorüber, wurde langsamer, blinkte, fuhr weiter zur nächsten Haltestelle. Art rannte los. Er hätte es nicht geschafft, wenn nicht eine ältere Dame mit den Rädern ihres Einkaufstrolleys am Trittbrett des Einstiegs hängen geblieben wäre. Art bückte sich und hob das Wägelchen hoch, half der Dame hinein.

Kurz vor neun war er an der Bibliothek. Leute standen in Grüppchen am Eingang und warteten, dass geöffnet wurde. Art ging weiter, zündete sich eine Zigarette an, rauchte. Einmal um den Block, und die Haupttüren waren geöffnet.

Im zweiten Stock standen drei Schreibmaschinen nebeneinander an der Wand. Art nahm die in der Ecke, dieselbe, die er bereits für die beiden vorigen Kommuniqués benutzt hatte. Er zog ein leeres Blatt Papier ein, wählte die Ränder und begann abzutippen, was er in sein Notizbuch geschrieben hatte.

*Erklärung zum Greer-Braden-Bombenanschlag.*

*Earth Action Now übernimmt die Verantwortung für die Aktion in Esterway Ridge. Unser einziges Ziel waren die Maschinen in der Lagerhalle von Greer-Braden, die Maschinen, die Wälder abholzen, unser gemeinsames Erbe vernichten, Erdrutsche verursachen, die Artenvielfalt zerstören und unsere Sauerstoffversor-*

*gung verschlechtern. Wir hatten alle Vorkehrungen getroffen, um niemanden zu verletzen. Wir hatten einen Beobachter postiert und uns selbst der Gefahr ausgesetzt, indem wir auf dem Gelände geblieben sind, um das Zielobjekt stets im Auge zu behalten.*

*Nicht in der Presse stand, dass der Nachtwächter erst zwei Minuten nach Aktivierung des Zünders aus seinem Lastwagen stieg. Dieser Lastwagen hatte nicht einsehbar hinter der Halle gestanden. Als wir den Mann sahen, versuchten wir, ihn vor der Bombe zu warnen. Wir machten ihm Zeichen. Nach der Detonation blieb einer von uns bei ihm und wartete, bis Hilfe eintraf.*

*Es tut uns aufrichtig leid, dass er zu Schaden gekommen ist. Dies war nie unsere Absicht.*

*Earth Action Now*

Das Kommuniqué war kurz und prägnant, ein Text, auf den Derek und Fay sich hatten einigen können. Der erste Entwurf hatte noch eine Liste mit Forderungen enthalten: Rücknahme des neuen Landnutzungsplans, ein Ende des Abholzens, Bestandsgarantie für den Primärwald. Fay hatte darauf bestanden, die Forderungen rauszulassen, aber Art hatte nicht so einfach nachgegeben. Jahrelang hatte er Briefe, Petitionen, Pamphlete geschickt, einen Text nach dem anderen, die alle in irgendeinem Büro gelandet und ignoriert worden waren. Jahrelang hatten sie auf der Stelle getreten, waren abgewiesen worden, der Frust hatte sich immer weiter aufgebaut und auf Entladung gedrängt.

Angefangen hatte es vergangenen Mai, vor gut einem Jahr. Er und Jeremy hatten zwei Leute von Earth First für ein Seminar zum Thema Protestaktionen eingeladen. Der eine war aus Oregon, der andere aus England gewesen. Sie hatten ihren Vortrag «Effektiveres Protestieren» genannt. Nichts Neues eigentlich, doch in der Vormittagspause, als Art eine Namensliste für Fahrgemeinschaften nach Bridal Veil Flats angelegt hatte, hatte Fay ein Blatt Papier aus ihrem Ringordner gerissen und eine zweite Liste mit der Überschrift «Direct Action» aufgehängt, darüber die Aufforderung: «Lassen wir endlich Taten sprechen.»

Damals waren er und Fay erst zwei Monate zusammen gewesen. Sie hatten sich im März auf einer Party kennengelernt, waren sich auf einem spärlich besuchten Benefizkonzert für den Leonard-Peltier-Fonds erneut über den Weg gelaufen, hatten etwas zusammen getrunken. Fay hatte ihn zu sich nach Hause mitgenommen. Später erzählte sie immer, Art sei danach mehr oder weniger bei ihr eingezogen.

Nach dem Vortrag der beiden Earth-First-Aktivisten hatten sich fast ein Dutzend Leute für die Fahrgemeinschaft nach Bridal Veil Flats eingetragen, doch auf der Direct-Action-Liste hatten nur vier Namen gestanden: Art Kosky, Fay Anderson, Derek Newfeld und Jeremy Dunn.

Pete hatte sich der Gruppe im Sommer angeschlossen. Jeremy hatte ihn und einige andere mit rauf in den Norden genommen, um gegen die Ausweitung des Holzabbaus über die Flats hinaus zu protestieren. Pete hatte sich gut in die Gruppe integriert – er war umgänglich, eindeutig engagiert. In jenem Sommer und Herbst waren sie mehrmals die Insel raufgefahren, um an Protestaktionen teilzunehmen, Fay und Art immer als Paar, an Bäume gekettet, hoch oben in Hängematten, auf dem Boden vor einem Bulldozer. Anfang Frühling hatten sie Bridal Veil aufgegeben und als nächstes Ziel die neue Forststraße über den Bedwell Pass auserkoren. Nach Arts Empfinden hatte nicht der schnelle Einzug nach der ersten gemeinsamen Nacht ihn und Fay zusammengeschweißt, sondern der Zusammenhalt auf diesen Trips die Insel rauf, die Einheit, die sie gebildet hatten, das tägliche Zusammensein.

Und jetzt saß er da und tippte Wörter, um eine Explosion zu rechtfertigen, die fast einen Menschen getötet hätte.

Art benutzte den Münzkopierer, um die Erklärung zu vervielfältigen. Dann schloss er sich im Männerklo im zweiten Stock ein, zog Wollhandschuhe an und wischte das Papier sauber. Jedes einzelne Blatt wischte er sauber, Vorder- und Rückseite, erst mit dem Wollhandschuh, dann an seinen Hemdsärmeln und schließlich noch an seiner Jeans. Mit den Umschlägen verfuhr er genauso, klebte sie dann mit einem Tropfen Wasser aus dem Hahn zu.

Art gab die Briefe auf und ging zurück zur Bee Street. Es waren über drei Kilometer, aber die Sonne stand hoch, und er rauchte unterwegs. Kurz vor elf bog er in die Bee Street ein und sah, dass direkt vor dem Gebäude ein Streifenwagen parkte. Zwei uniformierte Beamte standen auf dem Bürgersteig. Panik wallte in ihm auf und lähmte seine Schritte. Die Bullen unterhielten sich miteinander, doch es war nicht klar, ob sie kamen oder gingen. Art setzte seinen Weg fort, hatte aber keine Ahnung, was er tun sollte. Derek war da drin. Fay war da drin. Einer der Polizisten nahm sich die Souterrainwohnung vor. Der andere die Treppe vorne. In Quans Minimarkt gab es ein Münztelefon, doch es war zu spät. Anzurufen würde nichts nützen. Der Bulle würde das Läuten hören. Vermutlich auch, dass Fay abnahm. Schweißtropfen rannen an seinen Rippen hinunter. Es war Juli, und er hatte eine Lederjacke an. Während er den Reißverschluss öffnete, schielte er zu dem Bullen, der am Seiteneingang klopfte. Das war keine Razzia. Zwei Beamte, ein Streifenwagen. Sie wollten nur reden. Sie hatten Fragen. Folgten irgendeinem Hinweis. Als er an dem Gebäude vorbei war, ging er schneller. Kaum war er um die Ecke, rannte er los, bis zur Gasse, dann weiter zum Parkplatz. Der Bulle am Seiteneingang war weg. Draußen auf der Bee Street fuhr der Streifenwagen wieder ab.

Art steckte den Schlüssel ins Schloss und klopfte leise. «Ich bin's», sagte er. «Art.»

Fay stand im Flur. «Fuck», sagte sie. Ihr Gesicht war bleich, ihre Stimme matt.

«Pack deine Sachen», befahl Art. «Nur das Nötigste, dann holen wir das Auto und hauen ab.»

«Die waren hier. Haben gerade geklopft.»

«Ich weiß. Hab's gesehen. Wo ist Derek?»

«Schläft.»

«Hat er's gar nicht gehört?»

Fay schüttelte den Kopf. «Der Bulle, der geklopft hat, stand so dicht vor der Tür, dass ich sein Funkgerät hören konnte. Das Knacken und Rauschen.»

«Sie wollten nur reden, Fay. Haben ein bisschen rumgeschnüffelt, mehr nicht.»

«Woher willst du das wissen?»

«Ein Streifenwagen, ein Bulle vorne die Treppe hoch, einer seitlich die Treppe runter. Wirkt nicht so, als hätten sie jemanden verhaften wollen.»

«Ich weiß nicht, Art. Ich ...»

«Das war eine Routinekontrolle. Konnte man an ihrer Körpersprache sehen. Oben haben sie auch geklopft.» Art beugte sich vor, küsste sie auf die Lippen. «Lass uns ein paar Campingsachen ins Auto werfen und ein paar Tage abhauen. Für alle Fälle. Nur das Nötigste, und alle Konserven, die du finden kannst.»

«Was ist mit Pete?»

«Wir kommen nachher noch mal her und checken die Lage. Nur sollten wir jetzt los.»

Derek kam in die enge Küche. Er rieb sich den Nasenhöcker.

«Wir sollten eine Weile verschwinden», sagte Art. «Irgendwo untertauchen. Hol deinen Schlafsack und deine Campingsachen.»

«Warum so eilig?» Dereks Stimme klang steif und verschlafen, hinter jedem Wort lauerte ein Gähnen.

«Die Bullen haben gerade geklopft», erklärte Fay.

Derek sah von einem zum anderen, als hätten sie einen Scherz gemacht. Fay schlüpfte an ihm vorbei in den Flur.

«Im Ernst?»

«Nur vorübergehend.»

«Standen echt die Bullen vor der Tür?»

«Reine Vorsichtsmaßnahme.»

Derek schlug mit der Faust gegen die Gipswand. Dann noch einmal. Mit voller Wucht. Als Art sich wieder umdrehte, hatte Derek ein Loch in die Wand gehauen.

«In fünf Minuten am Kombi.» Art schnappte sich eine Isomatte und einen Daunenschlafsack. Er stopfte beides in seinen Rucksack, suchte ein paar Klamotten zusammen, eine Regenjacke, eine Jeans, ein paar Hemden, Jagdmesser, Wasserflasche. «Jetzt aber los.»

Im Flur tastete Art das Loch in der Wand ab, ein Stück Gips zerbröselte zwischen seinen Fingern. Derek war schon unter normalen Umständen chronisch angespannt, und das hier war eine Ausnahmesituation. In den vergangenen drei Tagen hatte er so gewirkt, als könnte er jederzeit explodieren.

# 12

Der vertraute Aufprall der Zeitung weckte Tab auf. Sie lag unten auf dem Sofa, im Bademantel, und döste nach einer unruhigen Nacht vor sich hin. Als sie ihre Augen öffnete, war alles wieder da: die Polizei. Sie suchten Peter. Sie wollten ihn zu einem Bombenattentat befragen.

Frank war oben in der Dusche. Ein Stock höher, und trotzdem konnte sie das Plätschern hören. An der Tür ging sie in die Hocke, überflog die Titelseite und blätterte dann weiter zum überregionalen Teil. «Gemeinde sucht Antworten nach dem Anschlag.» Das Foto darunter zeigte einen Mann mit mächtigem Schnauzer und fliehendem Kinn, randlose Brille. Owen Tuggs, der auf der Intensivstation des Victoria-Krankenhauses lag.

Tab trug die Zeitung in die Küche, legte sie auf den Tresen und starrte das Bild an, den Namen, Owen Tuggs, ließ die schwarzen Knochen der Buchstaben auf ihre Netzhaut einwirken. In dem Artikel stand, dass er ein neun Monate altes Baby hatte. Sein Bruder Dustin wurde zitiert: «Wir sind alle im Schockzustand. Owen ist ein guter Kerl. Er hat nur seinen Job gemacht, seine Familie damit ernährt. Wer immer das war, muss sich melden, und auch jeder, der weiß, wer das war.»

Oben wurde die Dusche abgedreht. Tab las den Artikel noch einmal von vorne. Diesmal sprang ihr ein anderer Name ins Auge, Inspector Lawrence Burrell, Fahndungskommission, RCMP. Er sagte, die Polizei werde jeden Hinweis verfolgen, alle verfügbaren Beamten seien auf den Fall angesetzt. Er hatte eine Pressekonferenz gegeben, der Artikel zitierte ihn zweimal.

Natürlich musste all dies nicht heißen, dass Peter tatsächlich in den Anschlag verwickelt war. Sein Name wurde nicht erwähnt, kein Hinweis, der ihn mit diesen Earth-Action-Leuten in Verbindung brachte.

Die Treppe knarrte, was Tab aus ihrer Lektüre riss. Sie faltete die Zeitung zusammen und legte sie neben den Herd. Sie hatte noch nicht gefrühstückt, ja noch nicht einmal Kaffee aufgesetzt. Frank kam herein, machte es sich auf einem Hocker der Kücheninsel bequem und schaltete den Fernseher ein.

Tab kümmerte sich um den Kaffee. Der Fernseher verstummte kurz. Ihr gegenüber fummelte Frank an seinem Feuerzeug herum, drehte mit dem Daumen an dem Rädchen. Er trug einen Anzug, hatte bereits seine Krawatte umgebunden. Er zog an der Zigarette, inhalierte.

Tab stellte Cornflakes und Milch hin. «Fährst du zur Arbeit?»

«Ich muss. Morgen ist Monatsabschluss.»

Sie zog sein Zigarettenpäckchen zu sich heran, holte eine heraus und griff nach dem Feuerzeug. Sie wollte nicht allein zu Hause sein. «Ich konnte letzte Nacht nicht schlafen.»

«Du solltest eine Tablette nehmen. Und zu Doktor Lambert gehen.»

Tab schenkte zwei Tassen Kaffee ein. Sie trank ihren schwarz, rauchte. Durch das Fenster der Hintertür fiel das morgendliche Sonnenlicht herein und wärmte ihre Beine. Im Fernsehen berichtete ein Reporter von Staus und zähem Pendlerverkehr. Mein Gott, was die Leute heutzutage unter Nachrichten verstanden. Es passierten so viele Sachen in der Welt, schlimme Sachen.

Frank stand auf und trank seinen Kaffee aus.

«Kein Müsli heute?», fragte sie.

Er küsste sie auf die Wange. Sein Gesicht roch frisch, nach Old Spice. «Wird schon wieder.»

Kurz darauf fiel die Seitentür ins Schloss. Der Motor sprang an. Wird schon wieder. Das hatte Frank schon oft gesagt. Als die Maple Leafs vergangene Eishockeysaison Letzter wurden, als sie ihren Knöchel verstaucht hatte und Krücken brauchte. Sogar nachdem ihr Sittich gestorben war. Würde er es auch so locker nehmen, wenn es sich um Steven oder Jimmy handelte? Um einen seiner eigenen Söhne?

Am späten Vormittag rief Tab bei der Auskunft an, um sich die Nummer der RCMP von Vancouver geben zu lassen. Sie wählte, sprach mit dem Mitarbeiter, blieb in der Leitung. Gitarrenmusik im Hintergrund. Es war noch früh im Westen, nicht mal acht. Sie streifte mit dem Daumen am Rand des Korkbretts entlang, das hinter dem Telefon an der Wand lehnte. Am anderen Ende meldete sich Burrell mit borstiger Stimme. «Larry Burrell am Apparat.»

«Mein Name ist Tab Harper. Ich bin die Mutter von Peter Osborne. Ich weiß nicht, ob Sie …»

«Misses Harper», sagte er. «Danke, dass Sie anrufen.»

«Sie wissen, wer ich bin?»

«Ich weiß, wer Peter Osborne ist.»

«Ich hoffe, es ist okay, dass ich anrufe. Ich habe Ihren Namen in der Zeitung gelesen. Die Polizei war bei mir.» Sie hielt inne. Hatte sich ihre Frage nicht zurechtgelegt. «Ich, also, vielleicht klingt das etwas merkwürdig, aber könnte es sein, dass eine Verwechslung vorliegt.»

«Eine Verwechslung?»

«Was meinen Sohn betrifft, meine ich. Könnte es sein, dass Sie den Falschen suchen?»

«Misses Harper, Ihr Sohn und die Leute in seinem Umfeld sind das Ziel der größten Polizeifahndung, die diese Provinz je gesehen hat.»

«Oh.» Ihre Stimme war schwach, kaum ein Seufzen. Sie hatte es so sehr gehofft. Selbst heute Morgen noch, bei Tageslicht, hatte sie sich an die Hoffnung geklammert, es könnte sich um einen Irrtum handeln.

Am Ende der Leitung sprach Burrell einfach weiter: «Ich kann gar nicht genug betonen, wie wichtig es wäre, dass Ihr Sohn sich mit uns in Verbindung setzt.»

«Ich habe ihn schon mal gesucht. Wir hatten den Kontakt verloren, also habe ich alle Welt angerufen, Bekannte, Freunde, die Universität. Sogar die Polizei.»

«Haben Sie sich damals Notizen gemacht? Irgendwas protokolliert?»

«Ich habe mir überlegt, ob ich nicht noch mal von vorne anfangen soll.»

«Ich halte das für keine gute Idee, Misses Harper.»

«Wenn ich ihn finde, könnte ich ihm helfen, seinen Namen reinzuwaschen.»

«Misses Harper, Ihr Sohn wird einen fairen Prozess bekommen, aber Sie müssen verstehen, dass wir diese Gruppe für einen Bombenanschlag verantwortlich halten, bei dem fast ein Mensch getötet wurde.»

«Mein Sohn ist nicht gefährlich, Inspector.»

«Wir fahnden nach Ihrem Sohn, um ihn zu befragen. Sie helfen ihm und uns am besten dadurch, dass Sie uns alles sagen, was Sie wissen.»

«Wenn ich ihn ausfindig machen würde, könnte ich einen Anwalt engagieren. Nicht dass ich denke, er war es, aber für alle Fälle. Wenn er doch irgendwie darin verwickelt sein sollte, könnten wir zumindest einen Deal aushandeln.»

«Misses Harper, wieso rufen Sie an, wenn Sie gar nicht bei den Ermittlungen helfen wollen?»

Sie wusste nicht, was sie darauf antworten sollte. Sie hatte seinen Namen in der Zeitung gelesen. Er war der ermittelnde Beamte. «Ich will meinen Sohn finden», sagte sie schließlich.

«Das kann ich gut verstehen.»

«Da bin ich mir nicht so sicher. Ich glaube vielmehr, Sie würden nur dann verstehen, wenn Sie Mutter wären.»

Als Tab aufgelegt hatte, nahm sie ihr Adressbuch zur Hand und blätterte es durch, bis sie die Nummer von Bev Norman gefunden hatte, einer ehemaligen Freundin von Peter, mit der sie damals auch gesprochen hatte. Tab drückte den Hörer fest an ihr Ohr, bis eine mechanische Stimme ihr mitteilte, dass diese Nummer nicht vergeben war. Sie probierte es noch einmal und rief dann die Auskunft an. Es gab vier Einträge unter B. Norman, und sie telefonierte sie hintereinander ab. Bei der dritten Nummer ging Bev dran.

«Hier ist Tab Harper. Die Mutter von Peter Osborne.» Sie wartete auf eine Reaktion. «Sind Sie noch dran?»

«Es ist gerade ungünstig. Ich muss gleich los.»

«Ich wollte Sie nur etwas fragen.»

«Ich weiß nichts über diese Sache, wenn Sie deswegen anrufen.»

«Im Frühjahr habe ich ihn nicht ausfindig machen können, trotz all meiner Bemühungen. Er ist einfach weg, verschwunden.»

«Ich weiß nicht, wo er ist.»

«Könnte er es getan haben, Bev? Eine Bombe legen? Glauben Sie, dass er zu so etwas fähig ist?»

Tab wartete. Bevs Atem kam als leises Zittern durch die Leitung.

«Ehrlich gesagt, ja», erwiderte Bev. «Nicht dass ich irgendwelche Beweise hätte, schließlich wollte ich ihn nicht in Schwierigkeiten bringen.»

«Wie meinen Sie das?»

«Es war überall in den Nachrichten, in der Zeitung, im Fernsehen, und seit den Brandbomben hatte ich ständig dieses mulmige Gefühl, diese Angst. Also habe ich bei der Hotline angerufen.»

«Und was haben Sie denen gesagt?»

«Ich wollte nur helfen. Sie müssen verstehen …»

«Ich möchte nur wissen, was Sie gesagt haben.»

«Ich habe Ihnen Peters Namen gegeben und mich auch noch an den anderen erinnert. An seinen Namen, weil er so heißt wie mein Bruder. Arthur. Nur dass er Art genannt wurde.»

Diesen Namen hatte sie noch nie gehört. Art.

«Was haben Sie über diesen Art ausgesagt. Wer …»

«Ich komme zu spät zur Arbeit, Misses Harper.»

«Wenn ich an die Westküste fliege», sagte Tab, «könnten wir uns dann treffen? Würden Sie mir helfen?»

# 13

Inez band die Jalousien fest und räumte das Frühstücksgeschirr vom Tresen ins Spülbecken. Sie stellte noch die leere Schüssel und den Löffel dazu, die sie dem Fremden auf dem Tablett gebracht hatte, und schaltete dann den Wetterfunk ein, wartete darauf, dass die Vorhersage für die Südküste wiederholt wurde. Windstärke bei vierzehn Knoten, ansteigend, vereinzelte Schauer am Nachmittag, Höchsttemperatur einundzwanzig, Tiefsttemperatur zwölf.

«Ich sollte schwimmen gehen», sagte sie halb zu sich selbst, halb zu Dennis. Er hatte den Kopf gesenkt, Buch in der Hand, die Lippen geschürzt.

«Guckst du mich gerade an?», fragte Dennis, ohne aufzublicken.

«Erbitte Guckerlaubnis, Sir», sagte sie und salutierte zum Spaß.

«Erlaubnis verweigert.»

«Was liest du da?»

Dennis drehte das Cover in ihre Richtung. Irgendein Mysterykrimi.

«Hat Andy dir das geschenkt?»

«Geliehen.» Er markierte die Seite und klappte das Buch zu. «Sag mal, was ist eigentlich mit dem Fremden? Wieso ist er hier?»

«Da fallen mir einige Gründe ein. Vielleicht macht er Urlaub, war an der Küste wandern und wurde krank. Vielleicht ist auch sein Boot auf einen Felsen gekracht. Am wahrscheinlichsten scheint mir aber, dass sein Mietwagen hier irgendwo auf ihn wartet.»

«Du sagst immer, Mysterykrimis sind langweilig, aber wenn du ab und zu mal einen lesen würdest, wüsstest du es.»

«Wüsste ich was?»

«Der Schlamm und die Blätter in seinen Haaren bedeuten, dass er auf dem Boden geschlafen oder zumindest gelegen hat, also hat er sich schon vor einer ganzen Weile verirrt. Außerdem ist er krank. Und kein Suchtrupp bisher.»

«Du bist ja eine richtige Spürnase.»

«Was bedeutet, dass niemand ihn vermisst. Seiner Kleidung nach zu urteilen, hat er einen Ausflug unternommen. Oder übers Wochenende gezeltet.»

«Sobald es ihm bessergeht, können wir ihn fragen.» Sie stellte das restliche Geschirr in die Spüle. «Es wird ein schöner Tag. Ich schlage vor, du spülst ab und unternimmst dann was.»

«Ich werde an meinem Kanu arbeiten.» Er schlug sein Buch auf und las weiter.

Inez' Neoprenanzug hing an der Wäscheleine, die sie zwischen ihre Hütte und den Stamm der Fichte gespannt hatte. Sie nahm ihn herunter, stellte sich auf die Stufen der Veranda und zog sich aus. Dann streifte sie sich den Neoprenanzug über Beine und Hüften. Geerbt hatte sie ihn von Leo Savoi, einem jungen Surfer, der 1988 hier sein Zelt aufgeschlagen hatte. Ein merkwürdiger Typ: jede Menge Geld und topmoderne Campingausrüstung. Nach gut zwei Monaten erzählte er plötzlich allen, sein Vater sei gestorben und er müsse zurück in die Schweiz. Es blieb unklar, wie er davon erfahren hatte. Er packte einfach seine Sachen zusammen und tschüss. Sein Surfbrett schenkte er Andy, und Inez seinen Neoprenanzug. An den Schultern saß er etwas locker, was ihr das Schwimmen erleichterte, dafür war er um Hüften und Brust zu eng.

Inez stopfte einige Haarsträhnen in die Kapuze, als sie über den Sand ging und in den eisigen Pazifik watete. Meerwasser drang in den Anzug ein und sickerte bis zur Haut. Ihre Beine kribbelten vor Kälte. Nach einigen weiteren Schritten hob eine Welle den Wasserpegel an. Inez' Atem stockte, dann stieß sie sich ab, warf ihre Arme nach vorne und schwamm sofort ins Meer hinaus. Ihre Wangen und Lippen kamen mit dem Wasser in Berührung, Eis auf nackter Haut, als sie unter den schäumenden Wellen hindurchtauchte. Schließlich erreichte sie ruhigeres Gewässer. Sie richtete sich parallel zum Strand aus, holte tief Luft und schwamm los.

Vierundzwanzig Stunden war der Fremde nun schon hier, und sie hatte noch niemandem Bescheid gesagt. Christian nicht, Oscar nicht, Andy nicht. Vielleicht aus Beschützerinstinkt, vielleicht auch, weil sie es genoss, ein kleines Geheimnis zu haben, diesen Kick, dass ihr ein Fremder in den Schoß gefallen war, der tausend Fragen aufwarf. Allerdings konnte Dennis es jemandem erzählt haben, Andy zumindest. Andy wohnte in der Hütte neben ihnen und hatte eine Büchersammlung, in der Dennis gern stöberte.

Unter sich spürte Inez den Wellengang. Sie streckte einen Arm aus und holte Luft. Fast jeden Tag – im Frühling, im Sommer und bis weit in den Herbst hinein – schwamm sie einmal die ganze Länge des Strands ab, bis zu der felsigen Landzunge, die Baker Beach von Paulson Bay trennte. Dort machte sie kehrt und nahm den Rückweg in Angriff. Heute war der Wellengang ungewöhnlich hoch für diese Jahreszeit. Als sie die Felsen erreichte, war sie vor Anstrengung kurzatmig. Ihr Beinschlag war schwächer geworden. Ihre Arme wogen schwer wie Blei. Sie suchte den Boden unter den Füßen. Zwei keuchende Atemzüge, dann schwamm sie wieder los, zum anderen Ende des Strands.

Wenn du jeden Tag schwimmst, wirst du nie krank, hatte Leo gesagt, als er ihr den Neoprenanzug geschenkt hatte. Keine Erkältung, keine Halsschmerzen. Damals war ein warmer Herbsttag gewesen, und er hatte den Anzug prüfend an sie gehalten. Das war, bevor Ray sie verlassen hatte. Sie würde ihn garantiert nie benutzen, hatte Ray ihr damals prophezeit, und wer weiß, wenn er es nicht gesagt hätte, hätte sie ihn vielleicht tatsächlich nie benutzt – diese Streitlust hatte es immer zwischen ihnen gegeben.

Beim Schwimmen stiegen häufig solche Erinnerungen in ihr auf – ihr Hirn, das sie von der körperlichen Anstrengung ablenken wollte. Während sie einen Schwimmzug an den anderen reihte und sich den Baker Beach entlang zurückkämpfte, wurde sie in jene Tage nach Rays Abreise im Herbst achtundachtzig zurückversetzt.

Sie waren erst vier Monate zuvor am Point angekommen, doch Rays Entscheidungen waren oft drastisch und impulsiv. An dem Tag, an dem er verkündete, er werde sie verlassen, war Inez sich nicht sicher, ob Ray sie verließ, die Landspitze oder beide. Sie musste ihn fragen.

Als er weg war, wurde sie von einer Dunkelheit nach unten gezogen, einer Dunkelheit, die anfangs leicht an ihr gezerrt und sich dann zu einem alles verschlingenden Sog ausgewachsen hatte. Manchmal spürte sie ein solch schweres Gewicht auf ihrer Brust, dass sie kaum atmen konnte. Sie hatte unter der Decke gelegen und Dennis gesagt, sie müsse sich ausruhen. Es gehe ihr nicht so gut. Er war damals acht. Was hätte sie ihm auch sagen sollen? Wenigstens hatte Dennis Ray nie *Dad* genannt.

An einem der ersten Vormittage nach Rays Abgang hatten Dennis und Gunter von einem Felsvorsprung am Point einen Wildlachs geangelt. Dennis hatte in der Tür gestanden und den Fisch in die Höhe gehalten, doch mehr als ein Brummen hatte Inez nicht zustande gebracht. Das Grinsen war ihrem Sohn aus dem Gesicht geglitten, und Inez hatte sich dafür gehasst. Sie hatte die Hühner nicht mehr gefüttert, hatte die Wintergemüse nicht gejätet und gegossen. Wenn jemand bei ihr vorbeischaute, hatte sie nichts zu sagen gewusst. Die Hütte hatte auf einmal riesig gewirkt. Siebenunddreißig Quadratmeter, aber irgendwie groß und leer ohne Ray.

Fast eine Woche lang war Inez im Bett geblieben, und als sie endlich aufstand, war es nicht wegen Dennis: Leos Neoprenanzug lag zusammengefaltet auf der Kommode, und sie erinnerte sich daran, wie Ray geätzt hatte, sie werde ihn nie benutzen. An diesem Nachmittag zog sie zum ersten Mal den Anzug an. Die schneidende Kälte des Wassers tat ihr gut, und eine Weile ließ sie sich einfach treiben. Wellen trafen sie am Rücken, und sie versank, tauchte wieder auf, den Mund voller Wasser. Sie würgte, hustete, spuckte, und plötzlich hatte sie den Verdacht, ihr Unterbewusstes könnte wollen, dass sie ertrank.

Dieser Gedanke verfestigte sich, als die Strömung sie forttrug. Sie versuchte, ganz ruhig liegen zu bleiben, bis sie irgendwann die Felsen am Rand der Landspitze erreichte und aus dem Wasser kletterte. Dort war das Atelier, das Ray für sie beide gebaut hatte. All seine Ölgemälde und Zeichnungen waren noch darin. In ihrem triefenden Neoprenanzug hatte sie dagestanden und die Bilder ausgerollt, ein Ölgemälde auf das andere gelegt und Rays dunkle Stadtansichten betrachtet, all die Details, Ziegel, kaputten Bordsteine, Mülltonnen und Gestalten mit Kapuzen, Einkaufswagen, Gesichter in der Dämmerung. Er hatte nichts Neues gezeichnet, seit er hier rausgezogen war. Sie auch nicht. Sie hatten eine Hütte und dieses Atelier gebaut. Ray hatte einige Holzschnitte angefertigt, aber seine Bilder stammten aus der Stadt, und wenn sie sie jetzt so betrachtete, fiel ihr auf, dass Ray immer nur die Peripherie gemalt hatte, alles vermieden hatte, was wirklich wichtig war. Keins dieser Bilder kam einer grundlegenden Wahrheit auch nur nahe.

Am nächsten Morgen kehrte Inez zu dem Atelier zurück. Sie mischte dunkle, erdige Farben, die Küstenpalette, wie sie es später nannte, und zum ersten Mal, seit sie hergezogen waren, malte sie.

Die ersten Pinselstriche speisten sich aus der Kraft der Wiedergeburt, aber auch der Boshaftigkeit – seine Arbeiten zu übermalen, bereitete ihr ein trotziges Vergnügen. Dahinter lag jedoch ein alles umhüllendes Gefühl der Erleichterung. Sie waren aus einem bestimmten Grund hierhergekommen, und dieser Grund war die Kunst gewesen, das Malen, es hatte auf sie gewartet. War schon immer hier gewesen, bereit, willig. Den ganzen Sommer über hatten sie gebaut, vorbereitet, sich eingerichtet, und das hier hatte brachgelegen. Sie sah aus dem Fenster, zu den bläulich schimmernden Wäldern – eine Million nicht gefällte Weihnachtsbäume, die dunkel dastanden, und sie erinnerte sich daran, wie sie diesen Ort hatte malen wollen, wie sehr sie diese Vorstellung einmal elektrisiert hatte.

An diesem Abend hatte Dennis gefragt: «Wenn du dich besser fühlst, gehen wir dann von hier weg?»

«Nein», hatte sie gesagt. «Wir gehen nirgendwohin.»

Inez ließ sich von der Brandung früher zurücktragen als sonst. Sie hatte die Bucht nicht einmal zur Hälfte durchquert, da nutzte sie schon die Wellen, um zum Strand zu paddeln und auf den Sand zu kriechen. Sie legte sich auf den steilen Anstieg knapp oberhalb der Dünungskante und sog tief Luft ein. Der Tag wurde immer schöner, es war sogar warm, wenn man eine windgeschützte Stelle fand.

Als Inez auf dem Weg zu ihrer Hütte das Flussdelta durchschritt, kam sie an einem «Durchgang verboten»-Schild vorbei, das sie bisher nicht bemerkt hatte. Es war knapp über Kopfhöhe an einen Baum genagelt. Sie blieb stehen. Christian musste es bei seinem letzten Patrouillengang übersehen haben. Sie ließ ihren Blick über den Strand schweifen. Das Forstunternehmen war in den vergangenen Wochen immer aggressiver geworden: ein wilder Hund, der sein Territorium markierte, an jeden Baum pinkelte, den er finden konnte. Inez drückte ihre Füße fest in den Sand. Auf den letzten hundert Metern zu ihrer Hütte hatte sie sich zur Ruhe gezwungen, hatte sich dem dunklen Gedanken verweigert, dass man sie von hier vertreiben könnte.

Vor ihrer Hütte schälte Inez sich aus ihrem Neoprenanzug. Scout kam herbeigetrottet und setzte sich zu ihr, während sie sich kurz mit dem Flusswasser abspritzte, das sie vom Hügel herunterleitete. Sie tätschelte den Hund, schlang ein Handtuch um sich, hängte ihren Neoprenanzug auf und ging nach drinnen, um sich anzuziehen. Das Geschirr war abgewaschen und eingeräumt, Dennis nicht mehr da. Sie pumpte etwas Benzin in den Colemankocher und entzündete mit einem Feuerzug das Gas.

Wenn in den vergangenen Monaten jemand an dieses Ende des Strands gekommen war, hatte sie sofort gedacht: Anwalt oder Vertreter eines Forstunternehmens oder gar die Polizei. Als der Fremde hier aufgetaucht war, allerdings nicht. Weil er über und über mit Dreck verschmiert, aus dem Wald herausgestolpert war, auf dem Pfad, der in Seeley's Bay endete.

Inez machte Tee und trug ihren Becher nach draußen, genoss die Wärme des Porzellans, spürte die schwerelose Erschöpfung ihres Körpers.

Eine Tasse Tee würde dem Fremden vielleicht guttun, würde ihn wach genug machen für ein Gespräch. Wie Dennis brannte sie darauf zu erfahren, wie es ihn hierher verschlagen hatte. Sie nahm noch einen Schluck und entdeckte dann auf der Lichtung unterhalb des Gartenzauns Christian.

Ein Träger seines Overalls war nicht zugeschnallt. Dadurch

saß das Denim etwas lockerer, spannte aber trotzdem am Bauch. Er schien etwas zu kauen oder im Mund hin und her zu bewegen.

«Wie ich höre, hast du einen Flüchtling bei dir aufgenommen», rief er ihr von weitem entgegen.

«Flüchtling ist untertrieben», erwiderte Inez. «Der Typ, der gestern hier angestolpert kam, stand an der Schwelle des Todes.»

«Was will er hier?»

«Gesund werden.»

«Geht's auch ein bisschen genauer? Was hat er gesagt?»

«Er hat nur was vor sich hin gemurmelt.»

«Wolltest du uns einander nicht vorstellen? Der Form halber?»

«Herrgott noch mal, Christian, er schläft. Liegt halb im Koma.» Inez schmiegte ihre Finger fester um die glatte Rundung ihres Bechers. Sie fühlte sich von Christians Art immer etwas in die Defensive gedrängt, von seinem Zampanogehabe.

«Inez, man kann nicht halb im Koma liegen.»

«Wo der Fluss ins Meer mündet, hängt ein ‹Durchgang verboten›-Schild.»

«Ein was?»

«Ein Schild.»

«Fuck!»

«Ich dachte, es könnte dich interessieren, wo ich dir doch immer Bericht erstatten soll, wenn hier irgendwas passiert.»

«Meine Güte, Inez, jetzt mach aus einer Mücke keinen Elefanten. Ich sage doch nur, dass es so etwas wie soziale Umgangsformen gibt. Höflichkeitsstandards. Bist du schon mal auf die Idee gekommen, dass beide Ereignisse miteinander zusammenhängen könnten?»

«Das Schild und der Fremde?»

«Vielleicht ist er von Greer-Braden, ein Anwalt, der Mann, der uns ein Angebot machen wird.»

«Du bist ja lustig, Christian. Ich lache mich gleich tot. Am besten, du gehst mal hoch zu Gunters Hütte und guckst dir deinen vermeintlichen Firmenanwalt an. Den Mann, der uns ein Angebot machen wird.»

«Könnte doch sein, oder etwa nicht?»

«Eher unwahrscheinlich, zumal die Unterhaltung ziemlich einseitig wäre. Aber, bitte, nur zu, bei der Gelegenheit kannst du ihn auch fragen, wie viel Geld er uns bietet.»

«Jetzt trägst du ein bisschen dick auf, Inez.»

«Vielleicht hat er es sogar bei sich. Du solltest ihn mal abtasten.»

Sie sah ihm nach, als er sich wieder aufmachte, mit schwerfälligem Gang, als wäre der Körper zu groß geworden für seinen Rahmen. Sie fragte sich, ob er getrunken hatte.

«Zum ‹Durchgang verboten›-Schild geht's da lang», rief Inez ihm hinterher. «Runter an den Strand, nicht rauf auf den Grat.»

Christian ging an dem Obstgarten vorbei, ohne auf ihren Kommentar zu reagieren. Selbst die niedrigsten Bäume waren inzwischen größer als er. Sowohl am Apfel- als auch am Birnbaum hingen kleine, harte Früchte.

Inez drückte sich mit den Zehen ab und wippte mit dem Schaukelstuhl vor und zurück. Wenn sie Christian jetzt folgte, wäre das irgendwie ein Verrat an ihr selbst. Sie presste den Daumen gegen den Becherrand. Warum nur war er so besitzergreifend? Sie zählte langsam bis hundert, dann sprang sie aus dem Schaukelstuhl auf und lief ihm nach.

Christian war derjenige, der am längsten am Baker Beach wohnte. Er witzelte, er lebe schon so lange hier draußen, dass er sich nicht mehr daran erinnern könne, warum er einmal hergezogen sei. Natürlich hatten schon vor ihm Leute hier gewohnt, ein Typ, der am anderen Ende der Bucht eine Kupfermine hatte ausbeuten wollen, einige Wehrdienstverweigerer. Von Letzteren war nur noch der alte Ernie übrig geblieben, und der war ein oder zwei Jahre nach Christian eingetroffen. Seit die Räumung angekündigt worden war, hatten immer mehr Leute aufgegeben. Maggie und Gunter hatten den Point vor zwei Monaten verlassen, Inez war inzwischen die einzige Frau.

Als Inez die Anhöhe erreichte, kam Christian gerade aus der Hütte. Er machte leise die Tür zu und vergewisserte sich, dass sie eingerastet war.

«Und?»

Christian drehte sich zu ihr um. «Er schläft.»

«Dann hast du wohl den größten Teil des Gesprächs bestritten.»

«Jede Geschichte, die damit beginnt, dass ein Fremder in die Stadt kommt, endet schlecht, Inez.»

«Glaubst du immer noch, er ist von einem Forstunternehmen?»

«Sieht eher nicht so aus.»

«Wo ist dann das Problem?»

Er hob einen Finger in die Luft. «Ärger, in Großbuchstaben. Denk nur an Shane, Music Man, Pale Rider.»

«Ich habe keinen Schimmer, wovon du redest.»

«Du sagst, er hatte nur seine Kleider am Leib, als er hier ankam?»

«Ja.»

«Kein Personalausweis, keine Brieftasche?»

«Wenn er aufwacht, fragen wir ihn.»

Sie wäre am liebsten reingegangen und hätte selber nach dem Fremden gesehen, aber Christian hatte mit seiner Besitzerattitüde die ganze Veranda in Beschlag genommen, also machte sie kehrt und folgte praktisch ihrer Fußspur wieder zurück den

Hang hinunter. Ein bisschen Tee schwappte noch in ihrem Becher. Als sie den Sand erreichte, warf sie den Kopf in den Nacken und trank aus.

# 14

Tab flog am frühen Morgen nach Westen, kam kurz vor Mittag an und nahm einen Bus zum Polizeirevier: ein vierstöckiger Betonblock mit schmalen Fenstern. Sie nannte am Empfang ihren Namen und gab an, wann sie ihren Termin hatte, und wenige Minuten später eilte Inspector Burrell herbei. Er berührte sie am Ellbogen, als sie sich die Hände schüttelten. «Misses Harper», sagte er. Er hatte eine stocksteife Haltung und breite Schultern, was Tab auf den Gedanken brachte, dass sein Name – Burrell – so ähnlich klang wie *barrel*, Fass. «Kommen Sie, bitte, wir suchen uns einen Platz, wo wir reden können.»

Tab trug sich in ein Register ein. Der Beamte am Empfang schob einen Besucherpass über die Theke, und Burrell führte sie durch zwei Doppeltüren zu einer kleinen Treppe. Sie kamen an Schreibtischinseln und Bürotüren vorbei. Tab las die Namensschilder: Sergeants und Staff Sergeants, nur ein weiterer Inspector. Am letzten Büro blieb Burrell stehen und hielt ihr die Tür auf. Der Raum war groß und aufgeräumt. In einer Ecke des Schreibtischs stand ein Baseballpokal, daneben eine Kaffeetasse. Davor drei gepolsterte Stühle. Tab entschied sich für den mittleren.

«Kaffee?»

«Ich hatte gerade einen auf dem Flug. Zwei sogar.» Sie drückte ihre Handtasche an die Brust, hielt sie fest umklammert.

«Ich weiß es sehr zu schätzen, dass Sie den weiten Weg hierhergekommen sind, Misses Harper. Sergeant Reynard wird mit Ihnen Ihre Notizen und das Adressbuch durchsehen.»

«Wo könnte Peter stecken? Sie haben doch bestimmt eine Vermutung?» Sie hatte den Großteil des Flugs damit verbracht, sich diese Frage zurechtzulegen. Und nun hatte sie versucht, sie so beiläufig wie möglich klingen zu lassen.

Burrell lehnte sich nach vorne. «Meinen Vermutungen sind wir schon allen nachgegangen, wenn Sie also selbst eine haben, würde ich sie sehr gern hören.»

«Ich habe aber keine. Er hat mich noch immer nicht angerufen, falls es Sie interessiert. Ich bin aber bereit, die Suche wiederaufzunehmen, da weiterzumachen, wo ich aufgehört habe.»

«Misses Harper, ich kann nur hoffen, dass Sie nicht deshalb hier sind. Ich habe zur Kenntnis genommen, dass Sie helfen wollen, aber die Ermittlungsarbeit müssen Sie schon uns überlassen.»

«Zum letzten Mal gesehen habe ich ihn an Weihnachten. Er war über die Feiertage nach Hause gekommen. Es war von Anfang an der Wurm drin. Mein Mann und mein Sohn haben ständig gestritten. Frank ist mein zweiter Mann, Peters Stiefvater. Als Peter mir gebeichtet hat, dass er von der Uni geflogen ist, habe ich es Frank erzählt, und das hätte ich vielleicht nicht tun sollen. Er hatte ihm Geld überwiesen, für die Studiengebühr. Dachten wir zumindest. Peters Vater ist dazu finanziell nicht in der Lage. Frank ist ausgerastet. Es war ein ganz schöner Batzen.»

«Wenn Sie ihn ausfindig machen und nicht die Polizei verständigen, könnten Sie später wegen Beihilfe angeklagt werden.»

«Ich will, dass er seine Unschuld beweist.»

Burrell lehnte sich zurück, und die Federn an seinem Stuhl quietschten. «Misses Harper, die Presse macht Druck, die Politiker machen Druck. Und heute Morgen hat mir ein Mitglied des Stadtrats die Ohren vollgeheult, weil auch er wegen des fallenden Aktienkurses von Greer-Braden Druck kriegt. Wegen des Aktienkurses, Herrgott noch mal.»

«Ich muss wenigstens versuchen, ihn zu finden.»

«Greer-Braden wird eine Belohnung von zwanzigtausend

Dollar aussetzen. Wir hoffen, dass dadurch der eine oder andere den Mund aufmacht. Und für Sie wäre es am besten, Sie erzählen uns einfach, was Sie wissen. Namen von Freunden, Bekannten, Leuten, die er mal erwähnt hat. Alles.»

«Ja, sicher, gern, aber ich habe schon mit allen gesprochen, die mir eingefallen sind. Letztes Jahr, meine ich.»

«Ich lasse jetzt Reynard kommen. Haben Sie die Notizen von damals dabei?»

«Wird das zählen? Sollte jemand tatsächlich Anzeige gegen meinen Sohn erstatten, wird es ihm helfen?»

«Ich bin nicht der Staatsanwalt, werde aber jede Kooperationsbemühung in den Akten vermerken. Sollte sich daraus eine Spur ergeben, sollten wir ihn oder einen der anderen ausfindig machen ...»

«Mir kommt da eine Idee. Wenn ich das richtig verstehe, fahnden Sie nach mehreren Mitgliedern einer Gruppe. Deren Mütter würden eher mir als Ihnen erzählen, was sie wissen. Ist unter den Gesuchten auch jemand namens Arthur oder Art?»

Burrell hatte bereits den Hörer in der Hand, doch der Name erregte sein Interesse. Er legte den Hörer wieder auf die Gabel. «Arthur Kosky. Kennen Sie ihn?»

«Der Name ist mal in einem Gespräch gefallen. Können Sie mir seine Adresse geben? Oder die seiner Mutter?»

«Seine Mutter wohnt in Sidney, drüben auf der Insel.»

«Kosky. Sidney», sagte Tab. «Der Name müsste im Telefonbuch stehen, oder?»

«Hören Sie, den Namen hätte ich Ihnen eigentlich gar nicht nennen dürfen. Jetzt erwarte ich von Ihnen im Gegenzug, dass Sie mir alles sagen werden, was Sie in Erfahrung bringen. Und dass Sie Sergeant Reynard alles zeigen, was Sie haben, Namen, Telefonnummern, jedes Detail kann wichtig sein.»

Als Tab das Polizeirevier verließ, war es fast vier. Die Sonne hatte sich hinter dicke Wolken geduckt. Sie nahm ein Taxi zum Howard-Johnson-Hotel, wo sie reserviert hatte. Von ihrem Zimmer aus rief sie die Auskunft an und buchstabierte den Namen Kosky. In Sidney gab es einen N. P. Kosky. Sie notierte sich Telefonnummer und Adresse. Es dauerte einen Moment, bis das Wählzeichen ertönte, dann ging eine Frau an den Apparat und sagte mit gedämpfter Stimme: «Hallo.»

«Mein Name ist Tab Harper. Ich hätte eine Frage, die Ihnen etwas merkwürdig vorkommen wird, aber haben Sie einen Sohn namens Arthur?»

Es tickte in der Leitung, ganz leise nur, aber immer wieder.

«Es geht um Esterway Ridge», sagte Tab.

«Ich glaube nicht, dass ich mit Ihnen darüber sprechen möchte.»

«Misses Kosky, könnte ich bei Ihnen vorbeikommen?»

Die Leitung war bereits tot. Dümmer hätte sie das Gespräch gar nicht beginnen können. Sie hätte besser planen sollen, was sie sagen würde, hätte sich als die Mutter von Peter Osborne vorstellen sollen. Sie wählte die Nummer erneut. Es klingelte und klingelte. Nach gut einer Minute gab sie auf und ließ den Hörer zurück auf die Gabel gleiten.

An diesem Abend schlenderte Tab zu einem Shoppingcenter in der Nähe. Es hatte geregnet, seit sie zuletzt draußen gewesen war, und das war in der Luft immer noch spürbar. Im Food-Court lief Rod Stewart. Kein Text, nur Piano, doch Tab kannte den Song und sang innerlich mit, während sie ihre Noodles aß. In dem Gericht war nicht viel Hühnchen. Auch kaum Gemüse.

Eine Frau schob einen Doppelkinderwagen vorbei. In der Mitte des Food-Courts stand eine Gruppe Teenies. Auf der anderen Seite kam ein junges Paar vorbei, dann eine fünfköpfige Familie. Jeder lebte in seiner eigenen Welt, seiner Blase. Vor einer Woche war Tab auch so gewesen: versunken in sich selbst.

Sie hatte Peter geholfen, hierherzuziehen. Er hatte unbedingt in den Westen gewollt, und Tab hatte Frank überredet, es zu finanzieren, Hauptsache, Peter studierte an einer guten Uni. Es hatte sie verletzt, dass ihr Sohn so weit hatte wegziehen wollen, aber sie hatte auch gehofft, es könnte den Riss zwischen ihm und Frank kitten, ihre Beziehung irgendwie zurück auf null stellen.

Peter hatte ihr immer vorgeworfen, dass sie sich bei allem auf Franks Seite stelle. Ihr neuer Mann sei ihr wichtiger als ihr eigener Sohn. Vielleicht hatte er recht. Zumindest teilweise. Peter zu helfen war eine Art Buße für sie gewesen.

Drei Universitäten hatten ihn schließlich zugelassen, alle drei über dreitausend Kilometer entfernt.

Zurück im Hotelzimmer, öffnete Tab ein Fläschchen Whisky aus der Minibar, goss es in einen Plastikbecher und versuchte es noch einmal bei Mrs. Kosky. Nach zweimaligem Läuten nahm sie ab. Tabs Herz tat einen Satz. «Bitte legen Sie nicht auf.»

Diesmal hatte sie sich ihre Worte zurechtgelegt, sich Notizen auf dem Hotelbriefpapier gemacht. «Mein Name ist Tab Harper. Mein Sohn und Ihr Sohn stehen im Verdacht, für den Bombenanschlag in Esterway Ridge verantwortlich zu sein.» Es war das erste Mal, dass Sie die Worte Peter und Bombenanschlag zusammen in den Mund nahm. Es knackte in der Leitung. «Ich möchte mit Ihnen sprechen, Misses Kosky.»

«Worüber?»

«Ich versuche, meinen Sohn zu finden. Ich bin den ganzen weiten Weg hergeflogen, um mit jemandem zu reden, der auch etwas mit der Sache zu tun hat, und ich dachte halt … Weil Arthur und Peter … Können wir reden?»

«Sind Sie hier? Hier auf der Insel?»

«Ich wollte morgen die Fähre nehmen.»

«Er heißt Art», sagte sie. «Nicht Arthur. Einfach nur Art.»

# 15

Ein Geräusch weckte Pete auf, ein Geräusch draußen. Er setzte sich etwas auf, und die Bettfedern quietschten. Sonnenlicht schien durchs Fenster auf seine Füße. Jemand klopfte an die Tür, ein kurzes Pochen.

«Herein», sagte er mit einer Stimme, die krächzte, weil er so lange nicht gesprochen hatte.

Eine Frau steckte den Kopf herein. «Willkommen zurück unter den Lebenden.»

Sie hieß Inez. Merkwürdig, dass er sich daran erinnerte. Sie trug ein Tablett mit einer dampfenden Schüssel herein. Pete zog seine Hände unter der Decke hervor. Seine Lippen waren spröde. Und er hatte Hunger. «Danke.»

Sie stellte das Tablett auf einen Baumstumpf, der neben der Kommode stand, und legte ihre Hand an seine Stirn. Sie fühlte sich kalt an. Roch nach Sägemehl, salziger Luft, offener See. «Kein Fieber mehr», sagte sie.

«Wo bin ich?»

«In der alten Hütte von Gunter und Maggie.»

«Ich meine, was ist das hier für ein Ort?»

«The Point. Baker Beach.» Ihr Gesicht leuchtete auf, ein kurzes, aber lebhaftes Lächeln. «Nur ein paar ruhige Leute, die ruhig am Ende der Welt leben.»

Petes Kopf sank zurück auf die Matratze. «Natürlich», sagte er. «Die Landbesetzer.»

«Diesen Begriff mag ich nicht so gern. Wir leben hier einfach. Fest. Mehr nicht.» Wieder ein Lächeln, Satzzeichen für ihre Worte. «Wir sind alle neugierig. Ich weiß nicht mal Ihren Namen.»

«Ash McCabe.» Das war der Name seines Großvaters, den allerdings alle Bud genannt hatten.

«Inez Pierce.»

«Danke, dass Sie mich aufgenommen haben. Und für das Essen.»

«Kommt nicht so oft vor, dass ein Fremder halbtot aus dem Wald stolpert. Es laufen schon Wetten darüber, wie es Sie hierherverschlagen hat.»

Wetten waren gut. Wetten bedeuteten, dass niemand wusste, was geschehen war. «Wer ist wir?»

«Christian und Andy, Ernie, Oscar. Mein Sohn Dennis. Die anderen Hütten stehen leer.» Inez hob ihre Hände, wie um zu sagen: *Mehr gibt's nicht zu erzählen.*

«Die Suppe riecht gut. Ich könnte ein ganzes Pferd aufessen.»

«Mehr als etwas Brühe habe ich bisher nicht in Sie reingekriegt.» Sie reichte ihm die Schüssel. Pete aß einen Löffel, dann noch einen. Er rollte die salzige, warme Suppe in seinem Mund hin und her.

«Haben Sie sich verirrt?»

«Ich?»

«Sucht jemand nach Ihnen?»

Er hatte Suppe im Mund, den Löffel an den Lippen. Er schluckte und legte den Löffel ab. Bevor er antworten konnte, redete sie schon wieder. «Ich wollte nur wissen, ob wir jemanden benachrichtigen sollen.»

«Nein.» Ein kurzes, kategorisches Kopfschütteln, dann hob er mit beiden Händen die Schüssel in die Höhe. Er musste seine Gesichtszüge in den Griff kriegen. Durfte nicht zulassen, dass seine Gedanken durchdrangen und ihn verrieten. Das waren Landbesetzer. Die keinen Fernseher hatten, keine Zeitung. Wahrscheinlich war dies der einzige Ort im ganzen Land, an dem die Leute noch nichts von Esterway Ridge gehört hatten.

«Dennis hat gefragt, ob Sie im Koma gelegen haben», sagte sie.

«Ich muss ziemlich weg gewesen sein.»

«Sie hatten Fieber. Und haben vor sich hin gemurmelt.»

«Was habe ich gesagt?»

«Konnte man nicht wirklich verstehen.»

«Solange es nichts Peinliches war …» Er lächelte, doch weil er nervös zuckte, fühlte sich sein Gesicht an wie Plastik. Wer weiß, was er im Schlaf so alles geredet hatte. Pete hob seine Schüssel wieder an, aber sie war fast leer. Er musste sich eine gute Geschichte ausdenken, eine glaubwürdige, eingängige Geschichte, er musste erklären, wie er hier gelandet war, sich Zeit verschaffen, um wieder zu Kräften zu gelangen. Solange er einen kühlen Kopf bewahrte und sich nicht verriet, würde er sich vielleicht wieder aus dem Staub machen können, bevor irgendjemandem hier die Wörter *Esterway Ridge* überhaupt zu Ohren kamen.

«Sie haben sich bei uns dafür bedankt, dass wir Sie gerettet haben», erklärte Inez. «Das zum Beispiel haben Sie gesagt, als Sie vor sich hin deliriert haben.»

«Sie haben mich ja auch gerettet, oder?»

«Steht Ihr Auto noch irgendwo da draußen?»

«Ich bin hergetrampt.» Da war er, der Beginn seiner Geschichte.

«Wir mögen Leute mit Autos. Es gibt nichts Besseres als einen Ausflug in die Stadt. Und wie haben Sie sich dann verirrt?»

«Ich bin auf einem Forstweg spazieren gegangen, irgendwann in den Wald reingelaufen, bis zu einer Lichtung, und dort habe ich dann mein Zelt aufgeschlagen.» Er hatte einfach drauflos-erzählt, ohne sich die Geschichte wirklich auszudenken. Die Wörter kamen ihm einfach so in den Sinn. «Ich wollte in der Wildnis sein. Allein. Am zweiten Abend habe ich Pilze gegessen, die waren wohl giftig, jedenfalls ging's mir danach hundeelend, und ich bin ein, zwei Tage durch den Wald geirrt, wahrscheinlich habe ich halluziniert. Ich hätte sterben können.» Dabei beließ er es. Das war genug. «Wer hat die Wette gewonnen?»

«Was?»

«Sie sagten, Sie hätten darauf gewettet, wie ich hier gelandet bin.»

«Oh. Dennis, denke ich. Mein Sohn. Er war am nächsten dran an dem, was Sie gerade geschildert haben.»

Ein Sohn konnte einen Mann bedeuten, und ein Mann stellte womöglich weitere Fragen. Sie hatte drei oder vier Männer erwähnt. Er hätte sich die Namen merken sollen.

«Wollen Sie sich noch etwas ausruhen? Sie sehen immer noch müde aus.»

«Ich bin auch müde. Und noch ziemlich schwach.»

«Sollte Ihnen später nach einem kleinen Spaziergang zumute sein, meine Hütte ist das bunte Ding am Strand.»

«Ihre Hütte?»

«Die von mir und meinem Sohn.»

Inez erhob sich, stemmte mit der einen Hand das Tablett in die Hüfte und legte die andere Hand auf die Klinke. Pete stand auf, um sie hinauszubegleiten, doch beim ersten Schritt stieß er so heftig an einen tiefen Dachbalken, dass der Knall in seinem Kopf widerhallte. Sternchen traten ihm vor Augen, er bückte sich, fluchte und presste beide Hände auf die Stirn.

Inez war sofort bei ihm. Sie stellte ihre Sachen ab und half ihm zurück ins Bett. Er roch wieder ihren Duft: die salzige Note ihrer Haut, der Anflug von Holzrauch. «Ruhen Sie sich aus», sagte sie. Obwohl Pete jetzt hellwach war und Energie durch seinen Körper strömte, hielt er seine Augen geschlossen. Inez legte ihre Hand auf seine Schulter. Kurz drückte sie sie, dann stand sie auf, ging zum Eingang und zog die Tür hinter sich ins Schloss.

Wie war Pete hier gelandet? Seit der Explosion hatte er immer wieder darüber nachgedacht, war noch mal alles durchgegangen, was ihn hierhergeführt hatte, hatte versucht, die Puzzleteile seiner Vergangenheit zusammenzusetzen. Nach Westen gekommen war er vor vier Jahren, mit neunzehn. Er war hierhergezogen, um alles abzustreifen, besser konnte er es nicht ausdrücken – war bereit gewesen, noch mal neu anzufangen. Seltsamerweise hatte auch seine Mutter dieses Wort benutzt, bevor sie Frank geheiratet hatte. Sie sei bereit, alles abzustreifen und noch mal neu anzufangen. Sie war wahrscheinlich auch bereit gewesen, Pete abzustreifen. Vier Jahre lang hatte er sich als Last in ihrem Leben empfunden: der Stiefsohn, das fünfte Rad am Wagen. Um eine Antwort auf die Frage zu finden, wie er hier gelandet war, musste er mindestens so weit zurückgehen.

Nach ihrer erneuten Heirat hatte seine Mutter irgendwie die Seiten gewechselt. Sie sagte plötzlich das, was Frank sagte: Pete solle dankbarer sein, nicht so egoistisch, er solle endlich erwachsen werden. Sie trat Franks Kirche bei, wurde Mitglied der karitativen Frauengruppe, gab Dinnerpartys für Franks Arbeitskollegen. Das war ihr neues Leben, und fünf Jahre später war Pete an der Reihe: eine zweitausend Meilen weite Flucht vor Frank und seinem gepflegten Haus, einem von vielen in einer endlosen Reihe dichtbesiedelter Vorstadtstraßen.

Unterschiedlicher hätten die beiden Welten gar nicht sein können. Selbst jetzt noch konnte Pete sich bis ins kleinste Detail an seine Ankunft erinnern. Kurz vor der Landung hatte sich das Flugzeug seitlich geneigt und den Blick eröffnet auf einen in allen Schattierungen schimmernden Teppich aus dunklem Grün, einen wunderschönen, von Küste und Wasser zerschnittenen Streifen Land, und auf dem Wasser massenweise frisch geschlagene Bäume, eine erdfarbene Decke auf allen Mündungen und Schifffahrtswegen rund um den Flughafen. Dieses Bild hatte sich ihm eingebrannt. Er sah auch die Holzlaster wie zum ersten Mal: Tieflader bis oben hin bepackt mit Stämmen, die so dick waren wie Pete groß, drei oder vier Lastwagen hintereinander, und Pete hatte mit einer Mischung aus Staunen und Entsetzen am Straßenrand gestanden. Doch waren diese beiden Erlebnisse nichts im Vergleich zu dem Moment, als er zum ersten Mal eine Waldrodung sah: kahle Hügel, geschundenes Land, ein vollständig niedergemetzeltes Tal, verwüstete Erde, die aussah wie ein verlassenes Schlachtfeld im Ersten Weltkrieg.

In diesem November las er auch einen Artikel von Garrett Hardin mit dem Titel: «Die Tragik der Allmende», nicht für sein Studium, sondern weil Bev Norman es ihm empfohlen hatte. An Weihnachten schrieb er bereits für die *Gegenstimmen*-Seite der Studentenzeitung Artikel über die Vergewaltigung der Erde durch Forstunternehmen und Minengesellschaften, den Räuberbaronen des einundzwanzigsten Jahrhunderts. Er schrieb auch über andere Themen: Anarchie und Autonomie, Umverteilung von Reichtum, Wirtschaftskriminalität und Haftung. Im September war er in Stoffhosen und Button-down-Hemd nach Westen gekommen, und zurückgeflogen war er an Weihnachten mit karierter Flanelljacke, Doc Martens und Jeans, die an den Knien so verschlissen waren, dass es weiß durchschimmerte.

Im Januar war er mit einem Hinflugticket in den Westen zurückgekehrt. Frank hatte ihm keinen Rückflug angeboten, und Pete hatte auch nicht darum gebeten. Er war absolut sicher, dass er sich im Westen selbst gefunden hatte, sicher, dass er zur richtigen Zeit am richtigen Ort gelandet war. Der Kalte Krieg war vorbei, die Berliner Mauer gefallen, die Welt befriedet, Osteuropa frei und zuversichtlich. Veränderung war möglich. Jetzt war der Moment gekommen. Die Umwelt war das drängendste Problem seiner Generation, und es war Zeit, etwas zu tun. So hatte Pete geredet, auch Bev, alle Leute, die er kannte. Flüsse starben, Wälder verschwanden, wilde Tiere standen kurz vorm Aussterben. Der Moment war gekommen, um etwas zu unternehmen, der Moment, um in der Welt Veränderung zu erzwingen.

Merkwürdig nur, wo all die Leute von damals heute waren. Bev saß wahrscheinlich an ihrem Arbeitsplatz im Gesundheitsministerium, war stolze Besitzerin einer Wohnung direkt am Wasser. Sie hatte genau das getan, wogegen sie immer aufbegehrt hatten: heute Student, morgen Vorort, wie die Blumenkinder der Sechziger, die nur wenige Jahre später die Konservativen gewählt hatten.

Pete war sich seines störrischen Kerns bewusst – seiner Entschlossenheit, einen anderen Weg zu gehen, nicht so zu werden wie alle anderen. Jede Antwort auf die Frage, wie er hier gelandet war, hatte darin ihre Wurzel. Schon als Kind war er sich sicher gewesen, eine Bestimmung zu haben. Zu etwas Besonderem auserkoren zu sein. Auch all die Jahre mit Frank hatten dieses Gefühl nicht ausmerzen können.

Kurz nachdem er von der Uni geflogen war, hatte er einen von Franks Schecks für eine Kamera verwendet, sie mit auf die Insel genommen, zu den Kahlschlaggebieten, die er ein Jahr zuvor gesehen hatte. Bis dahin hatte er es für die Studentenzeitung in Worte fassen wollen, doch jetzt hatte er vielleicht eine Möglichkeit, die Verbrechen gegen die Natur tatsächlich zu zeigen.

In der Gegend, in der Pete aufgewachsen war, hatten die Bäume dürre Stämme, mussten ihr Leben felsigem Boden abringen. Die Wildnis im Westen war das krasse Gegenteil davon: weit und üppig, alte, mächtige Bäume, anmutige Riesen, die schon vor Kolumbus dort gestanden hatten. Trotzdem waren viele davon abgeholzt worden. Die Küstenbewohner schienen überhaupt nicht zu begreifen, welchen Schatz sie da hatten, wie einzigartig diese Bäume waren, wie bedeutend. Auf seinem Trip in den Norden der Insel hatte Pete eine Filmrolle nach der anderen verschossen, Baumstümpfe fotografiert, die so breit waren wie ein Esszimmertisch, und hatte anschließend Dias an Zeitungen, Magazine, sogar Galerien geschickt, aber sie waren alle zurückgekommen, mit beigelegtem Absageschreiben. Wenige Monate später hatte Pete Jeremy Dunn kennengelernt. Sie hatten bei der Anarchistischen Buchmesse nebeneinandergesessen. Jeremy hatte ein mitreißendes Lächeln und lachte gern. Er hatte Pete direkt in die Augen gesehen, fest, ohne zu blinzeln. Pete hatte ihm erzählt, er sei Fotograf, und er hatte erwidert, einen Fotografen könnten sie gut gebrauchen.

Von diesem Augenblick führte eine direkte Linie zu Esterway Ridge. Wäre Jeremy nicht gewesen, hätte er vermutlich nie an den Protesten in den Bridal Veil Flats teilgenommen, hätte sich Art, Fay und Derek vermutlich nie angeschlossen, wäre nie mit ihnen zum Bedwell Pass gefahren, hätte nie in dieser Aktivistenzelle eine Heimat gefunden. Teilweise war es Zufall, dass er einen Weg eingeschlagen hatte, der so ganz anders verlaufen war als der von Bev und den anderen, dass er am Ende hier gelandet war. Teilweise war es aber auch seiner Zuversicht geschuldet – einem tiefen Glauben daran, dass er zu etwas Besonderem auserkoren war, dass Veränderung möglich war und er seinen Teil dazu beitragen konnte. Er war sich absolut sicher gewesen, dass dies seine Bestimmung war.

# 16

Auf dem Serpentinenpfad hinunter zu ihrer Hütte musste Inez an David Milne denken. Die Bäume hier riefen ihr oft seine Northern-Ontario-Serie in Erinnerung – kräftiges Schwarz auf körniger, bewusst weiß belassener Grundierung. Sie bewunderte Milne schon seit langem. Ein Teil dieser Faszination rührte von seinem Mut, Schwarz als Farbe zu verwenden. Bei Landschaftsbildern. Und nicht nur verhalten zu verwenden. Ein Gemälde, das ihr besonders im Gedächtnis geblieben war, hatte er erst in Schwarz skizziert und dann direkt auf reines Gesso übertragen. Er hatte beide Extreme zu seinem typischen, schichtenarmen Stil vereint.

Inez hatte Milnes Spiel mit Farbe und Moderne zu imitieren versucht. Und das, obwohl Milne zu dem Künstlerestablishment gehörte, das Ray so sehr verachtete. Ray hatte oft gesagt, die Group of Seven habe es für alle anderen versaut, und die Ironie der Geschichte war, dass kaum jemand ihre Namen kannte. Er hatte es gesagt, weil er gesehen hatte, wie Inez Milnes Briefe las. Der Einfluss, den Ray auf Inez ausübte, war so stark, dass sie das Buch in die Bibliothek zurückbrachte, ohne es zu Ende zu lesen. Inzwischen hatte sie seine Briefe aber gelesen, und so hatte Inez von Kathleen Pavey erfahren.

Milne hatte 1939 in einer kleinen, heruntergekommenen Hütte gelebt, am Ufer eines Sees irgendwo in Northern Ontario. Von seiner Frau entfremdet, hatte er sich dort verkrochen und gemalt. Kathleen Pavey war mit einem Kanu unterwegs gewesen, allein, mit Zelt. Eine Böe hatte sie an Land getrieben, und so waren die beiden sich begegnet, zwei Fremde im Wald. Kathleen hielt ihn für halb verrückt. Er tigerte umher, redete mit sich selbst, war krank und stand kurz vorm Wahnsinn. Sie dachte, er habe einen Hüttenkoller, und wollte ihn in diesem Zustand nicht allein lassen, also blieb sie und kümmerte sich um ihn. Damals war er Mitte fünfzig, seelisch aus dem Lot, vereinsamt, hatte sein Heil im Norden gesucht, in dieser kleinen Hütte, hatte die Landschaft gemalt, die er liebte, hatte alles darangesetzt, diese Welt einzufangen, und war dabei fast dem Wahnsinn anheimgefallen.

Mitten in der Wildnis auf einen Fremden zu treffen, den eine Böe ans Ufer getrieben hatte oder der auf einem Forstweg ins Nirgendwo umhergestolpert war: Was Christian als ein Problem betrachtete, war für Inez ein willkommener Thrill.

Zurück in ihrer Hütte, setzte sie sich in ihren Schaukelstuhl, legte ihre Füße auf die aus Treibholz und knorrigen Ästen zusammengezimmerte Balustrade. Es war ein kühler Morgen, und der leichte Wind hatte einen salzigen Biss. Sie wollte eine Tasse Tee. Sie wollte los, sich an die Arbeit machen, wollte ins Atelier, solange sie mit dem Tag noch etwas anstellen konnte, aber sie war abgelenkt. Es war merkwürdig gewesen, die Stimme des Fremden zu hören. Merkwürdig auch, wie er beim Sprechen gezuckt hatte, als hätte er einen Tick.

Am Ende war Kathleen Pavey Milnes Frau geworden. Sie hatten nach unitarischer Zeremonie geheiratet, jedenfalls nicht legal. Legal war Milnes mit seiner ersten Frau verheiratet geblieben, doch er und Kathleen hatten den Großteil ihres Lebens in dieser Hütte am See verbracht, ohne fließendes Wasser, ohne Strom. In Inez' Vorstellung war es immer Kathleen gewesen, die ihn angetrieben hatte, Kathleen, die ihm die geistige Gesundheit bewahrt und damit sein Werk ermöglicht hatte.

# 17

Art hob ein Stück Sockelleiste von dem Haufen auf dem Boden. Die kleine Souterrainwohnung war noch nicht ganz fertiggestellt, und in der Mitte des Raums stapelten sich jede Menge Schnittreste. Art bog das Stück Holz, das zurückschnellte, als er wieder losließ.

Fay saß auf der Isomatte neben der einzigen Lampe im Zimmer, die Beine überkreuz, blecherner Campingteller in der Hand, darauf noch ein Eckchen von ihrem Sandwich. Die Wohnung bestand aus einem einzigen großen Zimmer und war bis auf den Klappstuhl, den sie aus dem leeren Gebäude nach unten geholt hatten, unmöbliert. Oben hatten sie auch eine Schreibtischlampe mit einer Vierzigwattbirne gefunden, und diese Lampe warf nun einen Kreis aus Licht auf Fays Beine.

Art zog einen der Kartons weg, die sie vors Fenster gestellt hatten, damit kein Licht nach außen drang. Das Glas hatte eine dunkle Beschichtung, doch durch einen dicken Kratzer konnte er ein Auto sehen, das in der Sackgasse geparkt war, und ein Stück dahinter ein offen stehendes Garagentor. Vom nächsten Haus stand erst das Gerüst, Holzbalken, die bleich in die Nacht ragten. Der Vater von Arts Freund Nathan hatte an diesem Ende des Mulberry Crescent mehrere Häuser gebaut, doch das Geld war ihm ausgegangen, und er hatte Bankrott erklären müssen.

Keine Spur von Derek da draußen, keine Spur des Kombis. Andererseits war es unwahrscheinlich, dass er es in einer Sackgasse parken würde.

«Es ist nur in einem der Gebäude Licht», sagte Art. «Die eine Hälfte der Häuser hier ist nicht fertiggebaut, und die andere scheint unbewohnt.»

«Meinst du, die besorgen sich einen Durchsuchungsbefehl, brechen in der Bee Street ein und durchkämmen die Wohnung?», fragte Fay.

Er setzte sich zu ihr auf die Isomatte. «Wir haben nichts dagelassen, was uns verraten könnte.»

Fay zupfte an ihrem Hemd, senkte den Kopf und schnupperte, ob sie streng roch. «Alles fängt an zu stinken.»

Art rückte näher an sie heran, senkte seinerseits den Kopf.

«Was?», fragte sie.

«Ich will auch mal schnuppern.»

Sie zog ihre Schulter hoch, drückte ihn weg.

«Ich vermisse dich», sagte er leise, fast flüsternd.

«Ich sitze direkt neben dir.»

«Nicht wirklich. Nicht seit wir das hier angefangen haben, seit wir von uns, von dir und von mir, zu Earth Action Now übergegangen sind.» Er hatte recht, nichts war mehr so wie früher zwischen ihnen, seit sie mit Jeremy Dunn gebrochen hatten und ihren eigenen Weg gegangen waren. Es lag nicht daran, dass sie in einer Gruppe gelebt, andere Menschen um sich herum gehabt hatten. Auch jetzt noch, da sie nur zu zweit waren, stimmte etwas nicht. Er beugte sich zu ihr hinüber, küsste die Sehnen ihres Nackens, stupste seinen Kopf in ihre Armbeuge.

«Derek kommt gleich», sagte sie.

«Das dauert noch ein bisschen.» Er küsste sie am Kiefer, aufs Ohrläppchen, die Wange. Dann legte er den Arm um sie, umfasste mit der Hand ihre Brust, doch sie stand auf, und seine Hände glitten über ihren Bauch, rutschen über ihre Hüften und Schenkel ins Leere. «Halt», sagte er. «Warte doch mal.» Aber sie hatte schon das halbe Zimmer durchquert, den Campingteller noch immer in der Hand. Trotzdem sah sie gut aus: Auch wenn sie vor ihm weglief, sah sie gut aus – ihr Schwung in den Hüften, die zurückgebogenen Schultern.

Fay drehte den Hahn auf, spülte ihren Teller unter dem kalten Wasser, das spärlich herauströpfelte. Sie stützte sich auf den Tresen, starrte auf den vors Fenster gestellten Karton, als könnte sie durch ihn hindurch auf den Hinterhof sehen.

Was da zwischen ihnen war, dieser Bruch, hatte mit Esterway Ridge zu tun: Petes Verschwinden, dem Schock darüber, dass ein Mensch so schwer verletzt worden war, vielleicht nie wieder würde laufen können oder gar sterben. In den anderthalb Jahren, die sie zusammen waren, hatte Art Fay verärgert, frustriert, besorgt und aufgeregt erlebt. Alles hatte er erlebt, doch im Kern hatte sie sich immer ihre Lebendigkeit bewahrt. Nie hatte er sie so niedergeschlagen gesehen, so verzagt, noch nie war sie von einem Tag auf den nächsten zu einer anderen Person geworden, zu einem entfernten Cousin ihres alten Selbst.

Art saß auf der Matte und hoffte, dass sie wieder herkommen würde, war überzeugt, dass es etwas zu bedeuten hätte. Wenn sie jetzt umkehrte und zu ihm kam, würde alles gut werden. Also blieb er sitzen. Nach einer Weile flüsterte er: «Fay.» Dann noch einmal, etwas lauter. Schließlich stand er auf und ging zu ihr.

Er drehte sie zu sich herum und küsste sie, berührte ihr Gesicht und die sanfte Wölbung ihrer Wange, sehnte sich plötzlich verzweifelt nach Nähe, nach der Wärme ihres Körpers. Er ließ seine Finger um den Kieferwinkel gleiten und küsste sie dort, küsste ihre Nackenlinie, Lippen auf Sehnen, auf den harten Ansatz ihres Schlüsselbeins. Er begann, ihr Hemd aufzuknöpfen, streifte es ihr von den Schultern und führte sie durch den Raum.

Er knipste die einzige Lampe aus. Ein leichter Druck, und sie legte sich auf den Rücken. Art schob sich über sie, küsste sie auf die Lippen, auf die Wange, auf den Nacken, dann wanderten seine Hände abwärts. Er nestelte ihre Gürtelschnalle auf, zog ihre Jeans hinunter, während sie einfach nur dalag, ohne sich zu bewegen. Irgendwann fragte er: «Was ist los?»

«Letzte Nacht habe ich von Pete geträumt. Er war wieder hier, hier bei uns.»

Er rollte von ihr hinunter. «Das geht dir also durch den Kopf?»

«Du sagst, du bist dir sicher, dass er noch lebt, aber wo ist er dann?»

«Ich weiß es nicht, Fay. Ich habe keine Ahnung.»

«Er könnte tot sein.»

«Er ist nicht tot.»

«Wenn du wüsstest, dass er tot ist, würdest du es mir dann sagen?»

«Warum sollte er tot sein? Und wenn er tot wäre, woher sollte ich das wissen?»

«Als du zurückgefahren bist, was ist da wirklich passiert?»

«Es gibt keinerlei Anhaltspunkt dafür, dass er tot ist, das schwöre ich dir.» Er wartete ab, fügte nichts mehr hinzu, hoffte, dass sie sich damit zufriedengeben würde, endlich mit ihrer Fragerei aufhören.

«Und er ist einfach so verschwunden?»

Genervt schloss Art die Augen. «Ich weiß, es klingt verrückt, aber so war's.»

Fay zog den geöffneten Schlafsack über sich. Jetzt, wo keiner etwas sagte, wirkte das Haus über ihnen umso stiller, das ganze Neubauviertel wirkte still.

Die Tür ging auf. Fay setzte sich auf. Auch Art setzte sich auf. Er griff nach seinem Hemd. Es war dunkel, aber durch die geöffnete Tür fiel ein leichter Abendschimmer. Nach einem kurzen Moment sagte Derek: «Mann, ihr seid ja drauf.» Er stellte die Einkaufstüten ab.

«Wir dachten, es wäre abgeschlossen.»

«Wir sind auf der Flucht, ein Mann liegt unseretwegen im Krankenhaus, und ihr rammelt hier rum wie die Kaninchen?» Die Tür fiel ins Schloss, und es wurde wieder dunkel. Art knipste die Lampe an. Fays Wangen waren rot und verschliert. Sie hatte neben ihm gelegen und die ganze Zeit geweint.

«Hatten wir nicht eine Abmachung?», sagte Derek. «Dass genau das nicht passieren sollte?»

Art stopfte sein Hemd in die Hose. Er konnte jetzt nicht zugeben, dass gar nichts passiert war, dass Fay schlaff unter ihm gelegen hatte, bis er von ihr hinuntergerollt war, also sagte er einfach: «Entschuldige.»

Das war aber nicht genug. Derek hatte den Zeigerfinger erhoben. «Als ich mich zu diesem Affenzirkus habe breitschlagen lassen, hatten wir uns darauf geeinigt, alle persönlichen Beziehungen ruhen zu lassen.» Er machte zwei große Schritte auf sie zu, füllte mit seiner Wut den ganzen Raum. «Alle gleich, alle engagiert, ein Ziel. Findet ihr das, was ist, nicht schon hart genug?»

«Schau nicht mich an», erwiderte Fay. «Schau ihn an.» Sie rollte ihre Schultern und zupfte an ihrem Hemd, als wollte sie die Kleidung auf ihrem Körper neu justieren.

Derek tigerte weiterhin vom Ärger getrieben im Zimmer umher. Er hatte schon immer etwas Unberechenbares gehabt, etwas Launenhaftes. Schließlich blieb er stehen und setzte sich auf einen der Klappstühle. «Sie haben unser Kommuniqué gedruckt.»

Art stand auf. «Das ist gut. Richtig gut sogar. Wurde irgendwas redigiert? Umgeschrieben?»

«Schau selbst nach.» Derek warf ihm die Zeitung zu. «Über Owen Tuggs steht auch was drin. Angeblich liegt er immer noch auf der Intensivstation.»

«Geht's ihm besser?»

«Es ist ein Zeitungsartikel, kein Krankenbericht.»

Art legte die Zeitung auf den staubigen Betonboden. Er blätterte von dem Titelfoto eines Hausbrands um auf Seite zwei, wo knapp unter der Knickfalte ihr Kommuniqué stand. Er las es laut vor. Sie hatten den Wortlaut beibehalten. Nach dem ersten Absatz las er langsamer und hielt schließlich inne. Ihre Entschuldigung musste er nicht unbedingt laut vorlesen. «Eine bessere Publicity kann man sich nicht wünschen. Das ist genau die Art von Aufmerksamkeit, die wir erreichen wollten.»

Dass ihr Text in der Zeitung stand, war ein Fortschritt. Keine Frage, die Explosion in Esterway Ridge hatte ihnen einen Schub gegeben. Tragisch, ja, aber bis dahin hatten sie zwei Kommuniqués geschrieben, und keines hatte es bis in die Presse geschafft.

Den Rest der Seite füllte die übliche Berichterstattung. Ein Bild zeigte das Krankenhaus, in dem Owen Tuggs auf der Intensivstation lag. In dem Artikel wurden seine Frau und sein Bruder zitiert. Außerdem hieß es, neunzehn Beamte seien auf den Fall angesetzt. Art zwang sich, die Zeitung beiseitezulegen. Was noch dort stand, würde nur die Erleichterung darüber verwässern, dass ihr Kommuniqué abgedruckt worden war. Es bedeutete, dass ihre Botschaft endlich die Menschen erreichte.

«Lasst uns was essen. Lasst uns feiern. Was ist alles in den Tüten da?»

Derek reichte jedem ein Scheibe Brot. Sie benutzten Arts Taschenmesser, um sie mit Erdnussbutter und Marmelade zu bestreichen.

Art wischte die Hände an seiner Jeans ab und genehmigte sich noch eine zweite Scheibe. Einst waren sie wie eine Familie gewesen, hatten eng zusammengehalten, aber seit Jeremy die Gruppe verlassen hatte, war alles anders, und es wurde immer schlimmer, besonders seit Esterway Ridge – das Gezanke, die Spannung, die Gereiztheit, das alles war neu. Er räusperte sich und versuchte, seiner Stimme einen energischen Ton zu verleihen. «Während du weg warst, habe ich ein neues Kommuniqué aufgesetzt. Fay hat mir dabei geholfen. Wir haben Ideen aufgegriffen, die wir beim letzten Mal rausgelassen haben. Es ist politischer geworden. Jetzt, wo sie dieses Kommuniqué gedruckt haben, werden sie vielleicht auch das hier drucken.»

«Habt ihr unsere Forderungen aufgenommen?»

«Nicht direkt.» Ihm gegenüber saß Fay, ebenfalls mit einer Scheibe Brot in der Hand. «Möchtest du was dazu sagen, Fay?»

«Nein.»

Art drehte die Schreibtischlampe so, dass Licht auf seine Knie fiel. Dass ihr Kommuniqué gedruckt worden war, war eine gute Nachricht. Ein Zeichen. Er musste Fays Stimmung verdrängen, er durfte sie nicht an sich heranlassen, sich von ihr runterziehen lassen. Er blätterte die Seite seines Notizbuchs um. «Es beginnt mit ‹Liebe Leute›. Oder: ‹Liebe Mitbürger.› Oder so ähnlich. Hörst du überhaupt zu?»

«Ja, ich höre zu.»

«‹Spezies kommen und gehen. Gesellschaften kommen und gehen. Halten kann sich nur, wer sich seiner selbst bewusst wird; wer sehen kann, was falsch läuft, wer rechtzeitig begreift, wann der Weg zu steil ist oder in den Abgrund führt. Doch eine Gesellschaft braucht nicht nur ein sensibilisiertes Bewusstsein, sie braucht auch Menschen, die gewillt sind, gegen ihre persönlichen Interessen zu handeln, die gewillt sind, ihr Leben zu riskieren, um ihre Spezies von der Klippe wegzureißen. Doch selbst das ist manchmal nicht genug. Manchmal hängt das Überleben der Spezies auch davon ab, dass Menschen bereit sind, zu den Waffen zu greifen und sich dem Risiko auszusetzen, dass dabei Mitbürger zu Schaden kommen.›» Er hielt inne und sah auf.

«Das ist alles?», fragte Derek.

«Nein, es geht noch weiter. ‹Profitgier und die Fiktion von grenzenlosem Wachstum haben viel zu viele Menschen zu dem Irrglauben verleitet, dass wir endlos konsumieren können, endlos die Umwelt verschmutzen, endlos das Leben um uns herum zerstören und gleichzeitig überleben. Wir können es nicht. Die Weisen unter uns wissen das. Die Rechtschaffenen unter den Weisen handeln nun. Die Mutigen unter den Rechtschaffenen haben zu den Waffen gegriffen, um gegen die Maschinerie anzukämpfen, die unsere Erde zerstört und irgendwann auch, falls niemand sie stoppt, unsere Spezies.›» Art wartete kurz, bevor er den Blick von seinem Notizbuch hob.

«Und?», fragte er.

Derek trat näher. Er kniete sich hin und nahm das Notizbuch aus Arts Schoß, hielt es schräg und blätterte zurück zur ersten Seite. «Das mit dem Rechtschaffenen unter den Weisen und den Mutigen unter den Rechtschaffenen finde ich gut, das hat was. Aber was ist mit all den Forderungen, die wir beim letzten Mal rausgenommen haben? Dass die neue Landnutzungsbestimmung gekippt werden muss? Dass die Abholzung des Primärwalds aufhören muss? Als wir angefangen haben, war das …»

«Mit diesem Kommuniqué wollen wir Publicity gewinnen. Vielleicht auch Unterstützer. Nach List Cove können wir immer noch erste Forderungen stellen. Wir sind jetzt in einer starken Position, aber nach List Cove werden wir in einer noch viel stärkeren Position sein.»

«Fay?», fragte Derek.

Sie hatte kein einziges Mal von ihrem Brot abgebissen. Saß reglos auf ihrem Klappstuhl. «Der Mann könnte sterben. Dieser Owen Tuggs. Pete ist weiß Gott wo. Alles andere interessiert mich im Moment nicht.»

In dieser Nacht lagen sie nebeneinander auf dem Betonboden, drei Isomatten, drei Schlafsäcke. Der Großteil der Wohnung lag tiefer als die Straße, so dass es tags wie nachts kühl war, trotz der Sommerhitze.

Fay lag zusammengerollt auf ihrer Seite, mit dem Rücken zu

Art, die Lampe direkt über ihrem Kopf. Sie hielt ein Buch in der Hand, hatte aber seit einigen Minuten nicht mehr umgeblättert. Art war sich sicher, dass sie wieder rausfinden würde aus ihrem Loch. Sie brauchte nur etwas Zeit, etwas Abstand. Derek, der rund einen Meter entfernt lag, hatte seine Kopfhörer auf.

Irgendwann machte Fay das Licht aus, doch nach einigen Minuten sagte Derek: «Shit.» Dann raschelte Nylon, ein Reißverschluss wurde aufgezogen. «Diese Arschlöcher.»

«Was ist los?»

«Unglaublich.»

Fay knipste die Lampe wieder an, und Art blinzelte, weil ihn das Licht blendete. Derek hatte nach wie vor seine Kopfhörer auf, den Walkman fest in der Hand.

«Was ist los?»

«Die Elf-Uhr-Nachrichten.» Derek stöpselte die Kopfhörer aus, nahm den Lautsprecher vom Ohr.

«Und?»

«Greer-Braden hat ein Kopfgeld auf uns ausgesetzt. Zwanzigtausend Dollar.»

Art atmete langsam aus. Er hatte ein hohles Gefühl in seiner Brust, spürte regelrecht, dass Fay ihn ansah, ebenso Derek.

«Zwanzigtausend für jeden von uns», sagte Art schließlich. «Oder zwanzigtausend für uns alle zusammen?»

Es war Schock und Überraschung zugleich, mehr aber auch nicht: ein Detail, das nichts zu bedeuten haben musste. «Ich finde, dass ich allein schon zwanzigtausend Dollar wert bin.»

«Für dich ist das nur ein Scherz, oder was?», fragte Derek.

«Erst mal ist das natürlich schockierend, aber im Grund ist es eine gute Nachricht.»

Derek lehnte seinen Kopf an die Wand aus Gipskarton. «Eine gute Nachricht?»

«Sie sind verzweifelt, Derek. Genau das habe ich dir vorausgesagt. Sie wissen nicht, wie sie mit uns umgehen sollen, was sie tun sollen, und dass das so ist, ist ein gutes Zeichen. Wenn sie jetzt schon so verzweifelt sind, überleg doch mal, wie das erst nach List Cove und Dutton sein wird.»

Er spreizte die Hände, breitete die Arme aus, war jetzt zuversichtlicher, dass der Schock über das Aussetzen einer Belohnung verebbt war. Letztlich war es doch nur ein Zeichen dafür, dass sie endlich ernst genommen wurden.

«Wir sollten noch mal in der Thurlow Road vorbeifahren und abchecken, ob alles in Ordnung ist. Vielleicht wäre es eine gute Idee, noch einen letzten Test durchzuführen und einen anderen Zünder auszuprobieren. Wir müssen sicherstellen, dass in List Cove alles reibungslos über die Bühne geht.»

«Wir sollen eine neue Aktion planen, obwohl eine Belohnung auf uns ausgesetzt ist? Hast du sie noch alle?», sagte Derek.

«Sie haben Angst», erklärte Art. «Und sie sind verzweifelt. Die feuern auf uns mit allem, was sie haben, und sie erreichen damit gar nichts.»

Sie mussten jetzt Kurs halten: erst List Cove, dann Dutton Pulp und Paper.

# 18

Mrs. Kosky war eine zierliche Frau mit länglichem Gesicht, verhärmtem Mund und fest hochgesteckten Locken. Sie öffnete Tab die Tür und führte sie einen Flur entlang. Beim Gehen bevorzugte sie eines ihrer Beine, wodurch sie leicht hinkte. Im Wohnzimmer stellte sie sich hinter einen Sessel und stützte sich auf die Lehne.

«Ich mache Tee. Bin gleich wieder da.»

Tab setzte sich. Das Sofa knarrte, als sie sich darauf niederließ. An der gegenüberliegenden Wand hingen Fotos: Mrs. Kosky, ihr Mann, zwei Jungs.

«Ich trinke meinen Tee schwarz», rief Mrs. Kosky aus der Küche. «Aber ich bringe Ihnen Milch und Zucker.»

Tab zog Notizblock und Stift aus ihrer Tasche und legte sie auf den Couchtisch.

Das Pfeifen des Wasserkessels schwoll an, kurz darauf klapperten Porzellantassen auf Untertellern. Dann trug Mrs. Kosky ein Tablett mit Teekanne und Tassen herein. «Das ist chinesischer Tee, nicht indischer. Den hat mir Art mitgebracht, in Säckchen, alles lose Blätter. Tee von befreiten Arbeitern.» Sie sah zu Tab, und ein Lächeln huschte über ihr Gesicht. «Art hat bald Geburtstag.»

«Das wird kein leichter Tag für Sie. Wie alt wird er denn?»

«Achtundzwanzig. Ich selbst bin achtundsechzig.»

«Danach sehen Sie gar nicht aus.» Tat sie aber. Mit jeder Faser: müde Augen, tiefe Furchen im Gesicht. Vielleicht war sie auch erst in den vergangenen Tagen so stark gealtert.

Als hätte Mrs. Kosky Tabs Gedanken gelesen, sagte sie: «Was passiert ist, hat meinen Mann fast ins Grab gebracht. Er ist siebenundsiebzig. Es war ein schwerer Schlag für ihn.» Sie hob ihre Tasse an.

«Wissen Sie, wo unsere Söhne sind?»

«Wieso unnötig Staub aufwirbeln, Misses Harper?»

«Sie haben eine Bombe gelegt. Ich meine, es könnte sein, dass sie eine Bombe gelegt haben. Und jetzt ist ein Mann im Krankenhaus.»

Ihr gegenüber strich Mrs. Kosky sich das Kleid glatt.

«Ich lese alles, was darüber in der Zeitung steht», erklärte Tab. «Versuche mir ein Bild zu machen, irgendwie zu verstehen.»

«Die Polizei war hier, hat bei mir geklopft. An dem Tag hat auch Art angerufen. Er meinte nur, ich soll denen nichts sagen. Dann war sein Guthaben alle.»

«Owen Tuggs hat einen Sohn und eine Frau, die irgendwo an der Küste wohnen. Sie war in den Nachrichten, hat gesagt, er hätte gar nicht dort sein sollen. Er sei nur für jemanden eingesprungen, der krank war.»

«Greer-Braden hat nur deshalb Sicherheitsleute eingestellt, weil es Gerüchte gab. Die haben den Mann extra dahin geschickt. Das wissen Sie, oder? Sie haben diesen Mann vorsätzlich der Gefahr ausgesetzt.»

«Ich hatte gehofft, Sie wüssten etwas, Misses Kosky.»

«Ich weiß so einiges.»

«War Art wütend? Wirkte er wütend auf Sie?»

«Wütend? Art? Nein. Er liebt die Natur, die Wildnis, Tiere.»

«Ist er schon mal gewalttätig geworden?»

«Misses Harper …»

«Nennen Sie mich doch Tab.»

«Offenbar wissen Sie rein gar nichts über meinen Sohn.»

«Er müsste nicht so lange ins Gefängnis, wenn sie sich stellen würden. Sollten sie es tatsächlich gewesen sein, meine ich.»

«Auf welcher Seite stehen Sie eigentlich?»

«Mir war bisher nicht bewusst, dass ich wählen muss.»

«So wie Sie reden, frage ich mich das schon.»

«Peter ist dreiundzwanzig. Es fühlt sich so an, als hätte er gestern erst sein Abitur gemacht.»

Im Zimmer nebenan markierte ein Kuckucksruf die volle Stunde.

Tab unternahm einen neuen Versuch. «Bei seinem letzten Besuch zu Hause haben wir gestritten. Er und sein Stiefvater sind noch nie gut miteinander ausgekommen. Danach hat er den Kontakt abgebrochen. Ist mehr oder weniger verschwunden. Ich habe versucht, ihn ausfindig zu machen, habe herumtelefoniert, mit Bekannten von ihm gesprochen, aber ich war zweitausend Kilometer weit weg und nicht wirklich im Bilde. Über das mit Earth Action, meine ich.»

«Sie wollen sie also ausfindig machen und stoppen?»

«Ich will, dass sie sich stellen.»

«Wie kommen Sie dazu, so was von ihnen zu verlangen? Obwohl sie das gar nicht wollen?»

«Wahrscheinlich haben Sie hier draußen nichts davon gehört, aber vor einigen Jahren hat die Polizei ein Drogenlabor in Orillia ausgehoben. Sie sind einfach reingestürmt und haben rumgeballert. Angeblich, weil sie selbst beschossen wurden, doch es wurden nie irgendwelche Waffen gefunden. Die Leute in dem Labor wollten nur Beweise vernichten, und dabei hat es einen Knall gegeben, der geklungen hat wie ein Schuss.»

«Es geht hier nicht um Drogen, Misses Harper. Sie machen das doch nicht wegen Geld.»

«Sie haben mich missverstanden. Darauf wollte ich gar nicht hinaus.»

«Und auf Menschen haben sie es auch nicht abgesehen. Im Gegenteil, es gibt viele Leute, die unterstützen das, wofür sie eintreten.»

«Sie auch?»

«Glauben Sie nicht alles, was in diesen sogenannten Zeitungen steht. Sie haben mich nach meinem Sohn gefragt, und da kann ich Ihnen nur eins sagen: Er ist nicht so, wie sie ihn und diese Gruppe darstellen.»

«Mir geht es nur darum, dass nicht noch jemand zu Schaden kommt. Deswegen bin ich hier.»

«Der Mann hat in seinem Wagen geschlafen und ist in die Explosion reingelaufen. So und nicht anders ist es passiert.»

«Können wir nicht versuchen, das Ganze zu stoppen, bevor es ein weiteres Opfer gibt?»

«Sie haben den Mann absichtlich dahin geschickt. Sogar seine Frau hat gesagt, dass er normalerweise keine Nachtschicht macht.»

«Sie können mir doch bestimmt irgendwie weiterhelfen.»

«Von meiner Seite ist alles gesagt.»

Tab stellte ihre Teetasse ab. Sie hatte sie nicht einmal zur Hälfte ausgetrunken. Kurz darauf erhob sie sich, Mrs. Kosky ebenso. Als sie an der Eingangstür standen, fiel Tabs Blick auf einen Umschlag, der auf dem Ablagebrett lag. Mrs. Kosky zog ihn schnell weg, doch Tab konnte die Adresse noch lesen: 369A Bee Street.

Bee Street entpuppte sich als ein kleines Sträßchen nördlich von Chinatown, nur einen Block lang, parallel zur Flussmündung. Das Straßenschild war verbogen, wodurch Tab zweimal vorbeifuhr, bevor sie verlangsamte und es lesen konnte.

Die 369 befand sich auf halber Höhe: ein hohes, schmales Gebäude mit flachem Dach. Tab parkte den Mietwagen und nahm das Haus in Augenschein. Alle Rollläden waren heruntergelassen. Die Holzstufen wirkten ausgetreten. Außerdem hätten sie etwas Farbe vertragen können.

«A» war die Souterrainwohnung, deren Eingang an der Seite

des Gebäudes lag. Das Fenster war vergittert, die Tür eine mit Dellen und Kratzern übersäte Holzplatte. In der Mitte hatte jemand ein «A» aufgemalt. Tab klopfte. An einigen Stellen war die Farbe abgeblättert, und darunter kam streifen- und kleckweise das Rot des vorigen Anstrichs hervor. Tab klopfte noch einmal. «Art?», rief sie. «Peter?» Sie klopfte ein weiteres Mal, diesmal fester. Ihre Knöchel schmerzten. «Mein Name ist Tab. Ich bin Peter Osbornes Mutter.» Sie hielt das Ohr an die Tür, wartete eine Weile und ging dann zum Vordereingang. Drei Briefkästen, A, B und C, alle leer. Oben auf der Treppe hing ein Buchstabe aus Blech neben der ersten Tür. Es war einmal eine Drei gewesen, aber die obere Hälfe war weggeschnitten. Umgedreht sah es nun aus wie ein C. Tab klopfte und spähte durch einen Spalt zwischen den Jalousien. Sie wandte sich der nächsten Tür zu und klopfte auch dort. Zwei Uhr. Unwahrscheinlich, dass jemand zu Hause war.

Tab setzte sich wieder ins Auto und betrachtete das schachtelförmige Gebäude, die Fenster mit den zugezogenen Vorhängen. Als Kind war Peter glücklich gewesen. Sorglos und fröhlich. Dass er sich verändert hatte, lag hauptsächlich an Frank. Das hatte sie immer gewusst. Hatte es mit angesehen – wie die beiden ständig aneinandergeraten waren, und sie selbst zwischen den Fronten. Peters Umzug in den Westen sollte eine Wende zum Besseren bringen, aber wenn er nach Hause kam, war alles nur noch schlimmer gewesen. Beim letzten Mal war es ihr besonders aufgefallen – da war etwas Bitteres an ihm, ein selbstgerechter Groll, mit dem er gegen Gott und die Welt gewettert hatte, gegen Forstunternehmen, Ölbohrfirmen, Minengesellschaften und ihre politischen Lakaien.

Er war nach Westen geflogen, um noch mal neu anzufangen, doch wenn er heimkam, war alles immer noch da und irgendwie schlimmer: eine brennende Wut in ihm. Für sie hatten die

Spannungen im Haus immer mit Peter und Frank zu tun gehabt, doch bei seinen beiden Besuchen hatte Peter sich auch ihr gegenüber so distanziert gezeigt, wie sie es an ihm nicht kannte – eine Kluft hatte sich zwischen ihnen aufgetan, die immer größer geworden war.

Tab riss ein liniertes Blatt aus ihrem Notizbuch, nahm ihren Stift und schrieb das Datum hin.

«Ich versuche, meinen Sohn zu finden, Peter Osborne.» Sie wollte die Nachricht so einfach und klar wie möglich formulieren. «Wenn Sie diesen Zettel lesen und wissen, wo er ist, würden Sie sich bitte mit mir in Verbindung setzen?» Sie schrieb ihre Adresse und Telefonnummer darunter, und dann noch, ganz unten, ihren Namen. Das Blatt warf sie in den mit «A» markierten Briefkasten.

# 19

Pete erwachte mit einem krampfartigen Schmerz in der Brust, der bis in den linken Arm ausstrahlte. Er blähte seine Lungen, aber er hatte trotzdem das Gefühl zu ersticken. Er rollte unter der Decke hervor, doch seine Arme und Beine versagten ihm den Dienst, so dass er hart auf dem Boden landete. Verzweifelt rang er nach Luft, und tatsächlich schien der Schmerz nachzulassen. Noch ein Atemzug, und er konnte sich auf die Seite legen.

In den vergangenen Nächten hatte er immer denselben Traum gehabt: Der Wachmann war um die Ecke der Lagerhalle in Esterway Ridge gekommen und in den Strahl des Flutlichts getreten. Diesen Augenblick durchlebte er wieder und wieder: wie sie beide dagestanden und einander angestarrt hatten.

Pete stützte sich auf den Tresen mit der Plastikspüle, öffnete den Hahn und spritzte sich kaltes Wasser ins Gesicht, rieb sich mit der Hand über die Brust und versuchte, die Bilder aus seinem Kopf zu bekommen, nicht an den Wachmann zu denken, wie es ihm wohl ging – ob er bewusstlos war, ob er überhaupt noch lebte. Er sah durchs Fenster. Der Nachthimmel war sternenübersät. Unter seiner Weite wiegten sich die Baumspitzen im Wind, ein Schattenriss aus unregelmäßigen Zacken. Darunter dunkler Grund, die Erde selbst.

Er musste irgendwie damit zurechtkommen, musste einen Weg finden, mit diesen Erinnerungen umzugehen, die immer und überall lauerten, bereit, ihn zu überfallen, musste einen Weg finden, sich nicht ständig in Wäre-nicht- und Hätte-nicht-Schleifen zu verheddern. Wann er auch an Esterway Ridge dachte, erdrückte ihn schier der Wunsch, in der Zeit zurückreisen zu können, sehnte er sich mit allen Fasern danach, alles anders zu machen – das Ganze zu stoppen, bevor der Zeitzünder zu ticken begann.

Es bestand immer noch die Möglichkeit, dass die Geschehnisse von Esterway Ridge die Dinge zum Besseren wendeten. Oder zumindest die Wende einleiteten. Nach dem Tod von Pierre Laporte hatte die Regierung mit der Front de Libération du Quebec verhandelt. Das war ein Präzedenzfall. Es konnte jetzt wieder passieren. Womöglich konnten sie Bedingungen aushandeln. Vielleicht brachte der Schreck über den Bombenanschlag die Leute zur Vernunft. Das musste er sich immer vor Augen halten: das größere Ziel. Die Aktion in Esterway Ridge war aus den richtigen Gründen erfolgt. Jetzt mussten Unternehmen wie Greer-Braden ihnen endlich zuhören.

Oben in der Thurlow Road lagerten noch acht Kisten Dynamit. Geplant waren drei Aktionen kurz hintereinander, und dann Verhandlungen. Solange in List Cove und Dutton niemand verletzt wurde, konnte dieser Plan immer noch aufgehen. Sollte die Bombe in Esterway Ridge die Leute noch nicht aus ihrer sesselfurzenden Selbstgefälligkeit gerissen haben, dann würde es auf jeden Fall die nächste Aktion tun.

Während er an dem einzigen Fenster der engen Hütte stand, schien immer noch alles möglich. Mehr als möglich, sogar wahrscheinlich. Nur dass er gerade am Rand des Kontinents war, meilenweit entfernt von allem. Allein.

Er musste die anderen finden. Es würde bald hell werden. Er würde noch einen Tag hierbleiben, sich stärken und ausruhen, und dann würde er nach Einbruch der Dunkelheit aufbrechen. Er würde ein Münztelefon auftreiben, würde so lange herumtelefonieren, bis er jemanden erreichte. Und ein oder zwei Tage später würde er Fay wiedersehen. Was zwischen ihnen passiert war, konnte nervöse Triebabfuhr gewesen sein, das Bedürfnis nach Ablenkung, aber der Gedanke, sie zu sehen, löste einen Sog aus.

Sollte er telefonisch niemanden erreichen, würde er einfach losmarschieren. In einer Nacht konnte er es bis Sooke schaffen, tagsüber im Wald schlafen, und nach einer weiteren Nacht wäre er dann schon in den westlichen Vororten. Dort würde er unbemerkt in einen vollen Pendlerbus schlüpfen. Nächste Haltestelle Bee Street. Oder Jeremys Wohnung, wenn es sein musste.

Seit ihrer Rückkehr von Bedwell Pass hatte Pete Jeremy nur ein einziges Mal gesehen. Zwei Tage nachdem Pete Fay mitgeteilt hatte, dass er dabei war, hatten er und Jeremy sich auf einen Kaffee in John's Diner getroffen. Kaum hatten sie sich gesetzt, hatte Jeremy sich nach vorne gebeugt und ihm gesagt, Art habe sie nicht mehr alle. Er sei psychisch labil. Jeremy sagte es mehr als einmal, während er andererseits versicherte, er wolle damit nicht die Entscheidung der Gruppe in Frage stellen, er wolle nur erreichen, dass Pete nicht mit hineingezogen wurde.

Es dauerte eine Weile, bis Pete es über die Lippen brachte. Er legte beide Hände flach auf den Resopaltisch und starrte seine Finger an, als er sagte: «Ich habe Fay gesagt, dass ich mitmache. Dass ich dabei bin.»

Das nahm Jeremy den Wind aus den Segeln. Er zog seine Tasse etwas näher zu sich heran, hob sie am Henkel an und setzte sie wieder ab. Ein Song von REM hatte gerade begonnen. Er war halb vorbei, als Jeremy wieder das Wort ergriff: «Was ist mit deiner Idee, unsere Bewegung zu dokumentieren? Auf Bildern zu zeigen, was da draußen los ist, die Landschaft, die sie zerstören, den Kahlschlag?»

«Ich war nie wirklich ein Fotograf, Jeremy, ich war immer nur ein Typ mit einer Kamera.»

«Hunderte von Leuten setzen sich dafür ein, dass diese Bewegung friedlich bleibt, dass auch Mütter und Babys daran teilnehmen können. Was Art da vorhat, könnte dazu führen, dass sich die Öffentlichkeit abwendet.» Jeremy hielt inne, weil eine Kellnerin vorbeikam. «Denk doch nur an die möglichen Reaktionen. Es könnte alles zunichtemachen, den wachsenden Protest in Clayoquot abwürgen.»

«Du hast gesagt, du würdest nicht versuchen, uns aufzuhalten.»

«Uns? Sind wir schon beim ‹uns›? Ich hoffe, du tust das nicht, weil Fay dich bequatscht hat.»

«Ich tue das, weil ich es für richtig halte. Ich glaube, dass es ein entscheidender Schritt sein könnte, dass genau das jetzt nötig ist, um Veränderungen herbeizuführen. Es bringt nichts, immer so weiterzumachen wie bisher. Und immer noch mehr Fotos zu machen schon gar nicht.»

«Und wenn dabei jemand verletzt wird?»

«Niemand wird verletzt werden.»

«Der ganze Plan ist schwachsinnig, Pete.»

«Es könnte sich als der cleverste Schachzug erweisen, den wir je ausgeführt haben. Vielleicht kannst du das nur deshalb nicht sehen, weil es Arts Idee war, nicht deine.»

«Du denkst, dass ich deshalb dagegen bin?»

Pete antwortete nicht auf diese Frage. Ohne Jeremy würde nichts wieder so sein wie zuvor.

«Jeder kann eine Guerillakampagne starten, Pete, aber wie viele Leute schaffen es, sie wieder zu beenden? Oder noch besser gefragt: Wie viele Leute schaffen es, sie glücklich zu beenden? Bevor du dich darauf einlässt, frag Art, wie er da wieder rauskommen will, wie er das Ganze zu stoppen gedenkt.»

Wie eine Klette klebte diese Frage in den nächsten Tagen an Pete, doch er fragte Art nicht.

# 20

Der Weg den Hügel hinunter war leicht zu finden, ein freigetrampelter, mit Schlamm bedeckter dünner Streifen. Am Strand lag überall Treibholz herum, Stämme, die Stürme an die Waldgrenze geschwemmt hatten. Jemand hatte am unteren Ende Stücke herausgesägt, zum Feuermachen oder irgendeinem anderen Zweck.

Die Hütte von Inez stand rund hundert Meter entfernt, leuchtete mit frecher Buntheit in der Sonne, die Tür eierschalenblau, die geschindelten Wände orange und gelb, die Fenster und die Tür purpurn und grün umrahmt. Inez hängte Wäsche auf, ein Korb stand zu ihren Füßen. Sie hob eine Hose hoch, ein Hemd, dann ein Laken. Wind drückte das Laken gegen ihren Körper und hob die schlanken Konturen hervor, dann drehte sie sich um und ging zurück zur Hütte. Ihr Gang hatte etwas Biegsames, ihre Glieder bewegten sich, als schwämme sie im Wasser. Auf der Veranda schlüpfte sie aus ihren Gummistiefeln, öffnete die Tür und war verschwunden.

Ein Stück entfernt stand ein Mann auf einem flachen Riff mitten in der abebbenden Flut. Er trug einen Strohhut und ein weites rotes Hemd, hatte einen weißgefleckten Bart. Gerade stopfte er ein Stück Seetang in einen Eimer. Es war lang und grün, wahrscheinlich Kelp oder Riementang. Der Strand war überwuchert mit dem Zeug. Daraus konnte man eine gesunde Mahlzeit machen. Petes Magen knurrte. Er war den Hügel runtergekommen, weil er unbedingt etwas essen musste.

Endlich hatte der Mann genug gesammelt und ging davon. Pete kletterte über das Treibholz und watete selbst zu dem Sandsteinriff, holte ein Knäuel Algen vom Grund einer Gezeitenpfütze, riss einen Strang heraus und stopfte ihn in den Mund. Er war schleimig, kalt und sandig, schwer vom Salz der See. Trotzdem schluckte Pete ihn hinunter. Biss noch einmal hinein, und noch einmal. Es würde seinen Magen beruhigen. Würde den Hunger vertreiben. Hinter ihm ertönte ein leises Geräusch im Sand. Er drehte sich um. Ein paar Meter entfernt stand Inez. Sie hob die Hand, hielt sie sich schützend vor die Augen und starrte ihn an.

«Frühstück», sagte er und spürte, wie er vor Scham rot wurde. Er hatte dagehockt wie ein Affe und Algen gefressen.

«Es muss Ihnen bessergehen, wenn Sie es bis hier runter geschafft haben.»

«Fit wie ein Turnschuh.» Die gezwungene Fröhlichkeit ließ seine Worte fremd und schal klingen. «Essen Sie das Zeug auch manchmal?»

«Nicht wenn ich es vermeiden kann.»

«Wussten Sie, dass es auf der Zunge besondere Sensoren gibt, die Algen schmecken können? Es ist der fünfte Grundgeschmack, nicht bitter, nicht salzig, sondern … algig eben. Unami heißt er.»

«Sie haben die Wahl: Entweder Sie spülen den Sand und das Salz aus, oder Sie essen mit mir Porridge. Allerdings ohne Roomservice, jetzt, wo Sie wieder auf den Beinen sind.»

«Porridge klingt großartig. Ich steuere etwas Alaria oder Nori bei oder was immer das ist.»

Sie grinste und stemmte eine Hand in ihre Hüfte, die Haltung einer Frau, die gleich ein ernstes Wörtchen reden wird. «Algen spielen in unserer Ernährung keine sonderlich große Rolle, Ash.»

Es war merkwürdig, diesen Namen zu hören, und Pete brauchte einen Augenblick, bis er ihn mit sich selber in Verbindung brachte. «Gerade war jemand hier und hat Algen gesammelt. Das hat mich überhaupt erst auf die Idee gebracht.»

«Der gute alte Ernie. Er ist der Einzige hier, der tatsächlich Algen isst, und gar nicht wenig.»

Inez übernahm die Unterhaltung, während sie ihn den Strand entlangführte. Sie deutete auf die Stelle, wo Ernies Hütte stand, auf halber Höhe den Hügel hinauf, doch Pete konnte sie nicht ausmachen – die Bäume standen zu dicht, ein enggewebter Vorhang quer über das Land. Pete versuchte, sich nicht anmerken zu lassen, wie schwer es ihm fiel, mit Inez Schritt zu halten, versuchte, sein Keuchen zu kontrollieren. «Ernie hat mal zwanzig Pfund Pfifferlinge gesammelt», erzählte Inez. «Eine fette Ausbeute. Sie hätten ihm fast tausend Dollar einbringen können, doch stattdessen hat er sie alle selber gegessen. Was er nicht innerhalb einer Woche verputzen konnte, hat er getrocknet.»

Eine auslaufende Welle züngelte über den Sand, und einige Schritte lang warfen Petes Stiefel Tropfen in die Luft wie glitzernde Ketten.

«Ich habe sie die Bunte Lady getauft. Im Winter erdrückt mich das trübe Grau der Welt, also habe ich nach zwei Jahren beschlossen, das Panorama ein bisschen aufzuhellen.»

«Mussten Sie dafür jeden einzelnen Farbeimer eigenhändig herschleppen?»

«Die Farbe herzuschleppen war noch das geringste Problem. Nehmen Sie Platz, ich schau mal nach dem Koch.»

Pete machte es sich auf dem Schaukelstuhl bequem, der auf der engen Veranda stand. Er ließ den Blick über das Geländer schweifen, ein zusammengezimmertes Geflecht aus grob entrindeten Ästen. In der Bucht wogten Wellen heran und brachen, wogten heran und brachen.

Die Tür der Hütte ging auf und knallte zu, und dann stand Dennis da: rote Lockenhaare, gebräunte Wangen. Er hob grüßend die Hand.

«Ich bin Ash», sagte Pete.

«Ich mache Porridge.»

«Sehr erfreut, Mache Porridge.»

Entweder hatte der Junge ihn nicht gehört oder es nicht witzig gefunden. «Wie mögen Sie Ihren Porridge?»

«Ich bin so hungrig, dass ich nehme, was ich kriege.»

«Dann kriegen Sie Ziegenmilch, ohne Zucker.»

«Okay.» Milch klang gut, Proteine.

Der Junge pochte auf die Glasscheibe über der Tür. «Inez, er will Milch.» Er klappte einen Gartenstuhl auf. «Haben Sie eine Wohnung?»

«Ich? Na ja, wie man's nimmt. Ich teile mir eine.»

«Wir haben auch mal in einer Wohnung gelebt, in der Stadt. Allerdings kann ich mich kaum noch daran erinnern. Nur dass es dort viele Schränke gab.»

«Habt ihr hier keine Schränke?»

«Wir haben vieles nicht. Kassettenspieler, Toaster, Fernseher, Mixer, Treppen, Lichtschalter. Licht haben wir aber schon.» Beim Sprechen trommelte er mit den Füßen gegen den Klappstuhl, im gegenläufigen Rhythmus zu seinen Worten.

«Licht?», fragte Pete.

«Sonnenlicht, Laternenlicht, Kerzenlicht. Nur halt keine Schalter. Wobei natürlich keiner einen Schalter für die Sonne hat.»

«Das stimmt auch wieder», sagte Pete.

«Siebzehnhundertachtundsiebzig war Captain Cook hier. Alle meinen, er ist nur in den Südpazifik gesegelt, aber er war auch hier, genauso wie Sir Frances Drake und die Spanier. Ich weiß eine ganze Menge über die Gegend. Die Nootka und die Salish sind die wichtigsten Indianerstämme an der Küste.» Dennis wischte sich eine Locke aus der Stirn. «Los, fragen Sie mich was, egal was.»

Pete setzte sich so hin, dass er den Jungen direkt vor sich hatte.

«Wie weit ist es bis zum nächsten Telefon? Hier gibt's keins, oder?»

«Das wollen Sie wissen?»

«Du sagtest, egal was.»

«An der Tankstelle kurz vor Port Thorvald ist eins. Vier Buchten von hier. Sie könnten hinrudern. Seeley's Bay, dann Bodega Bay, Merchant und Buckley.»

«Und zu Fuß?»

«Erst gehen Sie den Pfad rauf zur Forststraße, dann weiter bis zum Highway und dort rechts. Müssen Sie jemanden anrufen?»

«Ich habe nur darüber nachgedacht, was gewesen wäre, wenn ich einen Arzt gebraucht hätte, dann hätte jemand die ganze Strecke zu Fuß gehen müssen, bis in die Stadt.»

«Für Notfälle hat Inez ein Funkgerät.»

Ein Funkgerät: Das könnte zum Problem werden. Es mussten Funksprüche in Sachen Esterway Ridge rausgegangen sein. «Habt ihr noch andere Empfangsgeräte?»

«Nur noch den Wetterfunk. Um die Vorhersage zu hören.»

«Was ist mit Nachrichten?»

«Schlechter Empfang.»

Kein Radio also, aber es gab noch andere Möglichkeiten. «Wann ist zum letzten Mal jemand in die Stadt gegangen?»

«Die Frage gilt nicht.»

«Du meintest, ich dürfte alles fragen.»

«Port Thorvald, Renfrew oder Sooke?»

«Egal.»

«Vor rund zwei Wochen.»

Hinter ihnen ging die Tür auf, und heraus kam Inez mit einem Tablett, auf dem sie drei dampfende Schüsseln mit Porridge balancierte. Sie hatte ihre Jacke ausgezogen und ihre Haare zu einem lockeren Zopf zurückgebunden. Um den Hals trug sie eine Silberkette mit einem Anhänger.

Vielleicht hatte hier tatsächlich noch keiner von Esterway Ridge gehört. Es schien durchaus möglich. Heute Nacht konnte er sich einfach aus dem Staub machen, dieses Münztelefon suchen und Hilfe rufen. Vielleicht war inzwischen etwas Gras über die Sache gewachsen. Hoffentlich. Zumindest so viel, dass jemand herfahren und ihn abholen konnte.

# 21

Inez setzte sich auf den letzten Klappstuhl und verteilte die Schüsseln. Ash ihr gegenüber schien sich im Schaukelstuhl wohl zu fühlen, dieser Fremde, der in ihre Arme kollabiert war. Er hatte sich erholt, hatte wieder Farbe im Gesicht, und er und Dennis hatten sich offenbar gut unterhalten. «Ich hoffe, Sie mögen Porridge», sagte sie.

«Erinnert mich an meine Zeit bei der Urban Food League. Da waren Leute dabei, die haben steif und fest behauptet, Haferbrei sei das umweltverträglichste Essen überhaupt. Am Ende haben sie mich tatsächlich überzeugt, keine Cornflakes mehr zu essen – Cheerios, Rice Krispies und dieses ganze Zeug.»

«Was ist die Urban Food League?», fragte Dennis.

«Eine Gruppe von Leuten an der Uni, die alle Grasflächen auf dem Campus zu Gemüsegärten machen wollte. Der Vorschlag wurde abgeschmettert, aber wir haben trotzdem den Rasen umgegraben. Schilder aufgestellt. ‹Auch Studenten müssen essen.› ‹Sprengt die industrielle Nahrungskette.› Die Sicherheitsleute haben uns weggejagt, aber einige von uns sind nachts noch mal zurückgekommen, haben zwei oder drei schöne Gärten angelegt, Samen gepflanzt.»

«Dann studieren Sie also?», fragte Inez.

«Ich bin von der Uni geflogen.»

«Weil Sie Gärten angelegt haben?»

«Die anderen haben eine Disziplinarstrafe akzeptiert, um bleiben zu dürfen. Mir ging es damals ums Prinzip, ich fand einfach, wir dürften nicht klein beigeben und sagen, es war falsch, wenn es nicht falsch war. Gehe ich recht in der Annahme, dass keiner von euch meine Algen als zweiten Gang möchte?»

«Algen karren Dennis und ich allenfalls hoch zum Gemüsegarten und graben sie als Dünger unter.»

Ashs Rücken spannte sich an, und sein Löffel stieß auf den Boden der Schüssel. «Das könnte ich doch übernehmen», sagte er. «Schließlich schulde ich Ihnen was. Ein bisschen Tang sammeln wäre nicht so …»

«Kein Stress. Sie schulden uns gar nichts. Sie sind unser Gast.»

«Und wenn er uns einen Bootsausflug schulden würde?», fragte Dennis. «Drüben in Seeley's Bay springen einem die Fische praktisch ins Boot.»

«Seeley's ist vielleicht ein bisschen weit. Er muss sich erst noch erholen.» Inez kratzte den Rest Hafer aus ihrer Schüssel.

«Dann könnte er uns helfen, den Drachen runterzuholen.» Dennis deutete auf eine Seite der Veranda.

Ash lehnte sich vor und sah um die Ecke.

«Letzte Woche ist sein Drachen in einem Ahornbaum hängen geblieben.»

«Zufällig bin ich ziemlich gut im Bäumeklettern.»

«Dann hol ihm eine Leiter, Dennis.»

«Er hat doch gesagt, er kann klettern.»

«Der erste Ast ist verdammt hoch.»

Dennis trug seine leere Schüssel nach drinnen, kam kurz darauf wieder heraus und machte sich auf den Weg zu Phelps alter Hütte, in der sie die Trittleiter aufbewahrten. Inez wartete ab, bis er an dem Gemüsegarten vorbeigetrottet war, dann wandte sie sich Ash zu. Er war nun schon seit vier Tagen hier, war eine physische Präsenz am Point, doch obwohl sie Stunden mit ihm verbracht und ihn gefüttert hatte, hatte sie kein klares Bild von ihm.

«Sie sind von der Uni geflogen, wollten hier zelten, essen gern Porridge, was gibt es sonst noch über Sie zu berichten?»

«Nicht viel.»

«Hier stolpern nicht so oft Fremde aus dem Wald. Wir sind also einfach neugierig.»

«Wenn Sie damit die Frage meinen, wo ich herkomme, würde ich sagen, aus dem Osten, zumindest lebt meine Mutter da.»

«Brüder? Schwestern?»

«Zwei Stiefbrüder, beide um einiges älter, und neuerdings einen Halbbruder, noch ein Baby. Meistens waren meine Mutter und ich aber allein. Mein Dad lebt in Arizona. Er ist der mit dem kleinen Baby. Das sind die Essentials. Hierher gezogen bin ich wegen des Studiums, so weit westlich wie möglich, ohne nass zu werden.» Er setzte seine Schüssel ab. «Ich habe ziemlich schnell gemerkt, dass hier mein eigentliches Zuhause ist.»

«Wie das?»

«Wird das ein Verhör?»

«Sie sind wie ein Promi in einem Kaff mit sechs Einwohnern.» Es war doch wohl nicht zu viel verlangt, dass er ihr einige Fragen beantwortete, nach allem, was sie für ihn getan hatte.

«Ich war vierzehn, als meine Mutter noch mal geheiratet hat. Ihr neuer Mann heißt Frank. Ein Vorstädter in Reinform, so einer, der nutzlosen Krempel kauft, an den Immobilienmarkt glaubt, überhaupt an Märkte, an Kapitalismus und Unternehmertum, an Plastik und Petroleum. Er kauft und verkauft Futures, was nichts anderes ist, als sich an Katastrophen zu bereichern. Weltweiten Dürren, die ganze Ernten vernichten, aber für ihn bedeuten sie mehr Geld in der Tasche. Also haben wir miteinander gekämpft. Vom ersten Tag an. Wofür er auch war, ich war dagegen. Wogegen er auch war, ich war dafür. Meine Mutter hat mich oft beiseitegenommen und mir eingetrichtert, ich solle ihn nicht ständig reizen. Schließlich würden wir in seinem Haus wohnen. Es war, als hätte sie nach oben geheiratet und wollte partout verhindern, dass ich ihre neue Welt gefährde.»

«Was ist mit Ihrem Vater und seinem kleinen Baby? Das klingt doch vielversprechend.»

«Das Baby habe ich noch nie gesehen. Mein Vater zieht sein eigenes Ding durch.»

«Das könnte man von Dennis' Vater auch behaupten: dass er sein eigenes Ding durchzieht.» Dennis hatte seinen echten Vater nie wirklich kennengelernt.

Dennis kam zurück, mit der Leiter über der Schulter. Christian war bei ihm, die Hände im Latz seines Overalls.

«Wow», rief Christian schon von weitem. «Da ist er ja, der Neue in unserem Zeltlager.» Er trat ins Seegras und näherte sich der Veranda auf Ashs Seite. «Wer zum Teufel sind Sie?»

«Ash McCabe.»

«Christian. Nur dem Namen, nicht der Gesinnung nach.» Christian riss diesen Witz jedes Mal, wenn er jemand Neuen kennenlernte. «Dann sagen Sie uns doch mal, Mister Ash McCabe, wie es Sie an unser Fleckchen Erde verschlagen hat.»

«Ich war krank und habe mich verirrt. Hätte böse enden können.»

«Das wissen wir bereits, denn das haben wir ja gesehen. Die Frage ist, was Sie überhaupt in diese Gegend geführt hat.»

«Das ist Verhör Nummer zwei, Ash», sagte Inez.

«Bestimmt steckt eine Frau dahinter.» Christian tätschelte Ashs Arm. Er war mehr als nur angeheitert. «Sie mussten mal weg, hab ich recht?»

«Ich habe meinen Job verloren und brauchte eine Pause.»

«Na dann, willkommen am Point, mein Freund. Wir hatten schon den einen oder anderen schrägen Vogel hier, aber es tut keinem von ihnen einen Abbruch, wenn ich sage, dass Sie alle toppen.»

Inez entdeckte Oscar, der mit hängenden Schultern und tief in die Stirn gezogenem Leinenhut unter einem Apfelbaum stand.

Auch Andy würde bald hier sein, vielleicht sogar Ernie. Der Fremde lockte sie alle aus ihren Hütten. «Hallo, Oscar, darf ich dir Ash vorstellen?»

Oscar trat vor, deutete eine Verbeugung an, schob seine Brille hoch auf die Nase. «Sehr erfreut. Schön, dass es Ihnen bessergeht.»

Ash erhob sich und reichte Oscar über das Geländer hinweg die Hand.

«Das ist die beste ökonomische Entscheidung Ihres Lebens», sagte Oscar.

Ash sah zu Inez, und auf seinem Gesicht spiegelte sich kurz Verwirrung. «Aus diesem Blickwinkel hatte ich es noch gar nicht betrachtet. Von der ökonomischen Seite her, meine ich.»

«Er ist nur auf der Durchreise», erklärte Christian. «Ein Überraschungsgast in Gunters alter Hütte. Nur vorübergehend hier.»

«Wir sind alle nur vorübergehend hier», sagte Inez.

«Dabei ist es hier so heimelig.» Oscar kratzte sich am Bart und rieb sich übers Gesicht. «Abgesehen von einigen grundsätzlichen Problemen wie der Frage, wem das Land gehört und ob wir überhaupt hier sein dürfen.»

«Bitte keine negativen Energien», wies Christian ihn zurecht. «Wir müssen positiv denken. Wir müssen uns alle eine Summe ausdenken und sie visualisieren.»

«Das ist eine Technik», konterte Oscar, «für die es keine wissenschaftlichen Belege gibt.»

Christian und Oscar klinkten sich aus und redeten aufeinander ein, ohne miteinander zu reden, wie so oft. Irgendwann sagte Oscar: «Die Kopf-in-den-Sand-Haltung hat den Zweiten Weltkrieg erst möglich gemacht. Und sechs Millionen Juden das Leben gekostet.» Er hatte seine Stimme nicht erhoben. Er hatte Christian nicht einmal angesehen. Inez hatte längst den Faden verloren und hätte nicht sagen können, ob diese Bemerkung irgendwie zur Argumentation passte.

«Absolute Selbstversorger», erklärte Christian. «Im Sommer ist das ein Kinderspiel. Der Härtetest kommt im Winter.»

«Der Trick besteht in Realismus. Wenn man Realismus als Trick betrachten kann. Ich glaube nicht an Tricks, aber ich glaube an Realismus.»

«Haben Sie schon Sozialhilfe beantragt?», fragte Christian. «Inez kann Ihnen da helfen, sie kennt sich gut aus. Geschenktes Geld vom Staat.»

«Da bin ich keine Expertin. Wir kriegen Kindergeld. Andy ist derjenige, der von Sozialhilfe lebt.»

«Ist auch nicht so wichtig», lenkte Christian ein. «Sie wollen ja nicht bleiben, oder? Sie sind nur auf der Durchreise.»

«Stimmt das?», fragte Dennis.

«Herrgott noch mal», erregte sich Inez. «Niemand von uns wird hierbleiben. Oder glaubst du das immer noch, so wie die Dinge stehen?»

Stille trat ein. Sie hatte lauter gesprochen als beabsichtigt. Dieses ganze Geschwafel, da war es aus ihr herausgeplatzt.

Sie wandte sich an Ash. «Wir werden geräumt.»

«Tut mir leid für Sie.»

«Nicht sofort. Zumindest hoffen wir das.» Eigentlich wollte sie nicht darüber sprechen, wollte keinen Streit vom Zaun brechen, nicht vor Ash.

Er hatte sich von ihnen abgewandt und sah aufs Wasser, zum anderen Ende des Strands. «Ich kann gut verstehen, warum es Ihnen hier gefällt. Hätte ich damals gewusst, dass es diesen Ort gibt, nach meinem Rauswurf, meine ich, dann wäre ich vielleicht hergezogen. Ich war schon oft in der Gegend. Nicht am Baker Beach, aber an der Küste, Port Thorvald und Umgebung, die Stille des Ozeans, einfach zwischen den großen Bäumen sitzen.»

«Viele quatschen so daher», hakte Christian ein. «Zurück zur Natur, Kommune und so. Aber nicht viele meinen es ernst. Und noch viel weniger im Winter. Das hier wirkt nur auf den ersten Blick wie ein Paradies, Ash. Hier zu leben verlangt einem einiges ab.»

«Ich bin nicht das Weichei, für das Sie mich halten, auch wenn ich mich im Wald verirrt habe. Und mit dem Leben in einer Kommune habe ich Erfahrung, ich habe sogar …»

«Wer hierherkommt, muss Einsamkeit suchen, nicht Geselligkeit.» Christian hakte die Daumen in seine Hosenträger. «Wer herkommt, weil er Teil einer Bewegung sein will, hält es nicht lange aus. Länger aushalten tun es nur die, die herkommen, weil sie auf der Flucht sind.»

«Was ist so falsch daran, ein geselliger Typ zu sein? Teil einer größeren Sache sein zu wollen?» Ash sah alle an, Oscar, Christian, sie. «Ohne Solidarität und ohne kollektives Handeln säßen die Menschen immer noch in ihren Höhlen.»

«Ich sage nur, dass gesellige Typen es hier nicht lange aushalten, sondern nur Einzelgänger. Leute, die vorm einundzwanzigsten Jahrhundert flüchten.»

Seine Bemerkung blieb im Raum stehen, und Inez wusste, dass etwas Wahres daran war: Irgendwie waren sie alle auf der Flucht. Draußen in der Bucht rollten die Wellen heran, lange Ketten aus Schaumkronen. Ash hatte sich erhoben. «Ich habe Dennis versprochen, seinen Drachen zu retten.»

Er stieg von der Veranda hinunter, bückte sich und hob die Trittleiter an, dann gingen er und Dennis los, plauderten ein wenig, als sie über das struppige Gras am Rand des Strands schlenderten. Inez wartete, bis sie fast am Baum waren. «Hat euch unser Neuankömmling so hibbelig gemacht, dass ihr nicht mal ein paar Minuten eure Klappe halten könnt? Der Mann muss ja den Eindruck haben, dass wir hier alle bald im Irrenhaus landen.»

Christian stieg auf die Veranda und ließ sich auf dem Stuhl nieder, auf dem gerade noch Ash gesessen hatte. «Wenn hier einer bald im Irrenhaus landet, dann Oscar.»

«Ich habe ihn schon mal gesehen», sagte Oscar. «Dieses Gesicht kenne ich. Klar wie Kloßbrühe.»

«Er hat dich heute Morgen beobachtet, Inez. Am Strand.»

«Mich beobachtet?»

«Beim Wäscheaufhängen.»

Inez stand auf und räumte die Schüsseln ab. Ash hatte die Trittleiter abgestellt und lehnte sie an den Baum. Ash, ein ungewöhnlicher Name. Abkürzung von Ashley vermutlich. Altmodisch.

«Schon mal überlegt, ob er vielleicht lügt?», fragte Christian.

«Inwiefern?»

«Weiß nicht. Irgendwie lügt halt.»

Der Gedanke war ihr noch nicht gekommen. Zumindest bisher nicht, doch nun ging sie im Geist noch einmal die wenigen Gespräche durch, die sie geführt hatten. Sie hatte kein misstrauisches Naturell. Sie wollte Menschen so nehmen, wie sie waren, doch sie wusste auch, dass es weniger die Worte selbst waren, die einen Lügner verrieten, sondern die Art, wie er diese Worte sagte. Ihr fiel wieder ein, wie Ashs Wange gezuckt hatte. Heute war nichts davon zu sehen gewesen – zumindest hatte sie nichts bemerkt. Er hatte sich wieder erholt. Heute Morgen war er ein anderer Mensch. Gerade trat er auf die erste Sprosse der Leiter, stieg hinauf zu den Ästen.

Inez ging in die Hütte und warf die Tür hinter sich zu.

# 22

Pete lehnte die Leiter an den Baum, kletterte auf die oberste Sprosse und zog sich an einem Ast hoch. Er stieg weitere drei Äste hinauf und stellte sich auf die Zehenspitzen, um an den Drachen heranzukommen, ein selbstgebasteltes Modell, dünne Stäbe, helles Plastik. Den Drachen selbst konnte er mühelos lösen und nach unten werfen, doch der Schweif hatte sich verfangen. Er setzte einen Fuß auf den Nachbarast und rüttelte so lange daran, bis der Schweif sich löste.

Er befand sich rund sieben Meter über dem Boden und hatte einen guten Blick. Direkt unter ihm kniete Dennis vor dem heruntergefallenen Drachen. Dahinter lag das moosüberwucherte Dach von Inez' Hütte und jenseits davon der Strand in seiner ganzer Breite. Ein goldener Bogen aus Sand, der sich zwischen zwei Hügeln spannte. An diesem Ende war der Hügel eher flach, während er am anderen Ende mehr von einem Kliff hatte. In der Mitte etwa durchschnitt ein Bach den Sand. Dennis entwirrte gerade, was von der Drachenschnur noch übrig war. «Wollen Sie da oben überwintern?»

«Ich mag die Aussicht.»

Eine kühle Brise fuhr raschelnd durch die Äste. Inez war in die Hütte gegangen. Christian und Oscar machten sich gerade auf den Weg, was ihn erleichterte. Er hatte genug Rede und Antwort stehen müssen, brauchte jetzt erst mal Zeit für sich. Er hakte sich mit einem Arm an einem Ast ein und drehte sich in den Wind.

In den Tagen nach ihrer ersten Aktion, dem Brandanschlag auf die drei Lastwagen in Westlake, war Pete das reinste Nervenbündel gewesen. Wenn er einen Polizisten sah, flatterte ihm das

Herz. Wenn irgendwo ein Blaulicht blinkte, hatte er eine Panikattacke. In stilleren Momenten, nachts im Bett, fragte er sich, ob es ein Fehler gewesen war, sich dieser Gruppe anzuschließen: Sollte er sich wirklich auf das hier einlassen, nur weil er erkannt hatte, dass er kein echter Fotograf war, nur weil er erkannt hatte, dass er mit der Kamera nicht erreichen würde, was er erreichen wollte?

Pete bezweifelte nicht, dass sie recht hatten, bezweifelte nicht, dass man etwas tun musste, aber vielleicht war er nicht dafür geschaffen. Wie er beim Schmierestehen am Parkplatz vor Angst gezittert hatte, wie er sich hatte übergeben müssen, das hatte sich ihm tief eingeprägt.

In jener Woche hatten sie ihr erstes Kommuniqué geschickt – um die Meldung zu berichtigen, die Brandbombe sei «Frühlingsvandalismus örtlicher Hooligans» gewesen.

Die Tage waren ins Land gegangen. Die Zeit hatte Petes Zweifel weggeschmolzen. Er war in der Bee Street eingezogen, und das enge Zusammenleben hatte ihm gutgetan – Art, Derek, Fay und Pete in den zwei Schlafzimmern, ein verschworener Haufen. Im Mai hatten sie dann die Aktion in Tammery Mill geplant.

Gegen Ende jenes Monats hatten sie in der Haupthalle des Sägewerks die Brandbomben gezündet. Gleiche Vorgehensweise: Plastikeimer, gefüllt mit Benzin. Sie schickten ein Kommuniqué an alle größeren Medien und nannten sich zum ersten Mal Earth Action Now. Pete und Art hatten das Kommuniqué gemeinsam verfasst. Darin hatten sie den Südwesten der Insel zur zweiten Front im Kampf gegen Abholzung, Kahlschlag und Vernichtung von Primärwald erklärt.

Petes Zweifel, seine Ängste waren am Vorabend von Tammery Mills wiederaufgetaucht. Es war aber nicht die Angst, dass er verhaftet werden könnte, nicht die Sorge, ob er wirklich dazugehörte, es war vielmehr das nagende Gefühl, dass sie nichts erreichten. Niemand hatte ihr zweites Kommuniqué veröffentlicht. Sie hatten sich alle Mühe gegeben, hatten jedes Wort sorgfältig gewählt, aber welchen Sinn hatte das, wenn allenfalls ein paar Redakteure es zur Kenntnis nahmen? Ihre zwei Aktionen schienen rein gar nichts bewirkt zu haben: keine Debatte über einen Politikwechsel, keine Diskussion über Landnutzung oder Abholzungsquoten. Recht und Ordnung, Polizeiermittlungen und das Versprechen, die Täter zu fassen, dominierten die Berichterstattung.

Damals hatte Art zum ersten Mal davon gesprochen, die nächste Stufe zu zünden – nicht nur Brandsätze, sondern eine richtige Bombe, etwas, das man nicht mehr ignorieren konnte. Fay war dabei, als Art damit angekommen war, Derek auch, alle vier hatten sie auf dem schäbigen orangefarbenen Teppich im Wohnzimmer gesessen, und in das anschließende Schweigen hinein hatte Pete Jeremys Frage gestellt: «Wie willst du das wieder beenden, Art? Es ist leicht, damit anzufangen, aber schwer, es wieder zu beenden, erfolgreich zu beenden.»

«Was wir bis jetzt getan haben, hat sie nur ein bisschen geärgert. Wir müssen den Einsatz erhöhen. Dann werden sie mit uns verhandeln. Nur ein, zwei Aktionen, aber auf einem anderen Level – groß genug, um die ganze Forstindustrie zu erschüttern. Danach sind wir in einer starken Position.»

«Brandbomben in einem Sägewerk und unter ein paar Lastwagen», hatte Derek sich zu Wort gemeldet. «Das reicht nicht, um ihre Aufmerksamkeit zu erzwingen.» Was Derek sagte, fühlte sich fast an wie ein Echo von dem, was Art gesagt hatte, zwei Meinungen im Gleichtakt.

An jenem Abend erzählte Fay ihnen von ihrem Ferienjob bei einem Straßenbautrupp, bei dem sie das Stop-and-Go-Schild hatte bedienen müssen, von dem Dynamit, das in einer Halle außerhalb von Squamish gelagert war. «Die haben kistenweise von dem Zeug», erklärte sie, und da, an diesem Abend, hatte sich ein mulmiges Gefühl in Pete breitgemacht. Es war nicht Sorge, es war nicht Angst, es war ein entfernterer Verwandter – ein Gefühl, das in den folgenden Wochen kam und ging, ein Gefühl, als würde man sein eigenes Leben aus der Distanz betrachten, ohne eingreifen zu können. Doch als Fay ihn gefragt hatte, ob er mit ihr das Dynamit besorgen würde, die Fähre nach drüben nehmen, rauf nach Squamish fahren, willigte Pete ein.

An diesem Nachmittag lag Pete auf der durchgelegenen Matratze in Gunters und Maggies alter Hütte und versuchte zu schlafen. Erinnerungen an Esterway Ridge bedrängten ihn, schnürten ihn ein, Erinnerungen, die er verscheuchen wollte, aber nicht konnte – das schwarzverfärbte Gesicht des Nachtwächters, seine Finger auf dem Knopf des Zeitzünders, das leise Ticken der Sekunden beim Countdown.

Pete quälte sich aus dem Bett. Die Sonne hatte den Zenit überschritten. Der halbe Tag war vorbei. Er musste sich an seinen Plan halten, in dieser Nacht nach Port Thorvald wandern und so lange herumtelefonieren, bis er jemanden erreichte, der ihm helfen konnte. Noch eine Mahlzeit, dann würde er abhauen.

Von einem Baumstumpf am Rand des Hügels aus hatte er einen guten Blick über die Bucht. Muschelkolonien überzogen die Felsen, die den Point säumten. Da hatte er seine Mahlzeit. Er konnte auch angeln. Dennis hatte gesagt, es wimmle in Seeley's Bay nur so von Fischen, sie würden einem praktisch ins Boot springen. Inez würde ihm bestimmt eine Angelrute leihen. Im schlimmsten Fall konnte er immer noch auf Algen zurückgreifen.

Pete schlüpfte nach drinnen, holte den Plastikeimer, der in der Ecke stand, trug ihn den Pfad hinunter und den Strand entlang. Vor der bunten Hütte blieb er stehen und rief nach Inez, aber die Vorhänge waren zugezogen, und drinnen sah es dunkel aus. Er ging an dem Schaukelstuhl vorbei und setzte seinen Weg entlang der Landspitze fort. Es war fast Ebbe, und die zurückfließenden Wellen legten algenüberwucherte Felsen frei. Muscheln hafteten daran, bündelweise, schwarz und glänzend. Das war genau das, was er jetzt brauchte. Er wartete noch zwei Wellen ab, dann wagte er sich ins ablaufende Wasser. Die Felsen waren glattgespült, die Seiten mit zotteligen Algen überzogen. Er ergriff je eine Muschel, drehte sie heraus und versuchte, über die Felsen zurück an den Strand zu hüpfen, aber das Wasser stieg schnell an und erfasste seine Füße. Er warf die Muscheln in den Eimer, watete wieder hinein.

Eine neue Welle brandete heran. Pete kletterte zwischen die Felsen und packte erneut einige Muscheln, bevor das Wasser wieder anstieg. Weiter draußen waren die Muscheln größer, also nutzte er die nächste Welle, um noch weiter hinauszuwaten. Aus einem dichten Bündel Muscheln riss er schnell zwei Exemplare heraus, bevor ihm das eiskalte Wasser um die Waden wirbelte und einen Schauder durch den ganzen Körper jagte. Er konnte gerade noch das Gleichgewicht halten. Die Welle zog sich zurück, und er riss rasch eine Muschel nach der anderen heraus. Eine Welle brach sich an seinen Beinen, und er musste sich abstützen, warten, bis der Pegel wieder fiel. Dann rupfte er weitere Muscheln heraus und warf sie auf die Sandbank.

Als Pete endlich aus dem Wasser stolperte, war seine Jeans steif und schwer. Seine Zehen kribbelten, jeder Schritt war feucht und unangenehm. Der Eimer war ziemlich schwer, eine vollständige Mahlzeit, und die war auch nötig, wenn er heute Nacht losmarschieren wollte.

Auf dem Weg zurück zur Hütte kam Pete an Prachthimbeeren vorbei und pflückte einige der dunkleren Früchte. Sie waren hart und sauer, doch jeder Happen zählte, also aß er noch ein paar mehr, bis seine Wangen sich zusammenzogen. Plötzlich entdeckte er auf einer Lichtung hinter den Himbeerbüschen eine Hütte aus Glas. Kein Fenster war wie das andere, aber alle zusammen bildeten eine große Fläche, in der sich die Felsen und das dunkle Meer schimmernd spiegelten. Noch ein paar Schritte, und er konnte in die Hütte hineinsehen. An der hinteren Wand gab es nur ein Fenster, durch das man die hängenden Äste einer Fichte sah. Pete fokussierte auf das Innere der Hütte. Dort stand eine Staffelei, darauf ein Bild. Er ging um die Ecke herum zum Eingang. Die Treppe bestand aus zwei dicken Holzbalken, verschlossen war die Tür mit einer Schlaufe.

Pete klopfte an, obwohl er wusste, dass niemand da war. Die Neugier hatte ihn gepackt, also streifte er die Schlaufe aus der Halterung. Die große Fensterfront verlieh dem engen Raum Weite. Blumen und Kalebassen waren auf dem Tisch zu einem Stillleben angeordnet, daneben war die Staffelei aufgebockt. Pete zog seine nassen Stiefel aus und trat näher an das Gemälde heran. Auf der flachen Oberfläche der Leinwand wirkte alles, was in dem Stillleben dargestellt war, verwischt und verzerrt.

Er strich mit der Hand über die schmale Werkbank neben der Staffelei. Sie war mit dicken Farbklecksen übersät, bunte Spritzer, ausgezackt von Pinselstrichen. Das Regal unter dem Tisch war vollgestopft mit Bildern, manche zusammengerollt, andere auf Rahmen gespannt. Pete zog das erstbeste heraus, ein abstraktes Gemälde – mit grobem Pinselstrich aufgetragene Farben, die ineinandergeflossen waren. Er zog ein weiteres Bild heraus: eine Landschaft in erdfarbenen Tönen mit grauem Horizont, die Küste an einem wolkenverhangenen Tag. Die nächste Leinwand bot eine gedämpfte Version, schraffiertes Wasser, darüber, wie gesteppt, die Bäume; das vierte ein einzelner Baum tief im Wald, seine Geschwister hinter ihm, breite Stämme, die sich zu majestätischen Spitzen emporschwangen.

Pete war sich bewusst, dass er herumschnüffelte, aber er konnte nicht anders, er musste immer noch mehr Bilder anschauen. Die Landschaften waren warm, waren grandios, übten eine hypnotische Wirkung auf ihn aus, weil sie etwas in Farbe einfingen, was ihm mit Fotos nur selten gelungen war. Er nahm eins der Gemälde in beide Hände, hielt es sich nah vor die Augen, veränderte den Blickwinkel so lange, bis er das Gefühl hatte, in das Bild hineinzutreten, in dieses grüblerische Porträt eines sanftmütigen Waldes.

Die Tür hinter ihm knarrte. Es war Inez, die Hand auf dem Knauf. «Normalerweise lasse ich hier niemanden rein.»

«Tut mir leid. Ich …» Er hielt noch immer das Gemälde in den Händen. «Ich bin nass geworden, und mir war kalt, da habe ich mal reingeschaut. Ist das Ihr Atelier?»

«Ray hat es gebaut, aber ja, es ist mein Atelier.»

«Stellen Sie die auch aus? Haben Sie schon viele verkauft?»

Sie lachte, aber es klang gezwungen. «Nein, ich habe noch nie eins verkauft. Immerhin haben im vergangenen Sommer mal drei Bilder für ein paar Wochen in einem Restaurant in Thorvald gehangen.»

«Ich würde das hier kaufen. Wenn ich Geld hätte.» Er drehte das Bild so, dass sie es sehen konnte. «Und einen Ort dazu, wo ich es aufhängen kann.»

«He, Sie müssen aufpassen, wie Sie ein Bild halten. Ihre Knöchel drücken ja in die Leinwand.»

Pete stellte das Gemälde ab, hielt es vorsichtig an einer Ecke, damit es nicht umfiel. Trotzdem trat Inez an ihn heran, nahm ihm das Bild ab und schob es zurück ins Regal. Dann drehte sie die Staffelei von ihm weg zur Wand. «Das ist mein Refugium, mein Arbeitsplatz.»

«Tut mir leid, ich wollte mich nur ein bisschen aufwärmen.» Doch das stimmte nicht. Die Bilder hatten ihn angezogen, ja hingerissen. Er hätte sich am liebsten jedes einzelne lange angeschaut.

«Ich habe lange Krieg gegen mein eigenes Farbempfinden geführt.»

Pete schlüpfte in seine nassen Lederstiefel. «Wer hat gewonnen?»

Inez hielt ihm die Tür auf, und Pete ertappte sich dabei, wie er sie anstarrte, wie ihn das helle Funkeln ihrer Augen in Bann zog, ihr offenes Lächeln. Er versuchte, das Bild von der Frau, die er gerade kennengelernt hatte, neu zusammenzusetzen – ihre Fähigkeit, solche Bilder zu schaffen, mit einzufügen, und bemerkte erst nach einer Weile, dass sie ihn ihrerseits ansah. «Wo haben Sie so gut malen gelernt?»

«Ich war eine Zeitlang auf der Kunsthochschule. Ray war einer meiner Lehrer.»

«Aber diese Bilder sind nicht von ihm, oder?»

«Ich habe all seine Leinwände übermalt. Meine Art, es ihm heimzuzahlen.»

«Wenn er sehen könnte, was Ihnen gelungen ist, würde er Ihnen vielleicht verzeihen.»

«Vielleicht. Vielleicht auch nicht. Er hat in diesen Landschaften etwas anderes gesehen als ich.»

Sie machten sich auf den Weg. Der Pfad führte durch einen dichten Hain und dann weiter über den Sand von Baker Beach.

«Ich war mal Fotograf», sagte Pete.

«War?»

«Irgendwie habe ich es nicht geschafft, das einzufangen, was ich einfangen wollte. Ich habe mich gefühlt wie jemand, der an der Seitenlinie steht und alles aus der Ferne betrachtet.»

«Fotografen stehen nie an der Seitenlinie. Maler auch nicht. Wir legen Zeugnis ab.»

Eine Weile gingen sie schweigend nebeneinander her. Pete

hatte versucht, Zeugnis abzulegen. Genau diesen Ausdruck hatte er immer gebraucht, um zu erklären, was er tat, aber es war nie genug gewesen. Mit der Fotografie und zuvor mit dem Schreiben hatte er irgendwie die falschen Werkzeuge gewählt. Ihm war es immer darum gegangen, die Leute aufzurütteln, ihr Bewusstsein zu wecken, die Leute sollten sehen und erkennen, welche Umweltverbrechen in ihrem Namen begangen wurden – Empörung, Entsetzen, Wut, das hatte er auslösen wollten, doch seine Bilder hatten gar nichts ausgelöst. Gelungen waren ihm nur, wenn überhaupt, Porträts und Nahaufnahmen.

Der Wind hatte sich gedreht, bauschige Wolken verdeckten die Sonne, und Pete ließ beim Gehen den Eimer von einer Hand in die andere wandern. Schließlich sagte er: «Ich habe versucht, Landschaften einzufangen. Ich wollte das fotografieren, was Sie malen, doch irgendwann habe ich mir die Frage gestellt, ob die Kamera womöglich das falsche Instrument war. Als ich eben in Ihrem Atelier stand, war ich mir sogar sicher.»

«Ich bin mir nie bei irgendwas sicher. Am allerwenigsten bei meinen Bildern. Der Zweifel verfolgt mich auf Schritt und Tritt.»

An der Feuerstelle ragten verkohlte Holzscheite aus der kalten Asche. Pete stellte den Eimer ab.

«Wie wär's mit ein paar Kartoffeln? Oder Bannock? Wir könnten ein Essen daraus zaubern.»

«Ich mache Feuer.»

«Dahinten ist ein Brennholzstapel. Ich würde Sie ja reinbitten, aber unsere Hütte ist etwas klein. Winzig sogar. Soziale Kontakte werden bei uns eher im Freien gepflegt.»

Pete schlang seine Arme enger um sich und sah zu, wie Inez trotz ihrer Gummistiefel leichtfüßig auf die Veranda hüpfte, eine zierliche und energiegeladene Frau. Sie ging nach drinnen und schloss die Tür hinter sich. Auch als sie weg war, starrte er weiterhin in ihre Richtung. Inez war attraktiv, ja schön. Hier draußen in der rauhen Wildnis ging ein besonderer Glanz von ihr aus. Fay hatte etwas Magnetisches, war wie ein Gravitationskern. Inez' Sog hingegen war milder, nicht so dringlich vielleicht, was ihre Anmut aber nur erhöhte.

Pete wandte sich der Feuerstelle zu. Er brauchte Papier, irgendeinen Anzünder. Er kramte in seiner hinteren Hosentasche. Darin war ein zusammengefaltetes Blatt. Das sollte für den Anfang reichen. Er entfaltete das Blatt, und dann erinnerte er sich daran, dass es von dem Nachtwächter stammte. Er hatte es herausgezogen, als er ihm die Uhr in die Tasche gestopft hatte, zusammen mit den Schlüsseln, kurz bevor er die Blaulichter der Rettungsfahrzeuge bemerkt hatte.

Das Blatt knisterte, als er es glattstrich. Es fühlte sich faserig an, wie Papier, das feucht geworden und wieder getrocknet war. Die Tinte war leicht zerflossen, aber noch gut lesbar, ein Computerausdruck mit vier Spalten: Name, Ort, Datum, Uhrzeit. Esterway Ridge sprang ihm sofort ins Auge. Es war ein Dienstplan. Neben Esterway Ridge am 9. Juli stand O. Tuggs. Dass musste der Mann vom Lagerhaus sein.

Dann fiel Pete noch etwas auf. Vier weitere Orte standen auf dem Plan: List Cove, Keats Landing, Hardy, Pincher Valley.

Pete glitt mit dem Finger zu List Cove. Das nächste Ziel. Wieder ein gestohlenes Auto, wieder vier Kisten Dynamit. Wenn Greer-Braden vergangene Woche einen Wachmann postiert hatte, was würde die anderen erwarten, wenn sie mit einer Ladung Sprengstoff in der Filiale von List Cove vorfuhren?

# 23

Als Tab im Grindstone Café eintraf, erwartete Bev Norman sie bereits. Sie erhob sich von ihrem Tisch in der Ecke, als Tab sich suchend umsah. Bev war schlank, kein Make-up, Haare offen. Tab stellte sich vor und setzte sich. Ein bisschen Smalltalk, dann sagte Bev: «Ich hoffe, Sie sind nicht nur meinetwegen den ganzen weiten Weg hierhergekommen.»

«Nein, ich will auch noch andere Leute treffen.»

«Ich bin mir nämlich nicht sicher, ob ich Ihnen überhaupt etwas zu erzählen habe, Misses Harper.»

«Weiß ich, kein Problem.» Sie legte einen Finger auf den Henkel ihres Kaffeebechers, hakte ihn ein. Gerahmte Kinoplakate hingen an der Wand vor ihr, alle aus der Stummfilmära. «Können Sie mir vielleicht die Hintergründe besser erklären?»

Bev nickte. Sie schien bereits darüber nachgedacht zu haben.

«Kam Ihnen Peter wütend vor?», fragte Tab. «Als ich ihn das letzte Mal sah, schien sich eine große Feindseligkeit in ihm breitgemacht zu haben. So etwas Brennendes. Seither frage ich mich: Könnte diese Bitterkeit eine Erklärung für das alles sein?»

Bev lehnte sich zurück. «Wie gesagt, ich fand, er war frustriert. Vielleicht auch ein bisschen verloren. Auf jeden Fall genervt von Menschen, die das Offensichtliche nicht sehen wollten. Das, was er für offensichtlich hielt.»

«Und das wäre?»

«Verschwendung, Konsum, Gier.» Ihre Hände bewegten sich, während sie sprach, spärliche, rasche Gesten. «Wir haben neunzig Prozent des Primärwalds auf diesem Kontinent abgeholzt. Wie lange sollen wir noch warten?»

«Sie unterstützen ihn also? Ich meine die Proteste, die …»

«Die Regierung hat ein millionenschweres Aktienpaket von Greer-Braden erworben, und drei Monate später gibt sie fast den ganzen Rest unseres Primärwalds zur Abholzung frei, durch ebenjenes Unternehmen. Die Regierung, die die Regeln vorschreibt, besitzt die Aktienmehrheit an dem Unternehmen, für das sie diese Regeln vorschreibt.»

«So dass man eine Bombe legen darf?»

«Ich rechtfertige das nicht, und schon gar nicht befürworte ich es, aber Sie haben mich nach den Hintergründen gefragt, also versuche ich, es Ihnen zu erklären. Menschen haben irgendwann die Nase voll von Demonstrationen, Spruchbändern, Petitionen. Sie werden ungeduldig und so verzweifelt, dass sie meinen, es gebe eine schnelle Lösung. Diese Regierung wollte alles anders machen, Misses Harper. Die Socreds würden nie was tun, das war klar, aber diese Regierung hatte versprochen, die Dinge zu ändern.»

«Das ist alles? Er war sauer auf die Regierung, hatte die Nase voll von friedlichen Demonstrationen?»

«Waren Sie jemals in Clayoquot? Haben Sie die Proteste vor Ort erlebt?»

«Ich habe die Bilder in den Nachrichten gesehen.»

«Das waren die größten Proteste, die dieses Land je erlebt hat. Massenhaft Menschen, jede Menge Aufmerksamkeit. Ich kann nur hoffen, dass diese Bombenanschläge keinen allzu großen Rückschlag bedeuten.»

«Fällt Ihnen noch etwas ein, das uns weiterhelfen könnte?»

«Ich weiß nicht, ob Ihnen das jemals jemand gesagt hat, aber Pete wurde von der Uni rausgeschmissen, weil er nicht zugeben wollte, dass er falsch gehandelt hat. Wir hatten den Campus umgegraben, um Gemüse anzubauen und für Urban Gardening zu werben. Nachdem man uns erwischt hatte, haben wir alle Abbitte geleistet, uns bereits vor den Anhörungen schriftlich entschuldigt. Er nicht. Er sagte, es wäre verlogen. Seither wurde nichts, was wir unternommen haben, seinen Idealen gerecht. Eine Weile war er sehr verloren, und dann hat er diese Leute getroffen. Professionelle Aktivisten, Protestler, Anarchisten. Sie hatten eine Zelle gebildet, und der hat er sich angeschlossen.»

«Kennen Sie außer diesem Art noch jemanden von denen?»

«Da war auch eine Frau.»

«In dieser Gruppe?»

«Pete mochte sie.»

«Wissen Sie, wie sie heißt? Oder sonst was über sie?»

«Damals hatte ich nur noch losen Kontakt zu ihnen. Ich hatte einen Job, eine Wohnung. Wenn man erst mal begriffen hat, was alles falsch läuft in der Welt, was die Regierung, die Industrie, die Kapitalisten und das Establishment alles anrichten, dann fängt man plötzlich an, sich ständig gegenseitig zu kritisieren. Sich zu bewerten. Ob man engagiert genug ist. Er war von mir enttäuscht, war der Ansicht, ich sei nicht bereit, meinen Worten Taten folgen zu lassen, jedenfalls keine Taten, die ihm genügten. Wenn Pete sich für eine Sache engagierte, dann richtig. So war er nun mal.»

Das stimmte. Tab wusste es. Es brachte Peters Naturell auf den Punkt. «Als ich zum ersten Mal davon gehört habe, dachte ich, er wäre da in was reingeraten, sei einer Gehirnwäsche unterzogen worden, wie bei den Russen früher.»

«Als ich zum ersten Mal davon gehört habe, und bitte nehmen Sie mir das nicht übel, Misses Harper, aber ich muss das jetzt einfach sagen, dachte ich sofort an Pete. Hatte ich sofort dieses mulmige Gefühl.»

«Sie haben es gewusst.»

«Der erste Brandanschlag galt Lastwagen weiter oben auf der Insel, der zweite einem Sägewerk. Ich weiß nicht, ob Sie da, wo Sie wohnen, davon gehört haben, aber hier wurde ausführlich darüber berichtet. Seither wusste ich es. Oder habe es zumindest vermutet. Trotzdem habe ich nichts unternommen, habe nicht die Polizei informiert. Es war Wirtschaftssabotage, niemand wurde verletzt. Aber als ich dann von der neuesten Aktion gehört habe …»

«Haben Sie die Polizei angerufen?»

«Ich haben ihnen auch nicht mehr erzählt als Ihnen. Nur die Namen genannt, Petes, Arts, und dass der Gruppe auch eine Frau angehörte. Schließlich hatte ich keine Beweise.»

Tab nahm Bevs Hand, drückte sie. «Ich habe mich mit Art Koskys Mutter getroffen. Auch nach ihm wird gefahndet. Zumindest soll er verhört werden. Hat Peter jemals eine Souterrainwohnung in der Bee Street erwähnt?»

«Kann schon sein. Sie haben tatsächlich in so einer WG gelebt.»

Auf dem Weg zur Bee Street kam sie am Krankenhaus vorbei, einem imposanten Klinkerbau, mit einem Hochhaus in der Mitte und Flügeln zu allen Seiten hin. Sie hatte die Klinik in den Nachrichten gesehen, wusste, dass Owen Tuggs dort lag. Kurz entschlossen bog sie ab und fuhr auf den Besucherparkplatz. Tab tadelte sich selber für ihre Impulsivität, für diesen plötzlichen Einfall, aber seit sie einen Fuß auf die Insel gesetzt hatte, spürte sie diesen Drang, näher an alles heranzukommen, alles mit eigenen Augen zu sehen.

Tab fragte nicht nach dem Weg, fragte nicht nach Owen Tuggs oder der Intensivstation, weil sie fürchtete, wieder weggeschickt zu werden. Sie folgte einfach den Schildern, ging die langen Flure entlang, ihre Schritte ein leises Tappen auf glattpoliertem Beton.

Die Intensivstation befand sich im vierten Stock des Ostflügels. Sie kam an einem Schwesternzimmer vorbei, wo zwei

Frauen sich über eine Krankenakte beugten. Sie hatte keine Ahnung, wie sie Owen Tuggs finden sollte, und wusste auch nicht, was sie tun würde, sollte sie ihn finden. Er war nicht bei Bewusstsein, so hieß es zumindest in der Zeitung. Vielleicht konnte sie einen Blick auf ihn erhaschen. Zumindest an seinem Zimmer vorbeigehen.

Nachdem sie zwei Doppeltüren durchquert hatte, erregte ein kleines Grüppchen ihre Aufmerksamkeit. Zwei Ärzte standen mit dem Rücken zu ihr, dazwischen, eingerahmt von deren weißen Kitteln, stand Linda Tuggs. Tab erkannte sie aufgrund der Bilder in den Nachrichten – die Frau von Owen Tuggs, ihr kantiges Gesicht, die blonden Locken, die ihr bis zu den Schultern fielen. Der Anblick lähmte sie. Sie hatte ein Bett erwartet, einen Bewusstlosen, vielleicht eine verschlossene Tür. Bestimmt nicht erwartet hatte sie, Menschen zu sehen. Schon gar nicht Linda Tuggs. Sie musste sich zum Weitergehen regelrecht zwingen.

In der Nähe von Linda Tuggs hielten sich weitere Personen auf. Einer von ihnen war Owens Bruder. Er hatte vor laufenden Kameras ein Statement abgegeben, hatte es von einem kleinen Zettel abgelesen. In dem Raum, vor dem sie standen, musste Owen Tuggs liegen. Da drin war er, bewusstlos. Tab ging so langsam wie möglich daran vorbei. Die Doppeltür am Ende des Flurs war verschlossen. Sie drückte die Klinke, rüttelte daran. Ihr blieb nichts anderes übrig, als ein zweites Mal an der Gruppe vorbeizugehen. Sie machte kehrt und blickte in den breiten Flur hinein: gelbe Wände, Krankenbetten, leere Rollstühle und Überwachungsgeräte, die an den Rand geschoben waren, um nicht zu stören.

Als sie sich zum zweiten Mal dem Zimmer von Owen Tuggs näherte, waren die Ärzte gerade eingetreten. Tab blieb stehen. Linda Tuggs hatte dunkle Ringe unter den Augen und wirkte erschöpft, wie von der Schwerkraft nach unten gezogen. Eine ältere Dame hatte den Arm um sie gelegt. Vielleicht ihre Mutter. «Das mit Ihrem Mann tut mir sehr leid», sagte Tab, doch sie war zu weit weg und hatte nicht laut genug gesprochen.

«Was?», fragte Linda Tuggs.

«Ich habe Sie vom Fernsehen erkannt.»

Jetzt schien Linda Tuggs zu verstehen. Sie bedankte sich. Tab spähte nach rechts, erhaschte einen Blick auf das Fußende eines Betts, mehr nicht. Aus dem Innern des Zimmers tönte ein regelmäßiges Piepen.

Ohne noch etwas zu sagen, ging Tab weiter, eilte an dem Schwesternzimmer vorbei, wo eine Frau aufblickte und sie fragte, ob sie einen Besucherausweis habe. Tab winkte ab, und schon war sie um die Ecke und stand vor den Fahrstühlen. Sie drückte den Knopf, dann noch einmal, obwohl er bereits leuchtete. Die Türen öffneten sich mit einem Pling. Tab stellte sich in eine Ecke und verschränkte die Arme. Im zweiten Stock rollte eine Krankenschwester ein leeres Bett herein, dann fuhren sie weiter nach unten.

Am Nachmittag stand Tab mit ihrem Auto vor dem Gebäude in der Bee Street. Peter war hier gewesen, vor Wochen noch oder gar Tagen, und vielleicht kam er noch einmal zurück. Oder Art. Es schien durchaus möglich, aber die Begegnung mit Linda Tuggs, ihre näselnde Stimme, hatte sie aus der Fassung gebracht, ihre Zuversicht erschüttert. Selbst wenn sie Peter fand, wie kam sie darauf, dass ein paar Worte seiner Mutter irgendetwas ändern würden?

Sie musste all ihre Kraft aufbieten, um auszusteigen und zur Nummer 369 zu gehen. Mit schwerer Hand klopfte sie an der Seitentür, wartete, horchte, dann ging sie die Treppe hinauf und probierte es an den anderen beiden Eingängen. Bei der Nummer «B» wurde der Riegel gelöst, und die Tür schob sich langsam auf. Hervor trat ein Mann mit Hängebacken und schlaffer Haltung.

«Mein Name ist Tab Harper.» Sie hatte nicht damit gerechnet, jemanden anzutreffen. «Ich suche meinen Sohn.» Sie hatte Dutzende Fotos von Peter in ihrer Handtasche und kramte nach ihnen. «Es könnte sein, dass er oder ein Freund von ihm unten im Souterrain gewohnt hat.»

Ohne das Foto zu betrachten, schüttelte der Mann den Kopf. «Hier nicht.»

«Ich habe seit sechs Monaten nichts mehr von ihm gehört», erklärte Tab. Der Spalt wurde schmaler. Der Mann zog sich zurück, doch Tab stellte ihren Fuß in die Tür. «Würden Sie sich das Foto bitte genauer ansehen und nachdenken?»

«Nicht in Nummer ‹C›. Da hat Misses Simms gewohnt.»

«Was ist mit ‹A›?»

«Sie ist weg. Keiner da. Leute kommen und gehen.»

«Es kann sein, dass er mit einem gewissen Arthur Kosky zusammengewohnt hat. Oder Art, wie ihn alle nennen. Mein Sohn heißt Peter Osborne.» Sie hielt ihm erneut das Foto hin.

«Da unten, da wohnt ein Mädchen. Fay irgendwas. Sind Sie von der Polizei?»

«Ich suche meinen Sohn.»

«Die Polizei war hier, hat bei mir geklopft, hat überall geklopft. Früher hat man sich gekannt, da haben Familien hier gelebt. Leere Wohnung bedeutet immer Ärger.»

«Hat die Polizei jemanden angetroffen? Haben Sie mit dem Mädchen unten gesprochen?»

«Ein netter Mensch, ist erst ein paar Tage her. Er wollte wissen, ob ich hier jemanden gesehen habe.»

«Könnten Sie mir die Telefonnummer des Vermieters geben? Vielleicht kann der weiterhelfen.»

«Bringt nichts, der Vermieter schert sich einen …»

«Aber vielleicht weiß er, ob mein Sohn hier war.»

«Er kommt nie her. Mein Hahn tropft, die Backofentür schließt nicht richtig.»

«Verstehe. Na gut.» Tab machte eine kurze Verbeugung und trat einen Schritt zurück. Wenn die Polizei hier war und Peter nicht gefunden hatte, hatte sie selbst auch wenig Chancen.

Auf dem Weg zurück zu ihrem Auto entdeckte sie mehrere Zeitungskästen. Vor jedem Blick auf eine Titelseite flatterten ihr ein wenig die Nerven. Trotzdem kramte sie in ihrer Handtasche nach Kleingeld, griff sich das oberste Exemplar vom Stapel und nahm es mit zu ihrem Mietwagen. In einem Artikel unterhalb des Knicks wurden die zwanzigtausend Dollar Belohnung erörtert und ganz am Schluss ein Parlamentsmitglied namens Tierney zitiert mit den Worten, man solle noch tot oder lebendig hinzufügen. «Tot oder lebendig», das hatte dieser Mann also wortwörtlich gesagt.

Tab lehnte sich an den Wagen und las den Absatz noch einmal durch. Erst am Vortag hatte sie einen Kommentar auf der Meinungsseite gelesen, in dem davor gewarnt wurde, dass hier bald Londoner Verhältnisse herrschen würden: nirgendwo mehr Mülleimer, nur wegen ein paar Ökoterroristen. Diesen Begriff hatten sie benutzt: Ökoterroristen.

Tab saß in ihrem Auto, konnte sich aber nicht aufraffen, den Motor zu starten. Sie wusste nicht, was sie als Nächstes tun sollte. Erst die Begegnung mit Linda Tuggs, und nun diese Tot-oder-lebendig-Rhetorik. Und das von einem Abgeordneten. Es war wie im Wilden Westen, wie in einem Grenzgebiet, in dem das Faustrecht galt.

Schließlich stieg sie aus und suchte sich ein Münztelefon. Sie kickte die Scherben einer Bierflasche weg, die davor herumlagen, und wählte die Nummer von Inspector Burrell. Kaum hatte er sich gemeldet, brach es aus ihr heraus: «In der Zeitung heißt es ‹tot oder lebendig›. Ein Abgeordneter hat das gesagt. Kopfgeld. Dafür haben Sie also die Belohnung ausgesetzt?»

«Misses Harper?»

«Haben Sie das gelesen?»

«Ich kann nicht jede Zeitung lesen, Misses Harper.»

«Ich spreche von einem Mitglied des Parlaments, ein Mann namens Devon Tierney. Gehört er zu den Leuten, die Ihnen sagen, was Sie zu tun haben?»

«Niemand sagt mir, was ich zu tun habe.»

«Versprechen Sie mir, dass Sie ihn nicht erschießen werden.»

«Misses Harper, ich weiß Ihre Loyalität Ihrem Sohn gegenüber zu schätzen, ebenso Ihren Wunsch, uns behilflich zu sein.»

«Dann sagen Sie mir, was ich tun soll. Ich weiß nicht, was ich tun soll. Ich weiß nicht, wo er ist. Ich weiß nicht, was …»

«Fliegen Sie nach Hause. Warten Sie einfach ab. Wir sind dran. Sechzehn vielversprechende Hinweise in den letzten vierundzwanzig Stunden. Wir haben eine Hotline eingerichtet. Neunzehn Beamte arbeiten rund um die Uhr an dem Fall. Wir sind ganz nah dran, Misses Harper. Lassen Sie mich das von hier aus steuern.»

«Steuern wohin?»

«Setzen Sie sich in einen Flieger und lesen Sie keine Zeitungen mehr.»

Tab verlagerte ihr Gewicht, und eine Glasscherbe zerbrach knirschend unter ihrem Fuß. Vielleicht hatte er recht, vielleicht war es eine Schnapsidee, dass sie hier war. «Können Sie mir mal was verraten? Können Sie mir verraten, warum Leute so was tun?»

«Ich befasse mich nicht mit den Gründen, Misses Harper.»

«Die Zeitungen bezeichnen sie als Ökoterroristen.»

«Wie ich schon sagte, lesen Sie keine Zeitungen mehr und fliegen Sie nach Hause.»

«Wir sprechen doch nicht von der PLO oder der IRA.»

«Ein Mann liegt im Krankenhaus. Eine Lagerhalle wurde in die Luft gesprengt. Eine Gruppe droht über die Medien mit weiteren Gewaltakten.»

«Ich habe heute mit Bev Norman gesprochen, ein Mädchen, das Peter kannte. Von Ihrem Team war auch schon jemand bei ihr. Sie sagt, das Ganze ist nur deshalb eskaliert, weil ihre friedlichen Proteste ignoriert wurden. Von der Regierung und der Industrie, nehme ich an. Als sich nichts geändert hat, haben sie das mit den Brandbomben angefangen. Und dann …»

«Misses Harper, wir leben in einer Demokratie. Wenn Sie Nachrichten schauen, werden Sie feststellen, dass in vielen Ländern dieser Erde die Dinge mit Bomben geregelt werden. Nicht bei uns. Bev Norman und ihresgleichen mögen einer guten Sache das Wort reden, es rechtfertigt noch lange keine Bombenanschläge.»

«Sie wollte die Anschläge auch nicht rechtfertigen, sie wollte sie nur erklären.»

«Es gibt nur einen Weg, um das alles zu beenden: durch einen Prozess, vor einem Richter. Und dazu müssen wir sie erst einmal verhaften.»

# 24

In der Hütte putzte Inez vier Kartoffeln, legte sie in einen Topf und fügte Wasser hinzu. Dann zog sie einen Poncho an, bürstete sich einmal durch die Haare und warf, bevor sie wieder nach draußen ging, einen prüfenden Blick in den Spiegel. Es war das erste Mal seit Monaten, dass sie zum Handspiegel gegriffen hatte. Sie wusste, warum: ein frisches Gesicht unter ihnen, ein Mann. Das Leben hier draußen war einsam mit Typen wie Ernie, Christian und Konsorten. Und seit Maggie weg war, war es noch schlimmer geworden.

Inzwischen hatte sich Dennis zu Ash gesellt. Er saß auf dem Klappstuhl, bei dem ein Streifen fehlte, und sah zu, wie Ash das Feuer anfachte, so lange wedelte, bis die kleinen orangefarbenen Flämmchen aus dem Steinring herauszüngelten.

Es war schön zu sehen, wie gut die beiden miteinander auskamen. Sie hatte Dennis schon seit Monaten nicht mehr so fröhlich erlebt. Die Räumungsandrohung, die Unsicherheit, die dies bedeutete, Gunters Abreise, die Veränderung, die in der Luft lag: All dies hatte ihm zugesetzt. Dennis hatte es gehasst, als sie hier angekommen waren. Jetzt, fünf Jahre später, war es sein Zuhause, und die Aussicht, es aufgeben zu müssen, brachte ihn aus dem Gleichgewicht. Das Gleiche galt natürlich auch für sie selbst. Galt für sie alle.

Als Inez sich an den Steinring stellte, brannte das Feuer bereits munter vor sich hin. Dennis hatte den Grillrost aufgesetzt. Inez hob den gusseisernen Topf hoch. «Pellkartoffeln.»

«Ich wollte nur schnell ein paar dieser Miesmuscheln braten und mich dann in die Koje hauen», sagte Ash. «Es war ein langer Tag.»

Seine Ankündigung nahm Inez kurz den Wind aus den Segeln, doch sie fing sich wieder und stellte den Topf in die Mitte des Rosts. Das Feuer prasselte und warf Funken. Als Ash die Muscheln geputzt hatte, legte er eine Handvoll auf den Grill. In der Bucht stürzten Möwen herab und tauchten unter, Geflatter über wogenden Wellen. Inez sah nach Westen. Die Sonne stand bereits ziemlich tief. «Es wird ein schöner Sonnenuntergang.» Dennis sah nun auch dorthin, nur Ash saß zusammengekauert am Feuer und hing seinen Gedanken nach. Er zog den Reißverschluss seiner Jacke zu und wieder auf.

«Bevor wir achtundachtzig hergezogen sind, haben wir eine Woche lang hier gecampt. Das war im Mai, bei ähnlichem Wetter, und wir hatten jeden Abend einen so schönen Sonnenuntergang. Erinnerst du dich noch?»

«Wir haben im Zelt geschlafen.»

«Das ist jetzt über fünf Jahre her.»

Die ersten Muscheln brachen auf, Salzwasser tropfte zischend in die Flammen. Ash schaufelte sie auf einen Teller und hielt ihn Inez hin: «Bitte schön.» Danach richtete er einen Teller für Dennis und einen für sich. Sie legten weitere Muscheln auf den Rost und aßen Seite an Seite, den Blick am Feuer vorbei auf den orange- und pinkgestreiften Horizont gerichtet. Scout saß bei ihnen. Sie schnaufte. Inez warf ihr eine gegrillte Muschel hin.

Die Kartoffeln köchelten vor sich hin, und als die letzte Runde Muscheln gar war, hob Inez den Deckel an. Eine Dampfwolke schoss empor. Inez tat Kartoffeln auf, gebündelte Hitze an diesem kühler werdenden Abend.

Ash nahm zwei kleine Kartoffeln und schlang sie heiß hinunter. Dann kippte er seine Muschelschalen ins Feuer und stellte seinen Teller ab. «Ich mache mich auf die Socken.»

«Okay. Ich begleite Sie den Hügel rauf.» Inez erhob sich. «Ich will nur sichergehen, dass Sie sich nicht verirren.»

«Das schaffe ich schon.»

In der immer dunkler werdenden Dämmerung konnte sie sein Gesicht kaum erkennen. «Die Wege hinterm Haus sind ein einziges Labyrinth.» Sie steckte sich ein letztes Stück Kartoffel in den Mund, während Ash seine Socken und Stiefel anzog, die er zum Trocknen ans Feuer gestellt hatte. «Dennis, würdest du bitte alles reintragen?»

Dennis kaute noch, aber er nickte, und Inez folgte Ash über den Sand, versuchte, mit ihm Schritt zu halten. «Sie waren so still heute Abend. Ist alles okay?»

«Nur ein bisschen zerstreut. Ich habe viel nachgedacht.»

«Worüber?»

Ash warf beim Gehen Sand auf. Sie näherten sich dem Treibholz, das den äußersten Rand des Strands markierte. «Sie alle von hier zu vertreiben, das ist wirklich eine Schande.»

«Vielleicht ist es auch an der Zeit», entgegnete sie.

«An der Zeit für was?»

«Eine Veränderung.» Sie gelangten an den Serpentinenpfad. Inez ging voran. Immer wieder tastete sie nach Bäumen und Ästen, um den Weg zu finden, vor allem in den dunkleren Abschnitten. «Ich habe eine Schwester in Winnipeg. Sie wohnt in einem großen Haus in der Vorstadt, zwei Kinder, zwei Autos, ein Hund, ein Mann. Sie hat noch ein Zimmer frei. Dennis könnte eine richtige Schule besuchen, statt immer nur von mir unterrichtet zu werden.»

«Es ist also keine Schande, dass Sie von hier vertrieben werden, weil Sie ja nach Winnipeg ziehen und bei Ihrer Schwester unterkommen können?»

Inez musste lachen. «Zumindest ist das eine Option. Aber es gibt auch noch andere.»

«Es ist ein Verbrechen, Leute einfach von ihrem Land zu vertreiben, aus ihrem Zuhause.»

Sie traten auf die Lichtung vor Gunters Hütte. Inez wandte sich Ash zu. *Verbrechen* war wahrscheinlich das richtige Wort, aber Inez hatte versucht, es nicht so zu betrachten, sich nicht davon auffressen zu lassen. In den vergangenen Wochen hatten sich die Anzeichen verdichtet, dass sie tatsächlich bald vertrieben werden würden. «Eine Tante von mir hat immer gesagt: ‹Am Ende wird alles gut.› Wann immer etwas schiefging, brachte sie diesen Spruch. Eines Tages habe ich sie mal gefragt: ‹Und wenn nicht? Wenn es nicht gut wird?› Worauf sie geantwortet hat: ‹Dann bist du noch nicht am Ende.›»

Ash war nur eine Armlänge entfernt, ein Schatten in der schwarzen Nacht. Mondlicht streifte seine Wange. Inez trat näher an ihn heran. «Also sage ich mir immer wieder, dass es nicht das Ende ist, wenn wir hier wegmüssen. Es könnte sich auch als ein Anfang erweisen. Ob etwas gut oder schlecht ist, wissen wir erst, wenn wir wirklich ans Ende gelangen. Vielleicht schaffe ich in Winnipeg den Durchbruch, und dann wird alles gut geworden sein, genauso wie Tante Beth immer gesagt hat.»

Ash legte eine Hand auf ihre Schulter, eine stumme Verbindung, der Beginn von etwas. Doch dann zog er die Hand wieder zurück. «Vielleicht haben Sie recht», sagte er. «Vielleicht ist es eher ein Anfang als ein Ende.»

Und dann war er weg, einfach so in Gunters und Maggies Hütte geschlüpft, während Inez allein dastand und das Gefühl hatte, etwas sei nur halb zu Ende gebracht.

# 25

Pete stand im Dunkeln der Hütte. Der Spruch *Am Ende wird alles gut* hallte noch in ihm nach. Inez hatte ihm direkt in die Augen geblickt, als sie es gesagt hatte, und er wusste, dass es stimmte. Egal wie schwer verletzt der Nachtwächter auch sein mochte, es war nicht das Ende. Ein weiteres Kapitel wartete. Es konnte noch etwas Gutes daraus entstehen, und es würde auch etwas Gutes daraus entstehen. Während der Wind und das Klatschen der Wellen Inez' Schritte immer mehr verschluckten, tastete Pete in der Hosentasche nach dem gefalteten Papier. Er musste in die Gänge kommen. Er musste den anderen sagen, dass sie in List Cove erwartet wurden.

Pete riss die Decke vom Bett, rollte sie zusammen und legte sie sich über die Schultern. Inez und Dennis brauchten sie nicht mehr. Sie würden keinen weiteren Winter hier verbringen.

Pete suchte sich einen Weg zum Strand hinunter. Auf halber Strecke war ein Schild an einen Baum genagelt, auf dem stand: «Ausgang.» Nachdem er den Pfad hinauf zu einem Aussichtspunkt geklettert war, drehte er sich noch einmal um. Der Mond warf einen hellen Streifen auf das Wasser. Sterne zerfurchten den Himmel. Still stand er da und ließ seinen Blick schweifen, zögerte seinen Abschied hinaus.

Bestimmt hatte der Nachtwächter überlebt. Feuerwehrleute wussten, wie man einen Verletzten am Leben erhielt. Und verletzt worden war der Mann, keine Frage. Vermutlich war er sogar schwer verletzt worden, aber solange er es überlebte, war Pete kein Mörder. Mehr wollte Pete nicht: nur dass der Nachtwächter überlebte.

Er brauchte fast eine Stunde zum Highway. Anfangs kam er nur langsam voran, weil er im Dunkeln dem Pfad nur mühsam folgen konnte, doch als er erst einmal den Forstweg erreicht hatte, waren es bis zum Highway nur noch zehn Minuten. Pete ging die pockennarbige Straße entlang, die zu beiden Seiten von einem flachen Graben gesäumt war. Oben spannten sich Telefonleitungen von Mast zu Mast. Die West Coast Road: ein langer, dünner Arm, den er schon Dutzende Male entlanggefahren war.

Pete war müde und ging schleppend, als endlich die Tankstelle auftauchte. Dahinter war Wasser zu erkennen, einige Hütten, die Fenster dunkel, wobei vor einer ein Auto parkte. Pete schlang seine Arme um sich. Das war der Ort, von dem Dennis gesprochen hatte: das nächstgelegene Münztelefon.

Während er die letzten Meter zurücklegte, kramte er aus seinen Taschen Kleingeld hervor und breitete es auf seinem Handteller aus. Der Vierteldollar fiel klackernd in den Bauch des Kastens, und der Hörer begann zu tuten. Pete unterdrückte seinen Drang, ein stilles Gebet zu sprechen, die höhere Macht um Beistand anzuflehen, der er schon vor langer Zeit abgeschworen hatte. Er drückte die Null und wählte die Nummer in der Bee Street. Die Vermittlung meldete sich. «Ich möchte gern ein R-Gespräch führen, aber Sie müssen es einmal klingeln lassen, auflegen und noch mal anrufen, sonst geht keiner ran.»

«So etwas machen wir normalerweise nicht.»

«Ja, ich weiß, aber ich bin in einer Notsituation und brauche Hilfe.»

«Ihr Name?»

«Sagen Sie einfach Pete. Die wissen dann, wer ich bin.»

Es tönte fern, einmal, dann Stille, als der Mitarbeiter der Vermittlung noch einmal wählte.

«Danke», sagte Pete. «Danke, dass Sie das für mich gemacht haben.»

Es tönte erneut, diesmal dumpf. Hinter ihm zirpten Grillen. Der Wind mogelte sich durch die Baumwipfel. Sie sollten eigentlich zu Hause sein. Zumindest einer von ihnen. Pete rollte seine Zehen ein, und er bemerkte, dass er seinen Atem angehalten hatte, seinen ganzen Körper angespannt. Er fuhr mit seinem Daumennagel am Plastikrand der Telefonzelle entlang.

«Es nimmt keiner ab.»

Er gab dem Mann die Nummer von Jeremy. Pete hatte seit drei Monaten nicht mehr mit Jeremy gesprochen. Nach Westlake und Tammery Mill hatte er ihn nicht mehr sehen wollen, hatte seine Meinung nicht mehr hören wollen. Vielleicht hatte er Angst davor gehabt. Er hatte John's Diner und einige andere Orte gemieden, hatte sich gesagt, dass er lieber warten wollte, bis alles vorbei war, warten, bis sie etwas vorzuweisen hatten. Vielleicht hatte er auch Angst gehabt vor seiner schwindenden Überzeugung. Jetzt hörte er einen dumpfen Klingelton, dann ging Jeremy dran. Die Leitung stand.

«Jeremy? Ich bin's. Pete.»

«Pete?»

«Alles okay. Mir geht's gut. Ich bin untergetaucht.»

«Alles okay? Gar nichts ist okay, es ist …»

«Hör zu, ich versuche, die anderen zu erreichen.»

«Die anderen?» Jeremy flüsterte jetzt. «Hast du eine Ahnung, was hier los ist?»

«Wie gesagt, ich bin untergetaucht.»

«Ringfahndung, Kopfgeld von zwanzigtausend Dollar, Hotline, und du hast den Nerv, mich hier anzurufen?»

«Wir wussten, was uns bevorsteht.» Er versuchte, etwas Energie in seine Stimme zu legen. «Ein bisschen Aufmerksamkeit kann nicht schaden.» Er sah zu den Hütten und dem Kiesstrand, dem mondbeschienenen Wasser dahinter. «Weißt du, wo die anderen sind?»

«Nein, weiß ich nicht. Und ich will es auch nicht wissen. Art war hier. Wollte Geld. Ich glaube, sie verstecken sich irgendwo in einem Vorort.»

«Kannst du ihnen eine Nachricht zukommen lassen? Es geht um List Cove. Du musst ihnen sagen, dass sie dort Wachleute postiert haben.»

«Pete.»

«Kannst du sie ausfindig machen, Jeremy? Es klingt so, als könntest du irgendwie mit ihnen Kontakt aufnehmen.»

«Die Bullen waren hier.»

«Oh. Wann?»

«Sie kamen rauf und haben geklopft.»

«Hast du ihnen was gesagt?»

«Das hätte ich wahrscheinlich tun sollen.»

«Hast du aber nicht?»

Kurz war es still in der Leitung. «Ein Teil von mir wünscht, ich hätte.»

«Was redest du denn da?»

«Hast du das von dem Wachmann noch nicht mitgekriegt?»

Pete umklammerte den Hörer fester, presste ihn ans Ohr.

«Es kam gerade in den Nachrichten. Er ist gestorben.»

«Nein. Das kann nicht sein. Nein.»

«Es heißt, er hat nie wieder das Bewusstsein erlangt. Er wurde die ganze Zeit künstlich am Leben erhalten.»

Pete hatte gesehen, wie die Explosion den Mann umgerissen hatte, wie er unnatürlich verdreht liegen geblieben war. Und als er ihn zurückgelassen hatte, hatte sich in seinem Gehirn sofort die geheime Angst eingenistet, dass der Nachtwächter es nicht schaffen könnte: dass er auf der Fahrt ins Krankenhaus einen Atemstillstand erlitt, dass sein Herz versagte. In das Gespräch mit Jeremy hatte er sich regelrecht hineingestürzt, um dieser, der wichtigsten Frage aus dem Weg zu gehen, um sie wegzudrücken, um sie sich selbst zu verbieten. Doch jetzt war es passiert: Er hatte Blut an seinen Händen. Pete lehnte sich schwer gegen die Wand der Telefonzelle. Er bohrte seinen Fingernagel in die breite Ritze am Rand der Plexiglasscheibe. Wie sollte jetzt noch alles gut werden?

«Pete?», fragte Jeremy.

«Ja, ich bin noch dran. Ich …»

«Sag mir, dass es vorbei ist. Sag mir, dass nichts mehr kommt, dass es nicht noch mal passieren wird.»

«Das war noch nicht mal die Hälfte.»

«Wie meinst du das?»

«Vielleicht ein Drittel. Den Rest haben wir an der Thurlow Road gebunkert.»

«Heißt das, ihr werdet noch mal zuschlagen?»

«Erst List Cove, dann Dutton Pulp und Paper. Die benutzen Primärwald, um Telefonbücher daraus zu machen, verdammt.»

«Ein Mensch ist gestorben.»

«Finde Fay, finde Art, sag ihnen Bescheid wegen List Cove. Sie wissen dann schon, was zu tun ist. Werden ein anderes Ziel aussuchen. Niemand will, dass noch mal jemand verletzt wird.»

«Ich habe dir gesagt, dass Art unberechenbar ist, und ich habe dir auch gesagt, wohin das führen wird. Was ihr da macht, ist unausgegorenes Zeug. Ihr solltet …»

«Halt mir jetzt bitte keinen Vortrag.»

«Pete, bist du dir auch nur im Ansatz im Klaren darüber, worauf du dich da eingelassen hast? Das ist ein Guerillakrieg, der einem Menschen das Leben gekostet hat. Es könnte sein, dass ihr damit die gesamte Bewegung abwürgt.»

«Es ist schiefgegangen. Es war ein Unfall.»

«Ihr geltet als Terroristen. Und jetzt auch als Mörder. Ihr beschmutzt damit den größten friedlichen Protest …»

«Glaubst du wirklich, noch mehr friedlicher Protest wird die

Landnutzungspolitik einer Regierung stoppen, der das halbe Unternehmen gehört, das sie regulieren soll? Irgendjemand musste dagegen aufstehen, Jeremy. Irgendjemand musste handeln.»

«Ich sollte lieber auflegen, Pete.»

«Nein, halt, warte.» Petes Knie stießen gegeneinander. Er lehnte sich an die Telefonzelle, wäre am liebsten durch die Leitung gekrochen, um mit Jeremy persönlich zu sprechen. «Du musst sie finden. Oder wenigstens mir helfen, sie zu finden. Sie zu warnen.»

«Du willst mich zum Komplizen machen?»

«Nein.» Die Frustration steckte ihm im Hals wie ein fester Kloß, und er spürte, wie ihm Tränen in die Augen traten. «Du wärst kein Komplize. Ich brauche einfach deine Hilfe.»

«Ich kann dir die Nummer eines Anwalts raussuchen. Ich schau gleich mal nach.»

«Was soll ich mit einem Anwalt? Wozu soll das gut sein?»

«Du könntest einen Deal aushandeln. Du erzählst ihnen von dem Dynamit und kriegst dafür mildernde Umstände.»

«Vergiss, was ich dir über Thurlow Road gesagt habe. Mach einfach Fay und Art ausfindig. Ich muss sie erreichen. Ich …»

Die Leitung verstummte.

Zwei oder drei Schritte auf dem staubigen Betonboden der Tankstelle, und Pete stand im Freien. Er konnte nicht quer über die ganze Insel marschieren. Was er an Energie angesammelt hatte, an Entschlossenheit, es war alles verpufft. Er hatte einen Mann getötet. Er und niemand anders. Sie hatten Streichhölzchen gezogen, um zu bestimmen, wer reinging und den Zünder anbrachte. Fay hatte das verkürzte Streichholz erwischt, eigentlich hätte sie reingehen müssen, aber sie hatte gekniffen. Sie hatte ihm den Zeitzünder hingehalten und gesagt, sie wisse nicht, wie man das Ding anschließe. Pete hatte ihr das kleine Gerät abgenommen, eine galante Geste, um Eindruck bei ihr zu schinden.

Eine lange Kette von Zufällen hatte ihn in diese Situation gebracht. Es hatte so viele Punkte gegeben, an denen sein Leben einen anderen Verlauf hätte nehmen können, eine andere Richtung. Er wäre jetzt nicht hier, wenn er auf der Anarchistischen Buchmesse nicht Jeremy getroffen hätte. Wenn er nicht ein T-Shirt getragen hätte mit der Aufschrift «Kanada: das Brasilien des Nordens». Dann wären sie vielleicht nie ins Gespräch gekommen, und er hätte nie Fay und Art kennengelernt, wäre nicht mit ihnen die Insel raufgefahren, um den Kahlschlag in den Bridal Veil Flats zu behindern. Dann wären ihnen am Bedwell Pass nicht die Scheiben ihres Vans zerschossen worden, und wenn die Regierung nicht just am nächsten Tag ihre neue Landnutzungspolitik verkündet hätte, hätten sie wahrscheinlich nie die Brandbomben unter die Greer-Braden-Trucks auf dem Parkplatz von Westlake gelegt.

Während er da in der kalten Meeresbrise stand, hatten diese Erinnerungen, diese fatale Verkettung der Ereignisse, etwas geradezu Körperliches. Pete konnte den feuchten Geruch der Wohnung in der Bee Street riechen, wo sie Tammery Mill geplant hatten, Souterrainfenster, die Kondenswasser ausgeschwitzt hatten. Er konnte das Brummen der Heizungsleisten hören. Abend für Abend hatte er dort auf der Matte gestanden. Hatte dort gewohnt. Diese Leute waren seine Familie geworden oder wenigstens fast: Sie hatten zusammen gelebt, zusammen gearbeitet, für eine gemeinsame Sache gekämpft. Und jetzt war er allein, gestrandet, während sie untergetaucht waren, sich irgendwo in einem Vorort versteckten.

Sie würden es wieder tun. Da war Pete sich ganz sicher. Sie würden nach List Cove fahren, mit dem Auto voller Dynamit, ohne zu ahnen, dass dort Wachleute postiert sein würden.

Wenn Jeremy sicherstellen wollte, dass nicht noch jemand verletzt wurde, musste er Art und die anderen warnen, damit sie sich ein anderes Ziel suchten. Nur so konnte er verhindern, dass sich Esterway Ridge wiederholte. Pete ging zurück zur Telefonzelle. Er drückte die Null, tippte Jeremys Nummer, dann den Knopf für R-Gespräche. Es läutete und läutete, ein langes Tuten nach dem anderen.

# 26

Pete schlief schlecht, rastlos, die Träume eine Tortur. Er beugte sich über Owen Tuggs, tastete nach seinem Herzschlag, hämmerte mit der Faust auf seine Brust, doch das Fleisch schien unter ihm wegzuschmelzen, während er versuchte, den Wachmann wiederzubeleben.

Pete wachte auf, wurde hinausgestoßen aus seinem Traum, die Welt um ihn herum noch dunkel. Kurz darauf schlief er wieder ein, war zurück in Esterway Ridge. Ein Mann war tot. Seinetwegen.

Bei Sonnenaufgang rollte Pete sich auf die Seite, mit dem Rücken zum Fenster. Er war in der Hütte von Gunter und Maggie, lag auf der dünnen Matratze, unter dem notdürftig zusammengeflickten Dach, war wieder dort, wo noch niemand von Esterway Ridge gehört hatte. Er hielt die Augen geschlossen und lag still da, die graue Wolldecke zusammengeknäult auf ihm. Er wollte flüchten, wollte einen traumlosen Schlaf.

Ein leises Klopfen, dann rief Dennis: «Inez meint, wir könnten heute fischen gehen.»

Pete setzte sich auf. «Ja, okay.» Er schlüpfte in die Stiefel und stellte sich vor den Spiegel, der am zentralen Stützpfeiler angebracht war, rieb sich über den Kiefer, die Stoppeln seines Mehreretagebarts. Letzte Nacht hatte er eine Linie überschritten. Er wusste jetzt, dass er einen Mann getötet hatte, und trotzdem war er hierher zurückgekehrt – hatte nie wirklich daran gedacht, sich zu stellen, hatte nicht wirklich versucht, die anderen ausfindig zu machen, damit aus all dem noch etwas Gutes werden konnte. Der Mann, der ihm aus dem Spiegel entgegenstarrte, hatte den Schwanz eingezogen, hatte sich an einem

Ort verkrochen, wo niemand ihn kannte, wo er sich verstecken konnte.

Der Wind draußen klatschte ihm erfrischend ins Gesicht. Dennis hatte es sich auf einem der Baumstumpfhocker bequem gemacht. «Lust, rüber nach Seeley's Bay zu paddeln und zu fischen?»

Das klang gut: Nahrung, Protein. Trotzdem setzte er sich hin, sog tief Luft ein, atmete langsam wieder aus.

«Hab uns ein Lunchpaket gemacht.» Dennis hob eine kleine Stofftasche in die Höhe.

«Lunch ist gut», sagte Pete. «Lunch ist genau das, was ich jetzt brauche.» Ablenkung war der beste Weg, um diese dunklen Gedanken zu verscheuchen. Er musste sich aufraffen, durfte nicht hier herumsitzen und über das nachgrübeln, was er gestern erfahren hatte. Aktiv werden. Sich auspowern.

Dennis ging voraus, führte sie am Grat entlang, dann einen Pfad hinunter, den Pete noch nicht gegangen war. Der Pfad schlängelte sich durch einen kleinen Hain, mündete in eine Lichtung, auf der ein Schuppen stand. «Wir brauchen eine zweite Angelrute», erklärte Dennis. «Das ist die alte Hütte von Phelps. Vor ihm hat eine Frau namens Bethany-Bell da gewohnt.» Inzwischen diente sie nur noch als Abstellkammer, das einzige Fenster war weit geöffnet und hatte keine Scheiben mehr. Pete spähte hinein, während Dennis drinnen herumkramte: eine Schaufel, eine Axt, eine Kettensäge, zwei Eimer, gestapelte Krebsreusen. In der Ecke standen zwei Plastikkübel nebeneinander, beide mit Deckel, darauf lag ein zusammengerollter Schlauch. Es war ziemlich dunkel, doch soweit er erkennen konnte, waren die Kübel identisch und der Schlauch verlief von einem Deckel zum anderen.

Als Dennis wieder herauskam, hatte er eine Angelrute, einen

Eimer und ein Netz in der Hand. «Haben Sie mein Kajak schon gesehen?»

Er deutete auf eine Stelle neben dem Schuppen. Das Kajak ruhte auf zwei Sägeböcken, war knapp zwei Meter lang, eng umspannt mit einer Leinwand. Pete trat näher, lüpfte nur die Nase kurz an. Das Boot wog fast nichts.

«Hast du das selber gebaut?»

«In der Bibliothek gibt's ein Buch, da ist eine Anleitung drin. Das meiste ist geklebt. Es besteht aus zwei Teilen: Rumpf und Deck, zwei separate Leinwände ohne Löcher, keine Nägel oder so.»

«Und das hält dicht?»

«Einfach mehrmals dick Schellack auftragen, schon ist das Ding wasserfest. Wenn das Kajak fertig ist, werde ich drüben in der Merchant Bay ein bisschen kajaksurfen.» Dennis hob das Boot an und setzte es sich auf den Kopf. «Was, wenn wir ein Kajak als Kopf hätten?» Das Boot ruhte nun auf seinen Schultern. «Dann müssten wir im Freien leben, weil wir durch keine Tür mehr kämen. Und bei jeder Drehung würden wir irgendwo anstoßen.» Er drehte sich in die eine Richtung, dann in die andere, schwang das Kajak vor und zurück.

Pete ging noch einmal zu dem Schuppen und spähte durchs Fenster. Er lehnte sich etwas hinein, um die beiden Plastikkübel besser sehen zu können. Auf beiden stand Oberputz, und beide hatten noch ihre Henkel. Er hatte schon viele Brandsätze gesehen, und diese Dinger sahen definitiv wie Brandsätze aus: Behälter, verbunden mit einem Stück Schlauch. Wenn man den einen anzündete, sprang das Feuer automatisch auf den anderen über. Eine narrensichere Methode, um an mehreren Orten gleichzeitig Feuer zu legen. Eine ähnliche Vorrichtung hatten sie auch am Parkplatz von Westlake verwendet, zwei mit Benzin und Teer gefüllte Eimer. Und in Tammery Mills auch.

Dennis hatte das Kajak wieder auf die Sägeböcke gelegt. Er nahm die Angelrute und den Eimer. Pete schnappte sich das Netz und folgte dem Jungen auf einem Pfad, der zwischen Büschen hindurch hinunter zum Strand führte. Unterwegs sagte er sich, dass er nicht nah genug gewesen war, um es sicher erkennen zu können. Der Schlauch konnte einfach nur auf den Kübeln gelegen haben. Und wenn er die beiden Eimer tatsächlich verbunden hatte, dann vielleicht aus einem anderen Grund. Vielleicht war der Schlauch eine Art Überlaufsystem für das, was in den Kübeln gelagert war. Eine bequeme Methode, um die Flüssigkeit in die Eimer zu bekommen.

Unten am Strand schleppten Dennis und Pete das Kanu zum Wassersaum. Pete löste die Schnürsenkel seiner Stiefel und zog seine Socken aus. Weiter draußen in der Bucht kräuselten sich hohe Wellen und stürzten klatschend in sich zusammen. Es würde mühsam werden, die Brandung zu überwinden.

Pete kletterte über einen der Außenpontons ins Kanu. Das Meerwasser jagte ihm Kälte in die Beine. Er biss die Zähne zusammen und sog Luft ein. Seine Füße waren nur ganz kurz feucht, und trotzdem wurden seine Zehen taub.

Inez trat aus der Hütte und kam herunter zu den Felsen am Fuß der Landspitze. Als Dennis sich abstieß und das Kanu in den Schaum einer auslaufenden Welle glitt, winkte sie und rief: «Viel Glück.»

Weißschäumendes Wasser traf die Pontons von vorne und von der Seite und stieß das Boot zurück in Richtung Strand. Pete wischte sich die salzige Gischt aus dem Gesicht und stach sein Paddel tief ein, doch schon hob sich die nächste Welle, ein glitzernder Kamm, nur wenige Meter entfernt. Sie schwoll immer weiter an, kräuselte sich weiß und brach dann krachend in sich zusammen. Pete versuchte, alle Gedanken an die beiden Plastikeimer und den Verbindungsschlauch zu verscheuchen. Er lehnte sich über den Bootsrand, rammte sein Paddel ins Wasser und zog es kräftig nach hinten. Kurz tauchte seine rechte Hand in den eisigen Ozean, und das Blatt stieß auf sandigen Grund: Das Wasser war nicht einmal hüfthoch. Pete blickte über die Schulter zurück. Dennis hielt seinen Kopf gesenkt. Sie hatten sich nur zwei oder drei Kanulängen vom Strand entfernt, und Pete keuchte bereits. Trotzdem war ihm die körperliche Anstrengung willkommen, weil sie ihn ablenkte. Er wechselte das Paddel zur anderen Seite, und schon traf sie die nächste Welle, noch eine Ladung Gischt auf Brust und Gesicht.

Nach zehn Minuten unermüdlichen Rackerns hatten sie die Brandung überwunden. Pete legte sein Paddel quer über die Dollbords, ließ seinen Kopf sinken und japste nach Luft. Ein Krampf schnürte seine Seite zusammen, seine Schultern hingen durch, und seine Arme zitterten vor Schwäche. Inez stand nach wie vor am Ufer und winkte noch einmal kurz. Sie war schlank, selbst in den Schlabberklamotten war der Schwung ihrer Hüften zu erkennen. Sie sah gut aus, wie sie da am Strand stand und winkte, und Pete hatte Mühe, seinen Blick von ihr zu lösen.

«Das war der harte Teil», sagte Dennis.

Dass sie auf dem Weg nach Seeley's Bay die Landspitze umrundeten, bedeutete, dass sie jetzt auf offener See waren. Ein paar nervenaufreibende Minuten lang durchstießen sie die Wellen im rechten Winkel, zeigte das Kanu hinaus aufs Meer, bis Dennis das Kommando zum Wenden gab. Sie warteten ab, bis sie in einem Wellental waren, dann paddelten sie rückwärst und setzten den Bug in Richtung Bucht. Jetzt, da sie den Wind auf ihrer Seite hatten, kamen sie besser voran. Vor ihnen lag Seeley's Bay, die dunkle Wiege für das kabbelige Meerwasser.

Seeley's war ein dunkler, tiefer Wald, ein endloses Dickicht entlang der felsigen Küstenlinie. Nichts deutete darauf hin, dass dort jemand lebte, kein Rauch, keine Hütten.

Die angedrohte Zwangsräumung wäre eine Erklärung für die Brandbombe in dem Schuppen. Jemand hatte beschlossen, seine Hütte lieber abzufackeln, als sie von Bulldozern niederreißen zu lassen. Wer konnte das besser verstehen als Pete? Dieser Jemand konnte natürlich auch längst weg sein. Vielleicht wusste von denen, die noch da waren, gar niemand, wozu die Eimer gut waren. Vielleicht waren es für sie nur zwei Eimer in einem alten Schuppen. Vorausgesetzt, es war eine Brandbombe.

Dennis ließ sein Paddel auf den Boden des Kanus gleiten und nahm den Angelkasten. «Das ist die beste Stelle hier. Lachs garantiert.»

Pete zog die Beine an, damit er sich umdrehen konnte. Er versuchte, nicht an das zu denken, was er in dem Schuppen gesehen hatte, versuchte auch, alle Gedanken an Esterway Ridge und Owen Tuggs zu vertreiben. Er musste seinen Kopf freikriegen. Der Angelkasten lag geöffnet vor ihm. Dennis hatte seine Rute schon in der Hand, den Haken schon an der Schnur befestigt. Pete fädelte seinen eigenen Haken ein und fügte das Angelblei hinzu, zog den Knoten fest.

«Christian hat Umzugsgeld beantragt», sagte Dennis. «Vielleicht sollten Sie ihn mal fragen. Er meint, niemand von uns sollte wegziehen, bevor sie nicht zugestimmt haben, die Kosten zu übernehmen und ein paar Monate lang die Miete zu bezahlen, von wegen Entschädigungen und so.»

«Wem gehört das Land hier? Wer schmeißt euch raus?»

«Greer-Braden.»

Pete schürzte die Lippen und stieß einen leisen Pfiff aus. Innerlich drehte sich ihm schier der Magen um. Greer-Braden. Allein bei dem Namen verschlug es ihm die Sprache. Sie hatten ihre Klauen einfach überall, selbst auf diesen wilden Wäldern, diesen uralten, mit Moos bedeckten Bäumen, diesen friedlichen Riesen. «Sie wollen den Wald abholzen.»

«Wer?»

«Greer-Braden, die Leute, die euch vertreiben.»

«Bis vor einigen Monaten wussten sie nicht mal, dass wir hier sind. Jedenfalls nicht in deren Firmenzentrale.»

«Wieso wehrt ihr euch nicht? Wieso kämpft ihr nicht darum, bleiben zu dürfen?» Sein Hirn arbeitete nun auf Hochtouren, produzierte genau die Gedanken, die er eigentlich vermeiden wollte.

«Andys Cousin hat sich mit den Rechten von Landbesetzern beschäftigt. Er arbeitet bei der Stadtplanung auf dem Festland. Niemand von uns ist lang genug hier, nicht mal Christian. Außerdem haben wir Briefe geschrieben, und als es losging, haben Gunter und Oscar Geld in einen Anwalt investiert.»

«Einen Anwalt? Die werden euch nichts nützen. Solche Unternehmen haben immer die besseren Anwälte.»

«Wie meinst du das?»

«Glaub mir, ich kenne Greer-Braden. Wenn man deren Anwälten schreibt, hat man null Chance. Recht ist zu neunzig Prozent Besitz. Da hebt man besser Gräben aus, stoppt Bulldozer. Friedliche Sitzblockaden. Oder man gründet einen unabhängigen Staat. Da ist Kreativität gefragt. Aber so wie ihr redet, wollt ihr gar nicht bleiben, seid ihr nicht gewillt, dafür zu kämpfen.»

«Haben Sie gerade gesagt, Sie kennen Greer-Braden?»

Pete blickte nach vorne, über den Bug hinweg. «Nicht persönlich, ich meinte damit, dass ich versucht habe, sie von einigen Dingen abzuhalten.»

«Was für Dinge?»

«Greer-Braden ist Teil von dem, was in der Welt falsch läuft, Dennis. Sechsundsiebzig Länder haben ihre Grenzwälder verloren. Hast du schon mal von den Osterinseln gehört? Vor Hunderten von Jahren haben die Leute dort alle Bäume gefällt, und danach ist ihre Gesellschaft kaputtgegangen. Kaum noch Nahrung, Kannibalismus, Bürgerkrieg, selbst das Kanubauen haben sie verlernt. Und weißt du, worum sie baten, als holländische Seefahrer ihre Insel erreichten? Dass man ihnen ihre Bäume zurückgibt. Hier in Kanada ist inzwischen nur noch zehn Prozent des Primärwalds übrig. Wenn man bei Greer-Braden anklopft und ihnen das vermitteln will, schlagen sie einem die Tür vor der Nase zu. Wenn man ihnen Briefe schreibt, erhält man keine Antwort. Wenn man vor ihren Büros demonstriert, wird man per einstweiliger Verfügung gestoppt. Und weißt du, wem Greer-Braden zur Hälfte gehört? Unserer eigenen Scheißregierung, also braucht man die erst gar nicht auf das Unternehmen anzusetzen. Da kann man noch so viele Briefe schreiben, Dennis, das System ist faul.»

«Man kann doch noch andere Sachen machen, anders auf sie Druck ausüben.»

Pete dachte unwillkürlich an die beiden Plastikeimer in dem Schuppen. «Zum Beispiel?»

Dennis rollte die Angelschnur etwas ein. Er zuckte mit den Schultern, während er die Rute bediente. Pete wartete. «Hast du dir da was ausgedacht?»

«Nee, nee.» Dennis legte seine Angel ab.

Es war absurd, die Plastikeimer mit Greer-Braden in Verbindung zu bringen, mit irgendeiner Form von Protest. Beides waren Fakten für sich, nur sein Verstand wollte es anders sehen. Auch Pete begann nun, seine Angelschnur einzuholen. Zeit, das Thema zu wechseln. Zeit, einen Fisch zu fangen.

Das Boot hob und senkte sich mit den Wellen. Angel auswerfen, einholen. Auswerfen, einholen. Doch immer noch kein Fisch. Nicht mal angebissen hatte einer. Dennis stach sein Paddel ins Wasser und wendete, manövrierte das Kanu vertikal zum Wellengang. Er hatte es drauf, auch mit Pontons an beiden Seiten. Meerwasser klatschte gegen das Boot. Dennis hob das

Lunchpaket hoch. «Hartgekochte Eier. Jeder eins.» Es waren auch Karotten in der Tüte, Kartoffeln und Käse. Dennis nannte es Lunch, aber es fühlte sich eher an wie ein Snack, reichte gerade einmal, um Petes knurrenden Magen etwas zu beruhigen.

Es begann zu regnen. Erst nur leichte Tropfen hie und da – ein, zwei Plopps aufs Aluminium, kleine Spritzer auf dem Wasser. Über ihren Köpfen jedoch türmten sich Wolken auf, und bald darauf wurde der Regen dichter.

«Die Fische springen uns nicht gerade ins Boot, Dennis.»

«Was wäre, wenn eines Tages ein Haken vom Himmel schweben würde, und an dem Haken hinge ein saftiges Steak?»

Pete setzte sich so hin, dass er den Jungen besser im Blick hatte.

«Oder ein Dollarschein. Wenn jemand da oben das tun könnte, ein Alien zum Beispiel, dann würde er damit jede Menge Menschen angeln.»

Petes Spule klickte, ein strenger metronomischer Beat. «Wenn jemand da oben clever genug wäre, einen Haken vom Himmel zu lassen, hätte er wahrscheinlich bessere Ideen, wie er uns fangen könnte.»

«Ich finde einen Dollarschein schon ziemlich gut.» Dennis grinste nun schief. Er wirkte zufrieden mit sich selbst.

«Heutzutage gibt es sowieso nur noch Dollarmünzen.»

«Dann eben ein Zehndollarschein.»

Dennis schrie auf. Er rastete den Stopper an seiner Kurbel ein, und die Rute bog sich nach unten. Dann zog er kräftig, gab Schnur nach, und der Fisch schwamm mit einer solchen Kraft los, dass er das Heck nach vorne zog – ein einziger Fisch, der ein sechs Meter langes Kanu mit zwei Pontons hinter sich herschleppte. Dennis löste den Stopper, gab noch etwas Schnur nach, dann stemmte er sich gegen den Fisch. Seine Angel bog sich, noch tiefer als eben. Pete sah ihm zu. Er hatte die Arme verschränkt, versuchte, sich warm zu halten. Seine Baumwolljacke war durchnässt, der Stoff dunkel und steif. Unter der Oberfläche schimmerte es silbrig, und kurz darauf schwamm der Fisch unters Boot. «Holst du mal das Netz raus», bat Dennis.

Tropfen spritzten auf, ein langer silbriger Leib schoss aus dem Wasser und tauchte wieder unter. Dennis umklammerte den Griff aus Kork, als die Rute sich erneut bog. Der Fisch hatte nicht viel Schnur. Pete lehnte sich über den Rand, ließ das Netz zwischen Dollbord und Ponton ins Wasser. Dann hievte er den Fisch ins Boot, der mit dem Schwanz zappelte und Tropfen aus dem Netz patschte. Dennis schlug ihn mit dem Knüppel tot. Zwei stumpfe Schläge, und der Fisch lag reglos da.

Eine Welle hob das Heck an, rollte unter dem Boot hindurch. «Verflucht guter Fang.» Sogar im trüben Licht glänzten die Schuppen, der weiße Bauch, der zum ersten Mal dem Licht ausgesetzt war. «Schau dir das an. Schau nur, wie groß der ist.»

«Zwölf Pfund, würde ich sagen.»

Pete hob seine Rute an und warf die Schnur in den Regen hinein. Der Haken traf aufs Wasser, die Spule klickte, schwoll an zu einem Sirren. Dann versuchte er es auf der anderen Seite des Kanus. Da, wo Dennis seinen Lachs gefangen hatte. Er hatte sich nun ganz auf die andere Seite gedreht. «Wenn Sie wollen», sagte Dennis, «können wir jetzt wieder zurückpaddeln.»

«Ist dir kalt?»

Dennis klapperten die Zähne. Er hatte sich aufgesetzt und die Hände zwischen die Knie geklemmt. «Der hier reicht für alle», sagte er.

Baker Beach war nebelverhangen, der Wald ein formloses Band, ein dunkler Schleier in einer grauen Welt. Sogar als das Boot auf Sand lief, konnte man kaum mehr erkennen als dichten Wald.

Pete kletterte über das Dollbord ins flache Wasser. Vom langen Sitzen hatten seine Beine einen Krampf, und ihm war kalt. Seine nasse Kleidung klebte an ihm, scheuerte an Beinen und Schultern, als er und Dennis das Boot aus der Reichweite der ansteigenden Flut zogen. Der einsame Fisch trieb im Regenwasser auf dem Boden des Kanus. Dennis steckte seine Finger hinter eine Kieme, hob ihn schräg an, die Schwanzflosse knapp über dem Sand.

«Inez weiß, wie man einen Fisch putzt. Danach braten wir ihn», sagte Dennis nur und marschierte los in Richtung Hütte. Hinter dem Regenschleier war die Bunte Lady nur ein stummer Klecks.

In Petes Stiefeln hatte sich Wasser angesammelt. Er leerte einen nach dem anderen aus, schaffte es irgendwie, sie wieder zuzuschnüren, und folgte dann, das nasse Schuhwerk wie Blei an seinen Beinen, Dennis über den Sand.

Dennis hatte die Tür einen Spaltbreit offen gelassen. Pete wischte sich das Wasser aus dem Gesicht, hob eine Faust und klopfte kurz und kräftig genau in dem Moment, als Inez die Tür aufriss. «Wen haben wir denn da. Hereinspaziert in die gute Stube. Das Feuer prasselt schon munter vor sich hin.»

# 27

Inez trat beiseite, um Ash hereinzulassen. Sie fragte sich, wie er ihr vollgestopftes Einzimmerhäuschen wohl finden würde. Schnell zog sie Dennis' Hemd und Unterhose von der Leine, die über dem Ofen gespannt war, nahm ihr Strickzeug vom Sofa. Sie stapelte einige Teller aufeinander, räumte ein paar Bücher weg.

«Stellen Sie sich am besten hierher, dann sind Sie in null Komma nichts trocken. Die Küste ist ein gnadenloser Ort. Das Wetter kann extrem launisch sein.»

Ash triefte vor Nässe, die feuchte Kleidung klebte ihm regelrecht am dürren Leib. «Haben Sie Dennis' Fisch gesehen?»

«Ich haue ihn gleich in die Pfanne. Dennis, schau doch mal, ob du für Ash ein paar trockene Klamotten findest.»

«Ihre Gemälde sehen gut aus hier drin», sagte Ash. «Ich wollte Sie sowieso danach fragen, besonders nach den Landschaftsbildern, wie Sie die gemalt haben.»

«Reine Übungssache. Ich habe mir Zeit genommen.» Sie betrachtete das eine, dann das andere Bild. Das eine hatte sie auf ein angespültes Brett gemalt, das zweite auf eine kleine quadratische Leinwand, ein Waldweg im Nebel. Bei Letzterem mochte sie das Dunkle, das höhlenartige Gefühl, das es vermittelte. «Um eine Landschaft zu malen, muss man sie leben und nicht nur betrachten. Man muss sich in sie hineinbegeben, wirklich und wahrhaftig dort sein.»

Dennis brachte Kleidung für Ash, eine Hose, altes Zeug von Ray, das sie noch nicht zu Lappen verarbeitet hatte.

«Ich drehe mich um», sagte Inez. Sie wandte sich der Arbeitsplatte zu und hob ihr Messer.

«Ich weiß das wirklich zu schätzen. Essen, Schutz. Sie retten mir schon wieder den Arsch.»

Inez schlitzte den Lachs am Bauch auf und entnahm die Innereien. «Das hier gibt guten Krebsköder ab, Dennis, also ab damit in einen Eimer.»

Sie sah Ashs Spiegelbild in der Glasscheibe, seinen jungen, muskulösen Körper. Was er über ihre Bilder gesagt hatte, war schmeichelhaft. Sie hatte noch nie jemanden so über ihre Bilder sprechen hören. Nie. Inez riskierte einen weiteren Blick, während sie das Messer hinter dem Kiemen ansetzte. Sie trennte den Kopf ab, wendete den Fisch. Irgendwie musste sie um den Fisch herum ein Essen zaubern. Ihre Vorräte gingen zur Neige. Die Hälfte der Einweggläser über der Spüle war leer. Makkaroni wären eine Möglichkeit. Einfach ein bisschen Olivenöl drüber. An einem solchen Abend musste man nicht unnötig raus in den Garten.

Inez füllte einen Topf mit Wasser und trug ihn zum Herd. Nur eine Person zusätzlich, und schon fühlte die Hütte sich eng an. Sie schüttete die Makkaroni ins Wasser und setzte den Deckel auf den Topf. Sie spürte, dass Ash ihr zusah. Er stand direkt hinter ihr, nicht mal einen Meter entfernt, dieser Mann, der bis vor einigen Tagen ein Fremder gewesen war.

«Was ist eurer Meinung nach der berühmteste Fisch der Welt?»

«Der weiße Hai.» Dennis saß auf dem Rand seines Betts. Er trug seinen purpurnen Sweater und die Pudelmütze, die Inez ihm gestrickt hatte.

Es zischte laut, als das erste Stück Lachs auf das heiße Öl der Pfanne traf, und kurz darauf duftete es im ganzen Raum.

«Der Quastenflosser», erklärte Ash. «Berühmt wurde er deshalb, weil er es in den dreißiger Jahren auf die Titelseiten der Welt gebracht hat. Ein Fischer hatte ihn an der Küste Südafrikas gefangen, ein anderthalb Meter langes blaues Exemplar, und dann hat jemand entdeckt, dass er genauso aussah wie eine Spezies, von der die Wissenschaft meinte, sie sei seit dreihundert Millionen Jahren ausgestorben. Ein lebender Dinosaurier, schrieben die Zeitungen damals.»

«Der weiße Hai ist trotzdem berühmter.»

«Verrückt ist, dass dieser Quastenflosser heute tatsächlich fast ausgestorben ist. Wegen Überfischung. Trophäenfischer, Artenjäger. Dieser Fisch hat dreihundert Millionen Jahre länger überlebt als vermutet, und jetzt machen wir Menschen ihm doch noch den Garaus. Und nicht mal, um ihn zu essen. Er ist nämlich gar nicht genießbar. Da fragt man sich schon, oder nicht?»

Inez beugte sich vor, um den Lachs zu begutachten. Sie drückte mit den Daumen auf eins der Filetstücke. Fast gar. «Was fragt man sich?»

«Wie wir Menschen so ticken. Wie es mit der Menschheit weitergehen soll. Wenn wir so wenig Weitblick haben, dass wir sogar unsere lebenden Fossilien töten, wie sollen wir dann selbst überleben?»

«Wir drei zum Beispiel werden dadurch überleben, dass wir diesen Lachs essen. Dennis, holst du mal die Teller? Ich gieße die Pasta ab.»

Der Tisch war eine abgesägte Arbeitsplatte, die an der Wand neben dem Eingang befestigt war, direkt unterm Fenster. Den Blick, der sich bei geöffneten Vorhängen bot, liebte Inez sehr: über den Strand hinweg aufs Wasser. Der schräg einfallende Regen tauchte alles in einen feinen Dunst. Um den Tisch standen drei Hocker, und auf dem Tisch war gerade genug Platz für drei Teller.

Als Inez sich auf den Hocker neben Ash zwängte, streifte ihre Hand seinen Schenkel. Rays alte Wanderhose. «Schön, Sie bei uns zu haben.» Inez schenkte Wasser in die drei Gläser. «Das Leben hier draußen ist manchmal allzu beschaulich.»

Ash hob sein Glas, stieß mit ihr an. «Danke.»

«Ich auch», meldete sich Dennis zu Wort und hob ebenfalls sein Glas.

Sie machten sich über das Essen her, während der Regen rhythmisch auf Dach und Fenster prasselte. Ash ging äußerst behutsam mit Messer und Gabel um, häufte immer nur kleine Portionen auf. Als der Fisch verspeist und nur noch ein Rest Pasta übrig war, hielt er inne, legte kurz seine Gabel ab. «Dennis hat mir gesagt, dass Greer-Braden Sie von hier vertreiben will, das Forstunternehmen.»

«Denen gehört das Land, nur dass wir das bis vor kurzem nicht wussten. Oder uns nicht gekümmert hat.»

Zwei Männer im Anzug waren an einem klaren Februartag hier aufgetaucht. Sie hatte sie den Strand entlanggehen sehen. Fast fünf Jahre hatte sie auf diesem Stück Land gelebt, und in dieser Zeit hatte sie die Frage, wem es gehörte, verdrängt, die Möglichkeit, dass dieser Tag einmal kommen würde. Christian war schon seit vierzehn Jahren hier. Ernie fast genauso lang. Jeder an diesem Fleckchen Erde hatte es gewusst, und keinen hatte es interessiert. Bis vor einigen Monaten.

Die beiden Männer in Anzügen hatten nicht viel gesagt. Sie hatten an jede Tür geklopft, Namen notiert, Fragen gestellt, Fotos gemacht. Die Räumungsbescheide waren dann Ende April gekommen.

«Das sind Arschlöcher», sagte Ash und griff wieder zu seiner Gabel.

«Greer-Braden? So kann man das auch nennen.»

«Und Sie verhandeln wegen Umzugsgeld?»

«Wir versuchen es zumindest.» Sie nahm einen Schluck Wasser. Alle hier waren irgendwie besessen von der Hoffnung, dass ein hübsches Sümmchen für sie rausspringen könnte.

«Ash kennt Leute bei Greer-Braden», sagte Dennis.

«Was?» Inez war sich nicht sicher, ob sie richtig gehört hatte. «Sie kennen Leute da?»

«Leute kennen ist vielleicht nicht der richtige Ausdruck.»

«Die sind nicht gerade seine Freunde», erklärte Dennis.

«Kann man so sagen.»

«Und inwiefern kennen Sie sie dann?»

«Ich habe kein Vitamin B oder so. Ich habe Dennis nur erzählt, dass ich lange versucht habe, die industrielle Abholzung zu verhindern.»

«Wir kennen jedenfalls keinen da», erklärte Inez. «Überhaupt keinen. Und niemand reagiert auf uns. Wir haben Greer-Braden um fünftausend Dollar für jeden gebeten. In unserem Schreiben waren die Posten einzeln aufgeführt. Christian kann ziemlich gut formulieren, aber wir haben nie eine Antwort gekriegt.»

«Darum geht es Ihnen? Um Geld?»

«Finden Sie die Forderung zu hoch?»

«Nein, ich frage mich nur, warum niemand darum kämpft, hierbleiben zu dürfen, warum niemand sich dafür einsetzt, ein permanentes Bleiberecht zu erwirken.»

«Ich könnte das Geld gut gebrauchen. Das gilt für alle hier.»

«Geld ist Geld. Das hier ist Ihr Zuhause.»

«Es ist ja nicht so, dass wir es nicht versucht hätten, aber ich bin mit neunzehn alleinerziehende Mutter geworden und habe mir dann auch noch in den Kopf gesetzt, Malerin zu werden. Warum, weiß nur Gott.» Es sollte witzig klingen. Sie versuchte zu kichern, doch es gelang ihr nicht.

«Sie sind eine Malerin, Inez, und zwar eine gute.»

«Leider ist das nicht alles, was zählt.»

«Es ist genug. Sollte genug sein.»

Sie lehnte sich zurück, so dass sie über Ashs Schulter spähen konnte, direkt zu ihrem Sohn. «Dennis, wann hast du zum letzten Mal einen neuen Mantel bekommen? Oder eine neue Jeans?»

«Funkelnagelneu?», fragte Dennis.

Ash rutschte auf seinem Hocker hin und her und sah ihr in die Augen. «Ich hab's kapiert», sagte er. «Und ich weiß, wovon Sie sprechen. Meine Mutter hat mich praktisch allein aufgezogen.»

«Wir haben schon so oft den Gürtel enger geschnallt, gespart und trotzdem verzichten müssen, dass wir aufgehört haben zu zählen.»

«Ich habe nichts dagegen, dass Sie Geld fordern. Ich bin nur überrascht, dass niemand dafür kämpft, bleiben zu können. Man könnte das Camp doch legalisieren lassen, einen Ort schaffen, wo jeder hinziehen und abseits der Gesellschaft leben kann. Wäre das nicht etwas, für das es sich zu kämpfen lohnt?»

Inez legte ihre Gabel auf den Teller, drückte ihren Rücken durch und blickte hinaus auf das aufgewühlte Weiß der Wellen, die sich an Baker Beach brachen. «Ich weiß nicht, ob auf dieser Welt noch genügend Platz ist für einen solchen Ort, Ash.»

Entscheidungen standen an. In den vergangenen drei Monaten hatte sie alles verdrängt, aber das konnte sie nicht länger tun. Bald schon würden sie kommen, bald schon alles niederwalzen, ihr Zuhause, das Zuhause ihres Sohnes.

# 28

Nachdem sie zu Ende gegessen und abgespült hatten, nachdem Dennis ins Bett gekrochen war, hatte Inez die Vorhänge über der Spüle und dem Tisch zugezogen. Regen prasselte gegen Fenster, Dach und Wände, hörbar trotz des Zischens der Lampe. Pete hatte es sich auf dem engen Sofa bequem gemacht. Es war schön warm in der Hütte, fühlte sich an wie zu Hause. Dennis' Atmung war sanfter geworden und in ein leises Schnarchen übergegangen.

Inez drehte die Lampe höher, und der Gasstrumpf glühte weißlich auf. Dann hängte sie sie auf und kehrte in die Mitte des Raums zurück.

«Sie halten es für falsch, dass wir Geld fordern, finden es irgendwie unwürdig, aber ich will, dass Sie eins verstehen …»

«Sie müssen sich nicht rechtfertigen, Inez.»

«Ein Tritt in den Hintern würde mir wahrscheinlich guttun.»

Er hob die Hände, versuchte, sie zu beschwichtigen. Er hatte eine zu große Sache daraus gemacht. «Bitte», sagte er leise, um Dennis nicht aufzuwecken.

«Dann komme ich vielleicht endlich raus aus meinem Kokon.» Sie schlang die Arme fester um sich selbst. «Ich könnte jetzt das ganze Programm abspulen, von wegen es gibt keinen Platz mehr für wahre Künstler in dieser Gesellschaft. So hat Ray immer erklärt, warum er hergezogen ist.»

«Da ist doch auch was dran. Die Welt, die wir uns erschaffen haben, ist ungerecht, sie behindert …»

Inez redete einfach weiter. «Seit ich male, denke ich so, bin ich überzeugt, dass ich von anderen ausgebremst werde, dass sich in der sogenannten Welt der Kunst zu viele Leute tummeln. Also habe ich mir eingeredet, hier draußen würde ich frei sein. Hier könnte ich mich als Malerin entwickeln, ohne dass mir jemand ständig über die Schultern schaut. Was nie jemand getan hat. Es war einfach meine Angst, nicht gut genug zu sein. Jetzt, fünf Jahre später, habe ich eine ganze andere Angst, jetzt nagt das Gefühl an mir, ich könnte die besten Jahre meines Lebens verschwendet haben, und die meines Sohnes gleich dazu. Vielleicht ist es Zeit zu gehen.»

«Wissen Sie, was Sie jetzt tun müssen? Sie müssen sich im Telefonbuch einen Kunsthändler oder Galeristen raussuchen und ihm einige Ihrer Bilder schicken. Wo sie leben, ist egal.»

«Sie sind nicht gut genug. Nicht fertig. Ich habe es noch nicht hingekriegt. Nicht ganz. Die Farben, dieses Stück Erde.»

«Sie haben es längst hingekriegt, glauben Sie mir. Ich weiß, wovon ich spreche.»

«Und wenn ich ehrlich bin, könnte ich ein bisschen Geld gut gebrauchen. Eine Pause. Ganz zu schweigen von Dennis. Keine Schule hier, keine Kinder in seinem Alter.» Sie breitete die Arme aus, hob die Hände. «Das war's, Vortrag zu Ende. Jetzt ist alles raus. Und nur damit Sie's wissen: Wir haben alles versucht. Wir haben all unsere Wut in Briefe gepackt. Und jetzt suchen wir einfach den besten Ausweg für uns.»

«Wie Ihre Tante schon sagte: ‹Am Ende wird alles gut.›»

«In letzter Zeit sage ich mir das ständig.»

Inez setzte sich. Die Sprungfedern des Sofas waren ausgeleiert, so dass sie in seine Richtung kippte und ihre Knie sich berührten. Sie zog sie nicht zurück. Er auch nicht. Seine Beine an ihren, eine warme Verbundenheit. «Die ganze Hütte bewegt sich und ächzt. Wenn Sie richtig lauschen, hören Sie das Holz stöhnen.»

«Im alten Japan sorgte man dafür, dass im Schlafzimmer des

Kaisers der Holzboden knarrte, damit kein Mörder sich anschleichen konnte.»

«Das könnte auch von Dennis stammen. Kein Wunder, dass Sie beide so gut miteinander auskommen.»

Etwas zwischen ihnen war jetzt anders, der Ton ihrer Stimme leichter, die Vertrautheit größer. «Er ist ein guter Junge», sagte Pete. «Clever, interessiert.»

«Nett, dass Sie das sagen.»

«Sie sind ein gutes Team.»

Stille, dann bemerkte Pete ihr Lächeln – ihr Gesicht klarte auf, wie wenn ein glücklicher Gedanke kommt und geht. Kurz darauf nahm sie seine Hand. «Hat Ihnen schon mal jemand vorausgesagt, was das Schicksal Ihnen bringen wird?»

«Geld jedenfalls nicht. In meiner Hosentasche stecken genau vier Dollar und zehn Cent.»

Sie lachte, ein lebhaftes Kichern, als sie sanft seinen Handteller zurechtbog. Da war es wieder: dieses ganz persönliche Lächeln, während sie mit der Fingerkuppe über die Haut seiner Hand strich. Inez war eine merkwürdige Kombination aus Stärke und Verletzlichkeit, beides immer spürbar, eine einzigartige Mischung.

«Das ist Ihre Lebenslinie. Moment, ich kann sie nicht richtig sehen.» Sie senkte ihren Kopf, um die Hand näher zu begutachten, ließ ihre Finger darüber wandern, der Hauch einer Berührung nur, und doch spürte er es im ganzen Arm, erwachte sein ganzer Körper. Er wusste, was passieren würde, wo es hinführen würde. Er fühlte es. Ein Flattern in der Brust, kurz blieb ihm die Luft weg. Er musste es nur geschehen lassen, sich dem Flow überlassen. Warum auch nicht?

Sie redete nun, sagte ihm sein Schicksal voraus, seine Zukunft, ihre Stimme kaum lauter als ein Flüstern. «Diese Kerben bedeuten Tragödie. Sehen Sie, wie sie Ihre Lebenslinie schneiden?»

«Tragödie, ja? Passiert die so um das dreiundzwanzigste Lebensjahr herum?»

Sie horchte auf und schloss sanft seine Hand zur Faust. «Ich bin im April einunddreißig geworden.»

Ein Fehler. Er hätte nicht über sein Alter sprechen sollen.

«Ich bin reife dreiundzwanzig.»

Doch sie waren beim falschen Thema gelandet, ihre Hand lag wieder auf ihrem Schoß. Er lächelte sie an, versuchte es zumindest, denn seine Gesichtsmuskeln hatten sich verhärtet. Übertriebenes Selbstbewusstsein war das Problem. Er war sich selbst vorausgeeilt. Er hatte sich und sie schon im Bett gehabt.

Die Lampe über ihnen zischte, dimmte herunter. Inez stand auf. «Licht ist bei uns rationiert.»

Pete riss die Augen auf, während sich um die Formen im Raum Schatten bildeten und die Welt langsam aus dem tiefen Dunkel wiederkehrte. Inez fand eine Kerze und ein Feuerzeug. Der Docht entflammte, sie umfasste ihn mit beiden Händen.

Er stand auf, ging auf sie zu. Im Kerzenlicht wirkte sie milchig und blass, die Züge leicht schattig. Sie waren eine Atemlänge voneinander entfernt, sie die Kerze fest in der Hand, zwischen ihnen nur das flackernde Züngeln des Lichts. Er nahm ihr die Kerze ab, stellte sie auf den Tresen, wandte sich ihr wieder zu. Da stand sie, wartete. Er küsste sie, die Lippen nahmen Verbindung auf, zögerlich erst, bis auch ihr Körper an seinen andockte, ihr Gewicht. Ihre Arme umschlangen ihn. Fingerspitzen gruben sich in seinen Rücken, sie zog ihn an sich, die Wölbung ihrer Brüste sanft auf seiner Brust. Petes Hände wanderten nach unten, den schmalen Bogen ihres Rückens entlang, drückten zu, hielten fest, bis sie sich auf ihre Zehenspitzen stellte und flüsterte: «Wir müssen leise sein. Dennis darf nicht aufwachen.» Noch ein Kuss, ihre vollen, schöngeformten Lippen auf seinen, ihr Atem ein leises Wispern, und dann ergriff sie seine Hand und führte ihn vorbei an Dennis' Bett, vorbei am Herd, dessen Tür offen stand, die sterbende Glut ein mattroter Knoten.

Eine Kommode an Inez' Bett sorgte für wenigstens etwas Privatsphäre. Als Inez dort ankam, drehte sie sich um und zog ihn zu sich heran. Sie küssten sich wieder, und er zerrte an ihrem Pullover, während sie sich küssten, streifte ihn über ihren Kopf. Dann nahm er sich die Knöpfe ihres Hemds vor. Es war nicht einfach im Dunkeln, nur mit den Fingern, tastend. Er zog sein eigenes Hemd über den Kopf, und als Haut und Luft sich berührten, bekam er eine Gänsehaut, und ein Schauder fuhr ihm das Rückgrat hinunter. Er drängte sich an sie, sie sich an ihn, seine Wärme und ihre Wärme. Sie war schlank, schmale Hüften, kleine Brüste, ein wohlgeformter Körper unter all den Kleiderschichten.

«Die Kerze.» Sie löste sich und tänzelte auf Socken durch den Raum, milchige Haut in flackerndem Licht. Kaum war die Kerze aus, wurde es wirklich dunkel. Nur durch das Fenster über dem Bett fiel etwas Mondlicht ein, ein zarter Streifen auf der Decke. Pete bückte sich und schlüpfte unter die Laken, schlug sie dann für sie auf. Sie glitt an ihn heran, kuschelte sich an ihn, ihr Gesicht so nah, dass er ihren Atem auf seinen Wangen spürte, seinen Lippen. Ihre Nasen rieben einander, als sie sich küssten, und sie streckte ihre Hand nach unten und berührte ihn, nur ein kurzer Kontakt, dann setzte er sich auf, schob sich auf sie, Haut auf Haut, sein Gewicht auf ihrem grazilen Leib. Das Laken rutschte ihm vom Rücken, als er seinen Körper in den ihren presste.

Danach lagen sie da, die Körper ineinander verschlungen, die Herzen hinuntergetönt zu einem sanfteren Echo. Als Pete seine Augen schloss, erwarteten ihn Bilder von Esterway Ridge – die Feuerzunge, die aus dem halbzerstörten Pinto schoss, der reglose Körper auf dem Kies. Den ganzen Abend über hatten Inez und Dennis ihn abgelenkt, hatten seine dunkleren Gedanken in

Schach gehalten. Doch nun, da er die Augen geschlossen hielt, sich nicht mehr bewegte, waren sie wieder da: Pete hatte ein Leben genommen. Er war ein Mörder. Und dann war er auch noch davongerannt, versteckte sich hier an der Küste und beließ es einfach dabei, lag neben einer Frau, die nicht einmal seinen richtigen Namen kannte.

# 29

Inez lag auf der Seite, Ash an ihren Rücken geschmiegt, seine Knie in ihren Kniekehlen, die Hüfte an sie gekost. Am anderen Ende des Raums Dennis' leise vibrierender Atem. Über ihnen ächzte eine Platane, altes, im Wind sich biegendes Holz, eine freundliche, fröhliche, festliche Stimme. Dahinter plätscherten die Wellen, Wasser auf Sand, eine weitere Stimme im Chor der Geräusche.

Einen Moment lang war Inez sich nicht sicher, ob Ash schlief oder wach war, doch dann zuckte sein Körper, und sie flüsterte: «Gut, dass Dennis durchgeschlafen hat.»

Sie drehte sich so, dass sie ihn besser sehen konnte, stützte sich auf einen Ellbogen. Wer hätte das gedacht. Der Fremde hier in ihrem Bett. «Kann ich dich was fragen?»

«Klar.»

Feinstes Mondlicht lag auf seinem Gesicht und verlieh ihm die Patina einer Statue, Züge wie ihn Stein gemeißelt. Jugend hatte stets diese Schönheit. Sie selbst war jung hierhergekommen, vielleicht sogar schön, aber dieser Ort hatte sie altern lassen.

«Was ist?»

Inez war sich nicht mehr sicher, was sie fragen wollte. Ihre Gedanken waren abgeschweift. Sie hatte eine Bemerkung darüber machen wollen, dass er hier in ihrem Bett lag, das Verwunderliche daran, ein Fremder, der einfach so hereingestolpert war, eine Zufallsbekanntschaft. Stattdessen ließ sie sich zurücksinken. Dunklere Gedanken hatten das Kommando übernommen. «Ich bin neuerdings verunsichert. All die Ungewissheit. Die nagenden Zweifel.»

«Kann ich gut verstehen.»

Sie sah ihn wieder an, sein Profil ein Schattenriss in der Dunkelheit der Hütte. «Hast du schon mal was von Gwyn John gehört?» Die Geschichte verfolgte Inez, seit Ray ihr vor fünf oder sechs Jahren zum ersten Mal von dieser Frau erzählt hatte. «Sie war eine englische Malerin, die Schwester von Augustus John. Er ist berühmt geworden, ein Porträtmaler. Sein Werk hängt in vielen Museen. Gwyn war auch auf der Slade, war vielleicht sogar besser als er, aber sie war eine Frau. Irgendwann fuhr sie nach Paris. Sie traf Rodin und verliebte sich in ihn. Künstlerisch kam danach nicht mehr viel. In ihrem ganzen Leben hatte sie nur eine einzige Ausstellung. Berühmt wurde sie, weil sie ihm Modell saß. Seine Geliebte war. Eine von vielen vermutlich. Sie wurde zur Einsiedlerin, starb mittellos, gebrochen, krank und einsam. Aber das ist nicht das Problem, vielen Künstlern ist es so ergangen. Das Problem ist, dass sie starb, ohne gemalt zu haben, ohne hervorzubringen, was sie hätte hervorbringen können, ohne zu werden, was sie hätte sein können. Über ihren Bruder wurden Bücher geschrieben. Er malte Porträts der berühmtesten Menschen seiner Zeit. Gwyn ist lediglich eine Fußnote. Das ist das Schicksal von Künstlerinnen, das Schicksal von allen Frauen, wenn sie nicht aufpassen.»

«Was ist mit Emily Carr?»

«Es gibt jede Menge Gegenbeispiele, doch auch Emily Carr folgte jahrelang Lawren Harris, ordnete sich ihm unter. Sie hat diese Landschaft gemalt, so gemalt, als wären sie Eisberge und Schnee aus einem Lawren-Harris-Gemälde. Die meisten ihrer Werke hatten dieses Glatte, Stille von ihm, jahrelang. Und dann, sie muss um die sechzig gewesen sein, befreite sie sich plötzlich davon. Hob ab. Dabei waren sie nicht einmal Geliebte. Es war nicht wie bei Gwyn John. Carr hat ihr Leben lang gemalt, war in vielerlei Hinsicht eine gestandene Frau, und trotzdem war sie von ihm so beeinflusst, wie Frauen von Männer beeinflusst sein können.»

«Der Emily-Carr-Saal im städtischen Museum ist mein Lieblingsraum. Ich habe mal eine Karte gesehen, die zeigt, wo sie gemalt hat. Überall eigentlich: Lillooet, Friendly Cove, Chemainus Valley, Alert Bay und Queen Charlottes. An einem dieser Orte war ich sogar mal, auf Moresby Island. Ich habe meine Kamera geschnappt und das Tal durchwandert, in dem sie eine ganze Bilderserie gemalt hat, alte Bäume, blassgelbe Rinde, gertenhafte Stämme.»

Inez legte ihre Hand auf seine nackte Brust, sanft auf das Beet seiner gekräuselten Härchen. «Was für ein lustiger Zufall. Wir mögen beide Emily Carr.»

«Die Bäume auf Moresby waren alle weg. Das Tal, das sie gemalt hatte und das ich fotografieren wollte, war radikal abgeholzt worden: ein riesiges Stoppelfeld, hässlich zersplitterte Stümpfe, die nach all den Jahren grau geworden waren.»

«Als ich frisch hergezogen war, habe ich Farben in einen Rucksack gestopft und mich mit einer tragbaren Staffelei auf den Weg gemacht, bin tief in den Wald hineinmarschiert. Bei meiner dritten Exkursion bin ich östlich von hier auf ein Kahlschlaggebiet gestoßen, lauter Stümpfe, Totholzstapel überall, zersplitterte Bäume auf Halden, als wären sie Müll. Eine Woche lang habe ich mich gezwungen, immer wieder hinzugehen und zu malen, was ich sah, und dann habe ich den Rückzug angetreten, mich hier versteckt, wo diese großartigen Bäume noch stehen, die alten Zedern, die emporstrebenden Tannen.»

«Was soll aus all diesen Bäumen werden? Wenn niemand aufsteht und diesen Wahnsinn stoppt? Wolltest du nicht Zeugnis ablegen?»

«Diese Küste war meine Muse, aber ich kann nur das malen, was ich sehe, das, was ich fühle.»

«Wie wär's, wenn du dir einen noch abgelegeneren Ort suchst? Wo du genau das findest, was du malen willst?»

«Solche Orte gibt es tatsächlich, weiter nördlich, Bamfield oder Gold River, aber ich bin mir nicht sicher, ob die auf meiner Liste stehen.»

«Was steht denn auf deiner Liste?»

«Du. Du stehst auf meiner Liste.» Sie küsste ihn, schmiegte sich an ihn.

# 30

Derek fuhr im stillen Abendlicht die Malahat entlang. Hinter Youbou zählte Art im Geist die Kurven mit, und an der vierten deutete er auf eine Abzweigung. «Da. Mach langsam.» Derek blinkte und bog in die Thurlow Road ab. Ein Band aus blauen und purpurnen Wildblumen schlängelte sich durch das grüne Gras des Seitenstreifens. Sie kamen an einer Ansammlung von Briefkästen vorbei, dann an zwei oder drei Kieswegen. Danach verengte sich die Straße zu einer Piste, in die sich Schlaglöcher und Rinnen gefressen hatten. Die Zedern reichten bis an den Straßenrand, waren fast mit dem Belag verwachsen und wölbten sich dunkel über das Auto.

Sie hatten es gestern erfahren, Derek hatte es in den Nachrichten gehört: Der Nachtwächter war gestorben, die lebenserhaltenden Apparate waren abgeschaltet worden. Derek hatte es mit diesem Genuss verkündet, den er sich für Rückschläge und Missgeschicke vorbehielt. Typisch Derek: Er hatte noch nie ein Glas gesehen, das nicht halb leer gewesen wäre.

Sie hatten lange geschwiegen. Arts erster Impuls war, ein weiteres Kommuniqué herauszugeben – ihre Botschaft an die Öffentlichkeit zu tragen, aber das war es nicht, was sie jetzt brauchten, also hielt er den Mund. Was sie jetzt brauchten, war Aktion. Es war Zeit, wieder etwas zu tun. Am Morgen hatte er die Möglichkeit ins Spiel gebracht, zur Thurlow Road zu fahren, genug Dynamit für eine Testexplosion zu holen und den Umgang mit dem Zeitzünder zu üben. «Auf jeden Fall müssen wir mal raus aus dieser Bude», sagte er.

«Ich weiß nicht, ob wir noch mal Dynamit einsetzen sollten», wandte Derek ein. «Das könnte ein Fehler sein.»

«Zumindest kämen wir mal an die frische Luft, würden den Kopf freikriegen.»

Fay nickte, und nach einer längeren Pause sagte sie: «Okay.» Und nun waren sie unterwegs, fuhren die Thurlow Road hinauf. Es fühlte sich gut an, draußen zu sein, sich auf die nächste Aktion vorzubereiten. Stillstand war in den vergangenen Tagen ein Teil des Problems gewesen: eng aufeinanderzuhocken in dieser Wohnung und vor sich hin zu grübeln.

Derek bremste bei jeder Haltebucht ab, fuhr langsamer, um den steilen Hügel hinaufzuspähen. «Hier noch nicht», sagte Art. «Ich sag's dir dann schon.»

Er lehnte sich nach vorne, um einen besseren Blick zu haben. Nach einer weiteren Kurve sagte Art: «Ich glaube, die nächste ist es.»

Sie fuhren um eine scharfe Kurve, hinter der die Straße breiter wurde, um den Schwung abzufangen. In der Notfallbucht dahinter parkten zwei Streifenwagen.

Derek trat in die Bremsen. Die Räder griffen, der Wagen schlitterte über den Schotter. «Fuck.» Die blauweißen Fahrzeuge standen Stoßstange an Stoßstange.

«Du musst nicht anhalten», sagte Art.

«Die Bullen.»

«Stoß zurück», sagte Fay. «Fahr rückwärts.»

Die Räder drehten durch. Derek wandte sich nach hinten, legte einen Arm um den Beifahrersitz und trat aufs Gaspedal. Der Motor heulte auf, der Keilriemen quietschte, ein langes Brummen unter der Haube. Nach hundert Metern war die Straße breit genug, um zu wenden. Dreipunkttechnik, zurück, vor, zurück, schnelles Schalten, knirschende Räder auf Erde und Schotter, dann hatte Derek den Wagen wieder auf der Straße, raste nach Osten, den Berg hinunter. «Fuck», sagte er noch einmal.

«Wir hätten einfach vorbeifahren können», sagte Art. «Du hättest einfach weiterfahren sollen, statt eine Vollbremsung hinzulegen.»

Derek schlug aufs Lenkrad, schlug wieder und wieder darauf. «Das ist alles ein Wahnsinn.»

Fay zog sich nach vorn, zwischen die Vordersitze. «Hat uns jemand gesehen? Saß da jemand drin?»

Art berührte Derek am Arm, um das Zittern seiner eigenen Hand zu lindern. «Alles okay. Wenn sie uns gesehen hätten, würden wir längst Sirenen hören.» Die beiden Streifenwagen hatten am Rand gestanden, der eine schon auf dem Hang, leicht schräg, doch dringesessen hatte niemand, soweit Art es beurteilen konnte.

Derek ballte seine Hände ums Lenkrad. «Jemand muss uns verpfiffen haben.»

Fay lehnte sich noch weiter nach vorn, hing fast zwischen den beiden. «Könnte nicht jemand zufällig darauf gestoßen sein?»

«Vielleicht Pete», sagte Derek. «Womöglich haben sie ihn.»

Das brachte alle zum Verstummen, bis sie die T-Kreuzung erreichten.

«Hat jemand von euch mal irgendwem von der Höhle an der Thurlow Road erzählt, ich meine, bevor wir sie als Versteck benutzt haben?»

«Nein, nie», sagte Derek.

«Fay?»

«Nein, wo denkst du hin.»

«Erinnert ihr euch an den Truck, der vorbeigefahren ist, als wir das Zeug abgeladen haben?»

«Gibst du mir jetzt die Schuld?»

«Ich gehe nur alle Möglichkeiten durch.»

«Wenn es die Typen in dem LKW waren, können wir nichts machen», sagte Derek. «Aber was, wenn es Pete war?»

Fay zog sich wieder vom Rücksitz hoch. «Was ist eigentlich genau passiert, als du zurück nach Esterway Ridge gefahren bist? Du meintest, die Bullen hätten Pete nicht. Was hat dich da so sicher gemacht?»

«Ich dachte es eben.»

«Aber warum? Immer wenn du uns davon erzählst, bleibst du vage und unklar, und trotzdem ...»

«Es war ja auch vage und unklar. Das reinste Chaos.»

«Dann kannst du nicht wissen, ob die Bullen Pete haben, es sei denn, du hast es mit eigenen Augen gesehen. Und umgekehrt: Du kannst nicht wissen, dass die Bullen ihn nicht haben, es sei denn, du hast ihn irgendwo gesehen, allein.»

«Ich habe es nur vermutet, okay? Sicher war ich mir nicht. Ich habe nur zwei und zwei zusammengezählt.»

«Zwei und zwei? Das musst du schon ein bisschen genauer ...»

«Es reicht mit dem Kreuzverhör, Fay. Also gut: Es könnte sein, dass sie Pete haben. Zufrieden?»

Derek stellte das Radio an. «Wenn sie ihn hätten, wäre das längst in den Nachrichten.»

«Vielleicht haben sie ihn gerade erst geschnappt. Vielleicht hatten sie ihn bis vor kurzem noch nicht, jetzt aber schon.»

«Aha», ätzte Fay. «Gerade dachten wir noch, die Bullen hätten ihn nicht, und jetzt sind wir plötzlich sicher, dass sie ihn haben.»

«Ich bin mir bei gar nichts sicher.»

«Ab sofort müssen wir davon ausgehen, dass sie ihn haben. Unser Handeln danach ausrichten, bis das Gegenteil bewiesen ist.» Derek suchte auf der Mittelwelle nach Sendern. «Kann Pete wissen, wo wir uns verstecken?»

«Er könnte es vermuten. Er kennt Nathan.»

«Dann hätten wir ein Problem.»

«Wir könnten im Auto übernachten», schlug Art vor. «Sollte

irgendwas sein, steht es morgen früh in der Zeitung. Wenn nichts drinsteht, können wir uns in die Wohnung zurückziehen und in Ruhe überlegen, wie wir weiter vorgehen.»

«Und wenn was drinsteht? Wenn sie ihn tatsächlich haben?»

«Spekulieren hilft uns nicht weiter. Die Streifenwagen können auch aus einem ganz anderen Grund dort gestanden haben. Vielleicht wegen des Lastwagens neulich, als wir abgeladen haben. Lasst uns nach Barrow Arm fahren, die Nacht auf dem Parkplatz verbringen und morgen früh die Nachrichten checken.»

«Es geht alles schief, Art.»

«Wir müssen jetzt Ruhe bewahren.»

«Ich bin ruhig», sagte Derek. «Das Problem bin nicht ich. Das Problem ist nicht, ob ich ruhig bin oder nicht, verdammte Scheiße.»

# 31

Tab nahm am Flughafen ein Taxi. In der Earle Street stellte sie sich in den Schatten der Veranda, während der Fahrer ihr Gepäck den Weg zum Haus hinauftrug. Sie hantierte gerade mit ihrem Schlüsselbund herum, als drinnen das Telefon läutete. Sie schob den Riegel zurück und warf die Tür auf, doch als sie beim Telefon ankam, hatte der Anrufer bereits aufgelegt. Sie ließ ihre Finger auf dem glatten Plastik des Hörers liegen, bis sich ihr Herzschlag wieder beruhigt hatte. Vielleicht hatte jemand ihren Zettel gelesen. Vielleicht hatte ihn jemand gesehen und angerufen. Sie stand eine Weile so da, bis sie eine Nachricht von Frank entdeckte, dass Alice angerufen habe, um sie an ihre Verabredung zum Brunch zu erinnern.

Am späten Nachmittag schaltete Tab das Radio ein, um sich nicht so allein zu fühlen, während sie ihre Reisetasche auspackte, und so erfuhr sie, dass Owen Tuggs gestorben war.

Tab musste sich setzen, weil die Nachricht sie traf wie ein Schlag. Peter, diese Leute von Earth Action, sie wurden nun wegen Mordes gesucht. Das veränderte alles. Owen Tuggs war tot. Ermordet. Tab sah sich alle Nachrichtensendungen an, die sie finden konnte. Sie zappte von einem Kanal zum nächsten, hielt Ausschau nach Bildern von der Westküste, Nachrichten von der Familie, Aufnahmen vom Krankenhaus.

Vor vierundzwanzig Stunden hatte sie noch im Flur der Intensivstation gestanden und den Kummer gespürt, der Linda Tuggs und ihre Familie schier erdrückt hatte. Sie hatte es nicht wahrhaben wollen, aber ein Teil von ihr hatte gewusst, dass Owen Tuggs es nicht schaffen würde. Sie hatte es in ihren Gesichtern gelesen – eine Familie, die bereits trauerte.

Tab erzählte es Frank sofort, als er nach Hause kam. Er stellte seine Tasche ab, hängte seine Jacke auf und nahm sie wortlos in den Arm. Sie fühlte sich müde, verbraucht. Es war nicht mehr einfach so, dass sie nach Westen fliegen und ihren Sohn finden konnte. Es war nie so gewesen. Nichts würde so einfach werden, wie sie es sich erhofft hatte.

Als Frank an diesem Abend Drinks einschenkte, fragte Tab ihn, was er davon halte, Peter einen Anwalt zu besorgen.

Frank rührte den Whisky um, reichte ihr ein Glas. «Ist noch ein bisschen früh, um sich von Anwälten schröpfen zu lassen, oder?»

«Mach es bitte nicht vom Geld abhängig.» Tab nahm einen großen Schluck, ließ den Alkohol auf sich wirken. «Ich habe heute Dick angerufen.»

«Wegen Peter?»

«Wir könnten morgen bei ihm vorbeischauen, wenn du willst. Jetzt, wo der Mann tot ist und die Sache immer größere Dimensionen annimmt …»

«In diesem Land gibt es Zuständigkeiten, Tab. Was soll Dick denn tun? Rüberfliegen? Als pendelnder Gerichtsvertreter? Strafrecht ist nicht einmal sein Spezialgebiet.»

«An irgendjemanden musste ich mich wenden. Er kann uns sicher jemanden empfehlen, uns Ratschläge geben. Er kennt sich in solchen Sachen aus.»

«Erinnerst du dich an dieses Buch, das Peter an Weihnachten dabeihatte? Das rote, mit dem Klebeband auf dem Rücken?»

«Du meinst das *Kochbuch für Anarchisten*?»

«Da stand drin, wie man Bomben baut und Dinge in die Luft jagt.»

«Da stand alles Mögliche drin, Frank. Solche Bücher hat man halt. So wie man ein Che-Guevara-T-Shirt trägt.»

«Von wegen. Ein Mann ist gestorben, Tab.»

Tab nahm noch einen Schluck von ihrem Whisky. Sie spürte, wie es in ihr brodelte, wie der Frust, den sie so lange unterdrückt hatte, sich Bahn brach. Owen Tuggs hätte das Krankenhaus wieder verlassen sollen. Er war verletzt worden, ja, aber er hätte überleben sollen. Peter hätte auf dieser Insel sein sollen, in irgendeiner Kommune leben oder Fotografie studieren. Er hätte dort sein sollen, als sie hingefahren war. Stattdessen war alles schrecklich schiefgegangen, war alles vollkommen außer Kontrolle geraten.

Sie trank ihren Whisky aus. Die Eiswürfel klirrten, als sie das Glas abstellte. «Du findest also, dass wir keinen Anwalt einschalten sollten, ja? Dass mein Sohn keinen Rechtsbeistand verdient hat?»

«Mach bitte kein Mein-Sohn-dein-Sohn daraus, Tab.»

«Wenn es Jimmy oder Steven wäre, würdest du den besten …»

«Jimmy oder Steven hätten so etwas nie getan.»

«Ach so, dann ist es also allein seine Schuld?»

«Natürlich ist es seine Schuld. Hörst du dir überhaupt zu? Steht denn heutzutage niemand mehr zu seiner Verantwortung?»

«Wo wir schon mal über Verantwortung reden, wie sieht es denn mit deiner Verantwortung aus, Frank?»

«Was soll denn das heißen? Ich habe ihm wirklich alles geboten: Essen, ein Dach über dem Kopf, Geld, Studium.»

«Die Verantwortung, gut mit ihm auszukommen. Die Verantwortung, ihm ein Zuhause zu geben, in dem er sich wohl fühlt. An dem Tag, als wir bei dir in der Linden Street eingezogen sind, meintest du zu ihm, er könne es sich im Schuppen gemütlich machen.»

«Das war ein Scherz.»

«Wann immer du eine Gemeinheit von dir gibst, stellst du es hinterher als Scherz hin.»

«Der Schuppen war mit Werkzeug vollgestopft. Wie konnte man da auf die Idee kommen, ich könnte es tatsächlich wörtlich gemeint haben?»

Das Telefon läutete, ein einziger Klingelton, der ihnen beiden das Wort abschnitt. Tab durchquerte das Zimmer und nahm ab.

«Misses Harper?»

«Ja.»

«James Tide, *Vancouver Sun*. Ich rufe wegen Ihres Sohnes an, Peter. Ich schreibe gerade einen Artikel für die morgige Ausgabe.»

In Tabs Brust fiel ein dunkler Stein in die Tiefe. Die Presse hatte seinen Namen, seinen und ihren. Die Stimme des Mannes schrumpfte zu einem fernen Brummen, als ihr der Hörer vom Ohr glitt. Sie legte auf. Bald würden die ersten Fotos in der Zeitung erscheinen. Bald würden alle es wissen.

«Wer war das?»

«Niemand.» Sie trommelte mit den Fingern auf die Stuhllehne. Ihre Hände waren runzlig, äderig. Die Knöchel leicht geschwollen. Normalerweise mochte sie ihre Hände, ihre langen, schmalen Finger, doch gerade erinnerten sie sie an ein Kohlblatt.

«Ich habe in dem Haus, in dem sie vermutlich waren, einen Zettel hinterlassen. Kann sein, dass sie dort gewohnt haben, kann aber auch sein, dass sie sie nur als Postadresse genutzt haben. Vielleicht ruft Peter ja an.»

«Vielleicht. Hoffentlich.»

«Ich habe für ihn mal die Polizei belogen. Er war in der siebten oder achten Klasse. Wir beide hatten uns gerade erst kennengelernt, also habe ich es dir, glaube ich, nie erzählt. Vermutlich war es mir peinlich. Die Jungs in der Nachbarschaft haben damals gern Brandbomben und solches Zeug gebastelt und sie auf der Straße hochgehen lassen. Eines Tages rief jemand die Polizei. Als der Streifenwagen eintraf, bin ich schnell raus zu

Peter und habe behauptet, er sei bis eben noch drinnen gewesen. Dann habe ich ihn mitgenommen, während die anderen Jungs im Streifenwagen nach Hause gebracht wurden.»

«Das ist lange her.»

«Vielleicht habe ich auch zu viel Verantwortung übernommen. War überfürsorglich. So wie man eben ist als alleinerziehende Mutter.»

«Wenn er deinen Zettel sieht, ruft er bestimmt an.»

«Wenn er tatsächlich anruft und wir ihn überreden können, dass er sich der Polizei stellt, wird er einen guten Anwalt brauchen.»

«Ich komme mit zu Dick. Wenn dir so viel daran liegt, komme ich mit.»

# 32

Art war schon vor Tagesanbruch wach und rastlos, schlüpfte aus dem Kombi und drückte die Tür leise ins Schloss. Er zündete sich eine Zigarette an und sah auf seine Uhr. Kurz vor fünf. In den letzten Tagen hatte er nicht gut geschlafen, war immer bereits im Morgengrauen wach geworden.

Sie würden es noch früh genug erfahren. Wenn die Polizei Pete hatte, würde es in den Frühnachrichten kommen. Laut Datumsanzeige auf seiner Uhr war es der 18. Juli. Sein Geburtstag. In ein paar Stunden würde seine Mutter versuchen, bei ihm anzurufen. Das Telefon in der Bee Street würde endlos klingeln.

In Arts Packung waren noch drei Zigaretten, und unten raschelten vereinzelte Kippen. Die Dämmerung zog herauf, die Sterne verblassten. Vielleicht waren es auch Planeten, was er da sah, die Venus oder der Jupiter. Der Felsen, auf dem er stand, war auch so ein Planet wie die da oben – ein taschengroßer Ball, der sich mit knapp tausendsiebenhundert Kilometern pro Stunde drehte. Eins von acht Rädchen in einem Sonnensystem, das sich langsam krümmte und sich vom Zentrum einer Galaxie wegbewegte, umschlossen von einem sich immer weiter ausdehnenden Universum.

Als er und Pete Osborne sich zum ersten Mal begegnet waren, hatten sie über Sterne, Astronomie, das Weltall gesprochen. In den Bridal Veil Flats gab es selten klare Nächte, aber wenn die Wolken sich verzogen, leuchteten die Sterne lebhaft und hell. Ein-, zweimal hatten Pete und er dagelegen und zum Himmel gestarrt, gequatscht.

Die Vorstellung, Pete könnte sie verraten haben, hatte Arts

Welt ins Wanken gebracht, und seither durchforstete sein Verstand die Vergangenheit nach Hinweisen und Erklärungen. Wie er da oberhalb von Barrow Arm saß, konnte er sich Pete leicht ins Gedächtnis rufen, und vor allem ein Bild kam ihm immer wieder in den Sinn: der Moment, in dem Pete den Zeitzünder in die Hand nahm, obwohl Fay das kürzere Streichholz gezogen hatte. Etwas musste kurz zuvor zwischen Fay und Pete vorgefallen sein, etwas, das sie niemandem erzählt hatten.

In jeder anderen Nacht hätte er es sich verkniffen, weiter in diese Richtung zu denken, hätte diese Tür lieber wieder geschlossen, aber dass Pete sie womöglich verraten hatte, ließ ihm keine Ruhe. Er schlüpfte in den hinteren Teil des Kombis, wo sie die Sitze nach unten geklappt hatten. Er legte seinen Arm um Fays Schulter. «Bist du wach?»

Sie murmelte etwas Unverständliches, nur eine Silbe.

«Worüber haben du und Pete gesprochen, bevor er in Esterway auf das Gelände rauf ist?»

Sie rieb sich die Augen. «Was?»

«Kurz nachdem er den Zeitzünder an sich genommen hatte, hast du so was gesagt wie: Das würdet ihr besprechen, und du würdest auf ihn warten.»

«Worauf willst du hinaus?»

«Ihr beide hattet ein Gespräch, von dem der Rest nichts mitgekriegt hat.»

Sie rückte von ihm weg, stützte sich auf. Auch Derek rührte sich und brummte von vorn: «He, ich versuche zu schlafen.»

«Pete stand auf dich. Das weißt du, oder? Das war von Anfang an so.»

«Wie meinst du das, stand?»

«Steht, stand, ist doch egal.»

«Seid ihr zwei endlich leise?»

«Er hat mir den Zeitzünder abgenommen, er ist rein, obwohl

ich das kürzere Streichholz gezogen hatte, und ich habe gesagt, ich würde auf ihn warten.»

Art beugte sich zu Fay hinunter und flüsterte ihr ins Ohr: «Derek und ich haben fast eine Stunde lang am Steinbruch gestanden.» Das war es, was er sich nicht eingestanden hatte. Bis jetzt.

«Und?»

«Dann seid ihr endlich angekommen, und als du ausgestiegen bist, war dein Hemd falsch zugeknöpft, und du hattest deine Mütze nicht mehr auf.»

Fay drückte ihn weg. «Lass mich los.»

Art zog seinen Arm zurück. «Ich halte dich nicht fest.»

Sie wandte sich von ihm ab, aber das war egal. Er wusste nun Bescheid. Vielleicht hatte er es schon vorher gewusst. Die ganze Zeit schon, ein Schatten am Rand des Bewusstseins, der Grund, warum ihm dieser Moment immer wieder in den Sinn gekommen war. «Du hast mit ihm gevögelt, stimmt's?»

Fay antwortete nicht, doch Art war sich nun noch sicherer. Der Kombi wirkte wie geschrumpft, eng und stickig. Art bekam kaum noch Luft. Er begann zu schwitzen, stieß die Tür auf, stürzte kopfüber hinaus. Er sog die kühle Morgenluft ein, ging einen kleinen Kreis, zündete sich eine weitere Zigarette an. Er zog heftig daran, rauchte mit zitternder Gier.

Ein Teil von ihm hatte schon immer vermutet, dass die beiden etwas miteinander hatten. An jenem Abend in Esterway Ridge, als er durch dieses Straßengewirr gefahren war, zu dem rauchenden Wrack auf dem Gelände, hatte das, was zwischen Fay und Pete gewesen war, an ihm genagt, war er in Gedanken immer wieder zu dem Moment zurückgedriftet, in dem Fay am Steinbruch angekommen war und gesagt hatte, sie hätte ihre Mütze verloren.

Eine schwarze Rauchsäule war in den Morgenhimmel aufgestiegen, als Art die Y-Kreuzung erreicht hatte, zweihundert Meter von dem Gelände entfernt. Er hatte gewendet und war die Seitenstraße entlanggerast, und da hatte er Pete gesehen, wie er eine Böschung hinaufgeklettert und im Wald verschwunden war. Art hätte ihm folgen können. Das stimmte. Hätte er sofort reagiert, hätte er Pete hinterherrennen können, aber er war einige Sekunden zu lang im Kombi sitzen geblieben, weil er abgelenkt gewesen war, durcheinander jedenfalls, misstrauisch, aus dem Lot.

Konnte es sein, dass dieser Mensch sie nun alle verraten hatte? Konnte es sein, dass er sich der Polizei gestellt und sie verpfiffen hatte? Art war sich nicht sicher, was ihm mehr weh tat, Fays oder Petes Verrat.

Morgenlicht legte sich über Barrow Arm. Vögel zwitscherten im Wald, Wind kräuselte das Wasser, und an der Landspitze kam ein Pärchen Eistaucher zum Vorschein. Art saß auf einem kalten, grauen Felsbrocken und sah zu, wie die Sonne hinter dem Horizont hervorlugte und ihre ersten Strahlen über das dunkle Wasser warf. Ein Backenhörnchen huschte vorbei, hielt an, blickte zu Art herüber.

Eine Autotür ging auf und zu. Schritte ertönten auf dem Kiesbett. «Wir haben gerade die Nachrichten gehört», erklärte Fay. «Die Polizei hat ein Lager mit Dynamit gefunden. Der Tipp kam von einer Quelle, die nicht mit der Gruppe in Verbindung steht. Die Polizei glaubt, das Dynamit stammt von uns. Und es wurde noch einmal auf die Belohnung hingewiesen.»

«Dann muss es der Typ im Lastwagen gewesen sein.»

Sie setzte sich zu ihm auf den Felsen. «Meine Schuld also.»

«Wir hätten es woanders hinschaffen sollen. Pete hat es noch vorgeschlagen.» Er betrachtete die Zigarettenschachtel in seinen Händen und strich mit seinem Daumennagel über den Rand des Zellophans. «Diese Sache zwischen euch, das war der Grund, warum er dir in Esterway Ridge den Zeitzünder abgenommen hat, oder?»

«Es war dumm. Ich war nicht ich selbst. Ich bin es immer noch nicht. Seit jenem Tag nicht, ich weiß auch nicht.»

«Wegen Pete oder wegen dem, was in Esterway passiert ist?»

«Das zwischen mir und Pete ist nicht so, wie du denkst. Zumindest ist es nicht die ganze Wahrheit.»

Er wartete, blickte über das Wasser mit seinen gezackten Schaumkronen, zu den struppigen Bäumen dahinter. Er wartete auf ihre Erklärung.

«Ich war aufgekratzt, und er war besorgt. Oder hatte richtig Angst. Meinte, er sei sich nicht sicher, ob wir das durchziehen sollten. Es war eine Ablenkung.»

«Deswegen hast du mit ihm gevögelt?»

«Du hattest dich benommen wie ein Arsch. Und er hat so gequatscht, als wolle er aussteigen. Wir waren beide nervös. Ich hätte es dir gesagt, ich hätte es dir erklärt, aber alles, was seither passiert ist, war wie eine zentnerschwere Last.»

Wind wehte raschelnd durch das hohe Gras, das sich bis zur Küstenlinie erstreckte. «Nach allem, was seither passiert ist», sagte er, «meinst du …»

«Ein Mensch ist gestorben, Art. Wir haben ihn getötet.»

«Ja, ich weiß.»

«Ich bin immer noch irgendwie dort. Ein Mann ist tot, Pete ist verschwunden, und ich habe ihn da reingeschickt, ich habe zugelassen, dass er mir den Zeitzünder abnimmt, obwohl ich das kürzere Streichholz gezogen hatte.»

«Daraus wird sich etwas Gutes entwickeln. Überleg nur, was für einen Aufwand die betreiben müssen, wie schwer es ihnen fällt, uns zu stoppen. Du musst die positive Seite sehen, Fay. Unsere Taktik geht auf.»

«Ich habe mich darauf eingelassen, weil ich geglaubt habe an das, was wir tun, geglaubt habe, dass jemand dagegen aufbegehren muss. Und das glaube ich noch immer. Meistens zumindest. Aber in den vergangenen Tagen sagt mir eine innere Stimme auch, dass ich aussteigen würde, wenn ich könnte.»

«Du musst nur die Augen öffnen und all das sehen, was gut läuft.»

«Letzte Nacht lag ich lange wach und habe mich gefragt, ob ich da irgendwie wieder rauskommen könnte …»

«So darfst du nicht reden, Fay.»

«… aber ich stecke bis zum Hals mit drin.»

«Die Belohnung, dass unser Kommuniqué gedruckt wurde, das sind Zeichen. Wir kommen unserem Ziel näher, Fay.»

«Welchem Ziel? Was genau ist …»

«Wir haben jetzt die Aufmerksamkeit, die wir immer wollten. Presse, Politiker, Industrie. Überleg nur, welchen Aufwand die betreiben, ohne uns schnappen zu können. Wir sind ihnen immer zwei Schritte voraus, und das kann auch so bleiben. Wir müssen nur miteinander abstimmen, wie wir reagieren wollen, wohin die Reise gehen soll.»

Schritte auf dem Kies, und schon war Derek bei ihnen, fiel sein langer Schatten auf den Felsen. «Dann habt ihr beiden also schon alles ausbaldowert?»

«Über unseren nächsten Schritt entscheiden wir drei gemeinsam. Es wird so sein, wie du es eingefordert hast. Alle gleichberechtigt. Konsens.» Art sah Fay an, dann Derek, spreizte seine Hände. «Klingt das okay für euch?»

Fay ließ ihr Kinn sinken, ein langsames Nicken. Wenn sie wirklich weitermachen wollten, musste Art seinen Groll hinunterschlucken, seinen Ärger. Er musste ihn wegschieben, einen Weg finden, das, was zwischen Pete und Fay passiert war, zu begraben.

«Ich habe darüber nachgedacht, was wir als Nächstes tun sollten», fing Derek an, «wie reagieren. Zunächst müssen wir endlich anfangen, all unser Handeln an Grundprinzipien auszurichten.»

«Das heißt?», fragte Art.

«Der grundlegende Irrtum der Umweltbewegung war die Annahme, dass man Industrie und Wirtschaft durch einen Aufstand der Massen ändern kann, indem man die Menschen nach und nach überzeugt. Dies hat sich als Sackgasse erwiesen, weil zu langsam. Also war der nächste logische Schritt Störaktionen wie in den Bridal Veil Flats oder am Bedwell Pass, den eigenen Körper einsetzen, das Abholzen so sehr behindern wie irgend möglich. Ein etwas radikalerer Ansatz, mit ähnlichem Ergebnis. Oder Nicht-Ergebnis.»

Derek hatte recht: Die Protestaktionen in Kennedy Lake und die der Freunde des Clayoquot Sound waren eine Farce gewesen. Jeden Morgen um sieben hatten die Protestierer an den Barrikaden gestanden, und eine Stunde später war die Polizei angerückt, hatte ein paar Leute verhaftet und die Barrikaden beseitigt, damit die Holzlaster rollen konnten, reine Show für die Kameras, Pseudowiderstand von Leuten, die sich wer weiß was darauf einbildeten, dass sie so engagiert waren. All der Protest am Clayoquot Sound hatte nicht eine Stunde lang verhindert, dass Primärwald abgeholzt worden war, mit Ausnahme von Kennedy Lake, wo jemand die Brücke in Brand gesetzt hatte. Diese eine Aktion war ein Beispiel dafür, was eine Gruppe wie Earth Action Now alles erreichen konnte.

«Wir drei, oder vielmehr wir vier haben begriffen, wie eine dritte Stufe aussehen müsste. Der Industrie durch gezielte Sabotage Schaden zufügen. Der Forstwirtschaft Kosten aufzwingen. Eine kleine Gruppe könnte sie da treffen, wo es ihnen weh tut: bei ihren Bilanzen. An diesem Punkt ist Jeremy ausgestiegen.»

Art sah hinüber zu Fay, versuchte, ihre Reaktion abzulesen,

zu erraten, was hinter diesen blassblauen Augen vor sich ging, während Derek auftrat, als könnte er sie aus der Krise führen. Er ließ ihn noch einige Sekunden gewähren, dann fiel er ihm ins Wort: «Worauf willst du hinaus, Derek?»

«Vielleicht haben wir längst erreicht, was wir wollten. Sie haben eine Belohnung ausgesetzt. Sind verzweifelt, das hast du selbst gesagt. Wir könnten unsere Forderungen publik machen und ankündigen, dass wir zu Verhandlungen bereit sind.»

«Nein. Es gibt nur einen Weg, um erfolgreich zu verhandeln: aus einer Position der Stärke heraus. Die glauben, dass sie uns fast haben. Das stimmt zwar nicht, aber wir müssen uns trotzdem erst mal neu organisieren und deutlich machen, dass wir in einer starken Position sind.»

«Wir haben gerade beschlossen, dass wir zu einem Konsens gelangen wollen», wandte Fay ein. «Da kannst du das nicht einfach so abschmettern.»

«Okay», räumte Art ein. «Wie denkst du darüber?»

«Ich finde, wir müssen uns erst einmal etwas Luft verschaffen. Ich jedenfalls kann nicht richtig nachdenken, wenn ich in dieser dunklen Bude rumsitze und jederzeit die Polizei an die Tür klopfen kann.»

«Derek?», fragte Art.

«Ein Cousin von mir hat eine Hütte in Slocan. Dort können wir uns bis zum Winter verkriechen, aber irgendwann müssen wir unsere Forderungen veröffentlichen.»

«Wir haben dieses Ende der Insel zu unserer zweiten Front erklärt. Und jetzt wollt ihr einfach gehen?»

«Sie haben bei uns an der Bee Street geklopft», sagte Fay. «Sie haben das Dynamit gefunden. Vielleicht müssen wir eine Weile untertauchen, wenn wir überleben wollen.»

Zumindest sprach sie nicht von Aussteigen. «Und Pete überlassen wir seinem Schicksal?», fragte Art.

«Ich bin ja nicht mal sicher, ob er noch lebt.»

«Ihr haltet es also beide für den richtigen Schritt? Druck rausnehmen, sich sammeln?»

Fay nickte.

«Wir könnten die Presseerklärung rausgeben, die du vorbereitet hast», sagte Derek. «Die Botschaft warmhalten. Und selbst von Slocan aus können wir ab und zu ein Kommuniqué raushauen. Unsere Forderungen stellen, um den Weg für Verhandlungen freizumachen.»

«Ich sagte gerade, dass wir nicht verhandeln werden.»

«Und wir sagten gerade, dass wir uns als Kollektiv sehen, also hast du das nicht allein zu entscheiden.»

«Kollektiv vorzugehen bedeutet nicht, dass wir Fehler machen dürfen, Dinge tun, die wir nicht tun sollten.»

«Fay?», fragte Derek.

«Eins nach dem anderen», erklärte Fay. «Wir fahren erst mal nach Slocan.»

«Jetzt wäre der perfekte Augenblick für einen Deal. Pete war derjenige, der den Zeitzünder angebracht hat. Technisch betrachtet hat er die Explosion ausgelöst.»

«Was redest du da für Zeug?», schnauzte Fay ihn an.

«Ich meine nur, dass wir das im Hinterkopf behalten sollten.»

«Pete die Schuld zuzuschieben für das, was passiert ist, kann nicht die Lösung sein.»

Art stand auf. «Wer was getan hat, ist nicht Teil der Verhandlungstaktik.»

«Irgendwann kann es noch wichtig werden», erwiderte Derek.

«Wir haben uns darauf geeinigt, in der Hütte deines Cousins unterzuschlüpfen. Und genau das werden wir tun.»

Derek starrte ihn einen Moment lang an, reglos, das Kinn vorgestreckt, doch dann machte er auf dem Absatz kehrt, rammte regelrecht seine Füße in den Kies, als er davonstapfte.

Art war sich bewusst, dass er etwas sagen sollte, war sich bewusst, dass er Derek zurückrufen sollte, doch stattdessen nahm er nur Fays Hand und drückte sie, während Derek die Fahrertür öffnete und sich auf den Sitz plumpsen ließ.

# 33

Inez erwachte im ersten Morgenlicht, und da lag er, warm eingehüllt in ihrem Bett: der nackte Fremde. Hinter der Kommode, die als Raumteiler diente, hörte sie Dennis atmen, spürte seine Präsenz. Sie setzte sich auf und spähte über das Möbelstück hinweg. Der Junge lag ruhig unter dem Laken, den Kopf von ihr weggedreht.

Inez legte sich wieder hin. Die Decke war verrutscht und hatte Ashs nackte Schulter entblößt, den Ansatz seines Oberarms. Sie ließ ihre Hand über seinem Kopf schweben, über einer verschwitzten Haarsträhne, die ihm in die Stirn gefallen war. Es sprach nichts gegen ein bisschen Spaß, solange sie begriff, dass es dabei bleiben würde. Sie durfte sich nicht zu sehr auf ihn einlassen. Sich nicht von ihrer Einsamkeit in etwas hineinziehen lassen, für das sie noch nicht bereit war. Das mit Ray war über vier Jahre her, und trotzdem war sie sich nicht sicher, ob sie sich genügend würde öffnen können, um etwas Neues zu beginnen. Und was wusste sie schon von diesem Mann, außer dass er dreiundzwanzig war, Sohn einer alleinerziehenden Mutter, ehemaliger Student, ehemaliger Fotograf? Vermutlich machte dies auch einen Teil seiner Attraktivität aus, dass die Schichten nicht offenlagen, sondern noch freigelegt werden mussten.

Sie schmiegte sich an ihn, flüsterte: «Schleich dich raus. Und tu so, als würdest du zum Frühstück kommen.»

Das half. Er rieb sich die Augen und blickte sich um. Sie hielt einen Finger an die Lippen. Die Andeutung eines Nickens, dann suchte er seine Kleidung zusammen. Um zum Eingang zu gelangen, musste er an Dennis vorbei. Wenn er in Socken und auf Zehenspitzen ging, konnte es klappen. Solange er auf keine lose

Diele trat. «Benutz die Eingangstür. Hinten raus geht's nur zum Klo.»

Er küsste sie erst noch. Ein federleichter Kuss, seine Lippen kurz auf ihren, dann durchquerte er den Raum, ging barfuß an der Spüle vorbei, seine Kleidung als Bündel in den Armen. Wie ein Teenager, der sich an dösenden Eltern vorbeischlich.

Eine Diele knarrte. Ein tiefer Ton, doch Dennis rührte sich nicht. Ash war nun an der Tür. Er warf ihr eine Kusshand zu und schlüpfte nach draußen. Kurz darauf wehte es kühl in ihre Ecke des Raums.

Inez zog sich an und stand auf. Dennis hatte seine Augen geöffnet. Er lächelte.

«Ich dachte, du schläfst noch.»

«Hab nur so dagelegen.»

«Lust auf Pancakes?»

«Echt?»

«Warum nicht. Wir haben's ja.»

«Machst du die für Ash?»

Sie stockte, bückte sich, um unter dem Tresen nach dem Mehl zu suchen, ließ seine Frage unbeantwortet.

In dem steinernen Topf war genug Mehl für drei oder vier Pancakes. Sie füllte eine Tasse, fügte Backpulver hinzu. Das Ei musste sie von draußen holen. Ash saß im Schaukelstuhl und grinste, die Haare standen ihm etwas ab, bildeten Schnörkel.

«Hat er was gemerkt?»

Sie zuckte mit den Schultern. «Kann gut sein.»

«Ich hätte früher gehen sollen.»

«Schon okay.»

Sie ging um die Hütte herum, stieß das Tor auf, betrat das Gehege und öffnete die Tür des Hühnerstalls. «Guten Morgen, Ladys.» Rhonda kam heraus, die anderen folgten, ein Aufmarsch aus drei Hennen, während sie hineingriff und in die Ecken tastete, im Stroh wühlte, bis sie ein Ei gefunden hatte, dann noch eins.

Dennis, Inez und Ash aßen die Pancakes draußen auf der Veranda, in der warmen Morgensonne. Brombeermarmelade auf leicht gebräunten Pfannkuchen, für jeden zwei, ein kleiner Stapel, daneben ein Klecks Honig.

Nach dem Essen stellte Inez ihren Teller ab. Der Tag lag vor ihr wie sonst auch, eine leere weiße Leinwand – Zeit zu malen, Zeit zu schwimmen –, nur in ihrem Kopf ging es drunter und drüber. Neben ihr saß der Mann, der die Nacht in ihrem Bett verbracht hatte. Und seit sie die Pancakes gebacken hatte, ging ihr auch nicht mehr aus dem Sinn, dass sie bald in die Stadt fahren musste, um Vorräte einzukaufen. Alles war inzwischen knapp, und sie musste den Trip vorbereiten, eine Liste schreiben. Sie musste ihren Kindergeldscheck besorgen, die Post abholen, die ausgeliehenen Bücher zurückgeben, ihrer Schwester einen Brief schicken.

Inez sah zu Ash, der sich in seinem Schaukelstuhl zurücksinken ließ. Er hatte ein hübsches Profil. Er würde noch jahrelang gut aussehen, selbst dann noch, wenn sich erste graue Haare zeigen würden. Hinter ihm hing ihr Neoprenanzug an der Wäscheleine, baumelten die Hosenbeine im Wind. Erst schwimmen, dann malen. Oder erst malen, dann schwimmen. Sie hatte einen Energieschub, musste sofort los in ihr Atelier. Der Ausflug in die Stadt hatte noch Zeit.

Als hätte Dennis ihre Gedanken gelesen, sagte er: «Ich und Ash werden gleich Schach spielen.»

«Ash und ich.»

«Und dann könnte er mir doch mit dem Kajak helfen, oder?»

«Klingt gut.» Inez klatschte in die Hände. Perfekt, die beiden würden den Vormittag miteinander verbringen. «Und ich werde malen.»

# 34

Dennis hatte das selbstgebastelte Schachbrett auf einem Baumstumpf aufgebaut, der an einer sonnigen Stelle stand. Pete zog zwei Gartenstühle übers Gras und richtete seinen so aus, dass er zum Strand hinuntersehen konnte, auf den Sand und das Wasser. Das Meer wirkte schartig und dunkel, aber der Horizont war klar, nur ein Boot lag da draußen, das Segel ein weißes Dreieck in der Ferne.

Dennis zog einen Bauern zwei Felder vorwärts; Pete ebenso. Inez verließ die Hütte, als die Partie an Fahrt aufnahm, spazierte die Felsen entlang und verschwand hinter dichten Brombeerhecken.

«Warum nennst du sie Inez?», fragte Pete nach einer ganzen Weile.

«Weil sie so heißt.»

«Sagst du nie *Mom* oder so was?»

«Nee, es sei denn, ich will was von ihr. Dann sage ich ‹Bitte›.» Er sagte es mit einem kleinen Singsang in der Stimme und nahm Pete einen Bauern mit einer Figur, die entweder ein Turm oder seine Königin war. Die Figuren waren alle gleich hoch und oben quadratisch, grob geschnitzte Hölzer, die zur Unterscheidung lediglich Einkerbungen hatten.

Pete zog ein Pferd. Irgendwann gestern Nacht hatte sich ein Gedanke in ihm eingenistet: Er könnte doch hier draußen leben, nicht am Baker Beach natürlich, aber an einem der abgelegenen Orte, die Inez erwähnt hatte – Bamfield oder Gold River. Es wäre auch nur eine Art von Untertauchen. Ein paar Jährchen hier draußen, und er wäre wirklich Ash McCabe. Es war eine Option, eine von mehreren Möglichkeiten: sich stellen, Fay und

Art ausfindig machen oder irgendwo ein diskretes Leben führen. Warum nicht hier?

Obwohl Jeremy ihm dazu geraten hatte, sich einen Anwalt zu nehmen und sich der Polizei zu stellen, hatte er nie ernsthaft darüber nachgedacht. Und jetzt war er hier und würde gern bleiben, hier am Ende der Welt. Inez und die anderen würden vielleicht nie zwei und zwei zusammenzählen. Petes Name stand ja nicht groß in der Zeitung. Zumindest noch nicht. Und selbst wenn sein Name irgendwann publik werden würde, konnte er sich kaum vorstellen, dass ausgerechnet die Leute hier ihn an Greer-Braden Limited verraten würden.

Pete zog seinen Turm und verlor einen weiteren Bauern. «Was würde man brauchen, wenn man sich so was aufbauen wollte wie ihr?», fragte Pete. «Eine Hütte wie eure, nur abgelegener, in Gold River oder Bamfield zum Beispiel?»

«Warum würden Sie da hochziehen wollen?»

«Eure Gemeinschaft, das, was ihr euch hier aufgebaut habt, da sagen viele Leute, so habe man vielleicht in der Vergangenheit gelebt, aber es könnte gut sein, dass es auch unsere Zukunft darstellt. Fossile Brennstoffe, Öl, Energieverbrauch, Waldrodungen – mit der modernen Gesellschaft könnte es schlagartig zu Ende gehen, wenn wir nicht aufpassen.»

Pete zog seinen Läufer. Er sollte sich besser auf das Brett konzentrieren, aber seine Gedanken waren längst in diese neue Richtung geschweift: Das hier war die Grenze, ein Ort, an dem Menschen sich neu erfanden. Wenn er musste, konnte er einfach Ash McCabe werden.

«Was bräuchte man, um eine solche Hütte zu bauen? Wie die von diesem Phelps, eine kleine.»

«Weiß nicht, Werkzeug, Ausrüstung.»

«Was für Ausrüstung?»

«Baugeräte, ein mobiles Sägewerk. Am besten wäre eine Art

Hausboot. Man stellt es so hin, dass ein Teil im Wasser steht, dann kann einen niemand verjagen, weil man unter das Seerecht fällt.»

«Und man kann damit herumfahren.»

«Man würde trotzdem einen Garten haben wollen, einen Hühnerstall, eine Ziege oder so, und das geht nur an Land. Im Boot würde man nur schlafen.»

Ein Boot also. Das ergab Sinn. Lag auf der Hand. Nur, was würde so ein Boot kosten?

«Schach», sagte Dennis, und Pete konzentrierte sich wieder auf die Stellung.

«Ich dachte, das wäre mein König.» Der König sah fast genauso aus wie der Läufer, gleiche Höhe, gleiche Rundung oben.

«I steht für Läufer, X für König.»

«Du hättest auch L für Läufer und K für König reinritzen können.»

«Ein I ist doch so ähnlich wie L, und X ist auch nicht viel anders als K.»

«Ich bin ganz verwirrt.»

«Überlegst du, ob du hier eine Hütte bauen sollst?»

«Das Problem mit hier ist, dass keiner so genau weiß, wie lange man noch bleiben kann.»

Pete war dran und zog den König, aber Dennis hielt den Druck aufrecht, jagte ihn übers Brett. Wieder sagte er Schach. Wenn er lächelte, wurden seine Lippen schmal.

Der Gartenstuhl knarrte. «Es wäre hilfreich, wenn ich die Figuren auseinanderhalten könnte, den König von einem Läufer oder einen Turm von der Königin.» Sein König war nun aus dem Schach heraus, aber Pete wusste schon, was Dennis als Nächstes tun würde: Er würde seinen Turm schlagen.

Vielleicht sollte er wirklich noch mal von vorn beginnen. Irgendwo ganz weit weg, fernab von allem. Es musste ja nicht für immer sein, nur vorübergehend, also absehbar. Die anderen würde er sowieso nicht finden, wenn sie sich in irgendeinem Vorort versteckt hielten, zumal er sich schlecht aus der Deckung wagen konnte. Vielleicht Jeremy. Vielleicht schaffte es Jeremy, sie zu finden und vor List Cove zu warnen. Er selbst musste zusehen, dass er durchkam, untertauchte, sich ein neues Leben aufbauen. Wenn er die anderen nicht finden konnte und wenn er weder ins Gefängnis gehen noch seine Freunde verpfeifen wollte, welche Wahl hatte er dann noch?

Pete half Dennis schließlich doch nicht beim Abschmirgeln des Kajaks. Als die Schachpartie zu Ende war, folgte er dem Pfad, den Inez genommen hatte, vorbei an den Brombeerbüschen, durch einen kleinen Tannenhain. Die Tür ihres Ateliers stand offen. Am Rand des mit Steinen ausgelegten Wegs blieb er stehen und spähte durch ein Fenster. Die Sonne schien herein, tauchte ihren Nacken und ihre Schultern in Licht, als sie sich über ein Gemälde beugte.

Er klopfte, drückte mit ruhiger Hand die Tür auf und trat ein. An der gegenüberliegenden Wand hingen zwei Bilder, die er noch nicht gesehen hatte, Landschaften von friedvoller Größe: wilde Farne, die hoch um Bäume standen, eine helle, offene Lichtung in einem ansonsten düsteren Wald. Das zweite Bild zeigte ein aufgewühltes Meer, felsiges Ufer, ein stürmischer Augenblick an der Küste. Zeugnis ablegen war der richtige Begriff für diese Landschaftsbilder, die Porträts der wilden Erde.

Die Dielen knarrten nicht, und Inez schien nicht zu bemerken, wie nah Pete bereits bei ihr stand.

Sie arbeitete an einem Stillleben, die Gegenstände auf der Leinwand abstrahiert, flach auf die Oberfläche gebracht, ein Bündel aus Gelbtönen.

«Sieht gut aus», sagte er. «Als wäre die Sonne auf der Erde gelandet.»

Jetzt hatte er ihre Aufmerksamkeit, ein breites Lächeln. Einen Moment lang badete er in dessen Wärme.

«Kann es sein, dass Gelb deine Lieblingsfarbe ist?»

«Was?»

«Dein Pullover, das Bild. Mir ist nur aufgefallen, wie viel Gelb um dich herum ist.»

Sie wandte ihm ihr Gesicht zu, legte den Pinsel ab.

«Gelb ist die hellste Farbe des Spektrums», sagte er. «Mehr Photonen als jede andere Farbe. Um mal ein wenig mit unnützem Wissen zu protzen.»

«Das ist meine Arbeitskluft, und außerdem ist der Pullover ocker, nicht gelb.»

Er trat noch einen Schritt näher und legte eine Hand auf den Pullover. «Du siehst gut aus in Gelb. Aber noch besser siehst du aus, wenn du gar nichts anhast.»

«Ich beginne zu ahnen, warum du hier bist.»

Er hob den Pullover an, versuchte, ihn ihr auszuziehen. Er wollte sie ganz nah bei sich haben, sie halten, sich in ihrem Körper verlieren, doch sie hatte ihre Arme gesenkt, eng angelegt.

«Ist mir ein bisschen zu kalt.» Trotzdem beugte sie sich zu ihm und küsste ihn.

«Wir könnten unsere Sachen anbehalten. Größtenteils zumindest.»

«Heute Nacht.» Sie küsste ihn noch einmal, und er war sich ihres Körpers unter all der Kleidung wohl bewusst. «Jetzt male ich gerade, arbeite, aber du kannst gerne wieder bei mir übernachten.»

«Super. Freu mich drauf.» Er trat näher an die Fensterfront heran. Am unteren Ende waren die Scheiben leicht beschlagen. Selbst hier in dieser schweren Landschaft schimmerte es zwischen all dem dichten Grün immer wieder gelb, da ein Tupfer Moos oder Flechten, hier ein Fleck, wo die Sonne auf die Farne fiel. Er drehte sich zu Inez um. «Als ich klein war, habe ich mal von jemandem gehört, der Farben schmecken kann. Für dieses Phänomen gibt es auch ein Wort.»

«Synästhesie.»

«Ich hab's ausprobiert. Damals war ich vielleicht zehn. Ich habe lauter farbige Sachen gegessen – gelbe, rote, alles Mögliche. Du weißt ja, wie Kinder Farben und Geschmack verbinden, Pink ist Kaugummi, Violett ist Trauben.»

«Synästhesie ist vermutlich etwas anderes.»

«Ich habe meine Zunge an einen roten Stift gehalten, die Tinte abgeleckt. So war ich als Kind. Ich habe alles wortwörtlich genommen. Und so bin ich auch heute noch.»

«Kunst ist so ziemlich das Gegenteil, oder? Alles ist mehr als nur wortwörtlich, alles hat mehrere Ebenen, die miteinander verwoben sind, eine Tiefe, die über das Wortwörtliche hinausgeht. Vielleicht ist das sogar eine Definition von Kunst.»

«Hört sich gut an.»

«Auch du hast eine Tiefe, die über das Wortwörtliche hinausgeht, Ash. In dir steckt mehr, als man auf Anhieb erkennen kann.»

«Sei dir da nicht zu sicher. Ich bin der Typ, der probieren wollte, wie Rot schmeckt.»

«Und wie hat es geschmeckt?»

«Meinst du, man kann einen Geschmack malen?»

«Irgendjemand bestimmt. Was ist mit Fotografie? Kann man einen Geschmack fotografieren?»

Das war ein merkwürdiger Gedanke: das Foto eines Geschmacks.

«Ich habe Bilder gesehen, bei denen mir das Wasser im Mund zusammengelaufen ist», fuhr Inez fort. «In kulinarischen Magazinen, große Farbfotos.»

«Wenn ich die Fähigkeit hätte, etwas Wahres auf Film zu bannen, dann würde ich diese Fähigkeit garantiert nicht dafür einsetzen, Geschmacksfotos für Magazine zu schießen.»

«Ich habe mal ein Bild von Lamm und Zwiebeln am Spieß gesehen, in einem Magazin, das ich zum Feuermachen benutzt habe. Ich habe es rausgerissen und mir an die Wand gehängt, so gut sah es aus.»

«Lamm und Zwiebeln. Da brauche ich kein Foto, damit mir das Wasser im Mund zusammenläuft.»

«Hier draußen haben wir nicht gerade Gourmetküche.» Inez hielt ihren Pinsel in die Luft und schien nach Worten zu suchen, die sich noch nicht richtig gebildet hatten. Langsam drehte sie sich zu ihm um. «Ich muss jetzt wirklich arbeiten.»

«Klar. Ich komme wieder, wenn du fertig bist.»

Inez huschte mit dem Pinsel über die Leinwand, ohne sie zu berühren. «Kann ich dich um einen Gefallen bitten?»

«Sicher.»

«Wahrscheinlich wirst du meine Bitte komisch finden. Aber diese Sache mit der Zwangsräumung, der Versuch, wenigstens ein bisschen Geld rauszuschlagen, wir stecken da so tief drin, dass wir den Überblick verloren haben.»

Schlagartig war er wieder zurück am Baker Beach. Kurz hatte er sich treiben lassen, hatte einfach ihr Lächeln genossen, das Gespräch, doch jetzt machte er wieder ein konzentriertes Gesicht.

«Von Greer-Braden kriegt ihr höchstens ein Almosen», sagte Pete.

«Genau das macht mir Sorgen.»

«Und worin besteht jetzt der Gefallen?»

«Könntest du Christian danach fragen? Rauskriegen, was er unternimmt, wie die Sache steht? Vierzehn Jahre ist er nun schon hier, länger als irgendjemand sonst, und vielleicht ist es nur ein Ablenkungsmanöver, um noch ein bisschen bleiben zu können. Vielleicht machen wir uns alle nur was vor, sitzen hier rum und hoffen, dass uns jemand fünftausend Dollar in den Schoß wirft.»

«Ich werde ihn fragen.»

«Man kommt bei ihm nur schwer auf den Punkt, irgendwie hat er in eine Art Verteidigungsmodus geschaltet.»

Pete ging die Landspitze entlang, blieb in einem Zedernhain stehen. Er brauchte eine Minute für sich. Musste allein sein. Zehn Meter über ihm wogten die Äste im Wind, der vom Meer her wehte. Pete trat zwischen die Bäume, legte seine Arme um einen Stamm, seine Hände auf die sehnige, mit Moos und Flechten überzogene Rinde, die vor Leben strotzte, lehnte seinen Kopf an, sein Ohr, und konnte das Holz hören, das tiefe Ächzen, die Stimme des Baums.

Es war lange her, dass er Frieden in der Wildnis gefunden hatte, dass er zwischen Bäumen gestanden hatte, voller Staunen über diese altehrwürdigen Wesen mit ihren mächtigen Spitzen. In den letzten Jahren war der Wald ein Schlachtfeld gewesen. Sogar als er versucht hatte, ihn auf Film zu bannen, hatte er etwas von ihm gewollt. Sogar als er für die Studentenzeitung über ihn geschrieben hatte, hatte er Erwartungen an ihn gestellt. Das ehrfürchtige Staunen, das ihn erfasst hatte, als er solche Bäume zum ersten Mal sah, war seit langem versiegt. Es war leicht, sich in Zorn zu hüllen, und umso schwerer, sich wieder von dem ruhigen Frieden überwältigen zu lassen.

Doch es war möglich. Als er da zwischen den alten Zedern stand, diesen sanften Riesen, wusste er, dass er irgendwo an dieser Küste leben konnte, zwischen diesen Bäumen, zwischen Bäumen wie diesen. Seit er hier gelandet war, hatte sich ein Knoten in ihm gelöst. Teils war es das Leben am Meer, hier, wo der Kontinent endete. Teils war es aber auch Inez, die natürliche, mühelose Verbindung zwischen ihnen.

Dort, am Rand des Waldes, wurde Pete sich bewusst, dass er sogar seine Kamera wieder in die Hand nehmen könnte, Zeugnis ablegen in der Art, die Inez meinte – es leben, statt es nur zu betrachten. Vielleicht war dies sein Weg, seine Chance, noch einmal neu anzufangen.

# 35

Art schlich sich durch die Hintertür ins Haus seiner Eltern, streifte auf der Matte seine Schuhe ab und betrat die Küche. Aus dem Wohnzimmer drangen leise Geräusche, schallendes Gelächter und Applaus aus dem Fernseher. Er legte eine Hand auf den wackligen Resopaltisch, der leicht knarrte. Pfeifentabakduft hing in der Luft. Über ihm tickte die Kuckucksuhr. Art ließ seine Augen zufallen, ein Moment der Erleichterung, eine stille Atempause. Dann wurde der Fernseher leiser.

«Mom?», rief er.

Geräusche aus dem Innern des Hauses, Schritte, das Quietschen einer Tür, dann stand sie im Flur. «O Gott. O Gott, o Gott.» Ihr Körper schien fast abzuheben, als sie die Arme ausstreckte und ihn so fest an sich drückte, dass er kaum noch Luft bekam.

«Geht's dir gut? Geht's dir wirklich gut? Lass mich dich ansehen.»

«Ja, alles okay», sagte er, obwohl ihm Tränen in die Augen traten.

«Dieses ganze Gerede, dieser ganze Ärger.»

Er wischte sich die Nase ab. Blinzelte. «Ich kann nicht lange bleiben, Mom.» Er musste sich zusammenreißen.

Sie nahm seine Hände, hielt sie fest, drückte sie. «Ich wusste, dass du kommen würdest. Ich wusste es einfach. Gerade wollte ich dir einen Kuchen backen.» Sie sah an ihm vorbei in die Küche, deren Tür er offen gelassen hatte. «Du hast nicht jemanden mitgebracht, oder?»

«Nein. Ich habe Dad noch gesehen. Als er los ist ins Schwimmbad.» Den anderen hatte er gesagt, er fahre in die Bee Street, um ihre Sozialhilfeschecks zu holen. Stattdessen hatte er mit Fays Bankkarte so viel Geld wie möglich abgehoben und war hierhergekommen. Eine kleine Geburtstagssentimentalität. «Ich kann nicht lange bleiben.»

«Setz dich. Ich mach uns einen Tee.»

«Du wirst in nächster Zeit nicht mehr so viel von mir hören, Mom.»

«Die Polizei war da, und ein Reporter hat angerufen. Ich habe natürlich nichts gesagt. Und dann war da neulich noch diese Frau aus …»

«Ich werde versuchen, dich ab und zu anzurufen, nur um zu sagen, dass es mir gutgeht. Aber darüber darfst du mit niemandem sprechen, okay? Mit niemandem. Ab jetzt musst du immer sagen, dass du nichts von mir gehört hast. Hast du das verstanden, Mom? Und dass ich versuchen werde, dich anzurufen?»

Sie lächelte ihn an, ein warmes, leuchtendes Lächeln.

Ein Teil von ihm empfand es als Schwäche, dass er hergekommen war, ohne den anderen Bescheid gesagt zu haben, dass er seinem Bedürfnis nach einer Atempause nachgegeben hatte. «Ich habe dir etwas mitgebracht», sagte er. «Nur eine Kleinigkeit.»

«Du bist derjenige, der Geburtstag hat, Arty.»

Er zog ein Plastikfigürchen aus seiner Tasche, ein Küken, das auf einem kleinen Sockel herumwackelte. Es hatte in dem Laden neben dem Bankautomaten im Schaufenster gestanden und nur zwei Dollar gekostet, ein Sonderangebot, weil noch von Ostern.

«Das kommt hier über die Spüle.» Sie stellte es neben die Grünpflanze. «Achtundzwanzig.» Dazu lächelte sie kurz, verkniffen. «Ich sollte uns wirklich einen Kuchen backen.»

«Du musst mir einen Gefallen tun. Hast du vielleicht etwas Geld übrig, das du mir leihen könntest?»

«Sicher, du kriegst alles, was wir haben.»

Die *Encyclopaedia Britannica 1974* dominierte den Bücherschrank im Wohnzimmer. Der Band ganz rechts im mittleren Regal war zerschlissen, die Aufschrift auf dem Rücken kaum noch lesbar.

Sie schlug ihn auf. Tabellen, Pläne, Zahlendiagramme. In der Mitte lagen mehrere Zwanzigdollarscheine.

«Und wenn Papa es merkt?»

Sie überreichte ihm die Scheine, insgesamt sechs Stück, hundertzwanzig Dollar. «Das regle ich schon mit ihm.»

«Sag ihm, dass ich mir das Geld nur borge.»

«Möchtest du denn eine Tasse Tee? Dich ein bisschen hinsetzen?»

Art faltete die Scheine zusammen und steckte sie sich in die vordere Hosentasche. Er sah zur Kuckucksuhr: halb zwei. Immer noch früh. Er hatte Zeit. «Okay, eine Tasse.»

Art setzte sich auf einen der Vinylstühle in der Küche, und seine Mutter stellte die Teekanne hin, dann zwei Tassen auf ein Tablett, das am Tresen gelehnt hatte, und wartete darauf, dass das Wasser kochte.

«Was macht deine Hüfte?»

«Tut nachts weh. Und bei schlechtem Wetter. Wenn der Regen kommt.»

«Es ist hart für dich. Glaub ja nicht, dass ich das nicht weiß.»

Sie trat auf ihn zu, quer durch den engen Raum.

«Die sagen schlimme Dinge über euch, in der Zeitung, in den Nachrichten, richtig schlimme Dinge.»

«Davon darfst du nichts glauben.»

«Tue ich auch nicht, aber so, wie die sich auf euch eingeschossen haben …»

«Es bedeutet, dass wir unserem Ziel näher kommen, Mom. Es bedeutet, dass wir endlich etwas bewirken, was man von den letzten Jahren nicht gerade behaupten kann.»

«Ich will damit nur sagen, dass du vorsichtig sein musst.» Sie nahm seine Hände und hielt sie eine Weile. Als die Stille drückend wurde, begann der Kessel hinter ihr zu pfeifen.

Draußen landete die Zeitung auf der Veranda. «Das muss die Nachmittagsausgabe sein.»

Art stand auf und ging in den Flur. Kaum war der Zeitungsjunge beim nächsten Haus, lehnte er sich nach draußen, und da sah er es: vier körnige Schwarzweißfotos auf der Titelseite, ihre gedruckten Gesichter: «Die vermutlichen Bombenleger von Esterway Ridge.»

«Fuck», sagte Art, stieß es regelrecht heraus. Er lehnte sich an die Wand. Fotos mit Namen, von allen vieren, auch von Pete Osborne. Er war also nicht in Haft, und folglich hatte er sie auch nicht verpfiffen. Er war noch immer da draußen im Wald, verirrt, vielleicht tot.

Auf dem Flur näherten sich, von den Hausschuhen gedämpft, die Schritte seiner Mutter.

«Wir sind in der Zeitung. Namen. Fotos.»

«Um Gottes willen.»

«Ich gehe jetzt besser.»

«Seine Mutter war da.» Sie neigte den Kopf und nickte in Richtung des Fotos unten links.

«Was meinst du mit ‹da›?»

«Sie hat mich besucht, weil sie mit dir sprechen wollte. Sie versucht, ihren Sohn zu finden.»

«Sie ist hier? Hier auf der Insel?»

«Sie war hier. Ist schon wieder zurückgeflogen. Sie war besorgt, geradezu verzweifelt.»

«Und sie will mit mir sprechen?»

«Sie hat ihre Nummer hinterlassen.»

# 36

Tab stand vor dem Schrank und zog das olivfarbene Kleid an, das sie letzten Herbst gekauft hatte. Inzwischen war es Juni, und seit Mitte Mai war es heiß, doch die Preisschilder hingen immer noch daran. Sie streifte es sich über den Körper, zog es zurecht, aber das Kleid fiel nicht natürlich. Im Spiegel erhaschte sie einen Blick auf sich. Ihr Gesicht wirkte aufgedunsen, als hätte sich Wasser darin angesammelt, kein Make-up, ihre Haare dick und widerspenstig, Ringe unter den Augen.

Das Licht im Schrank flackerte. Tab tastete nach der grauen Hose, an der ebenfalls noch das Preisschild hing, und dann nach einer grüngelben Bluse, an die sie sich überhaupt nicht erinnerte. Sie könnte die Hälfte ihrer Kleidung weggeben, ohne dass es groß auffallen würde. Das hatte Peter auch immer gesagt. In seinen Klamotten von der Heilsarmee hatte er sie gefragt: «Wofür brauchst du all das Zeug?»

Damals hatte sie eine Antwort für ihn parat gehabt. Sie hatte gesagt, sie möge ihre Sachen, fühle sich gut darin. Jetzt war sie sich nicht mehr so sicher. Hatte sie in den vergangenen zehn Jahren ihren moralischen Kompass verloren?

Das Telefon läutete so fröhlich schrill, dass es durchs ganze Haus hallte. Das Läuten unten war leicht zeitversetzt, wie ein Echo vom anderen Ende des Gebäudes. Tab ging zum Treppenabsatz. Sie hatte ein flatterndes Gefühl im Bauch, als sie abhob. Am anderen Ende sagte eine Frau: «R-Gespräch von Arthur Spring für Tab Harper.»

Tab bekam einen trockenen Mund. «Ja, okay.»

Ein leises Knacken, dann sagte ein Mann: «Wie ich höre, suchen Sie Ihren Sohn.»

Tabs Brust wurde flach, ihr Atem stockte. «Das stimmt», antwortete sie. «Wer sind Sie?»

«Art Kosky.»

«Mein Gott. Danke. Ich hatte gehofft, Sie könnten mir helfen …»

«Dann haben Sie also auch mich gesucht.»

«Ja, natürlich, ich wollte …»

«Das können wir schlecht am Telefon besprechen.»

«Doch, ich meine, ich bin allein. Keine Polizei hier oder so. Ist Peter bei Ihnen?»

«Wir brauchen Geld, Misses Harper.»

«Was?»

«Wir sind pleite. Wir brauchen Hilfe.»

«Sie wollen Geld?»

«Wie viel können Sie uns bringen?»

«Bringen? Sie meinen persönlich? Ich weiß nicht. Ein paar hundert Dollar vielleicht. Wann …»

«Nein. Das wird nicht reichen. Tausend. Oder besser zweitausend.»

«Zweitausend Dollar?»

«Drei, wenn Sie können.»

«Kann ich nicht.»

«Dann zwei.»

«Ich muss ihn sehen. Ich muss seine Stimme hören.»

«Ich werde Ihnen jetzt Ort und Uhrzeit durchgeben, okay? Bringen Sie zweitausend Dollar mit und warten Sie vor einem Restaurant namens Kettle Top in Glendenning, am neunzehnten um zwölf Uhr mittags.»

«Das ist ja morgen. Das schaffe ich nicht.»

«Es gibt noch Flüge, das schaffen Sie.»

«Lassen Sie uns Nachmittag sagen, nur um sicherzugehen.»

«Dann vier Uhr.»

Im Hintergrund raste ein Auto vorbei, das Motorengeräusch ganz nah.

«Ich will einen Beweis, dass es Peter gutgeht.»

«Sie dürfen niemanden mitbringen. Nur Sie und ich.»

«Was ist mit meinem Sohn?»

Das blasse Summen des Wähltons setzte ein. Tab starrte auf den Hörer in ihrer Hand. Sie hatte Burrell versprochen, ihn zu informieren, sollte sie etwas herausfinden, aber das konnte sie nicht tun. Wenn sie die Polizei einschaltete, würde es keine Verhandlungen geben, keine mildernden Umstände. Peter würde in U-Haft kommen.

«Kettle Top», sagte Tab zu sich selbst. «Sechzehn Uhr.» Im Schlafzimmer notierte sie es auf einem Block Papier, holte dann vom Schrank ihre Reisetasche herunter und stellte sie aufs Bett. Es war jetzt drei Uhr. Frank war vermutlich beim sechsten oder siebten Loch. Zuallererst musste sie zur Bank.

# 37

Christian und Andy saßen vor Christians Hütte, auf niedrigen Bänken an einem sonnigen Fleckchen. Als Pete näher kam, hob Christian eine Hand. «Ihnen auch einen schönen Scheißtag, Ash. Lust auf einen kleinen Selbstgebrannten?» Die Wörter flossen ineinander, ein träges Lallen.

Pete hatte Andy in den letzten Tagen ein-, zweimal gesehen. Er war nur einen Bruchteil so groß wie Christian, schlank und drahtig, mit einem wilden dunklen Bart. Pete gab ihm die Hand, stellte sich vor. Andy hob seine Tasse. «Auf den neuen Jahrgang.»

«Was dagegen, wenn ich mich dazusetze?»

«Ganz und gar nicht.» In der einen Hand hielt Christian einen großen steinernen Krug, in der anderen einen geschnitzten braunen Becher. «Und reden ist frei.»

Pete setzte sich auf einen engen Stuhl aus verwittertem Treibholz. Er verzog sich leicht unter seinem Gewicht. «Wenn du nicht hier das Land besetzt hättest, wo würdest du dann hingehen?»

«Ich habe kein Land besetzt», erklärte Christian. «Ich beanspruche mein Recht als Nachfahre der Métis.»

«Ich wusste nicht, dass du ein Métis bist.»

«Teilweise Métis. Von seiner Großmutter her, vielleicht.»

«Man kann nicht teilweise Métis sein, Andy. Métis heißt schon zum Teil.»

«Wo würdst du hingehen? Nach Gold River? Bamfield?»

«Bella Coola», erwiderte Christian.

«Warum?»

«Weniger Camper. Weniger Hohlköpfe. Weniger Leute, die dumme Fragen stellen.»

«Und du, Andy?»

«Mobil werden. Räder.» Andy klopfte sich auf die Brust, als er sprach, ein trockener Schlag, als wollte er einen Rülpser lösen. «Hätten wir das alles hier mobil angelegt, hätten wir jetzt nicht diese Probleme.»

«Wie sollten wir denn so was wie hier mobil anlegen?», fragte Christian. «Das hier ist das genaue Gegenteil von mobil.»

«Ich sagte ja auch: hätten.»

«Ich wollte nur ein paar Ideen sammeln.»

«Du willst dich hier irgendwo ansiedeln?»

«Dennis meinte, ein Boot wäre der beste Ansatz. Halb im Wasser, halb an Land. Hab seither drüber nachgedacht.»

«Oscar, der Typ, den du neulich Vormittag kennengelernt hast, der quatscht auch immer von einem Boot. Gute Idee, bis zum ersten Sturm.»

«Gute Idee, weil er sich ein Boot leisten kann.»

«Man könnte sich eine geschützte Bucht suchen», sagte Pete.

«Hast du ein Boot?», fragte Andy.

«Nein.»

«Kannst du segeln, ein Boot steuern?»

«War nur so eine Idee.»

Andy schlug die Beine übereinander, strich sich über den Bart. «Das Meer ist ein Biest. Mit dem Meer legt man sich lieber nicht an.»

«Schien mir nur einfacher, als eine Hütte zu bauen, wegen Werkzeug und Ausrüstung und so.»

«Willst du auch ein Schlückchen trinken?», fragte Christian und hob den steinernen Krug etwas an.

«Ich bin hier, um zu reden. Inez will, dass ich mich mit dir über Greer-Braden unterhalte.»

«Wieso das?»

«Wer ist dein Ansprechpartner dort?»

«Anwälte.»

«Anwälte?»

«Die haben eine ganze Abteilung da.»

«Moment, du weißt nicht mal, mit wem genau du verhandelst?»

«Mit Anwälten, hab ich doch gesagt, verdammt.» Ein Misston im Gesicht, Ablehnung, Ungläubigkeit, fast ein Knurren.

«Mit Anwälten zu sprechen bringt überhaupt nichts. Besonders dann nicht, wenn du nicht mal ihre Namen kennst.»

«Ich habe ihre Namen. Ich kann ihre Namen rausfinden. Wir haben ihnen Briefe geschrieben.»

«Du musst dich an die Leute wenden, die in dem Unternehmen wirklich was zu sagen haben. Den Präsidenten oder Vorstand. Nur die können wirklich etwas tun. Anwälte sind nur …»

«Bist du ein Experte, oder was?»

«Ich hatte früher mal mit Greer-Braden zu tun, und Inez hat mich nach meiner Meinung gefragt, das ist alles.»

«Und laut der sollen wir uns an den Präsidenten des Vorstands wenden?»

«An den Präsidenten und den Vorstand. Der Präsident heißt Hollingsworth. Der Vorstandsvorsitzende Fred Long.»

Jetzt war Christians Neugier geweckt, weil Pete sogar die Namen kannte. Andy wollte etwas sagen, verkniff es sich aber.

«Du kennst diese Leute?»

«Nicht persönlich.»

Christian stellte einen dritten Becher hin und schenkte ein. «Selbstgebrannt.»

Der Schnaps brannte so heftig auf der Zunge, dass sein Würgereflex ausgelöst wurde. Es gelang ihm gerade noch, ihn zu unterdrücken, und es schoss ihm heiß in die Brust. Ein tiefer Atemzug, ein Husten, und seine Zunge fühlte sich geschrubbt an.

«Gut, n'est-ce pas?»

Pete konnte nicht gleich antworten. Er hustete noch einmal und schüttelte den Kopf. «Raketentreibstoff», sagte er schließlich.

«Wir sollen also einfach aufkreuzen und mit diesen beiden Burschen sprechen? Diesem Hollingsworth und diesem Fred Soundso.»

Pete lehnte sich zurück. «Das ist jedenfalls aussichtsreicher als der Versuch über die Anwälte.»

Andy hielt den Krug hin, doch Pete zog schnell seinen Becher weg, bevor Andy noch mal einschenken konnte. Er trank den Rest aus, und der Brand versengte ihm Kehle und Brust. Es kribbelte in seinen Ohren.

«Du könntest auch zum zivilen Ungehorsam aufrufen. Die Presse auf dich aufmerksam machen. Vielleicht ein bisschen von beidem. Unter zivilen Ungehorsam fallen Sachen wie Straßenblockaden, Störmanöver, Anketten. Es gibt natürlich auch militantere Optionen.»

«Zum Beispiel?» Christian lehnte sich zurück, schielte Richtung Andy, als wollte er sich von ihm etwas bestätigen lassen. Pete dachte wieder an die beiden Plastikeimer nicht weit von hier, die Brandbomben, doch genau in diesem Moment packte Christian Petes Becher und goss ihn voll. Der Schnaps hatte bereits seine beiden Gehirnhälften wattig gemacht, und eine warme Behaglichkeit hatte sich in seinem Körper ausgebreitet. Trotzdem hob er den Becher und trank. Plötzlich stand Christian auf. Er hatte weiter unten am Strand etwas entdeckt. Einige Leute hatten sich an einer höher gelegenen Stelle versammelt. Einer von ihnen schrie etwas. Es konnte Ernie sein, der Mann, den er neulich beim Algensammeln gesehen hatte. Er winkte mit einer grünen Wollmütze. Ein gedrungener Mann stand neben ihm, und eine dritte Person schlenderte etwas weiter unten im Sand. Christian ging am Feuerring vorbei zum Rand des Hangs.

Aus dieser Entfernung konnte er die Gestalten nicht richtig erkennen, aber die beiden Männer bei Ernie schienen Schutzhelme zu tragen.

«Könnten die Schilderaufsteller sein.»

«Welche Schilderaufsteller?», fragte Pete.

Christian hatte sich bereits auf den Weg gemacht. Er begann zu joggen. Andy folgte ihm.

Der Pfad wand sich den waldigen Hang hinunter und führte einmal kurz zurück. Pete musste sich konzentrieren, um gerade zu gehen. Andy und Christian hatte er bereits aus dem Blick verloren. Plötzlich stieß er auf eine Ziege, die an einem Pfahl festgebunden war. Er blieb stehen. «Eine Ziege», sagte er. Beide Hörner waren krumm. Pete blickte sich um, wartete, horchte. Ernie schrie noch immer. Christian brüllte zurück. Pete konnte seine Stiefel auf dem Boden hören. Vielleicht war es auch der Boden unter seinen Stiefeln, den er da hörte.

Die Schilderaufsteller hatten womöglich Polizisten dabei. Vielleicht waren es auch Polizisten und keine Schilderaufsteller. Nicht dass er wüsste, was Schilderaufsteller waren, abgesehen vom Offensichtlichen, dass sie vermutlich Schilder aufstellten.

# 38

Inez rannte so schnell am Strand entlang, dass ihre Zehen den Sand wegspritzten. Vor ihr lief Christian. Noch weiter vorne schien Ernie den Versuch aufgegeben zu haben, einen der beiden Männer zu stoppen, und ging jetzt nur noch neben ihnen her, redete auf sie ein, nach wie vor lautstark. Der Mann direkt neben ihm hatte etwas über der Schulter hängen, irgendein Gerät.

Christian erreichte sie als Erster, hob die Hände, stellte sich ihnen mit seinem ganzen Körper in den Weg.

«Sie sagen, sie würden was dokumentieren», erklärte Ernie, dessen Stimme nun etwas Schrilles hatte.

«Was denn dokumentieren, bitte schön?»

Inez ging die letzten Meter. Der eine Mann stellte das Stativ ab, das er über der Schulter getragen hatte, und schob seinen Schutzhelm zurück. Sein Bart war graumeliert. «Wir müssen einige Höhenmessungen vornehmen. Und wir müssen uns ein Bild von der Lage machen. Wie viele von Ihnen leben hier noch?»

«Geht Sie einen Scheißdreck an.»

«Christian», ermahnte ihn Inez.

Der Mann mit dem Bart hob beschwichtigend die Hand. Um seinen braungebrannten Unterarm wand sich ein Schlangentattoo, dessen Grün leicht verblasst war. «Wir tun hier nur unsere Arbeit.» Auf dem Stativ steckte eine Art Fernrohr und ein Vermessungsgerät. Dahinter stand ein jüngerer Mann mit verschränkten Armen.

«Habt ihr das Umzugsgeld dabei?»

«Umzugsgeld?»

«Fuck. Raus hier.» Christian kickte Sand gegen die Beine des bärtigen Mannes. Dann riss er das Stativ um.

«Was soll das?», rief der jüngere Mann, bückte sich und stellte das Stativ wieder auf. Inez wollte Christian am Arm packen, bekam aber nur den Ellbogen zu fassen. Christian redete weiter auf den Mann ein. Friedfertiges Leben, vernünftige Unterkunft, Gerichtsstand, sagte er oder brüllte es vielmehr, mit hochrotem Gesicht und verzerrter Miene. Der Mann mit dem Bart trat vor Christian hin, baute sich vor ihm auf. «Würden Sie uns jetzt bitte unsere Arbeit machen lassen?»

Inez zog Christian am Jackenärmel. «Jetzt beruhigen wir uns erst einmal.»

Christian hörte ihr gar nicht zu. Starr vor Spannung stand er dem bärtigen Mann gegenüber. Inez zog ihn noch einmal am Ärmel, doch er schüttelte sie ab. «Habe ich mich nicht klar genug ausgedrückt?»

«Wir tun hier nur unseren Job, Mister.»

«Ihr Job ist es, sich so schnell wie möglich zu verpissen, Cowboy.»

Der Mann mit dem Bart trat beiseite. «Wollen Sie wirklich diesem Trunkenbold das Reden überlassen?»

«Wir sind vernünftige Leute», erwiderte Inez.

«Wir haben von Anfang an versucht zu verhandeln», mischte sich Andy ein.

«Dann lassen Sie uns doch noch mal von vorn beginnen. Ich heiße Sid. Das ist Teffy», erklärte der Mann mit dem Bart und hielt Inez die Hand hin, doch bevor sie sie ergreifen konnte, legte Christian schon wieder los.

«Wenn euer Arbeitgeber uns hier weghaben will, dann muss er uns die Umzugskosten erstatten.» Er wandte sich an Andy. «Wie heißen die Typen noch mal? Der Vorstandsvorsitzende und so?»

«Wir kennen Fred Long», sagte Andy. «Und den Präsidenten von Greer-Braden, Mr. Hollingsworth.»

«Wo verdammt noch mal ist Ash? Den brauchen wir jetzt hier, damit er mit diesen Typen spricht. Mister Hab-für-alles-einen-Rat.»

Inez drehte sich um. Wo war Ash? Sie hob sich schützend die Hand vor die Augen. Dennis konnte sie auch nirgends entdecken.

«Hören Sie zu, wir haben hier drei Dinge zu erledigen: Landvermessung, Fotos machen und notieren, wie viele dieser Bretterbuden noch bewohnt sind.»

«Bretterbuden?», fragte Inez.

«Häuser, okay? Gebäude.»

«Das Gelände vermessen, damit alles abgerissen werden kann?»

«Hören Sie zu», sagte Sid noch einmal, doch Christian marschierte auf das Stativ zu und ergriff ein Bein. Teffy versuchte, ihn daran zu hindern. Er packte Christian am Arm, und schon waren sie mitten in einer Rauferei, die Körper ineinander verhakt. Sid forderte sie auf, damit aufzuhören, doch sie traktierten sich bereits mit Fäusten und Ellbogen. Kurzes Stöhnen, dann fielen sie hin und schlugen hart auf, Christian auf Teffy. Kaum unten, wechselten sie die Positionen. Inez trat näher, streckte die Hand aus, berührte jedoch keinen. Ein Kleidungsstück riss mit einem lauten Ratsch, dann war Teffy wieder auf den Beinen. Sein Auge schien geschwollen. Er entfernte sich zwei Schritte, zog sein Hemd zurecht, versuchte, sich in einen akzeptablen Zustand zu bringen. Auch als er das Sichtgerät inspizierte, blinzelte er noch.

«Sie gehen jetzt besser», sagte Inez.

«Wir sollten uns alle beruhigen, bevor die Dinge noch ganz aus dem Ruder laufen.»

«Sie sind schon längst aus dem Ruder gelaufen», sagte Andy. «Ihr Jungs solltet lieber verschwinden.»

«Lassen Sie uns wenigstens einige Fotos machen.» Sid hatte eine kleine Kamera in der Hand.

«Okay», sagte Inez. «Eins.»

Hinter ihr lag Christian noch immer am Boden. Er stöhnte, ein Keuchen wie entweichende Luft, Schmerzlinderung.

«Und dann noch eine Höhenmessung. Wir stellen kurz den Messstab auf und …»

«Nichts da. Raus hier.» Inez trat auf ihn zu und zeigte mit dem Finger zu den Hügeln. «Beide.» Teffy hatte das Stativ bereits umgehängt, und als er sich umdrehte, geriet es in Schwung und traf Inez voll an der Brust. Christian lag immer noch auf dem Boden. Inez fiel rückwärts über ihn und prallte so heftig auf, dass ihr die Luft wegblieb. «Alles okay», sagte sie, obwohl sie kaum sprechen konnte. Es pochte in ihren Schläfen. Sid kniete vor sie hin. «Gehen Sie», sagte sie. «Raus hier.»

«Okay, schon verstanden.»

Sid nahm Teffy das Stativ ab. «Es hätte nicht so weit kommen dürfen.» Nach einigen Schritten den Strand entlang redeten die beiden Männer kurz miteinander. Dann drehte sich Teffy um, hob die Kamera. Christian rief, er solle sich verpissen, doch Teffy schoss ein Foto nach dem anderen. Scout kam aus dem Wald gelaufen und bellte die beiden Männer an, jagte ihnen nach. Inez pfiff sie nicht zurück. Sie stand auf und klopfte sich den Sand von den Hosen.

«Du hättest ihn nicht angreifen dürfen, Christian.»

«Er hat mich angegriffen.»

«Die kommen wieder, mit Polizeischutz und Gerichtsbeschluss.»

«Du könntest ihn anzeigen. Wegen Körperverletzung. Diesen Taffety oder wie der hieß.»

«Teffy, Christian. Er hieß Teffy. Manchmal frage ich mich, auf welchem Planeten du lebst.»

«Er hat dich niedergeschlagen. Ohne dass du ihn provoziert hast.»

Inez rieb sich am Nacken. «Ich habe ihn vielleicht nicht provoziert, aber du.» Ihr Nacken fühlte sich steif an. Sie drehte ihren Kopf in alle Richtungen.

«Geh zum Arzt und lass dich untersuchen. Vielleicht reagiert Greer-Braden dann endlich auf uns. Wenn sie wegen eines Schleudertraumas verklagt werden.»

«Sie kann kein Schleudertrauma haben. Dafür müsste der Kopf vor- und zurückgeschnellt sein wie eine Peitsche.» Andy senkte den Kopf und riss ihn dann in den Nacken, um es zu demonstrieren. «Ist höchstens eine Gehirnerschütterung.» Er hielt die Hand hoch.

«Wie viele Finger?»

«Zweieinhalb.»

Andy wackelte mit dem kleinen Stumpf seines Zeigefingers. «Volle Punktzahl.»

«Ruf wenigstens die Polizei an und gib deine Version des Vorfalls zu Protokoll.»

«Du bist so dermaßen gut im Ratschlägeverteilen, Christian. Der Chef der Landbesetzer. Der Chef der bald obdachlosen Landbesetzer.»

Inez ging los, rieb sich nach wie vor den Nacken. «Vielleicht ist es Zeit, von hier fortzuziehen.»

Er trottete ihr nach. «Was sagst du da? Hier darf keiner so einfach weg. Wir müssen jetzt zusammenhalten.»

«Was wir dürfen oder müssen, hast bestimmt nicht du zu entscheiden.»

«Eine Klage wäre jetzt genau das Richtige. Dann müssen sie reagieren.»

«Lass uns endlich realistisch sein. Umzugsgeld ist nur ein schöner Traum.»

«Es ist real, Inez. Du hast ein Schleudertrauma oder eine Gehirnerschütterung oder so was.»

Inez massierte sich die verspannten Nackenmuskeln, wandte sich ab und ging zu ihrer Hütte.

# 39

Pete beobachtete alles aus der Entfernung, den Unterarm gegen eine Tanne gedrückt, sah, wie die Menschengruppe sich ein Stück den Strand hinunterbewegte. Ihre Stimmen drangen zu ihm, Schreie, scharfe Worte, Gesprächsfetzen, dann rangelten zwei Personen miteinander. Christian fiel hin, mit ihm einer der Männer mit Schutzhelm. Inez schrie beide an, streckte ihre Hand nach ihnen aus, als wollte sie sie trennen. Die Männer waren nicht seinetwegen hier. Wer sie auch waren, es ging nicht um Esterway Ridge. Der Typ, der hingefallen war, hatte sich wieder aufgerappelt, und in diesem Augenblick entdeckte Pete Dennis, der zögernd am Rand des Strandes stand, mit angelegten Armen, den Blick auf den Wirrwarr aus erwachsenen Körpern gerichtet. Pete rief nach ihm, aber Dennis sprang in den Sand und spurtete los. Inez lag nun auf dem Boden, flach auf dem Rücken, und die Männer in Schutzhelmen hatten kehrtgemacht. Sie zogen sich zurück.

Pete blieb noch eine Weile stehen, still, verlegen. Kurz darauf brachen auch die anderen auf, kamen in seine Richtung. Inez und Dennis Arm in Arm. Christian bog ab, ging wuchtigen Schrittes in Richtung Wald. Andy und Ernie standen zusammen bei einem Weißdornbusch. Pete trat hinter dem Baum hervor, um Inez und Dennis zu grüßen. «Ich war auf dem Weg zu euch», rief er. «Aber ich bin gestolpert und gestürzt.»

«Wir haben uns schon gewundert, wo du bleibst.»

«Ich habe mich mit Andy und Christian unterhalten, und dann sind die plötzlich losgerannt. Wer waren diese Leute?»

«Landvermesser. Hat mit der Räumung zu tun. Christian hat den Jüngeren der beiden angegriffen, und der hat mich dann umgeschubst. Ich bin auf dem Rücken gelandet und mit dem Kopf aufgeschlagen.»

«Alles okay mit dir?»

«Bis auf die Kopfschmerzen. Ich brauche ein Aspirin.»

Sie stapften nebeneinander durch den weichen Sand, Inez in der Mitte.

«Christian meinte, ich soll Greer-Braden anzeigen, wegen Körperverletzung.»

An der Hütte hielt Dennis die Tür auf. Inez zog ihre Stiefel aus und trat ein. Dennis folgte ihr, dann Pete. «Du musst uns alle für übergeschnappt halten.»

«Es scheint ein wenig aus dem Ruder zu laufen», sagte Pete.

«Die Dinge hier haben sich verändert. Es ist nicht mehr so wie früher.» Inez durchquerte den Raum, stellte sich vor dem Regal auf die Zehenspitzen, holte zwei Vorratsgläser herunter, kramte darin herum. «Dennis, würdest du bitte mal zu Oscar gehen und fragen, ob er ein Aspirin für mich hat? Mein Kopf platzt.»

Wortlos schlüpfte der Junge nach draußen und schloss die Tür hinter sich.

«Setz dich doch und mach dir's bequem.»

Sie stellte die beiden Vorratsgläser zurück auf das Regal, ging zur anderen Seite des Raums und ließ sich auf das Sofa fallen.

Pete musste weg von hier. Die Vermesser würden bald zurückkommen, und dann hatten sie womöglich Polizei dabei oder Gerichtsbeamte – Leute, die Fragen stellen würden, Leute, die herausfinden wollten, wer genau sich hier aufhielt. Aber auch Inez und Dennis mussten weg von hier, und zwar schon bald.

Pete, der auf der Armlehne des Sofas saß, beugte sich zu Inez hinüber. «Ich wünschte, ich könnte bleiben, hierherziehen, mit dir und Dennis an der Küste wohnen, gemeinsam etwas aufbauen.»

Er meinte es wirklich so. Für Inez mochte sich das Leben hier am Baker Beach zum Negativen verändert haben, für ihn hingegen war es eine Zuflucht geworden, körperlich wie geistig – ein Unterschlupf, ein Ausweg, ein Ort, an dem er am liebsten weiterleben würde, versteckt in dieser kleinen Gemeinschaft, tief verbunden mit den Leuten hier. «Heute Morgen dachte ich, wie viel Glück ich doch hatte, hier reingestolpert zu sein, in diese Gemeinschaft, aber vor allem in dein Leben. Es fühlt sich irgendwie so an, als hätte es so sein müssen, und mittlerweile ist auch ziemlich klar, dass man euch kein Umzugsgeld zahlen wird.»

«Allmählich sehe ich das auch so.»

Er stand am Wendepunkt zu einem neuen Leben, vor der geöffneten Tür, und er musste wenigstens versuchen, sie dafür zu gewinnen. Sie gaben ein gutes Paar ab. Er hatte den Funken zwischen ihnen schon gespürt, als Inez sich in Gunters Hütte über ihn gebeugt hatte. Und auch wie sie ihn jetzt ansah, wärmte ihm das Herz – alles mit Inez war so anders, ihre Beziehung wie ein vollständiger Kreis und nicht wie zwei Zahnräder, die nie ganz ineinandergriffen, wie bei Fay.

Es gab mehrere Wege, er hatte eine Wahl: Er konnte sich allein nach Norden durchschlagen oder er konnte versuchen, Inez und Dennis mitzunehmen. Und wer weiß, vielleicht war es ja so, dass Inez eigentlich gern weiterleben würde wie bisher, nur nicht allein.

«Was hältst du davon, uns einen anderen Ort an der Küste zu suchen?», fragte er schließlich. «Du, ich, Dennis. Einen Ort, der so abgelegen ist, dass er nicht der Industrie gehört? Wir könnten leben wie hier. Du könntest malen. Wir wären frei.»

«Ash», begann sie, doch er hob die Hände, schnitt ihr das Wort ab, bevor sie etwas sagen konnte. Sie kannte nicht einmal seinen richtigen Namen, aber darüber konnte er sich jetzt keine Gedanken machen. Selbst wenn er gewusst hätte, wie er ihr all dies erklären sollte, wäre es nicht der richtige Zeitpunkt.

«Es wird kein Umzugsgeld geben, Inez. Das wird ein Irrsinn werden hier, das vorhin war nur der Anfang.» Er kniete sich hin, damit sein Gesicht auf der Höhe von ihrem war. Sie war in diesen vergangenen Tagen eine Atempause gewesen, ein Schutz vor seinen quälenden Gedanken. Zusammen würden sie ihn schaffen, diesen Schritt in ein neues Leben. «Könntest du dir vorstellen, irgendwo anders noch mal von vorn zu beginnen?»

«Weißt du noch, die Sache mit dem Kokon, mein Bedürfnis, in die Welt zurückzukehren?»

Er nahm ihre Hände, hielt sie in den seinen. Vielleicht war er es falsch angegangen, hatte das Ganze falsch aufgezäumt. «Du, ich, Dennis. Wir drei. Wir sind ein ziemlich gutes Team.»

«Ash, ich bin mir nicht mal sicher, worauf du hinauswillst. Willst du mit mir und Dennis ein neues Leben beginnen oder willst du in einer Hütte abseits von allem leben?»

«Beides. Zusammen.»

Sie ließ die Hände zurück in ihren Schoß gleiten. «Das habe ich schon hinter mir, fünf Jahre habe ich so gelebt, fünf lange Jahre …»

«Aber das hier inspiriert dich, treibt dich an, diese Küste, diese Bäume, diese wilde Landschaft. Du darfst nicht weggehen, wenn du malen willst, du musst bleiben.»

«Das Leben hier ist nicht so, wie du denkst. Unser erster Winter war hart. Furchtbar. Wenn ich jetzt darüber nachdenke, ist es ein Wunder, dass wir geblieben sind. Wahrscheinlich war es einfach zu kalt, um wegzugehen.»

«Dann wäre Sommer doch genau der richtige Zeitpunkt, oder? Um alles fertig zu haben, bevor der Winter kommt. Natürlich nur, wenn du es wirklich willst. Nach dem, was gerade passiert ist, wirst du sowieso nicht mehr lange hierbleiben können.»

«Ash, ich weiß deine spontane Art sehr zu schätzen, ich bewundere sie sogar, aber wir kennen uns doch kaum. Und dann ist da noch Dennis. Ich kann nicht einfach so …»

«Ich weiß. Klar.»

«Sechs Tage bist du jetzt hier. Und drei davon hast du verschlafen.»

«Denk drüber nach, mehr verlange ich nicht.» Pete ging zum Tresen und schenkte Wasser in ein Glas, brachte es ihr. «Lass es sacken und spür nach, wie sich die Vorstellung anfühlt.»

Als Dennis mit dem Aspirin zurückkam, ging Pete nach draußen, setzte sich in den Schaukelstuhl und schlang die Arme um sich. Vom Meer her wehte ein böiger Wind. Möwen flogen tief über die Wellen, stiegen im Schwarm auf und formierten sich über dem weiß wirbelnden Wasser zu einer Linie. Er könnte problemlos hier leben, alles hinter sich lassen, neu anfangen. Earth Action Now gehörte der Vergangenheit an, zumindest für ihn. Ein neues Leben tat sich vor ihm auf, war so nah, dass er es fast greifen konnte – ein ruhiges, friedliches Leben, ein Leben wie hier, unter mächtigen Bäumen, am Rand des Kontinents.

So könnte er Buße tun: indem er in diesem Teil der Welt ein gutes und einfaches Leben führte. Vielleicht überlegte Inez es sich. Vielleicht konnte sie es sich doch vorstellen. Und wenn nicht, würde er es allein durchziehen oder sich eine ähnliche Gemeinschaft suchen, nur weiter die Küste hinauf.

Links von ihm kam Christian aus dem Wald, umrundete das angeschwemmte Treibholz und stapfte schwankend durch den weichen Sand. Pete kniff die Augen zusammen. Christian hatte zwei Plastikeimer in der Hand. Die Brandsätze.

Instinktiv drehte Pete sich weg. Mit dem ganzen Körper drehte er sich weg und sah hinaus aufs Wasser. Zwei Eimer, verbunden durch einen grünen Gartenschlauch. Christian mit einer Brandbombe. Pete wünschte, er hätte es nicht gesehen. Er wünschte, er hätte nie mit so etwas zu tun gehabt. Die Erleichterung, die er gerade verspürt hatte, die Zufriedenheit mit der Entscheidung, die er getroffen hatte, sie waren wie weggeblasen.

Pete sah wieder hinüber zur Baumlinie, zum Hügel hinauf, wo Christians Hütte wie der Klecks auf einer grünen Schürze wirkte. Wieder versuchte er, sich selbst davon zu überzeugen, dass es keine Brandbomben waren. Es konnte auch eine Vorrichtung zum Schnapsbrennen sein. Es war sogar viel wahrscheinlicher. Trotzdem war er bereits aufgesprungen und stapfte durch den Sand. Er musste es herausfinden. Hineinziehen lassen durfte er sich nicht, aber er musste wissen, was Sache war.

Der Pfad ging an Inez' Gartenzaun vorbei und schlängelte sich dann zwischen gedrungenen Apfelbäumen hindurch. Kurz wurde er matschig, dann stieg er steil an, machte eine Kehre. Halbvergrabene Steine bildeten hie und da eine Stufe. Pete musste sicherstellen, dass Christian keine allzu große Dummheit beging. Mehr nicht. Er würde ihn fragen. Er würde ihn damit konfrontieren und sehen, wie er reagierte.

Als er nur noch wenige Meter entfernt war, hob er die Hand und rief nach ihm. Christian saß auf der sonnenbeträufelten Holzbank, auf der er auch schon am Nachmittag gesessen hatte, weiße Bretter, zederngrau geworden mit der Zeit.

«Na, endlich hinter dem Ofen hervorgekrochen, Mister Hab-für-alles-einen-Rat.»

Pete rieb mit den Händen an seinen Jeans hinunter. Am besten, er fackelte nicht lange und fragte ihn geradeheraus. Er schenkte sich etwas Schnaps ein und kippte ihn mit einem einzigen glühenden Schluck herunter. Kurze Pause, um wieder zu Atem zu kommen, dann sagte er: «Hast du was Besonderes vor mit diesen Brandbomben, die du gerade hergeschleppt hast?»

«Was für Brandbomben?»

Die beiden Eimer standen nebeneinander an der Wand. Pete deutete darauf.

«Das geht dich nichts an.»

«Wenn ich raten müsste», sagte Pete, «würde ich sagen, das da ist eine Art Plan B gegen Greer-Braden, ein Plan, in den du die anderen nicht eingeweiht hast.»

«Und du weißt wieder mal alles.»

«Sie werden es sofort rausfinden, Christian. Solltest du hier oder hier in der Gegend so ein Ding in die Luft jagen, werden sie sofort auf der Matte stehen. Dann kannst du die Hoffnung auf Umzugsgeld endgültig begraben.»

«Ich kriege doch sowieso keine Kohle, oder?»

«Was soll das dann sein? Rache? Du kriegst nicht, was du willst, also schlägst du zurück?»

«Sagen wir, ich habe keinen blassen Schimmer, wovon du sprichst, und du verschwindest wieder dahin, wo du hergekommen bist.»

«Der Verdacht wird automatisch auf alle fallen, Christian. Die werden hier anrücken und jeden Stein umdrehen. Was, wenn Inez verhaftet wird? Was, wenn das Jugendamt hier aufkreuzt und Dennis mitnimmt? Oder schlimmer noch, wenn Dennis selbst in Verdacht gerät und im Jugendknast landet? Was, wenn sich ein Waldbrand ausbreitet und jemand verletzt wird oder gar umkommt?»

«Niemand wird umkommen.»

«Weil du so ein Experte bist? Wie viele Brände hast du schon gelegt? Wie viele Brandbomben hast du getestet? Ich wette, die Anleitung hast du aus dem *Kochbuch für Anarchisten*. Benzin vermischt mit bisschen Teer, damit das Feuer sich besser ausbreitet.»

«Ich habe das Ding gar nicht gebastelt.»

«Wer dann?»

«Unser Junioringenieur.»

«Wer?»

«Dein kleiner Dennis.»

«Dennis? Du hast Dennis dazu angestachelt?»

«Ich habe ihn nicht dazu angestachelt. Er hat es ganz von allein gebastelt.»

Pete ließ sich auf eine der behelfsmäßigen Bänke sinken.

«Er kam eines Tages her und hat mir das Ding gezeigt.»

«Wie konntest du nur zulassen, dass ein zwölfjähriger Junge da mit reingezogen wird? Er ist noch ein Kind. Weiß er von deinen Plänen?»

«Keine Ahnung. Du bist doch derjenige, der immer auf alles eine Antwort hat.»

Pete hob die Hände, blieb aber sitzen, schien festzukleben auf diesem grobgezimmerten Brett vor Christians Hütte. Unten am Strand lugte die Bunte Lady zwischen den Ästen des riesigen Ahornbaums hervor. Auf den rotgestrichenen Dachschindeln wucherte das Moos.

Ausgerechnet Dennis.

Auf dem Rückweg ließ Pete sich Zeit. Die Sonne stand niedrig am Himmel, der Abend nahte. Rauch stieg von der Bunten Lady auf, ein dünner Faden, den der vom Meer her wehende Wind krümmte. Er stellte sich vor Dennis' Kajak, hob es an, drehte es um und stellte es wieder ab. Erstaunlich, dass ein Zwölfjähriger mit so wenig Werkzeug und einer Anleitung aus der Bücherei so etwas zustande brachte. Pete spähte in den kleinen Schuppen hinein, in dem einmal Phelps gewohnt hatte. Schubkarre, Axt, Werkzeugkasten, Krebsreusen, ein Metallrahmen, der wahrscheinlich zu Christians Sägemaschine gehört hatte.

Über den matschigen Serpentinenpfad gelangte er hinunter zum Baker Beach. Er stellte sich auf Inez' Veranda und spähte durchs Fenster. Dennis las. Inez lag auf dem Sofa, reglos, die Augen geschlossen. Pete klopfte einmal an die Scheibe, und sofort hob Dennis den Blick. Pete winkte ihn heraus und stieg die Veranda herunter. Er wollte außer Hörweite sein, unter allen Umständen vermeiden, dass Inez etwas mitbekam.

Christian konnte tun und lassen, was er wollte. Es war nicht Petes Aufgabe, ihn aufzuhalten, und schon gar nicht, Greer-Braden vor etwas zu bewahren, was sie verdient hatten. Doch Dennis und Inez gegenüber hatte er eine Verantwortung. Pete überlegte, wie er es am besten angehen sollte, suchte nach den richtigen Worten. Der Junge kam zur Tür heraus, zog sich die Wollmütze tief ins Gesicht und marschierte los in Richtung Strand.

«Ihr plant also einen Brandanschlag auf Greer-Braden?», fragte Peter schließlich.

«Was?»

«Ich habe mit Christian gesprochen.»

«Worüber denn?»

«In Zukunft, wenn du wieder etwas Illegales planst, wenn du wieder mal eine Dummheit begehen willst, dann bitte nicht mit jemandem, der seinen Mund nicht halten kann.»

«Was hat er gesagt?»

«Dass er auf einem Gelände der Firma eine Brandbombe legen will.»

«Jetzt?»

«Er meinte, du hättest sie gebastelt.»

«Aber nur, um es mal auszuprobieren.»

«Er meinte auch, es sei deine Idee gewesen.»

«Es war nicht meine Idee. Außerdem war es eher ein Scherz.»

«Was, wenn er das Ding tatsächlich hochgehen lässt und jemand dabei umkommt?»

«Wer soll denn dabei umkommen? Das sind doch nur zwei Lastwagen in Port Thorvald. Da wohnt niemand. Das sind Büros.»

«Unbeabsichtigte Folgen, Dennis. Wenn man so planlos an die Sache rangeht, laufen die Dinge leicht aus dem Ruder.»

Pete hatte sich nie vorstellen können, wie viel Schaden dreißig Kilo Dynamit anrichten konnten: ein klaffendes Loch in einer Betonwand, der gestohlene Pinto ein verbogenes Wrack. Die Explosion hatte den Nachtwächter drei Meter rückwärts geschleudert, sein Körper war regelrecht durch die Luft gesegelt. Die Bilder standen Pete noch immer vor Augen, hatten sich tief in ihn eingebrannt.

«Ich habe ihm nur gezeigt, was ich gebastelt habe», erklärte Dennis. «Wir haben das nicht irgendwie entschieden. Es war nicht so, wie du das sagst.»

«Dir ist nicht klar, was alles passieren kann, wenn man diesen Weg erst mal eingeschlagen hat.»

In Esterway Ridge waren Trümmer herabgeregnet, Steine, Kiesel, Staub. Das Flutlicht war ausgefallen, und die Luft war säuerlich geworden, beißend, chemisch. Pete hatte husten müssen, keuchen, als er über den Kies zum verrenkten Körper des Nachtwächters gestolpert war.

«Wir waren nicht mal sicher, ob wir es wirklich tun sollten», sagte Dennis. «Wir haben nur darüber gesprochen, mehr nicht. Außerdem wollten wir vorsichtig sein.»

«Das nennst du vorsichtig? Was ihr da vorhabt, ist das Gegenteil von vorsichtig: eine schnelle Lösung für ein Problem, für das es keine schnelle Lösung gibt. Ich weiß, wovon ich spreche, ich habe mal bei solchen Aktionen mitgemacht.»

Er musste jetzt aufpassen, musste genau die richtigen Worte finden. Was er jetzt zu Dennis sagte, würde Inez zu Ohren kommen. Andererseits musste er den Jungen überzeugen. Er musste sicherstellen, dass Dennis sich nicht darauf einließ.

«Ich habe selber mal Bomben gelegt, war Mitglied einer militanten Protestgruppe.»

Zwei Schiffe hingen am Horizont, graue, geisterhafte Gestalten. Ansonsten nichts als weiter Ozean.

«Echt?»

«Wir haben damals auch solche Brandsätze benutzt.»

«Haben sie funktioniert?»

«Wenn du damit meinst, ob sie gezündet und Dinge zerstört haben: ja.» Pete sah weiterhin zum diesigen Horizont, spürte Dennis neben sich. «Ich weiß, in welche Richtung sich das hier bewegt. Die Leute machen sich Sorgen über etwas, das ihnen wichtig ist, das außer ihnen aber niemanden zu kümmern scheint. Niemand nimmt sie ernst, und irgendwann haben sie das Gefühl, dass ihnen keine andere Wahl bleibt. Ich weiß, wie das ist: Wenn man schreit, so laut man kann, und keiner hört zu. Am Ende schlägt man nur noch wild um sich.»

«So ist das aber nicht. Ich wollte einfach nur sehen, ob ich so ein Ding basteln kann, ob es wirklich funktioniert.»

«Solche Sachen entwickeln eine Eigendynamik, Dennis. Wenn Christian beschließt, mit deiner Bombe ein Gebäude abzufackeln, oder einen Lastwagen, oder was es auch sei, dann geht das Ganze los. Dann regen sich die Leute auf, werden wütend. Und dann …» Er hielt inne. Am Rand der Landspitze kletterte ein Seeotter über die Felsen hinunter zum Wasser, ein langer, geschmeidiger Körper, kurz da, schon wieder weg, untergetaucht.

«Dann was?», fragte Dennis.

Es dauerte eine Weile, bis Pete den Faden wiedergefunden hatte. «Verändert sich rein gar nichts», sagte er, und genau so war es auch gewesen. «Die Welt dreht sich weiter, als wäre nichts passiert, also machst du es noch einmal, nur eine Nummer größer. Jetzt bist du schon so weit gegangen, stehst mit einem Bein im Gefängnis, du hast dich für diesen Weg entschieden und dich selbst davon überzeugt, dass es der richtige ist. Und das Problem siehst du darin, dass deine Aktionen nicht groß genug waren, nicht wirkungsvoll genug. Also legst du sie beim nächsten Mal noch größer an.»

Genauso hatte es sich abgespielt: Sie hatten den Einsatz immer weiter erhöht und schließlich den Plan gefasst, Dynamit einzusetzen, in Esterway Ridge, List Cove, Dutton Pulp und Paper. Und aus genau dem gleichen Grund konnte es nicht funktionieren. Denn was sollte man tun, wenn sich trotzdem nichts änderte? Er redete jetzt wie Jeremy, das war ihm klar: Mit Zerstörung kann man Zerstörung nicht aufhalten.

«Und ehe du dich versiehst, ist etwas wirklich Schlimmes passiert. Etwas, womit du nicht gerechnet hast.»

«Du stellst es so hin, als hätten wir wer weiß was geplant.» Dennis wischte sich die Nase, schniefte. «Es war nur eine Idee, mehr nicht. Ich habe das Ding nur gebastelt, um zu sehen, ob es funktioniert, und anschließend habe ich es Christian gezeigt.»

«Weiß Inez davon? Ist sie eingeweiht?»

Dennis schüttelte den Kopf, sah aus, als würde er gleich weinen.

«Keine Angst, es wird alles gut. Ich will dich nur davor bewahren, dass du einen Fehler begehst. Ist noch jemand mit dabei?»

«Andy.»

«Das war's?»

Dennis nickte, wischte sich die Augen.

«Ich habe deiner Mutter vorgeschlagen, zusammen fortzugehen, nur wir drei. Irgendwo neu anzufangen, noch weiter die Küste rauf, in Bella Coola oder Gold River.»

«Mit dir?»

«Wenn du möchtest.»

«Was hat sie gesagt?»

«Dass sie drüber nachdenkt.»

«Das sagt sie immer.» Er schien sich etwas erholt zu haben. Brachte so etwas wie ein Lächeln zustande.

«Die Sache hier wird eskalieren, Dennis. Er wird kein Umzugsgeld geben. Nicht einmal Christian glaubt noch daran. Vielmehr wird es übel enden, und bevor es übel endet, sollten wir hier weg sein.»

«Wirst du es Inez sagen?»

«Sie sollte Bescheid wissen. Zumindest, dass es diesen Plan gibt. Dass du das Ding gebaut hast, brauchen wir ihr nicht unbedingt zu sagen.»

Pete legte seinen Arm um Dennis' Schulter, als sie zurück zur Hütte gingen. «Sollte Christian dir noch mal damit kommen, sagst du mir sofort Bescheid, ja?»

Er spürte, dass sein Leben eine Wende nahm, die warme Gewissheit, dass der Weg, der vor ihm lag, der richtige war: Gold River, Bamfield, Bella Coola, irgendwo in dieser Gegend. Die wilden Ecken des Landes waren schon immer ein Ort gewesen, an dem sich Menschen neu erfanden. Viele Aktivisten aus den sechziger Jahren lebten nach wie vor dort – Mitglieder der Weathermen und der Symbionese Liberation Army. Es gab auch Aktivisten der Front de Libération du Québec, die sich losgesagt hatten, abgetaucht waren oder sich wieder in die Gesellschaft integriert hatten, ein neues Leben begonnen.

Mit ein bisschen Glück konnte er Inez davon überzeugen, mit ihm zu kommen. Wenn er die richtigen Worte fand, um ihr zu erzählen, was Christian vorhatte, würde sie sich bestimmt einen Ruck geben. Und wenn nicht, dann eben nicht, dann konnte er es immer noch allein durchziehen.

# 40

Inez lag auf ihrem schmalen Sofa, wach, aber schläfrig. Ash hantierte in der Küche. Seine Bewegungen verrieten Selbstbewusstsein, eine entspannte Vertrautheit. Er klopfte mit einem Holzlöffel auf ihren gusseisernen Topf, ein schneller Rhythmus. Dann drehte er sich um und bemerkte, dass sie ihn beobachtete. «Geht's dir besser?»

Sie setzte sich auf, überprüfte sich selbst. Die Kopfschmerzen waren weg, aber der Schock über den Zusammenstoß steckte ihr noch in den Gliedern, das Gewalttätige daran. Sie drehte den Kopf, und sofort schoss ihr ein dumpfer Schmerz in den Hals.

«Keine Gehirnerschütterung?»

«Ich glaube nicht. Aber der Nacken tut weh.» Christians neuer Plan kam ihr in den Sinn: Greer-Braden wegen Körperverletzung zu verklagen. Ein neuer Versuch, ihnen Geld abzutrotzen.

«Kann ich fürs Abendessen ein paar Eier von draußen holen?»

«Wenn noch welche übrig sind, gern.»

Ash lehnte die Tür nur an, als er um die Hütte herum zum Hühnerstall ging. Dennis saß auf einem der Hocker und hielt sein Buch schräg, um das letzte Abendlicht zu erhaschen. Inez veränderte ihre Position, damit sie ihren Sohn besser betrachten konnte. In diesem Moment erinnerte sie sich an das andere Ereignis des Nachmittags: Ashs Vorschlag. Echte Chancen erhielt man im Leben oft dann, wenn man es am wenigsten erwartete, wenn es gerade gar nicht passte. Sie hatte selbst gesagt, dass sie etwas Neues wollte. Das Problem war nur, dass sie von Natur aus nicht spontan war. Auch schon vor Dennis' Geburt nicht. Vielleicht fühlte sie sich deshalb so sehr zu impulsiven Männern hingezogen. Ray war auch impulsiv gewesen. Sehr impulsiv. Und jetzt Ash. Es hatte etwas Aufregendes, sich einfach so in etwas hineinzustürzen und es mit wilder Entschlossenheit durchzuziehen, doch im Moment hatte sie das Gefühl, dass es über ihre Kräfte ging.

Ash kam mit zwei Eiern zurück und schlug sie an der Pfanne auf. «Noch ein bisschen Geduld. Fünf Minuten.» Als die Eier brutzelten, trat er ein Stück vom Herd weg. «Ich muss dir was sagen. Christian hat da so einen schwachsinnigen Plan. Er faselt was von Brandbomben und Rache. Wusstest du das?»

«Christian faselt immer irgendwelches Zeug.»

«Hier wird es bald ziemlich ungemütlich werden, Inez. Es wird Zeit fortzugehen, und das tun wir am besten zu dritt.»

Sie sah zu ihm hinüber. Dennis verschanzte sich immer noch hinter seinem Buch. «Ja, das sagtest du bereits.»

«Vielleicht sollte ich mich deutlicher ausdrücken: Christian redet davon, zwei Greer-Braden-Laster in Port Thorvald in Brand zu setzen.»

«Mein Gott. Ob ich mal mit ihm reden sollte?»

«Nein, nicht nötig. Zumindest vorerst. Der Vorfall mit den beiden Landvermessern war aber erst der Anfang. Morgen werden sie wiederkommen, nur mit mehr Leuten und vielleicht sogar mit der Polizei. Vielleicht lassen sie auch einen Bulldozer einfliegen. Alles ist möglich. Wer weiß, wie Christian dann reagieren wird.»

Sie legte sich die Hand auf die Stirn. «Können wir nicht später darüber reden? Können wir nicht ...» Es ging alles zu schnell. Das war das Problem. Die Dinge brachen über sie herein. Sie brauchte Zeit. Sie brauchte Raum. Ihre Kopfschmerzen meldeten sich zurück.

# 41

Pete wartete, bis Dennis eingeschlafen war, wartete, bis Inez ihn zum Bett geführt hatte, wartete, bis sie zusammen gewesen waren, nackt, die Körper wohlig erschöpft, warm, sich nah. Eine angenehme Vertrautheit hatte sich eingestellt, und er legte seinen Kopf neben ihren. «Hast du darüber nachgedacht? Würdest du mit mir neu anfangen, irgendwo weiter oben an der Küste?»

«Ich fühle mich geschmeichelt, wirklich, aber das ist vollkommen verrückt, findest du nicht?»

«Weil du auch an Dennis denken musst?»

«Unter anderem.»

«Für Dennis wäre es okay. Um ihn musst du dir keine Sorgen machen. Du musst deinem Bauchgefühl vertrauen, deinem Instinkt.»

«Ich habe Jahre gebraucht, um über Ray hinwegzukommen, der uns einfach hat sitzenlassen. Und bei Dennis' Vater davor war es auch nicht anders. Ich bin zu vertrauensselig, Ash.»

Er küsste sie, so sanft wie nur irgendwie, ein Kuss voller Liebe.

«Ich bin einfach nicht so spontan. Noch nie gewesen.»

«Dann entscheidest du. Du sagst, wo es hingehen soll, und ich komme mit.»

Inez stützte sich auf einen Ellbogen. «Meinst du das ernst oder blödeln wir nur so rum?»

«Ich meine es ernst.»

«Es geht alles so schnell.» Sie ließ sich zurück auf ihr Kissen sinken. «Vielleicht sollten wir erst mal eine Wohnung in Port Thorvald oder Renfrew mieten? Oder bei meiner Schwester unterschlüpfen?»

«Alle drei?»

«Ich könnte ihr schreiben und fragen.»

Die Geräusche der Nacht wurden lauter, das Anrollen und Brechen der Wellen, das sanfte Seufzen des auflandig wehenden Winds. Wenn er irgendwo im Landesinnern war, würde er sich verstecken können. Wahrscheinlich würden die Leute ihn einfach für Dennis' Vater halten. Er musste sich nicht wieder ein Besetzercamp suchen. Es gab andere Möglichkeiten. Er ließ sich alles durch den Kopf gehen und rückte dann noch näher an Inez heran, flüsterte ihr ins Ohr: «Deine Entscheidung. Bei deiner Schwester oder irgendwo weiter im Norden. Oder ganz woanders. Mein Vater lebt in Tucson, dort könnten wir auch hin. Warmes Klima.»

«Und was ist mit dir? Mit deinem Leben? Du hast doch sicher eine Wohnung, Freunde.»

«Ich würde einfach ein paar Sachen holen, meine Kamera, Klamotten.» Wenn es sein musste, konnte er schnell in der Bee Street vorbeifahren. Vielleicht auch Jeremy um Hilfe bitten.

Ein Teil von ihm hätte am liebsten alles hier und jetzt offenbart, seinen richtigen Namen, seine wahre Geschichte, also überlegte er, wie er es am besten anging. Wenn sie tatsächlich zusammenleben wollten, musste er ihr wenigstens einen Teil beichten, die richtigen Worte finden, die Wahrheit zumindest andeuten. Doch Inez atmete immer sanfter, schlief ein. Pete überlegte, ob er sie wecken sollte, doch dann rollte er auf den Rücken, weil ihm die Aussicht auf einen Neuanfang mit ihr zu kostbar war, als dass er mit einem verfrühten Geständnis alles aufs Spiel setzen wollte. Er brauchte Zeit. Er musste erst einmal Vertrauen aufbauen.

Er würde mit Inez reinen Tisch machen. Bald. Und auch mit allen anderen. Zuerst mit Inez, aber irgendwann würde er auch seine Mutter anrufen, seinen Vater, würde sie wissen lassen, dass er lebte, dass es ihm gutging. Bis dahin würden sie wahrscheinlich durch die Hölle gehen, aber das konnte er nicht ändern.

Noch nicht. Über ihm knarrte ein Baum, das Ächzen von uraltem Holz, ein Geräusch, das Pete aus dem Schlaf riss. Er drehte sich zur Seite, stand auf. Der Mond warf helle Tupfer auf die Äste einer Tanne. Ein Zweig knackte. Pete hielt sein Gesicht so nah ans Fenster, dass sein Atem die Scheibe beschlug. Er spähte nach links und nach rechts, und dann sah er ihn: Ein Bär stand am Rand des Strands, ein weißer Bär. Pete wischte die Scheibe frei. Da draußen stand ein Tier, das aussah wie ein Eisbär. Wind kitzelte den Ast eines Ahornbaums direkt über dem Kopf des Bären. Pete machte die Augen auf und zu, wahrscheinlich spielte ihm das Mondlicht einen Streich, oder das Glas verzerrte die Sicht. Doch der Bär bewegte sich, trottete vorwärts. Pete stupste Inez an. Sie murmelte etwas, doch er war bereits aus dem Bett gesprungen. «Ein weißer Bär», sagte er. «Ein Geisterbär.» Nur mit seiner Hose bekleidet, das Hemd in der Hand, stolperte er zur Tür. Der Wind schlug ihm kalt ins Gesicht, er war jetzt hellwach. Auf seinen Armen und Schultern bildete sich Gänsehaut. Der Bär stand still da, blickte zurück, als würde er auf ihn warten, eine weiße Gestalt, reglos im Schatten der Bäume. Pete ging auf ihn zu, und als er bis auf wenige Meter herangekommen war, machte er langsamer. Ein Geisterbär hier auf der Insel. Es war kaum zu glauben. Pete hatte keinerlei Angst, hob seine Hand. Noch ein paar Schritte, und er hätte das verklumpte und verfilzte Fell berühren können, doch dann knurrte der Bär. Petes Herz tat einen Sprung. Der Bär senkte den Kopf und drehte sich um. Die Muskeln zeichneten sich deutlich ab, dann machte sich das mächtige Tier davon. Pete sah über die Schulter nach hinten. In der Hütte war es dunkel und still. Inez war ihm nicht gefolgt.

Pete schlüpfte unter einem niedrigen Ast hindurch, ging um einen Felsbrocken herum und watete durch ein Farnbeet, den Blick stets gebannt auf das Tier vor ihm gerichtet. Unter seinen Füßen knackten Zweige, raschelte trockenes Laub.

Der Bär hielt an. Pete versuchte, seinen Atem zu beruhigen, griff sich an die Brust. Dann machte er schnell einige Schritte, um die Lücke zu schließen. Zweige strichen ihm übers Gesicht, Ranken schlangen sich um seine Füße. Der Bär war wieder losgelaufen. Er verfiel in einen Trott, und Pete musste rennen, um mit ihm Schritt zu halten. Er stolperte über einen heruntergefallenen Ast und fiel auf eine Stelle, an der die Erde feucht und lose war. Er spuckte den Dreck aus, hustete, wischte sich das Hemd sauber. Der Bär stand nun versteckt zwischen den Bäumen. Sein fahles Fell sog das wenige Licht auf, das bis zum Waldboden fiel. Pete humpelte vorwärts. Er hatte Seitenstechen. Mondlicht schimmerte durch die sich wiegenden Bäume. Der Bär war jetzt ein ganzes Stück entfernt, zeigte sich noch einmal kurz, und dann war er weg.

Pete machte kehrt. Kein Pfad, nur seine Fußabdrücke. Er rieb sich die Erde von den Händen. Hatte er sich das alles nur eingebildet? War er dabei, verrückt zu werden? Christians selbstgebrannter Schnaps fiel ihm ein. Konnte es eine Nachwirkung dieses Fusels sein?

Plötzlich entdeckte er eine Lichtung, eine Lücke im Wald. Dort drüben war Christians Hütte. Der Mond leuchtete ihm den Weg. Die beiden Plastikeimer standen nach wie vor an der Wand, darauf der zusammengerollte Schlauch. Der weiße Bär hatte ihn bis auf wenige Meter an Christians Hütte herangeführt. Pete legte das letzte Stück zurück, bückte sich und hob die Eimer an. Beide leer.

Im April, auf dem Parkplatz in Westlake, bevor Art die Brandsätze gezündet hatte, vor ihrem ersten größeren Anschlag, hatte Pete Schmiere gestanden. Vor Nervosität war er wie gelähmt gewesen. In diesem Moment wäre er ausgestiegen, wenn er die Chance gehabt hätte. Den anderen war es vermutlich ähnlich ergangen. Wenn der Brandsatz aus irgendwelchen Gründen nicht hochgegangen wäre, wäre es das gewesen. Vielleicht. Christian wollte es nicht wirklich tun, trotz seiner galligen Wut.

Pete erhob sich wieder und ging rüber zu Phelps ehemaliger Hütte. Er tastete so lange im Dunkeln umher, bis er den rostigen Stechbeitel fand. Als er wieder bei Christians Hütte war, kniete er sich hin und rammte die Klinge in den Boden des ersten Eimers, lehnte sich mit dem ganzen Gewicht darauf und ritzte ihn auf. Dann machte er dasselbe mit dem zweiten Eimer.

# 42

Inez wachte früh auf. Es war noch dunkel in der Hütte, der Platz neben ihr leer. Sie tastete die Matratze ab. Die Laken waren kalt. Gestern Abend hatte sie vergessen, die Vorhänge zuzuziehen, und nun sickerte das Licht des heraufdämmernden Tages herein.

Die Landvermesser. Sofort war sie hellwach und alles, was gestern passiert war, schlagartig wieder da. Vielleicht hatte sich Christian tatsächlich nicht mehr im Griff, vielleicht war das mit den Brandbomben und der Rache ernst gemeint. Und vielleicht war alles längst gelaufen. So oder so würde sie nicht mehr lange hier sein: Entweder würden sie still und leise abtreten oder unter Geschrei rausgeworfen werden, mit Ash oder auch allein. Entscheidungen standen an.

Inez legte sich einen Schal um und trat hinaus in den scharfen Wind. Auf der Veranda stand schräg der Schaukelstuhl, doch sie setzte sich nicht. Hinterm Haus scharrten die Hühner im Dreck. Rhonda, die Rhodeländerin, stand am Tor bereit für eine Runde Körnerpicken, aber Inez ließ auch sie links liegen. Ash musste früh aufgestanden und irgendwo hingegangen sein. Er war nirgends zu sehen. Inez lehnte sich über den schmalen Stumpf, in dem der Gartenzaun verankert war, und zupfte ein Blatt Kopfsalat heraus, rieb die Erde vom Stiel. Letzte Nacht hatte es geregnet.

Während sie im Garten stand, musste sie wieder an David Milne denken, an den Tag, an dem Kathleen Pavey in seiner Hütte aufgetaucht war – der Maler und die Fremde, die sich im Wald begegneten, sich ineinander verliebten, ein gemeinsames Leben aufbauten. Genau das passierte gerade auch ihr, und trotzdem hielt ein nagender Zweifel sie zurück, etwas, das sie nicht richtig greifen konnte. Vielleicht, dass er jünger war als sie? Dass sie so wenig über ihn wusste? Dass alles so schnell ging? Dass sie kein Geld hatten? Wenn Pavey und Milne es geschafft hatten, warum nicht auch sie und Ash? Ihr Altersunterschied war geringer als der zwischen Pavey und Milne. Und nachdem sie sich kennengelernt hatten, war Pavey praktisch sofort bei ihm eingezogen. Und das, obwohl Milne bereits verheiratet war und ihr nur eine Bretterbude im Wald hatte bieten können. Er wiederum hatte dort oben gelebt, obwohl er dadurch meilenweit von der nächsten Kunstgalerie weg war, meilenweit entfernt von der nächsten Kunsthochschule.

Ash sah gut aus, hatte etwas Ungestümes, das sie sehr anziehend fand. Sie mochte seine spontane Art, und er und Dennis kamen gut miteinander aus. Ash war väterlicher, als Ray es jemals gewesen war. Diese Tage mit Ash waren die schönsten seit Jahren gewesen: Sie hatte gelacht, hatte sich dabei ertappt, wie sie lächelnd flüchtigen Gedanken nachhing. Sie war glücklich gewesen. Vielleicht war dieser nagende Zweifel nur die Narbe, die Ray hinterlassen hatte?

Scout trottete herbei, wedelte mit dem Schwanz Wirbel in die Luft. Sie hatte einen alten Tennisball gefunden und legte ihn vor ihr ab. Inez warf ihn weg, und Scout jagte ihm nach. Kurz darauf legte der Hund ihr den Ball wieder vor die Füße, und sie warf ihn erneut. Diesmal landete er hinter einem Holzhaufen, und Scout verlor die Spur.

Sie brauchte unbedingt Geld. Vielleicht war Christians Idee mit der Klage gar nicht so schlecht. Ein Schleudertrauma war eine Diagnose, die sich schwer anfechten ließ. Sie drehte ihren Kopf. Der Hals war noch steif. Es war nicht so schwer, für ein paar Wochen mit einer Halskrause herumzulaufen. Wenn sie denn bereit war zu lügen. Oder wenigstens zu übertreiben.

Inez nahm den Pfad den Hügel hinauf. Es tat ja nicht weh, mit einem Anwalt zu sprechen. Sie konnte zumindest einen Versuch starten. Zu oft hatte sie in ihrem Leben anderen die Entscheidung überlassen, ihre Verantwortung abgetreten. Sie war Ray hierher gefolgt und hängengeblieben, hatte darauf vertraut, dass Christian Umzugsgeld herausschlagen würde. Sie könnte es mit einer Klage probieren oder wenigstens mit der Drohung einer Klage, und wenn das nichts nützte, dann war es eben so, dann würde sie eben mit leeren Händen gehen. Aber dann hätte sie es wenigstens versucht.

Inez marschierte weiter, bis sie die Lichtung vor der Hütte erreichte, die einmal Gunter und Maggie gehört hatte. Krähen hockten in den Bäumen, krächzten einander zu, ein lautstarkes Hin und Her, das durch den ganzen Wald hallte. Sie spähte durchs Fenster. Ash lag auf der Pritsche. Seine Brust hob und senkte sich sanft unter der Decke. Merkwürdig, dass er sich hier rausbegeben hatte, aber er wirkte ruhig und zufrieden, also kehrte sie um.

Als sie wieder bei ihrer Hütte ankam, war Dennis bereits angezogen. «Hol die Rucksäcke und vergiss die Bücher nicht.»

«Ich wusste gar nicht, dass wir heute in die Stadt gehen.»

Sie hatte noch keinen Brief an ihre Schwester geschrieben, also nahm sie einen Stift und setzte sich an den Tresen. In ihrem Kopf schwirrten viele Dinge umher, rangelten Sorgen miteinander. So viele Neuigkeiten und irgendwie auch noch keine.

«Kommt Ash auch?», fragte Dennis.

«Ich war gerade oben. Er schlummert noch. Wir bringen ihm eine Tafel Schokolade mit.»

«Kriege ich auch eine?»

«Klar.»

«Und eine Cola?»

«Mal schauen.»

Sie kritzelte schnell ein paar Zeilen an ihre Schwester, fragte, ob sie bei ihr unterkommen könne und ob sie jemanden mitbringen dürfe. Sie versprach, nur so lange zu bleiben, bis sie wieder auf eigenen Beinen stehen könne. Sie erwähnte nicht, dass dieser Jemand ein Mann war.

Wenn Ash das halbe Land durchqueren wollte, um mit ihr zusammen zu sein, sollte es ihr recht sein. Eine gemeinsame Wohnung in Renfrew oder Port Thorvald wäre auch okay. Einfache, kleine Schritte.

Inez und Dennis nahmen den Weg am Strand entlang. Dennis musste große Schritte machen, um im feuchten Sand hinterherzukommen. Sein rechter Turnschuh hatte ein Loch. Das würde Geld kosten, neue Joggingschuhe. «Du hättest deine Stiefel anziehen sollen. Der Pfad ist bestimmt matschig.»

Eine kleine Kletterpartie hinauf zum Aussichtspunkt oben auf dem Hügel. Wie immer legten sie dort eine Pause ein. Kurz ausruhen, kurz den Blick genießen. Der Dunst des frühen Morgens hatte sich aufgelöst, die Zwillingsfelsen, die rund hundert Meter entfernt aus dem Wasser ragten, waren gut zu erkennen.

Die Bäume wiegten sich im Wind, das alte Holz knarrte, und ab und zu fiel ein Tropfen, Überreste des nächtlichen Regens. Als Inez und Dennis den umgefallenen Baum erreichten, stützte sich Inez mit den Händen auf dem Boden ab und krabbelte darunter hindurch. Sie bemühte sich, nicht mit den Knien den Boden zu berühren, damit ihre Hose nicht schmutzig wurde. Eine breite Wiese markierte die Hälfte der Strecke, und als sie dort ankamen, stand die Sonne bereits hoch über den Bäumen.

Der gespaltene Felsen war der letzte Orientierungspunkt vor der Forststraße: ein riesiger, in der Mitte durchgebrochener Stein, dessen Hälften trotzdem irgendwie zusammenhielten. Dahinter ging es bergauf, ein letzter kurzer Anstieg über unebene, von Baumwurzeln gebildete Stufen, die von matschiger Erde durchzogen waren.

Als sie an der Forststraße ankamen, ging Inez auf die andere Seite und holte die Fahrräder aus dem Wald. Es war sechs Wochen her, seit sie sie zum letzten Mal benutzt hatten, und schon schlangen sich junge Triebe um die Speichen: Der Wald holte sich zurück, was ihm nie gehört hatte. Sie schob erst das Rad von Dennis heraus, dann ihres mit dem klappernden Anhänger. Den Anhänger hatte Maggie gebaut, und Inez hatte ihn geerbt. Das war das einzige Gute, wenn Leute fortgingen: dass einem dann deren Sachen in den Schoß fielen. So war sie an ihre Schubkarre gelangt, an das Kanu, an den Neoprenanzug und an das Wetterfunkgerät.

Nach zehn Minuten auf der festgewalzten Erde der Forststraße erreichten sie die Küstenstraße: ein ruhiger Abschnitt, der fünfzehn Meilen weiter nördlich endete. Holzlaster befuhren ihn, im Sommer auch Wohnmobile. Port Thorvald lag in der anderen Richtung. Zwanzig Minuten mit dem Fahrrad. Luftlinie wäre es noch kürzer, aber die Straße folgte den Konturen der Landschaft, all ihren Kurven und Höhen, den scharfen Schwüngen um Felsen und Hügel herum.

Sie kamen an der Tankstelle an der Abzweigung nach Buckley vorbei, wo ein paar Hütten über Bucht und Kiesstrand thronten.

Ein kleines schwarzes, mit Dreckstreifen überzogenes Auto überholte sie, dann tauchte Port Thorvald auf. Eine Stadt, die zu klein war, um Vororte zu haben, kaum war man drin, war man schon wieder draußen: über die Brücke, und schon war man da – ein paar Häuser und hinter einem Zaun eine lange Reihe Wohnmobile. Es gab ein Restaurant namens Mary's Place, dessen «Geöffnet»-Schild im Fenster blinkte. Auf dem Parkplatz standen drei Lastwagen. Selbst diese kleine Stadt besaß Farben von einer Intensität, die sie am Baker Beach nie sah: der grelle

Lack der Pick-ups, das künstliche Rot des Neonschilds, die Anstriche der Häuser, die Ladenschilder, selbst die verblichene Farbe der Flagge vor dem Rathaus. Das Polizeirevier lag gleich dahinter. Wenn sie diesen Teffy wegen Körperverletzung anzeigen wollte, sollte sie damit anfangen, dann Arzt, dann Anwalt. Wenn sie es anders herum machte, würde es wie inszeniert wirken. Inez bremste, fuhr langsamer, drehte sich zu Dennis um. «Würdest du bitte kurz auf mich warten?»

«Wollten wir nicht einkaufen?»

«Ich muss erst noch mit der Polizei sprechen. Wegen gestern.»

«Wegen dieser Landvermesser?»

«Genau.»

Dennis schob sein Fahrrad neben ihres. «Willst du denen sagen, was du von Ash gehört hast? Das mit Christian?»

«Ich weiß nicht, Dennis. Ich weiß nicht, was ich tun werde.»

Sie wusste überhaupt nichts mehr, ihr innerer Kompass spielte verrückt, doch als Dennis kehrtmachte und über die Straße in Richtung Park fuhr, rief sie: «Was hältst du davon, dass Ash mit uns kommt, wenn wir von hier fortgehen?»

«Dann gehen wir also von hier fort?»

«Irgendwann schon, ja. Wahrscheinlich bald.»

Eine Glastür mit der Aufschrift RCMP führte in einen engen Warteraum, der noch dazu auf der einen Seite von einer Theke begrenzt wurde. An der Wand reihten sich Plastiksitze. Das Büro selbst hatte nur zwei Tische, und beide waren nicht besetzt. Was Inez zupasskam, denn sie musste noch einmal alles durchgehen, bevor sie mit jemandem sprach. Sie war noch nie gut im Reden gewesen, und obwohl sie auf dem Herweg Zeit gehabt hatte, hatte sie ihre Schilderung von der Auseinandersetzung am Strand nicht einstudiert. Was sie mit Christians Brandbombe machen sollte, wusste sie auch nicht.

Über der Sitzreihe hing ein schwarzes Brett, Sicherheitshinweise, zwei Suchmeldungen nach vermissten Kindern. Gerade als Inez sich hinsetzte, fiel ihr Blick auf ein Plakat. Vier Schwarzweißfotos, darunter: Gesucht. 20 000 Dollar Belohnung. Eins der Gesichter erregte ihre Aufmerksamkeit, und sie beugte sich etwas weiter vor. In der unteren linken Ecke war ein Bild von Ash McCabe. Und unter dem Bild stand der Name Peter Donald Osborne. Ihre Knie wurden weich, und sie musste sich an dem Sitz festhalten, um nicht zusammenzusacken. Drei weitere Fotos, drei weitere Namen. Inez zog an dem Plakat, bis es sich von den Reißzwecken löste. «Gesucht wegen des tödlichen Bombenanschlags am Esterway Ridge.»

Hinter dem Tresen ging eine Tür auf, und ein hochgewachsener Mann in Uniform trat heraus. «Hatte gar nicht bemerkt, dass wir einen Besucher haben. Was kann ich für Sie tun?»

Inez' Knie waren immer noch weich. Es fühlte sich so an, als würden sie sie nicht tragen. Drei Schritte zur Theke, in der Hand das Plakat, über das sie gar nicht sprechen wollte. Zumindest war sie nicht hergekommen, um darüber zu sprechen. «Mein Name ist Inez Pierce. Ich lebe am Point.» Wo sollte sie anfangen? Ihr Kopf war wie leergefegt.

«Schön, schön», sagte der Beamte fröhlich. Damit hatte sie nicht gerechnet. Inez zerknüllte das Plakat. Ash McCabe würde nirgendwo mit ihr hingehen. Ash McCabe war nicht einmal Ash McCabe. Er hatte sie angelogen. Er hatte sie benutzt.

«Wie kann ich Ihnen helfen?», fragte der Beamte noch einmal, und das holte sie zurück.

«Die haben Leute geschickt, um das Land zu vermessen und zu fotografieren und um Fragen zu stellen. Wir sollen geräumt werden.»

Der Beamte nickte. Ein paar kurze Härchen wuchsen ihm aus einem Muttermal auf der Wange. Sie müsste jetzt erzählen, wie sie angegriffen worden war, doch in ihrem Kopf ging alles wild durcheinander. Ash McCabe. Umzugsgeld von Greer-Braden. Christians Brandbomben. Die Drohung mit einer Klage. Ashs Plan, gemeinsam fortzugehen. Jeder Faden war mit einem anderen Faden verbunden, alles war miteinander verknüpft.

«Der Mann hat mich gestoßen», sagte sie schließlich. «Ich stand einfach nur da. Wahrscheinlich habe ich ein Schleudertrauma oder eine Gehirnerschütterung.» Inez fasste sich mit der Hand an den Hinterkopf, der Hand, in der sie das Plakat hielt. Dann ließ sie diese Hand auf die Theke sinken, und dann lag es da, das Plakat, mit dem Gesicht nach oben. Ihre Finger ruhten am Rand. Peter Osborne. Er hatte ihr nicht mal seinen wahren Namen gesagt. Er hatte die ganze Zeit gelogen.

«Ist das Plakat runtergefallen?»

«Nein. Oder ja. Wahrscheinlich.»

«Das sind die Ökoterroristen.»

«Was bedeutet das?»

«Die vier werden gesucht wegen des Anschlags, bei dem Owen Tuggs umgekommen ist.»

Ihre Knie wurden wieder weich. Sie kannte Owen. Und Linda auch. Linda arbeitete bei Mary's, dem Restaurant, in dem Inez letzten Sommer drei ihrer Bilder hatte aufhängen dürfen. «Owen ist tot? Lindas Mann?»

Der Beamte nickte, Blick auf das Plakat gerichtet, auf die vier Gesichter.

Inez hatte mit dem Mann geschlafen, nach dem wegen des Mordes an Owen Tuggs gefahndet wurde.

«Ich kenne einen davon», sagte sie schließlich.

«Einen von denen?» Der Beamte tippte auf das Plakat, drehte es ein wenig.

«Hier heißt er Peter Osborne, aber bei uns hat er sich als Ash McCabe ausgegeben.»

«Sind Sie sicher?»

Sie schürzte ihre Lippen und drückte ihre Zehen gegen die Schuhsohlen. Das war Verrat. Ihr wurde eng in der Brust, der Atem ein Stich.

«Dieser Herr?» Der Finger des Beamten verdeckte Ashs halbes Gesicht. Inez ließ das Kinn sinken, ein kurzes Nicken.

«Wollen Sie sich setzen. Kommen Sie, hier rüber, da können wir uns in Ruhe unterhalten.»

«Eigentlich bin ich hier, weil ich umgestoßen wurde. Das ist doch Körperverletzung, oder?»

«Ich muss rasch einige Anrufe erledigen. Kommen Sie und machen Sie es sich bequem.»

«Mein Nacken tut weh.»

«Es dauert nicht lange, ich muss nur eben Meldung machen.»

Ein Heizlüfter setzte ein, lautes Rauschen in den Deckenrohren. Inez sah, wie die Lippen des Beamten sich bewegten, aber sie verstand nicht, was er sagte.

Das waren noch Kinder. Auf den vier Fahndungsfotos sahen sie aus wie Kinder – Derek Lyle Newfeld schien zu lächeln, Arthur Kosky hatte ein sauber getrimmtes Ziegenbärtchen und einen bohrenden Blick, schmale Lippen. Es sah so aus, als würde er die Luft anhalten. Peter Donald Osborne neben ihm schien sie verdutzt anzustarren. Er hatte die Augen aufgerissen, wie vom Blitzlicht erwischt. Da war auch eine Frau, und das überraschte Inez am meisten: Fay Adele Anderson, ihr dunkles Haar so kurz geschnitten, dass ihr hübsches schmales Gesicht besonders gut zur Geltung kam.

Der Türsummer ertönte, und Dennis kam herein. «Gibt's Probleme, oder wieso dauert das so lange?»

«Nein, alles okay.»

«Bist du sicher?»

«Absolut.»

«Hast du ihnen von den Männern gestern erzählt?»

«Ja, damit habe ich angefangen.» Sie trommelte mit den Fingern auf die Theke.

«Und von Christian und seinem Plan auch?»

«Nein. Das kommt erst noch. Willst du hier warten oder lieber in den Park gehen?»

«Es ist wirklich alles okay?»

«Ja, mein Schatz.»

«Soll ich erzählen, was ich gesehen habe?» Er blickte zu dem Beamten. «Ich habe nämlich gesehen, wie der Mann dich niedergeschlagen hat.»

«Nein, nicht nötig.»

Wieder ertönte der Summer, Dennis öffnete die Tür und ging hinaus. Kühle Luft strömte herein.

Einige Meter entfernt legte der Beamte den Hörer auf die Gabel. «Wissen Sie, wo dieser Herr sich gerade aufhält? Peter Osborne?»

«Ja, weiß ich. Oder wusste es zumindest bis vor ein paar Stunden.»

Der Beamte rollte mit seinem Stuhl näher an Inez heran. «Ist er draußen am Point?»

«Es sei denn, er ist weg.»

«Können Sie uns hinführen?»

«Ich bin mit Fahrrad und Anhänger hier, und mit meinem Sohn, der ebenfalls ein Fahrrad hat. Wir wollten eigentlich einkaufen, Bücher abgeben, solche Sachen.»

«Wir können alles mitnehmen, Sie, Ihren Sohn, die Fahrräder, alles. Ich habe einen zweiten Streifenwagen angefordert.» Er reichte ihr seine Hand. «Ich bin Corporal Anderson.»

«Inez Pierce.»

«Ich habe schon von Ihnen und Ihrer Gemeinschaft da draußen gehört. Aber keine Angst, mein Lebensmotto ist: leben und leben lassen. Das mit der Belohnung haben Sie mitgekriegt, oder? Greer-Braden hat sie ausgesetzt.»

Adrenalin schoss ihr ins Blut. «Greer-Braden», sagte sie. «Denen gehört doch das Land. Das sind die, die uns vertreiben wollen.»

«Ist ein hübsches Sümmchen. Zwanzigtausend Dollar.»

«Es geht mir nicht ums Geld.» Doch noch während sie es sagte, begriff sie, was sie mit diesem Geld alles anfangen konnte. Sie hatten versucht, dem Unternehmen fünftausend Dollar abzuringen, und nun hatte sie genug Geld in Aussicht, um irgendwo ein Stück Land zu kaufen, ein Sparkonto für Dennis einzurichten oder einen Notgroschen zurückzulegen für unsichere Zeiten.

«Setzen Sie sich und versuchen Sie sich zu entspannen. Es wird eine halbe Stunde dauern, bis die Verstärkung aus Sook hier ist.»

«Mein Sohn und ich wollten zum Lebensmittelladen, Vorräte einkaufen, Bücher abgeben, E-Mails checken.»

«Können Sie in einer Viertelstunde wieder hier sein?»

Frostige Kälte in der Luft, als Inez nach draußen trat, eine steife Brise vom Meer. Dennis wartete bei den Fahrrädern. «Was hast du denen gesagt?», fragte er.

«Sie fahren uns nach Hause.»

«Weil du dir am Kopf weh getan hast?»

«Wir haben nur ein paar Minuten und müssen uns beeilen. Kannst du meinen Brief zur Post bringen und deine Bücher abgeben, während ich die Einkäufe erledige?»

Inez hob ihr Fahrrad an, stieg auf und radelte los. Als Dennis sie eingeholt hatte, sagte er: «Wegen Ash, dass wir vielleicht zusammen …»

«Lass uns später darüber sprechen, ja? Wir haben nur fünfzehn Minuten Zeit.»

# 43

Pete wachte auf und kratzte sich am Ellbogen, wo Moskitos ihn gestochen hatten. Hinter dem schmutzigen Fenster neigten sich zwei Ahornbäume sanft aufeinander zu. Eine Fliege flog gegen die Scheibe, brummte, prallte immer wieder gegen das Glas.

Er schwang sich aus dem Bett und ließ die Füße direkt in seine Stiefel gleiten. Er wusste nicht, wie viel Uhr es war, aber es fühlte sich spät an. Er war zu lange im Wald hinter dem Bär hergestolpert. Der Bär, der weiße Bär: Er hatte ihn gesehen, hatte ihn fast berührt.

Der Wind draußen war frisch – ein wirbelnder Strahl, der kräftig nach Salz und Meer roch. Dünne Wolken hingen über dem Wasser, und die Sonne stand hoch am Himmel. Wahrscheinlich später Vormittag. Höchstens Mittag.

Pete nahm den Pfad zum Strand hinunter. Aus Inez' Schornstein stieg scheuer Rauch auf. Ein warmes Frühstück wäre jetzt genau das Richtige. Schnell ging er den Pfad zu ihrer Tür hinauf und klopfte, spähte durchs Fenster. «Inez? Dennis?» Keiner da. Er stieß die Tür auf. Das Feuer im Herd schwelte noch, doch Inez und Dennis waren weg. Da erinnerte er sich daran, dass Inez in die Stadt gehen und Anzeige gegen den Mann erstatten wollte, der sie niedergeschlagen hatte. Er drehte sich um, ging einmal im Kreis durch die Hütte. Wahrscheinlich waren sie in der Stadt, sprachen mit einem Arzt oder einem Anwalt. Oder mit der Polizei.

Auf dem Regal stand ein Glas mit Hafer, und er aß eine Handvoll davon roh. Er musste jetzt genau überlegen, alle Eventualitäten in Betracht ziehen. Natürlich war es möglich, dass sie sich länger mit jemandem unterhielt, ohne dass das Thema Esterway Ridge aufkam. Inzwischen war über eine Woche vergangen, außerdem hatte sie anderes zu erledigen, andere Dinge im Kopf – Räumung, Umzugsgeld, diese schwachsinnige Klage. Vielleicht kehrte Inez genauso ahnungslos wieder.

Pete ging raus zum Hühnerstall und nahm sich zwei Eier. Drinnen stellte er die Bratpfanne auf den Herd, tröpfelte Öl hinein, gab Rührei dazu. Der Strand war von Wolken überschattet, ein matt getöntes, sanftes Band in diesem Licht.

Letzte Nacht war er einem Geisterbären in den Wald gefolgt. Wenn das kein Zeichen war. Der Bär hatte ihn zu Christians Hütte geführt. Dort hatte Pete die Brandbomben entschärft. Christian die Chance eröffnet, seinen Plan aufzugeben.

Pete nahm sich selbst ein Versprechen ab: Wenn Inez zurückkam, ohne von Esterway Ridge gehört zu haben, würde er ihr es von sich aus erzählen. Wenn das, was zwischen ihnen entstanden war, sich jemals zu etwas entwickeln sollte, musste er ehrlich zu ihr sein. Wenn sie danach nichts mehr mit ihm zu tun haben wollte, dann war es eben so, dann konnte er sich immer noch einen unberührten Flecken Natur suchen und als Einsiedler leben. Dieser Weg blieb offen, ein neues Leben in der Wildnis.

Also blieb er in ihrer Hütte und wartete.

# 44

Dennis wollte unbedingt vorne sitzen, also zwängte sich Inez hinten rein und stellte ihre Beine schräg – der Streifenwagen hatte einen Kunstledersitz, der zwar breit war, aber nicht viel Beinfreiheit ließ. Draußen glitt die Welt vorüber. Inez starrte auf die Bäume. Irgendwann bogen sie in die Forststraße ein, fuhren in niedrigem Gang über die holprige Piste. Nach einigen Minuten erreichten sie eine scharfe Kurve. Inez beugte sich vor, deutete durch das Metallgitter, das sie von Corporal Anderson und Dennis trennte. «Sie können dort in der Notfallbucht halten. Parken Sie möglichst nah am Rand, sonst kann es sein, dass ein Holzlaster das Fahrzeug erwischt.»

Der zweite Streifenwagen fuhr an ihnen vorbei und parkte weiter vorn.

Draußen roch es nach Regen, die Luft war schwer und feucht. «Wir sollten uns beeilen, bevor das Wetter umschlägt.»

Hinten ragten die Gabel und der Vorderreifen ihres Fahrrads aus dem Kofferraum. Anderson hob das Rad heraus, während der Fahrer des zweiten Wagens den Anhänger herbeirollte. Er war übergewichtig, seine Fettpolster drückten von innen gegen die Uniform. Ein weiterer Beamter brachte einen der Rucksäcke mit den Einkäufen. Er hatte breite Schultern und eine stumpfe Nase. Laut seinem Namensschild hieß er Swartz. «Soll ich den tragen?»

Inez schüttelte den Kopf. Sie bückte sich und befestigte den Anhänger am Fahrrad, damit der Bolzen, die Mutter und die Unterlegscheibe, die sie in der Hand gehalten hatte, nicht verlorengingen. «Schiebst du die Räder bitte wieder hinter den Felsen, Dennis?»

Als Anderson das kleinere Fahrrad aus seinem Kofferraum gehievt hatte, nahm er eine Stofftasche heraus, öffnete den Reißverschluss und holte ein Gewehr hervor.

«Warum haben die Gewehre dabei?», fragte Dennis.

«Versteck die Fahrräder, Dennis.»

«Wäre wohl das Beste, Ihr Sohn steigt in den Streifenwagen und bleibt brav sitzen.»

Inez wartete, bis Dennis sein Fahrrad in den Wald geschoben hatte, dann trat sie näher an Anderson heran. «Er ist nicht bewaffnet. Als er im Camp aufgetaucht ist, hatte er eine zerrissene Jacke an und war ganz mit Dreck verschmiert. Er hatte sich verirrt.»

«Misses Pierce.» Anderson richtete die Mündung seines Gewehrs auf den Boden. «Wir gehen davon aus, dass wir keine Waffen brauchen werden. Hier hat jedenfalls niemand vor, sie zu benutzen.»

«Warum schlagen Sie dann vor, dass Dennis hierbleiben soll?»

«Reine Vorsichtsmaßnahme. Wenn wir ankommen, zeigen Sie uns die Hütte, und dann verschwinden Sie wieder. Ist das klar?»

Inez hob den Rucksack an, stemmte ihn gegen ihre Hüfte und schlüpfte mit dem Arm in den Tragriemen. Sie schloss die Schnalle des Hüftgurts und beugte sich vor, um etwas Gewicht von ihren Schultern zu nehmen. Ihr war, als könnte sie ihn noch riechen, Peter Osborne, als wäre sein Geruch noch auf ihrer Haut. Vielleicht war es ein Fehler. Vielleicht war das alles ein schrecklicher Fehler.

Dennis schob das zweite Fahrrad weg, dann brach Inez auf. Sie wollte los. Sie wollte sich durch Tun ablenken. «Der leichtere Rucksack ist für dich, Dennis.»

Der Weg führte in Serpentinen den Hang hinunter. Die Sonne stand bereits tief. Es war vier Uhr, vielleicht etwas später. Als sie an der Wiese ankamen, beschleunigte Inez ihre Schritte. Der schwere Rucksack hemmte sie – zehn Pfund Mehl, fünf Pfund Zucker, Dosentomaten, Pasta, Hafer und Kerosin.

«Die sind nicht wegen des Streits hier, oder?», fragte Dennis.

Er war direkt hinter ihr und so sehr außer Atem, dass er kaum sprechen konnte. Er musste sich an Anderson, Swartz und dem anderen vorbeigeschoben haben. Inez blickte über ihre Schulter nach hinten. Zwischen Anderson und Swartz hatte sich ein gewisser Abstand gebildet, der dritte Beamte war nicht einmal zu sehen.

«Warum sind die hier?»

«Nach Ash wird gefahndet. Wegen eines Bombenanschlags.»

Die Bäume bildeten ein Dach über ihnen. Zwei Bananenschnecken lagen auf dem schattigen Pfad, und Inez wich ihnen aus, zeigte hin, damit Dennis nicht drauftrat.

«Du machst einen Fehler», sagte er.

«Ich wünschte, es wäre so. Wirklich.»

Die Worte gingen ihr leicht über die Lippen, vielleicht wünschte sie sich tatsächlich, dass es ein Fehler war, vielleicht aber auch nicht. Es schien alles so absurd jetzt: dass sie mit einem Fremden noch mal neu hatte anfangen wollen. Mit einem Mann, den sie kaum kannte. Bei jedem Schritt spürte sie das zusammengefaltete Plakat in ihrer Hosentasche.

Inez kletterte über den ersten umgestürzten Baum, samt Rucksack. Sie geriet ins Stolpern, als sie hinuntersprang, und das Gewicht des Rucksacks hätte sie beinahe umgerissen.

Sie kamen an ihren üblichen Raststellen vorbei, machten aber keine Pause, weder an dem Bartflechtenbaum noch am Vampirhöhlenstumpf. Das Laubdach wurde dünner. Vor ihnen lag offen der graubedeckte Himmel, der etwas Schweres hatte. Sie spürte, wie die Küste sie willkommen hieß, kalte Meeresluft streckte ihre Finger weit ins Land hinein. Es fühlte sich an wie zu Hause.

Am Aussichtspunkt wischte sich Inez den Schweiß von der Stirn und strich sich durch die Haare. Sie lehnte sich an einen Baum, drückte ihren Rucksack dagegen, um ihre Schultern zu entlasten. Ihr Hemd war klitschnass. Schweißtropfen rannen an ihrem Hosenbund vorbei in ihre Jeans. Am Horizont war der Himmel bereits dunkel, Regen zog heran. Trotzdem konnte sie sich vorstellen, später noch zu schwimmen. Und wenn es hell genug war, sich vielleicht sogar mit Malen abzulenken.

«Weiß Ash, dass sie kommen?»

«Er heißt nicht Ash, er heißt Peter Osborne.»

Sie griff nach dem Plakat in ihrer Hosentasche, doch dann hörte sie die Polizisten, ihre unnatürlich lauten Geräusche im Wald. Dieses Gespräch bekamen sie besser nicht mit, und sie ließ ihre Hand wieder sinken, als Anderson aus dem Wald trat. Auch er lehnte sich an einen Baum, das Gewehr zwischen die Beine geklemmt. «Lassen Sie uns eine Pause machen. Ab hier müssen wir zusammenbleiben.» Sein Brustkorb hob und senkte sich, Inez lauschte seinem Atem.

«Sobald Sie ihn sehen, geben Sie uns ein Zeichen, oder Sie deuten auf die Hütte, in der er sich aufhält. Mehr nicht. Und du, Dennis, wartest hier, okay?»

«Er kann doch bei mir bleiben», sagte Inez. «Du hältst dich ganz eng an mich, ja?»

Dennis nickte. Swartz traf ein, und kurz nach ihm der korpulente Typ, den die anderen Bubba nannten. Er lächelte gequält. Unter seinen Achseln hatten sich dunkle Schweißflecken gebildet.

Auf dem Abstieg zum Strand konnte man leicht ausrutschen oder stolpern, er war steil, keine Stufen. Mit einem schweren Rucksack auf dem Rücken bekam man fast immer zu viel

Schwung. Inez rannte das letzte Stück. Als sie den Sand erreichte, sanken ihre Füße ein, und dadurch wurde sie gebremst. Dennis rannte die ganze Strecke und schaffte es, knapp hinter ihr anzuhalten. Ihm folgte Anderson. Bubba hielt sich auf halber Höhe an einem Baum fest, um nicht das Gleichgewicht zu verlieren. Der Stamm bog sich. Swartz kam als Letzter, er nahm sich Zeit, setzte behutsam jeden Schritt.

Die drei Polizisten gingen ganz oben am Strand entlang, dicht an der Waldgrenze, um nicht entdeckt zu werden, Anderson voran. Immer wieder blickte er nach unten, wo Inez und Dennis marschierten – näher am Wasser, auf dem Streifen, den die abfließenden Wellen gehärtet hatten. Inez zeigte nach vorn. «Es dauert noch, bis wir seine Hütte sehen. Sie liegt oben auf der Anhöhe.»

«Deuten Sie auf nichts. Sehen Sie nicht zu uns her und reden Sie auch nicht mit uns. Unterlassen Sie überhaupt alles, was Sie sonst auch nicht tun würden.»

Eine Welle rollte heran und umspülte Inez' Stiefel, ihre Füße kickten kurze Spritzer in die Luft. Dennis hielt an, nestelte an einem Riemen seines Rucksacks, während Inez weiterging auf dem weichen Sand, der unter ihrer Sohle nachgab. Die drei Polizisten hoben sich deutlich von den Bäumen ab. Sie wirkten fremd, unnatürlich, zu offiziell für diesen Ort – Schirmmützen, Pistolen in Holstern. Es war nur eine Frage der Zeit, bis ihre Kollegen hierherkommen und den Räumungsbefehl durchsetzen würden. Vielleicht auch diese Männer: Anderson, Swartz, Bubba.

Plötzlich spurtete Dennis an ihr vorbei. Er hatte seinen Rucksack abgestellt und rannte, was das Zeug hielt. Sie rief ihm nach, rannte ebenfalls los, löste im Rennen ihren Hüftgurt. Der Rucksack glitt von ihrem Rücken. «Dennis», rief sie. «Warte.» Auch sie sah es jetzt: ein Mann neben ihrer Hütte, mit dem Rücken zu ihr. Es konnte Ash sein, es konnte aber auch Oscar sein. Oben an der Waldgrenze brüllte einer der Polizisten. Sie nahm sie aus dem Augenwinkel wahr, drei Männer, die oben am Strand entlangrannten, Sand nach hinten wegtraten, Anderson mit dem Gewehr quer vor der Brust.

«Halt», kreischte sie. «Dennis.» In dem Moment drehte sich der Mann neben ihrer Hütte um. Oscar. Dennis wurde langsamer. Er hatte gedacht, es wäre Ash. Er blieb stehen.

«Mensch, Dennis», sagte Inez. Sie stützte sich mit den Händen auf den Knien ab und rang nach Atem. «Das kannst du doch nicht machen. Du hast mir versprochen, dass du eng bei mir bleiben würdest.» Sie sah zur Anhöhe, zeigte mit der einen Hand auf Gunters und Maggies alte Hütte und winkte mit der anderen Oscar zu. «Das ist er nicht.» Sie fuchtelte mit dem Zeigefinger in Richtung Anhöhe. «Der da.»

Swartz hatte seine Pistole gezogen. Sein Hut war heruntergefallen. Bubba hinkte hinterher. Er trottete nicht einmal mehr.

«Ich dachte, Oscar wäre er», sagte Dennis.

«Du musst dich da raushalten.» Sie legte eine Hand auf seine Schulter und die andere auf seinen Kopf, drückte sie auf seinen dicken Schopf.

# 45

Pete saß nach wie vor an Inez' Tresen, als etwas am anderen Ende des Strands seine Aufmerksamkeit erregte. Er beugte sich näher an die Scheibe heran. Gestalten, Leute, Inez und Dennis mit Rucksäcken, aber nicht nur sie. Weiter oben gingen drei Männer in Uniform.

Pete wich zurück, in seiner Brust entstand eine große Leere. Sie hatte ihn gemeldet. Sie hatte ihn verpfiffen. Einmal schnell ums Sofa herum, einmal im engen Kreis durch den Raum, um nachzudenken. Hier gab es kein Versteck, und selbst wenn es eins gegeben hätte, hätte es nichts genützt, denn es war ja Inez, die die Polizei gerufen hatte. Während er hier auf sie wartete, hatte sie alles ausgeplaudert.

Er könnte nach draußen gehen, sich irgendwie aus der Situation herausreden, aber noch während er es dachte, wusste er, dass es nicht funktionieren würde. Flucht war seine beste Option. Die getäfelte Tür hinten führte zur Toilette. Es war eng da drin: schmale Holzbank, darin eingelassen das Klo, darüber ein Kippfenster.

Er stellte das Fenster schräg. Zu eng, um hindurchzuschlüpfen. Er schlug auf das Glas, auf die Ecken, bis die Scheibe sich löste. Dann zog er sich hoch, zwängte sich hindurch und ließ sich über ein altes Holzfass hinunter.

Pete schlich gebückt durchs hohe Gras, bis er die Anhöhe überwunden hatte und im Wald war. Dort rannte er los, ein Sprint nach Seeley's hinunter. Als die Bucht in Sicht kam, drang er wieder in den Wald ein, musste klettern – einen steilen Hang hinauf, auf lockerem Erdreich, durch ein Farnfeld. Niedrige Bäume, Schwarzdorn und Salal klammerten sich an die Flanken des Hügels. Oben angekommen, machte er langsamer und blickte zurück. Das Blut brummte in seinen Schläfen. Zwischen den Bäumen hindurch schimmerte das Meer, das dunkle Wasser am Rand von Baker Beach.

Wahrscheinlich war es von Anfang an nur ein schöner Traum gewesen. Wahrscheinlich hätte es nie geklappt mit Inez und Dennis. Aber irgendetwas war da zwischen ihnen: mehr als nur ein Funke. Selbst jetzt, da er oben auf der Anhöhe stand, wollte ein Teil von ihm noch immer glauben, dass sie ihn nicht verraten hatte, und er ging im Geist alle Möglichkeiten durch: Vielleicht war sie den Bullen unterwegs nur zufällig begegnet; vielleicht hatte die Polizei einen Tipp von jemand anderem bekommen und Inez und Dennis irgendwo aufgegabelt.

Trotzdem blieb Pete nicht stehen. Er marschierte weiter, und mit der Zeit war das Brechen der Wellen kaum noch zu hören, verschluckte seine keuchende Atmung die Geräusche des Waldes. Regelmäßiges Tempo, gerade Linie, bloß nicht verirren. Wenn er immer schön einen Fuß vor den anderen setzte, würde er irgendwann auf den Highway stoßen.

An der West Coast Road hielt er inne und sah nach Süden, dorthin, wo die Straße hinter einer Kurve verschwand. Eine Libelle summte vorbei, die Flügel so nah, dass Pete sie schlagen hören konnte. Es dürfte wenig Verkehr herrschen, selbst jetzt, am späten Nachmittag, aber er konnte trotzdem nicht einfach die Straße entlangspazieren, nicht bei Tageslicht, nicht solange die Polizei unten am Baker Beach war.

Hier oben sammelte niemand Zunderholz. Der Straßenrand war zugewuchert, ein dichter Dschungel, Salal bis auf Kopfhöhe, und er watete hindurch, die Hände erhoben, bahnte sich einen Weg. Eine Schwarzkopfmeise zwitscherte im Wald, während er sich parallel zur Straße vorwärtskämpfte.

# 46

Inez sah Dennis an. Er hatte sich von ihr weggedreht und trotzig die Arme verschränkt. «Es wird alles gut», sagte sie. «Am Ende wird alles gut.»

Die drei Polizisten stiegen den Hügel hinauf zu Gunters Hütte, und bald schon verloren sie sie aus dem Blick – blaue Uniformen, die mit dem Schatten der Bäume verschmolzen.

«Renn weg, Ash. Polizei.»

Inez hielt Dennis den Mund zu, zog ihn an sich, bevor er noch mehr sagen konnte. Der Junge wehrte sich. Er wand sich, ließ sich fallen, trat ihr auf den Fuß. Sie musste die Umklammerung lockern, und er konnte sich losreißen.

Inez zog das Plakat aus ihrer Hosentasche. «Schau dir das an.»

Ein kurzes Zögern, dann trat er näher und schob ihre Hand etwas weg, ihren Finger, der die Belohnung verdeckte.

«Zwanzigtausend Dollar?», fragte er.

«Mein Gott, Dennis, er hat vermutlich jemanden getötet. Owen Tuggs, Lindas Mann.»

«Geld, Geld, Geld. Umzugsgeld. Belohnung. Es geht immer nur um Geld.»

«Findest du nicht, dass wir etwas Geld gut gebrauchen könnten?»

«Geld ist nicht wichtig, schon vergessen? Das erzählst du mir die ganze Zeit. Christian hatte vor, eine Brandbombe zu legen, aber das war dir scheißegal.»

«Es war mir nicht egal.»

«Aber du hast nichts dagegen unternommen. Du hast nicht versucht, ihn aufzuhalten.»

«Du kennst doch Owen und Linda Tuggs, oder? Sie haben ein Baby.»

«Du hättest Ash fragen können. Du hättest vorher mit ihm reden können.»

«Ash ist nicht mal sein richtiger Name. Er hat uns angelogen, Dennis.»

«Mir hat er's gesagt. Er hat erzählt, dass er mal bei einer Protestgruppe war. Dass er deshalb wusste, wie Brandbomben aussehen.» Dennis stapfte auf dem Sand davon und drehte sich noch einmal zu ihr um. «Du hast mit ihm geschlafen. Du hast beschlossen, mit ihm fortzugehen.»

«Dennis, bitte», aber er hatte den Blick schon wieder abgewandt und beobachtete die Polizisten, die den Pfad herunterkamen. Bubba war der Erste, der aus dem Wald trat, mit knallrotem Gesicht. Ihm folgte Anderson, das Gewehr unter den Arm geklemmt. Scout bellte und trottete hinter der Bunten Lady hervor. Ash hatten sie nicht dabei, und unter all dem, was Inez fühlte, war auch Erleichterung. Die Konfrontation würde ihr erspart bleiben, der anklagende Zeigefinger. Die Belohnung mochte futsch sein, aber wenigstens würde sie ihm nicht in die Augen sehen müssen. Sie breitete die Arme aus, ging auf Dennis zu, aber der hatte sich bereits von ihr abgewandt und marschierte breitschultrig davon.

Es war nicht so schlimm. Es war okay. Es würde alles gut werden. Dennis war ein prächtiger Junge, er würde seinen Weg finden, ob hier oder in der Stadt, im Zentrum oder in irgendeinem Vorort. Und auch sie würde ihren Weg finden, mit oder ohne Belohnung, mit oder ohne Mann in ihrem Leben. Am Ende würde alles gut werden. Wie immer musste man nur wissen, wann man das Ende erreicht hatte.

«Was ist los?», rief Oscar vom Rand des kleinen Obstgartens.

«Einen Moment, Oskie.»

«Ich wollte nur mal nachfragen wegen der Sache mit der Körperverletzung.»

«Einen Moment, habe ich gesagt.»

«Dann habe ich die Polizei gesehen.»

Dennis kam hinter der Hütte hervor, das Kajak auf der Schulter.

«Das ist keine gute Idee», sagte Inez.

Doch Dennis war bereits ins Wasser gewatet. Eine ausrollende Welle hob das Kajak an, und er hielt es mit beiden Händen im Gleichgewicht und glitt hinein. «Dennis.» Sie rannte zum Ufer hinunter. «Was hast du vor?» Der Junge hatte nicht einmal ein richtiges Paddel. Das, was er da hatte, war vom Kanu. Auch sie watete ins Wasser und bekam das Heck zu fassen. Trotzdem ruderte er los, spritzte ihr Wasser ins Gesicht. Inez hielt dagegen, umklammerte das Heck des Kajaks. «Bleib hier.»

Er stach das Ruder wieder ins Wasser, erwischte sie am Arm, ein Schmerz, der ihr bis in die Schulter fuhr. Sie ließ los, und das Kajak glitt über das Wasser, während sie rückwärts taumelte und sich den Unterarm hielt.

«Dennis.» Er hatte die Brandung schon fast überwunden. Inez rief noch mehrmals seinen Namen, bis sie jemanden neben sich spürte, eine Gestalt, die nah an sie herangetreten war. Sie blickte nach hinten, wo Anderson eine Hand hob.

«Wann haben Sie Osborne zum letzten Mal gesehen?»

Inez blickte hinaus aufs Meer. «Mein Sohn ist wütend auf mich. Durcheinander.»

Eine Welle rollte unter dem Kajak hindurch.

«Wann haben Sie ihn zum letzten Mal gesehen, Misses Pierce?»

«Heute Morgen. Er war oben in der Hütte.»

«Dann könnte er also fortgegangen sein?»

Sie sah sich um. «Hier hat ihn ja nichts gehalten.»

Bubba hatte sich am Hühnerstall postiert. Inez wandte ihre

Aufmerksamkeit wieder dem Strand zu. Die ganze Landschaft war irgendwie verändert, irgendwie anders getönt: die Anwesenheit der Polizei, Dennis im Kajak, Ashs Lügen, ihr Verrat.

Christian stand am nördlichen Ende der Bucht, eine schmale Gestalt in der Ferne. Er hatte vermutlich seine Marihuana-Ernte in Sicherheit gebracht. Hatte sich darüber aufgeregt, dass die Behörden hier rumschnüffelten, so wie er sich schon über so vieles aufgeregt hatte. Trotzdem konnte sie nicht glauben, dass er eine Brandbombe legen wollte. Vielleicht war dies aber auch nur eine Reaktion auf Dennis' Vorwurf, sie würde Christian und Peter Osborne mit zweierlei Maß beurteilen.

«Haben Sie ein Funkgerät?», fragte Anderson.

«Habe ich, als Einzige hier.»

«Kennen Sie sich mit der Notfrequenz aus?»

«Die musste ich noch nie benutzen.»

«Kanal neun.» Er rieb sich kurz den Schnurrbart. «Können Sie Ihre Hütte von innen abschließen?»

«Mein Gott, er ist doch nicht gefährlich. Gefährlich sind hier nur die Bären und das Wetter.»

«Wir werden uns umsehen müssen, mit den Bewohnern sprechen.»

«Der Mann da vorne bei der Schubkarre, das ist Oscar. Ernie ist oben in seiner Hütte, aber aus dem werden Sie nicht viel rauskriegen. Es sind nur noch ein paar von uns übrig.»

Christian kam mit schwerfälligem Gang auf sie zu. Er war selber ein Bär.

Draußen auf dem Wasser traf eine Welle das Kajak und stieß es zurück, spritzte Gischt auf Dennis. Er würde rauspaddeln und wieder reinpaddeln. Er wollte kajaksurfen, es mal ausprobieren. Davon hatte er schon seit längerem gesprochen. Alles harmlos. Solange sie ihn im Blick behielt.

Swartz war auf dem Weg hinaus zur Landspitze, behutsamen

Schrittes ging er um die Brombeerbüsche herum. Sie war diejenige, die diese drei Polizisten in Uniform auf ihr Land losgelassen hatte, auf ihre Hütten. Gleich würden sie auch in ihrem Atelier herumschnüffeln, das halbfertig Bild auf ihrem Stativ anglotzen.

«Jetzt ist es also so weit», sagte Christian. «Diese Wichser.»

«Ich habe sie hergebracht.»

«Du?»

«Er wird es nie über die Brandung drüber schaffen», sagte Inez.

«Würdest du mir bitte erklären, was dieses Einsatzkommando hier zu suchen hat?»

«Peter Osborne. Angeblich hat er die Greer-Braden-Lagerhalle in die Luft gejagt.»

«Wer?»

«Ash. Sein richtiger Name ist Peter Osborne. Er hat einen Mann getötet.»

«Indem er eine Lagerhalle hochgejagt hat?»

«Owen Tuggs.»

«Der Owen? Lindas Mann? Heilige Scheiße.»

Eine Welle brach über Dennis hinweg, und er wechselte das Paddel von einer Seite zur anderen.

«Greer-Braden», sagte Christian. «Diese Wichser.»

«Wolltest du wirklich aus Rache eine Brandbombe legen?»

«Daraus wird nichts. Dein Ash hat Löcher in die Eimerböden geschnitten.»

Sie war sprachlos. Noch so ein merkwürdiges Puzzleteil, das sie irgendwie ins Gesamtbild einfügen musste.

«Auf ihn ist eine Belohnung ausgesetzt.»

«Was für eine Belohnung?»

«Eine Belohnung von Greer-Braden. So was nennt man wohl die Ironie der Dinge.»

Unten am Strand schäumte eine Welle bis zu Dennis' Rucksack. Darin waren das Toilettenpapier und die Gratiszeitungen, die sie als Feueranzünder mitgebracht hatte. Inez rannte los. Durchgeweichte Vorräte. Das hatte ihr gerade noch gefehlt.

Sie schleppte die beiden Rucksäcke zur Veranda und setzte sie dort ab. Christian unterhielt sich mit Corporal Anderson. Oscar ging um den Garten herum zu seiner Hütte zurück. Draußen auf dem Wasser hatte Dennis die Brandung überwunden und ruhte sich aus, das Kajak reglos auf dem Wasser. Sie winkte, rief nach ihm. Forderte ihn auf, zurück an Land zu kommen. Er hatte sein Kajak getestet, er hatte es sich selbst bewiesen, doch Dennis sah noch einmal demonstrativ zu ihr her, wendete und paddelte aufs offene Meer hinaus.

Vielleicht sollte sie ihn nicht so sehr drängen. Es hatte bereits zu regnen begonnen, leichte Tropfen, die vom Wind an Land getrieben wurden. Dennis würde bald zurückpaddeln. Er würde pitschnass werden und nach Hause kommen.

An der Tür streifte Inez ihre Stiefel ab und hievte die Rucksäcke nach drinnen. Sie schaltete den Wetterfunk ein. Weil sie früh aufgebrochen waren, hatte sie die Vorhersage des Marinewetterdienstes noch nicht gehört. Der Sprecher begann mit der Nordküste und verlas dann den Wetterbericht für die Südküste. Das Signal war schwach, es knisterte stark. Eine Sturmwarnung an Surfer wurde ausgegeben. Heftige Winde angekündigt. Doch Inez hörte es nicht. Sie hatte bemerkt, dass die hintere Tür offen stand und die Scheibe des kleinen Fensters über der Toilette herausgedrückt worden war. Sie lehnte sich in das Kabuff hinein und spähte durchs Fenster. Die Scheibe lag auf dem alten Fass.

Die Polizisten hatten schon wieder den Rückweg angetreten. Die drei Männer gingen im Gänsemarsch den Strand entlang, Scout folgte ihnen. Besonders gründlich hatten sie sich nicht umgesehen und auch die anderen Bewohner kaum befragt.

Im Radio brachte der Sprecher nun die Vorhersage für die Meerenge, dann die für das Festland. Inez öffnete die Verschlüsse ihres eigenen Rucksacks und begann, die Sachen auszupacken. Nachdem sie die Vorratskammer aufgefüllt hatte, stellte sie sich ans Fenster. Ein Containerschiff fuhr am dunstigen Horizont, dahinter hingen tief die dunklen Wolken. Beim ersten Mal hatte sie nicht richtig zugehört. Jetzt wurde die Vorhersage für die Nordküste wiederholt, dann die für den nördlichen Teil der Insel. Draußen prasselte der Regen immer stärker, Böen trieben die Verwehungen gegen das Dach. Inez öffnete die Tür und sah zum Strand.

Dennis musste nach Seeley's gepaddelt sein. Es sei denn, er hatte die andere Richtung eingeschlagen, zur Paulson Bay. Die Unruhe nagte nun stärker an ihr, tief in ihren Eingeweiden. Etwas stimmte nicht. Am Ende des Strands führte ein Weg durch den Wald hinüber nach Seeley's. Inez kletterte über die Felsen. Der Wald war nicht sehr dicht, aber es waren gut fünfhundert Meter. Sie rannte, so schnell sie konnte, und bald schon kam Seeley's in Sicht, dunkle, offene See, ein Ozean in Aufruhr. Ihr Herz krampfte sich zusammen, dehnte sich wieder aus, eine pumpende Faust. Sie kletterte die Felsen hinunter, die vom peitschenden Regen glitschig geworden waren.

Ein Kajak. Ein selbstgebasteltes Kajak. Sie hätte ihn nicht ziehen lassen dürfen. Sie hätte es ihn nicht einmal bauen lassen dürfen. Aus ihrer eigenen verdammten Rolle Leinwand.

Paulson vielleicht. Sie konnte sich kaum vorstellen, dass er von Seeley's weiter nach Merchant Bay gepaddelt war, nicht bei diesem Gegenwind. Sie rannte zurück durch den Wald und den Strand entlang, hämmerte ihre Füße in den harten Sand. Das Blut pulsierte in ihrem Nacken. In der Bucht wogte das Meer. Weit und düster sah es aus, nichts hing mehr in den Wellentälern fest, alles war nur noch Wasser.

Sie sagte laut das Wort Paulson. Sie sagte es im Rhythmus ihrer Schritte, ein Sprechgesang, eine Beschwörung. Wolken verschleierten, was von der Abendsonne noch übrig war. Schatten verschluckten das Land, Vorhänge, die sich langsam zuzogen. Der Regen wurde immer stärker. Ihre Kleidung war klitschnass.

Als Inez den steilen Anstieg am nördlichen Ende des Strands erreichte, war sie völlig außer Atem. Sie zog sich an den Ästen hoch, rammte ihre Fußspitze zwischen die Wurzeln, in jeden Spalt im Stein, stöhnte bei jedem Schritt. Niemand benutzte diesen Weg, um Feuerholz zu sammeln, keine Ziegen grasten hier und dünnten das Gestrüpp aus. Sie kämpfte sich vorwärts, setzte einen Fuß nach dem anderen, während der Wald das Brechen der Wellen immer mehr dämpfte. Endlich erreichte sie den Kieselstrand von Paulson Bay. Der Regen wütete nun, das Wasser türmte sich grau.

Sie schrie den Namen ihres Sohnes, schrie ihn in den stürmischen Regen hinein. Doch zurück kam nur das Rauschen der Wellen.

# 47

Tab nahm einen frühen Flug nach Westen. Nachdem sie gelandet war, durchquerte sie die verglaste Lobby des Flughafens und wählte die Autovermietung mit der kleinsten Schlange. Am Tresen machte der Mitarbeiter eine Kopie von Führerschein und Kreditkarte und übergab ihr die Schlüssel für einen Ford Escort. Er erklärte ihr mit dünner Stimme den Weg und markierte ihn auf einer Karte.

Um den Flughafen herum lag Farmland. Ein Stück den Highway hinunter standen vereinzelt Häuser zwischen den umzäunten Feldern. Dahinter wurde die Bebauung dichter, Häusergrüppchen, von der Straße getrennt durch eine Mauer, so dass nur Giebeldächer und Mansardenfenster zu sehen waren. Dann wurde der Highway breiter, stieg an. Die Automatik schaltete in einen niedrigeren Gang. Zu beiden Seiten stand hoch der dunkle Nadelwald – gewaltig, erhaben und so dicht, dass man sich eingesperrt fühlte.

An der Küste reihte sich ein Städtchen an das andere – Städtchen mit ein bis zwei Ampeln, Fastfood-Restaurants, Motels, Einkaufsstraßen und Schildern: Willkommen in Duncan, Willkommen in Chemainus, Ladysmith, Coombs. Einmal legte sie eine Kaffeepause ein und tankte ein Stück weiter noch einmal voll. Sie erreichte Glendenning eine Stunde zu früh. An vorderster Straßenfront gab es eine Bäckerei, einen Friseur, eine Bank. Ein Schild warb für eine Tour zu der alten Mühle.

Das Kettle Top entpuppte sich als ein großes Gebäude neben einer Videothek. Tab parkte auf dem Kiesparkplatz. Ihre Beine taten weh, und ihr Rücken war steif. Sie stieg aus und reckte sich, sah sich um und dehnte ihre Schultern, rollte ihren Kopf. Nach

Westen hin schwang die Stadt sich sanft einen Hügel hinauf. In der Ferne schwebten graue Berge geisterhaft am Himmel.

Irgendwo in der Nähe warteten die beiden auf sie: Art Kosky und Peter. Hoffentlich Peter. Die anderen waren vielleicht auch hier – Derek Newfeld und Fay Anderson. Sie hatte ihre Fotos in der Zeitung gesehen. Peter hatte grimmig dreingeschaut, zottelige Haare, dunkle Augen, verkniffener Mund, doch es war vor allem das Bild von Fay Anderson, das Tab in den Bann gezogen hatte. Bev hatte erwähnt, dass auch eine Frau dabei war, eine Frau, auf die Peter stand, und da war sie gewesen, Blick in die Kamera, hübsches Gesicht, kantige Züge, große Augen, kurze Haare.

Tab spähte durch die Fenster des Kettle Top: ein weitläufiger Raum mit akkurat plazierten Tischen. Zwei Männer saßen am Tresen und tranken Kaffee. Auf einer Kreidetafel über ihnen war das Tagesangebot aufgelistet. In der Mitte stand eine grauhaarige Dame mit einer Reisetasche. Keiner da, der aussah wie Art Kosky.

Vermutlich warteten sie irgendwo hinter dem Café, diskret: in einem Auto am Straßenrand, in einer Scheune oder in einem unbewohnten Haus. Art hatte gesagt, er würde sie beobachten, und daran musste sie jetzt denken, als sie in ihre Handtasche griff und nach dem Umschlag mit dem Geld tastete.

Häuser säumten einen flachen Hang oberhalb der Bäckerei, umzäunte Grundstücke, zwei Höfe neben dem Kundenparkplatz. Dahinter führte ein Kiesweg den Hügel hinauf. Vielleicht würde Arthur Kosky diesen Kiesweg herunterkommen. Sie malte es sich aus, malte es sich so aus, dass Peter bei ihm war.

Die Tür des Kettle Top schwang auf, und ein Mann mit Schürze kam heraus, warf eine Mülltüte in einen Abfallcontainer und ging wieder hinein. Eine schwarzweiße Katze rieb sich an einem Zaunpfahl. Schritte auf dem Kies schreckten Tab auf. Sie drehte sich um und entdeckte Art Kosky, der gerade die Straße überquerte.

Er hatte die gleichen breiten Lippen wie seine Mutter, den gleichen kräftigen Hals. Er hatte sich einen Vollbart wachsen lassen, und seine Kleidung schlabberte an seinem Körper. Er war allein. Von Peter keine Spur.

«Ist er hier?» Ihre Kehle war trocken. Sie schluckte und sagte es noch einmal.

Kosky hatte etwas Hibbeliges an sich, schien ständig auf dem Sprung zu sein. «Wo ist Ihr Wagen?»

«Da. Der rote.»

«Geben Sie mir den Schlüssel. Ich fahre.»

«Und Peter?»

«Haben Sie nicht gehört, was ich gesagt habe?»

«Okay, schon gut.» Tab atmete tief durch, versuchte, ihr Zittern in den Griff zu kriegen, als sie die Handtasche öffnete.

«Wir setzen uns jetzt in Ihr Auto. Ich auf den Fahrersitz, Sie auf den Beifahrersitz.»

«Fahren wir zu meinem Sohn?»

«Die Schlüssel.»

Sie stöberte in ihrer Handtasche: Taschentücher, Lippenstift, eine Geburtstagskarte, ihr Scheckheft, blöd von ihr, den Schlüssel zu all diesem Krimskrams hineinzuwerfen. Schließlich fand sie ihn, übergab ihn und ging um den Wagen herum zur Beifahrerseite. Sie war jetzt ganz nah. Sie musste jetzt nur die Ruhe bewahren, sich nur noch ein bisschen gedulden, dann würde sie Peter sehen.

Art zog so heftig an der Fahrertür, dass sie von den Scharnieren zurückschwang und gegen seine Hüfte prallte. Er ließ den Motor an, legte den Gang ein und raste schlingernd los.

«Das ist nicht nötig», sagte sie. «Sie können sich darauf verlassen, dass niemand mir gefolgt ist.»

«Sie suchen Peter, richtig?»

«Natürlich. Ja, ich …»

«Haben Sie das Geld dabei?»

«Bringen Sie mich zu meinem Sohn?»

«Ich brauche das Geld.»

«Es ist in meiner Handtasche, aber erst will ich meinen Sohn sehen.»

«Das Geld.»

Sie griff hinein, kramte etwas herum, zog dann den Umschlag heraus. «Wo ist er?»

«Ich habe ihn seit Esterway Ridge nicht mehr gesehen, seit unserer Aktion am Lagerhaus von Greer-Braden.»

Kurz war sie verwirrt. Die Worte drangen zu ihr durch, doch ihr Gehirn hatte Mühe, ihren Sinn zu deuten. «Moment mal. Wo?»

«Nachdem Pete die Bombe gezündet hat …»

«Peter hat die Bombe gezündet?»

«Wir wurden getrennt. Die Feuerwehr rückte an. Der Zeitzünder war zu knapp eingestellt, nur zwei Minuten. Der Nachtwächter kam um die Ecke. Pete hat sich noch zu ihm umgedreht, dann ging die Bombe hoch.»

«Ich verstehe nicht.»

«Wir hatten ein Loch in den Zaun geschnitten, aber das Stück ist wieder zurückgeklappt, und nach der Explosion stand alles unter Strom. Pete war immer noch da drin. Wir haben von außen versucht, ihn da rauszuholen, aber hinter uns auf dem Hügel sah man schon die ersten Blinklichter der Rettungsfahrzeuge. Er hätte losrennen und durch den kleinen Spalt im Zaun schlüpfen müssen, aber er saß nur da. Benommen von dem Knall, wie ausgeknockt.»

«Das ergibt keinen Sinn.»

Sie fuhren an einem Obststand vorbei, einem Friedhof, säuberlich gereihte Bäume zu beiden Seiten, kaleidoskopische Verschwommenheit.

«Er hat versucht, den Nachtwächter am Leben zu erhalten. Wollte wahrscheinlich warten, bis Hilfe eintraf. Also sind wir losgefahren und haben das Auto versteckt.»

Sie sah ihn an. «Sie haben Peter einfach so zurückgelassen?»

«Nein, nicht einfach so, wir haben nur das Auto außer Sichtweite gebracht. Die Polizei kam angerast, die Feuerwehr. Ich bin dann noch mal zurückgefahren, um nach ihm zu suchen.»

Sie hatte gewusst, dass Peter darin verwickelt war. Sie hatte gewusst, dass er in Esterway Ridge dabei war, und trotzdem hatte sie noch dieses Fünkchen Hoffnung gehabt, dass er irgendwie nur eine marginale Rolle gespielt hatte. Doch jetzt war da dieser streng riechende Kerl mit Zottelbart und erzählte ihr, Peter sei derjenige gewesen, der die Bombe gezündet habe, und dass sie ihn anschließend im Stich gelassen hätten.

«Ich habe wirklich alles versucht, Misses Harper. Wir wollten nur schnell das Auto wegbringen, aber als ich wieder am Gelände eintraf, war er schon weg. Die ersten Löschfahrzeuge waren da. Wir sind dann zum Steinbruch gefahren, unserem vereinbarten Treffpunkt, und haben dort einen unserer Leute postiert, und einen weiteren an der nächsten Kreuzung. Ich bin durch die Gegend gekurvt und habe nach ihm Ausschau gehalten, doch als ich ihn endlich gefunden hatte, hat er mich nicht erkannt. Er muss wohl verwirrt gewesen sein, jedenfalls ist er vor mir davongerannt. Ich hab's versucht, das müssen Sie mir glauben, aber die Explosion hat ihn geschockt, wahrscheinlich war er desorientiert, in Panik, und ist deshalb einfach in den Wald reingelaufen.»

Der Asphalt war zu Ende, die Reifen knirschten nun über Schotter.

«Ich wünschte, ich wäre ihm nachgerannt. Wirklich.»

«Sie müssen sich der Polizei stellen.»

«Ich habe zu lange gezögert. War abgelenkt, mit anderen Dingen beschäftigt. Durcheinander. Wegen einer blöden Geschichte. Jedenfalls bin ich ein paar Sekunden zu lange im Auto sitzen geblieben.»

«Ich möchte, dass Sie sich stellen.»

«Sie sollten mir jetzt das Geld geben, Misses Harper.»

«Ist es Ihnen denn völlig egal, dass ein Mensch gestorben ist?»

«Jemand musste ein Zeichen setzen.»

«Ein Zeichen setzen? Wegen ein paar Bäumen? Ein paar Holzfällern? Sie müssen damit aufhören.»

«Nicht wir müssen aufhören.»

«Sie haben einen Menschen getötet. Eine Straftat begangen.»

«Sabotage war unser letztes Mittel, und das sage ich nicht einfach so daher. Greer-Braden holzt gerade den letzten unberührten Urwald des ganzen Kontinents ab. Und wissen Sie, wer ihnen das erlaubt hat? Die Regierung. Die wiederum mit Millionen an Greer-Braden beteiligt ist.»

«Er hatte eine Familie, ein Baby, eine Frau.»

«Ich brauche dieses Geld, Misses Harper. Die zweitausend Dollar.»

«Wenn Sie Peter nicht haben, zahle ich auch kein Lösegeld.»

«Lösegeld?» Er trat in die Bremsen, und Tab wurde in den Gurt geschleudert. Das Auto brach seitlich aus. «Ich habe nie gesagt, ich hätte Peter. Und das Wort Lösegeld habe ich auch nicht benutzt.»

«Ich wollte nur wissen, wo er ist. Und ob es ihm gutgeht.»

«Genau. Geld gegen Informationen. Das war unser Deal. Und ich habe Ihnen alles gesagt, was ich weiß.»

«Dass er diesen Mann auf dem Gewissen hat? Das ist die Information, für die ich zahlen soll?»

«Es war ein Unfall.»

«Woher soll ich wissen, dass Sie die Wahrheit sagen?»

«Ich würde Sie nie anlügen.»

«O doch, das würden Sie. Sie würden jederzeit alles auf Peter schieben, um selbst heil aus der Sache rauszukommen.»

«Legen Sie Ihre Handtasche auf die Rückbank. Betrachten Sie es als Spende.»

Sie umklammerte die Handtasche, drückte sie gegen ihre Brust.

«Handtasche nach hinten, und dann raus aus dem Auto.»

Tab hantierte am Türgriff herum. Wenn sie erst mal draußen war, konnte sie wegrennen, aber er riss am Riemen ihrer Handtasche und zog sie ihr vom Arm. Sie schrie. Ein Auto fuhr vorbei, und sie schrie erneut, versuchte zu winken. Sie musste jemanden auf sich aufmerksam machen. Tränen liefen ihr über die Wangen. «Ich werde die Polizei anrufen. Ich werde ihnen alles erzählen.»

«Meinen Sie, irgendjemandem ist damit geholfen, dass Sie die Bullen anrufen? Da, Ihre Spende, das ist was, das hilft.» Arts Gesicht strahlte, seine Augen funkelten. «Ich stelle das Auto auf der anderen Seite der Stadt ab. Und keine Sorge, ich nehme nichts mit, nur das Geld.»

«Ich will nur wissen, wo er ist.» Ihre Stimme war nun fast ein Stöhnen.

«Wenn ich es wüsste, würde ich es Ihnen sagen.» Er löste ihren Gurt. «Das Auto wartet dann südlich der Stadt auf Sie.»

Sie wischte sich die Tränen von den Wangen. «Lassen Sie mich bitte nicht allein.»

«Sie haben ein gutes Werk getan. Jetzt ist es Zeit, nach Hause zu fahren. Gehen Sie hier runter, immer geradeaus, dann kommen Sie zur Hauptstraße. Also, auf der anderen Seite von Glendenning, ich parke das Auto so, dass Sie es nicht übersehen können.»

Er schubste sie sanft, doch sie rührte sich nicht. Er schubste etwas stärker, doch dieses Mal packte sie seinen Arm, beugte sich vor und biss zu. Art heulte auf, dann stieß er sie weg, raus aus ihrem Sitz. Tab stolperte auf den Kies. Die Autoreifen drehten durch, spritzten Dreck auf. Hundertachtziggradwende, und er brauste los in Richtung Süden.

# 48

Als Art anfuhr, fiel die Beifahrertür durch den Schwung von selbst ins Schloss. Im Rückspiegel sah er Tab Harper auf dem Schotter liegen. Er bremste ab, hielt an. In beide Richtungen keinerlei Verkehr. Er wartete, bis Mrs. Harper sich aufgerappelt hatte und wieder stand, dann trat er erneut aufs Gaspedal, stöberte beim Fahren in der Handtasche, stieß auf einen Zettelblock, einige zusammengefaltete Seiten aus einer Zeitschrift, dann, noch etwas tiefer in der Tasche, auf den Rücken eines Notizbuchs, einen Lippenstift, einen Beutel aus weichem Leder. Die Handtasche war vollgestopft mit Krimskrams. Als er Glendenning erreichte, drosselte er das Tempo. Er musste sich konzentrieren, durfte keine Aufmerksamkeit erregen. Bei einer rotblinkenden Ampel bog er rechts ab, um nicht noch einmal am Kettle Top vorbeizumüssen, ein kleiner Umweg. Als er wieder auf der Landstraße war, wurde der Verkehr dichter, Glendenning lag hinter ihm.

Art kippte den Inhalt der Tasche auf den Beifahrersitz, breitete die Sachen aus und sah immer wieder hin. Schließlich entdeckte er den Umschlag, der mit einem roten Gummiband umwickelt war. Er öffnete ihn, spähte hinein: Fünfzigerscheine. Die Spannung fiel von ihm ab. Er ließ sich in den Sitz zurücksinken und stieß vor Erleichterung einen flattrigen Pfiff aus.

Struppige kleine Bäume säumten die Straße, die leicht anstieg. Gleich musste die Abzweigung kommen. Auf der Kuppe blinkte er, bog in den Weg ein, der in den dunklen Wald hineinführte, und schaltete den Motor aus. Ein Vogel zwitscherte und gurrte, vielleicht eine Taube. Art überlegte, ob er am Lenkrad und im Innenraum die Fingerabdrücke abwischen sollte, kam aber zu dem Schluss, dass es absurd war. Tab Harper wusste, wer er war. Sie hatte hier neben ihm gesessen. Sein Gesicht war auf den Titelseiten gewesen. Art öffnete das Fenster einen Spaltbreit, ließ etwas Luft herein, atmete durch. Er saß jetzt noch tiefer in der Scheiße. Wenn das überhaupt möglich war. Er war zweitausend Dollar reicher, saß aber tiefer in der Scheiße. Kurzer Zug am Griff, und die Tür schwang auf. Art stopfte alles, was auf dem Sitz verstreut lag, in die Tasche und verstaute sie anschließend im Kofferraum. Den Schlüssel legte er auf den Sitz. Der Kombi stand ein paar hundert Meter entfernt, hinter einer Kurve.

Als Art sich dem Wagen näherte, machte Derek die Fahrertür auf und lehnte sich heraus. Art streckte den Daumen nach oben. «Gebongt», sagte er.

«Die ganzen zweitausend Dollar?»

«Sieht so aus. Hab nicht nachgezählt.»

«Wow. Das ist aber großzügig.» Fay, die auf der Rückbank gelegen hatte, richtete sich auf. «Na, das ist doch mal was.»

Derek legte den Rückwärtsgang ein, wendete und fuhr um die Kurve. Sofort stach ihnen das kleine rote Auto ins Auge. «Ich dachte, du wärst zu Fuß unterwegs gewesen.»

«War ich auch.»

Derek bremste ab. Der Weg wurde an dieser Stelle enger, und die beiden Außenspiegel berührten sich fast. «Wo kommt das Auto her?»

«Lass uns erst mal losfahren.»

Auf dem Highway ließ Derek den Verkehr passieren und bog dann nach Süden ab, zum unteren Ende der Insel, weg von Glendenning. Er drückte aufs Gas. Art öffnete das Fenster. Minuten vergingen. «Also?», fragte Derek.

«Tab Harper.»

«Wer?»

«Petes Mutter.»

«Was?»

«Sie war die edle Spenderin?»

Art drückte auf das dicke Geldbündel in seiner Hosentasche. «Sie hat mir Geld gegeben, ich ihr Informationen.»

«Ich dachte, es war eine Spende.»

«Sie dachte, wir hätten Pete. Dass ich ihn mitbringe. Ich glaube, sie ist ziemlich mit den Nerven runter.»

Anfangs war die Sirene kaum zu hören – ein fernes Geräusch, das an- und abschwoll. Art war sich nicht sicher, woher es kam, doch dann tauchte auf dem nächsten Hügel ein Streifenwagen auf, mit hoher Geschwindigkeit und eingeschaltetem Blaulicht. Derek fuhr langsamer. Art schob seine Sonnenbrille höher. Der Streifenwagen raste vorbei. Derek drehte den Rückspiegel so, dass er dem Fahrzeug hinterhersehen konnte. «Ich hätte beinahe einen Herzkasper gekriegt.»

«Sie wollte mir das Geld nicht geben, nachdem ihr klar wurde, dass Pete nicht bei mir war», erklärte Art. «Offenbar dachte sie, wir würden ihn als Geisel halten oder so was. Als ich sagte, ich wüsste nicht, wo er sei, wollte sie die Kohle nicht rausrücken.»

«Diese Bullen gerade eben», sagte Fay. «Dieser Streifenwagen, der da an uns vorbeigerast ist.»

«Könnte ihretwegen sein. Ja, durchaus möglich.»

«Vielleicht kommt gleich eine Straßensperre», sagte Derek.

«Da kommt keine Straßensperre. Ist nicht mehr weit bis zur Fähre von Duke Point. Wir können die Insel genauso gut hier oben verlassen.»

«Um dann wohin zu fahren?», fragte Fay.

«Ins Landesinnere, zur Hütte von Dereks Cousin.» Er hob das Geldbündel in die Höhe, damit sie es sehen konnten. «Ist mit deinem Cousin alles abgesprochen?»

«Noch nicht.»

«Mann, Derek. Du wolltest …»

«Und was ist mit unserem Plan, Verhandlungen aufzunehmen, unsere Forderungen öffentlich zu machen? Darüber hatten wir doch gesprochen.»

«Ich habe uns gerade diese verdammte Kohle besorgt, Derek. Wozu, frage ich mich, wenn dein Superplan darin besteht, uns zu ergeben. Das war deine einzige Aufgabe: deinen Cousin anzurufen.»

«Du verteilst hier nicht die Aufgaben, kapiert?»

«Würdet ihr bitte aufhören, euch zu streiten», schaltete sich Fay ein.

«Wir fahren zurück in die Wohnung», schlug Art vor. «In ein paar Tagen hat sich die Lage wieder beruhigt. Wir tauchen eine Weile ab, und dann schicken wir die Pressemitteilung raus und setzen uns nach Slocan ab.»

«Vor zwei Tagen haben wir gesagt, dass wir unbedingt unsere Forderungen stellen müssen.»

«Das war damals eine schlechte Idee und ist auch heute noch eine schlechte Idee. Erst müssen wir in einer starken Position sein.»

«Sie wissen jetzt, wer wir sind, Art. Sie wissen, wer du bist.»

«Das wussten sie vorher schon.»

«Wie meinst du das?»

«Unsere Fotos waren in der Zeitung.»

«Was?», sagte Fay.

«Sie kennen uns alle. Fotos, Namen. Wie sind die Hauptverdächtigen.»

Die Räder brummten auf dem Asphalt. Die Sonne schien auf das staubige Armaturenbrett.

«Jemand hat uns verpfiffen.» Derek schlug aufs Lenkrad. Strähnen seiner dünnen Haare flogen auf. «Jemand hat uns ans Messer geliefert.»

«Wir müssen jetzt die Ruhe bewahren und unseren Plan durchziehen. Wir haben Geld und wir haben ein Versteck.»

«Unsere Bilder sind in der Zeitung.» Derek schrie jetzt fast. «Weißt du, was das bedeutet?»

«Uns war allen klar, dass das irgendwann passieren würde. Die Frage war nur, wann.» Art versuchte, ruhig zu bleiben, nicht laut zu werden. «Wir tauchen zwei Tage ab, schicken die Pressemitteilung raus, und dann hauen wir ab nach Slocan. Dort schieben wir drei Monate eine ruhige Kugel und bereiten unsere nächste Aktion vor. Oder, Fay?»

Derek ließ Fay nicht zur Antwort kommen. «Und wenn mein Cousin nicht will? Jetzt, wo unsere Fotos in der Zeitung sind, ist es ihm vielleicht zu riskant.»

«Mensch, Derek. Wir haben ihn überhaupt nur deshalb ins Gespräch gebracht, weil du sicher warst, dass er es machen würde.»

«Ich dreh gleich durch, Art.»

«Ruf lieber deinen Cousin an und frag ihn.»

Art drehte sich zu Fay um und sah sie an. Er wollte, dass sie etwas sagte, wollte, dass sie ihm beipflichtete, ihn unterstützte. Er berührte sie am Arm, doch kurz darauf fuhren sie über ein Schlagloch, und seine Hand rutschte ab.

# 49

Tab joggte die Straße entlang. Sie hatte Seitenstechen, und ihre Knie und Hüfte taten weh. Nachdem der Schotter in Asphalt übergegangen war, tauchte gleich neben dem Highway eine kleine rote Scheune auf. Sie entpuppte sich als Obstladen, vor dem zwei Autos geparkt waren. Als Tab die Scheune erreichte, ging sie nur noch. Sie lehnte sich an die Wand und sackte zusammen.

Peter war es gewesen. Er hatte einen Menschen auf dem Gewissen. Es kostete sie Mühe, sich auch nur aufrecht zu halten, und sie musste alle ihre Kräfte mobilisieren, um sich von der Wand abzustoßen und in den Laden zu gehen. In der Scheune war es kühl. Rhabarber, Kirschen und Aprikosen in großen Kisten, daneben Schachteln mit Pflaumen und Beeren. Neben der Kasse lehnte eine junge Frau am Tresen, die Haare zu einem losen Dutt gebunden. Um den Hals trug sie eine Kette mit einem Goldkreuz.

«Könnte ich bitte mal telefonieren?» Tab schniefte und wischte sich die Nase ab. In ihrer Kehle hatte sich Schleim angesammelt, und sie musste sich erst räuspern, bevor sie weitersprechen konnte. «Ein R-Gespräch. Wegen eines Notfalls.»

Die Frau griff zum Telefon. Bevor Tab ihre Erklärung beendet hatte, stand der Apparat schon auf dem Tresen.

«Meine Handtasche, mein Auto und meine Reisetasche wurden gestohlen.»

«Rufen Sie die Neun-elf an.»

«Mein Mann ist in Ontario. Er übernimmt die Gebühren. Um die Uhrzeit müsste er zu Hause sein.»

Kaum hatte Frank abgenommen, brach Tab in Tränen aus.

Allein der melodiöse Ton seiner Stimme bewirkte, dass sich etwas in ihr löste. Sie wandte der Frau am Tresen den Rücken zu und versuchte, ihr Schluchzen zu unterdrückten, während Frank fragte: «Was ist los?» Immer wieder: «Was ist passiert?»

Tab ließ ihren Kopf sinken. Sie sagte, sie wolle sich mit Elwood Dewy treffen, dem Anwalt, den Dick empfohlen habe.

Frank erwiderte nur: «So, jetzt atmest du einmal tief durch, und dann erzählst du mir alles.»

Tab hörte ihr eigenes heiseres Flüstern, als sie mitten in die Geschichte sprang, von Kettle Top erzählte, von Art Koskys nervöser Flattrigkeit, von dem gestohlenen Auto. Irgendwann erwähnte sie die zweitausend Dollar, die sie von ihrem gemeinsamen Konto abgehoben hatte, und erst ganz am Ende schaffte sie es, ihm zu sagen, dass Peter die Bombe gezündet hatte. Ihr Sohn. Ein Mörder.

Die Stille am anderen Ende der Leitung war ein Abgrund. Wenige Meter von ihr entfernt brausten Autos vorbei. «Bist du noch dran?», fragte sie.

«Komm nach Hause. Die Situation ist total verfahren. Lass es, wie es ist, und komm nach Hause.»

«Er ist vielleicht tot. Oder irrt irgendwo in den Wäldern umher.»

«Tab, bitte, komm einfach nach Hause.»

«Kannst du mir einen Gefallen tun? Suchst du mir die Nummer von Inspector Burrell raus? Sie steht in meinem Adressbuch.»

«Tab, lass dich nicht noch weiter in diesen Schlamassel reinziehen.»

«Dieser Kerl hat mir meine Handtasche geklaut, meine Reisetasche, einfach alles.»

«Wenn ich dir diese Nummer gebe, kommst du dann nach Hause?»

«Burrell muss es erfahren, oder? Und wenn es dazu beiträgt, dass sie sie kriegen, hat es sich doch gelohnt, findest du nicht?»

Er legte den Hörer ab. Im Hintergrund wurde eine Schreibtischtür geöffnet, eine Schublade aufgezogen, dann war Frank wieder dran.

«Das sind Kinder, Frank, verängstigte Kinder.»

«Du musst der Sache ihren Lauf lassen.»

«Ich dachte, Art Kosky wäre der Anführer, aber er ist nicht viel älter als Peter.»

«Nimm den Nachtflug, ich komme zum Flughafen und hole dich ab.»

Nachdem Tab aufgelegt hatte, lächelte sie die Frau hinter dem Tresen gezwungen an und nahm erneut den Hörer in die Hand. «Noch ein Anruf? Diesmal die Polizei. In Vancouver.»

Burrell meldete sich mit rauher, scharfer Stimme. «Ich habe gerade Arthur Kosky gesehen», sagte Tab.

«Was? Wer ist da?»

«Tab Harper.»

«Misses Harper.» Seine Stimme klang nun wärmer, fast heiter. «Ich dachte, Sie wären nach Hause geflogen.»

«Wird das zählen? Wird es Peter helfen, wenn Sie Art Kosky kriegen?»

«Ja, wird es. Sagen Sie mir jetzt, wo Sie ihn gesehen haben.»

«In Glendenning. Wir haben uns vor einem Restaurant namens Kettle Top getroffen. Er trug eine Lederjacke und einen schwarzen Rollkragenpullover. Außerdem hat er sich einen Vollbart wachsen lassen und die Haare kurz geschoren. Derzeit fährt er mit meinem Mietwagen herum. Ein Ford, glaube ich, rot. Und er hat mir gerade zweitausend Dollar abgenommen, die ich ihm bezahlen sollte, damit er mich zu Peter bringt.»

«Gütiger Himmel.»

«Ich dachte, sie führen mich zu ihm. Und wenn ich erst mal mit ihm sprechen könnte, dann …»

«Er ist an der Küste, Misses Harper. Sie hätten uns mit einschalten müssen. Dann hätten wir Kosky jetzt.»

«An der Küste?»

«Ihr Sohn ist bei Landbesetzern untergeschlüpft, in der Nähe von Port Thorvald.»

Tab ließ die Neuigkeit sacken. Sie bedeutete, dass er lebte. Dass es ihm gutging.

«Von wo aus rufen Sie an?» Im Hintergrund waren Stimmen zu hören. Burrell war nicht allein in seinem Büro. «Sind Sie noch in Glendenning? Ich lasse Sie abholen.»

«Nein. Nicht nötig.»

«Wir haben gerade einige Beamte losgeschickt, um Ihren Sohn zu verhaften.»

«Aber keine Schusswaffen, das haben Sie mir versprochen.»

Tab verließ die Scheune und stellte sich ins abendliche Sonnenlicht. Von hier aus konnte sie die Brücke sehen. Sie war fast in der Stadt. Auf der anderen Seite der Straße war ein Gehweg.

«Alles okay?»

Tab drehte sich um. Die Frau war ihr gefolgt. Sie hatte ein Schälchen in der Hand. «Darf ich Ihnen ein paar Heidelbeeren anbieten?»

«Kennen Sie eine Stadt namens Port Thorvald?»

«Sicher. Ist nicht weit von hier, ein Stück die Küste rauf.»

«Wie weit genau?»

«Um die fünf Stunden.»

«Darf ich Sie um einen weiteren Gefallen bitten? Wäre es vielleicht möglich, dass Sie mich ans andere Ende der Stadt fahren? Es ist eine lange Geschichte.»

«Was ist mit der Polizei?»

«Ich will mich wirklich nicht aufdrängen.» Sie verstummte.

Die Frau legte eine Hand auf ihre fleckige Schürze. «Der Mann, der mir mein Auto weggenommen hat, wollte es dort abstellen. Und meine Handtasche und Bankkarte wollte er drin liegen lassen. Dann könnte ich Ihnen auch was bezahlen. Hoffe ich zumindest.»

«Sie brauchen mir nichts zu bezahlen, ich muss nur kurz schauen, ob mein Mann auf den Laden aufpassen kann.»

Sie fuhren an der einzigen Ampel vorbei, dann raus auf den frischgeteerten Highway. Ein Streifenwagen raste an ihnen vorbei, mit eingeschaltetem Blaulicht. Tab spürte, dass die Frau sie ansah, aber sie war zu sehr damit beschäftigt, links und rechts der Straße Ausschau nach dem Auto zu halten. Das Geräusch des Streifenwagens verklang.

«Hat er Ihnen gesagt, wo?», fragte die Frau. «Irgendeinen Anhaltspunkt gegeben?»

«Nur dass er ihn an dieser Straße abstellen würde. An der Straße, an der Ihr Laden liegt, nur auf der anderen Seite der Stadt.»

Sie erreichten die Kuppel einer leichten Anhöhe, als Tab ihn entdeckte. «Halten Sie an.» Der rote Mietwagen stand in einem schmalen Waldweg, unter den Ästen eines Nadelbaums. Es bedeutete, dass die Polizei Kosky nicht gefasst hatte. Ihr Anruf bei Burrell hatte nichts gebracht.

«Meinen Sie, er ist noch da?», fragte die Frau. «Dann müssen wir vorsichtig sein.»

Tab öffnete die Beifahrertür schon, bevor der Pick-up vollständig zum Stillstand gekommen war. Sie marschierte zu dem Auto, rannte fast. Die Schlüssel lagen auf dem Fahrersitz. Von ihrer Tasche keine Spur. Sie sah auf der Rückbank nach. Dann öffnete sie den Kofferraum, ging um den Wagen herum und sah auch dort nach. Ihre Handtasche lag auf der Seite. Der Umschlag war weg. Sie hatte nichts anderes erwartet, fand jedoch ihr Portemonnaie und hielt es hoch, so dass die Frau es sehen konnte.

Als sie hinter dem Steuer saß, entdeckte sie einen Zettel auf dem Armaturenbrett, ein Stück Papier, das Kosky aus dem Umschlag herausgerissen hatte. Darauf stand: «Tut mir leid.» Und auf der Rückseite: «Wegen Pete.»

# 50

Als Pete die Tankstelle in Buckley Bay erreichte, stand die Landschaft an der Schwelle zur Dunkelheit, und der Regen war stärker geworden. Der Tankwart saß in seinem Kabuff, hatte die Beine hochgelegt, die Lehne nach hinten gekippt. Es sah aus, als würde er lesen. Die drei schachtelartigen Hütten hinter ihm wirkten verlassen, das Auto, das Pete neulich bemerkt hatte, war nirgends zu sehen.

Als der Tankwart nach Hause fuhr, war es endgültig dunkel. Pete trat aus dem Schutz des Waldes. Der Wind wehte schärfer und trieb den Regen schräg übers Land. Eine Böe erfasste die Fliegengittertür einer Telefonzelle, die krachend aufschlug. Kein Licht in den Kabinen, kein Lebenszeichen. Pete wählte Jeremys Nummer, R-Gespräch. Es läutete dreimal, bevor Jeremy abhob.

«Ich bin's, Pete.»

Es knackte in der Leitung. Pete hielt den Hörer mit beiden Händen.

«Du kannst hier nicht anrufen», sagte Jeremy leise. «Ich habe dir doch gesagt …»

«Hast du?»

«Habe ich was?»

«Hast du Art ausfindig gemacht, hast du ihnen gesagt, sie sollen auf keinen Fall …?»

«Mann, Pete. Ich habe keine Ahnung, wo sie sind, und selbst wenn, würde ich …»

«Sie verstecken sich in irgendeinem Vorort, das hast du mir selber gesagt. Ich dachte eben, hatte gehofft. Hier geht alles schief, und ich wollte sie warnen.»

«Ich habe die Polizei angerufen», erklärte Jeremy. «Anonym. Ich habe ihnen von Thurlow Road erzählt.»

«Du hast was?»

«Von dem Dynamit.»

«O Gott.»

«Du wolltest doch sicherstellen, dass nicht noch jemand verletzt wird, und genau das wollte ich auch.»

«Die Bullen, Jeremy? Du hast tatsächlich die Bullen angerufen?»

«Mehr habe ich ihnen nicht gesagt.»

«Du hättest die anderen ausfindig machen können. Mit ihnen sprechen.»

«Du brauchst jetzt einen Anwalt.»

«Ich habe das Ding gezündet, Jeremy.»

«Halt. Das will ich gar nicht wissen.»

«Ich sitze fest. Ich brauche Hilfe. Erinnerst du dich noch an Misses Keener? Sie legt ihren Schlüssel immer ins Handschuhfach. Das ist nur zwei Querstraßen von dir entfernt.»

«Ich werde bestimmt kein Auto für dich klauen.»

«Du sollst es nicht klauen, du sollst es ausleihen.»

«Nein.»

Pete knallte den Hörer auf die Gabel und schlug mit der anderen Hand gegen die Wand der Telefonzelle.

Er trat einen Schritt zurück und sah nach draußen zur Straße. Er wusste, was er jetzt tun musste, wen er jetzt anrufen würde, den einzigen Menschen, dem er vertrauen konnte. Er fühlte es kommen, fühlte es fast körperlich. Fay und die anderen ausfindig zu machen war eine Illusion. Die Polizei wusste, wer er war und wo er war, und Jeremy würde ihm nicht helfen. Inez hatte ihn verraten.

Er nahm den Hörer wieder in die Hand, drückte die Null und nannte dem Mitarbeiter der Vermittlung seinen Namen. In

Ontario war es jetzt kurz nach ein Uhr nachts. Als Franks Stimme ertönte, hätte er beinahe aufgelegt.

«Wer ist da?», sagte Frank schroff, fast kläffend. «Es ist mitten in der Nacht.»

Er wollte nicht mit Frank reden, nicht einmal, um nach seiner Mutter zu fragen, doch der Mitarbeiter der Vermittlung nannte seinen Namen und stellte durch.

«Peter?», sagte Frank. «Mein Gott, Peter.»

«Ist meine Mutter da?»

«Nein.»

«Und wo soll sie um ein Uhr nachts sein, Frank?»

«Leg jetzt nicht auf und sag mir, wo du bist.»

«Ich will einfach nur mit meiner Mutter sprechen.»

«Wie gesagt, sie ist nicht hier. Sie sucht verdammt noch mal nach dir.»

«Oh», sagte Pete. Und dann: «Wie …» Mehr brachte er nicht heraus, die Worte rutschten ihm irgendwie weg.

«Mehr hast du nicht zu sagen? Weißt du überhaupt, was hier los ist?»

«Spar dir deine Belehrung.»

«Du musst mal deinen Geisteszustand überprüfen lassen. Und du brauchst einen Anwalt.» Er hielt inne. «Darum hat sich deine Mutter schon gekümmert. Mir will nur der Name nicht einfallen.»

«Wann kommt sie zurück?»

«Wo bist du?»

«An der Küste. Ich rufe aus einer Telefonzelle an. Und die liegt außerhalb.»

«Sie kommt morgen früh. Mit dem Nachtflieger.»

«Sie hat den ganzen weiten Weg auf sich genommen, um nach mir zu suchen?»

«Stimmt das, was in der Zeitung steht?»

«Dass die Welt eine Freakshow ist? Ja. Dass wir plündernd und vergewaltigend durch die Gegend ziehen ...»

«Lass den Quatsch. Stimmt es, dass du dabei warst? Dass du das Ding gezündet hast? Hast du überhaupt eine Ahnung, was deine Mutter gerade durchmacht?»

«Der Mann kam plötzlich um die Ecke, kurz vor der Explosion. Ich habe da gestanden. Vielleicht fünfzehn Meter entfernt. Es hat mich umgerissen. Einfach umgerissen. Wir hatten extra jemanden postiert, damit genau das nicht passiert. Passiert ist es trotzdem.»

«Ich schreibe auf, wo genau du bist, und du rufst mich morgen früh noch mal an.»

«Ich bin an der Küste. Allein. Ich rufe dich morgen wieder an.»

«Gleich morgen früh, ja? Dann ist Tab wieder hier. Sie müsste schon im Flieger sitzen.»

«Kannst du mir einen Gefallen tun, Frank? Kannst du in der Zwischenzeit jemanden für mich anrufen?»

«Wen?»

«Die Eltern von Fay Anderson. Ihre Mutter heißt Nancy.»

«Ist das eine von euch?»

«Wie ihr Vater heißt, weiß ich nicht. Sie wohnen in Kamloops. Wo Fay ist, weiß ich nicht, aber vielleicht können ihre Eltern sie irgendwie erreichen und warnen.»

«Was meinst du mit ‹warnen›?»

«Sie müssen ihr sagen, dass die Polizei von Thurlow Road weiß und womöglich auch von List Cove.»

«Ich werde bestimmt keine geheime Botschaft von dir weiterleiten, Peter.»

«Ich versuche nur zu verhindern, dass noch jemand verletzt wird. Ich will sie nur warnen.»

«Hier ist es ein Uhr nachts, Peter. Ruf in sechs Stunden noch mal an, dann ist deine Mutter wieder hier. Wir besorgen dir einen Anwalt. Mach nichts Unüberlegtes und ruf uns gleich morgen früh wieder an. Wir tun von hier aus, was wir können.»

# 51

Tab fuhr den Weg zurück, den sie am Morgen gekommen war. Nach dem Bergpass, aber noch vor dem Vorortgewirr bog sie auf eine kleine Straße ab, die die Küste entlang nach Port Thorvald führte. Die Dämmerung zog herauf, und es begann zu regnen, erst einzelne platschende Tropfen, doch bald schon stellte Tab die Scheibenwischer auf die höchste Stufe, und selbst so musste sie sich über das Lenkrad beugen, um einigermaßen sehen zu können.

Vor einigen Tagen war er mit einem Auto voller Sprengstoff hier entlanggefahren. Dieser Gedanke wollte ihr nicht aus dem Kopf. Sie war ihm dicht auf den Fersen, nur zehn Tage zu spät. Diesen Weg war er entlanggefahren und nicht wiedergekommen. Noch nicht.

Zwei Hirsche standen mitten auf der Straße, und Tab trat auf die Bremse. Der Wagen geriet ins Schleudern, und Tab wurde in den Sitz gepresst. Die Zeit schien stehenzubleiben, als ihre Scheinwerfer die Hirsche in Licht tauchten, gelbbraune Flanken, spitze Ohren.

Sie erreichte Port Thorvald kurz vor Mitternacht, hielt an, als sie ein Motelschild sah. Für den kurzen Weg zur überdachten Veranda spannte sie den Regenschirm auf. Sie klingelte, und ein Angestellter im Bademantel öffnete ihr, hielt ihr die Tür auf.

«So spät noch unterwegs?»

«Und das bei diesem Wetter.»

Er schrieb ihren Namen in ein großes dickes Buch. «Wie viele Nächte?»

«Eine, vielleicht zwei. Mal schauen.» Tab unterschrieb, und der Mann holte einen Schlüssel von dem Board.

«Sie kriegen das Glückszimmer siebenundzwanzig.»

«Ein bisschen Glück könnte ich gut gebrauchen.»

«Wir sind das Lucky West Hotel. Alle Zimmer hier sind Glückszimmer.»

Sie hatte den Namen nicht registriert, als sie angehalten hatte. Sie hatte nur die Wörter *Motel* und *Zimmer frei* gesehen.

«Viel weiter westlich werden Sie nicht kommen und viel glücklicher können Sie auch nicht werden. Aber das wird Ihnen schon noch klar, wenn der Regen aufhört. Oder vielleicht sollte ich lieber sagen: falls er aufhört.»

Sie wusste, dass es ein Scherz war, aber sie konnte nicht einmal lächeln.

Tab musste gegen den Wind ankämpfen, als sie dem Mann über die Veranda folgte, vorbei an den ersten Zimmern. Hinter dem Vorhang aus schimmerndem Regen lag das offene Meer, eine große Masse, die dann und wann von Schatten durchfurcht wurde. Ein merkwürdiger Gedanke kam ihr: Hier endete der Kontinent.

«Keine Nachbarn, weder links noch rechts», sagte der Angestellte. «Sie sollten also gut schlafen können. Vorausgesetzt, Sie haben nichts gegen ein bisschen Sturm. Der rüttelt schon mal am Gebälk.»

Der Mann steckte den Schlüssel in die Tür mit der Siebenundzwanzig. Tab spähte über ihre Schulter. Ein schwarzweißer Streifenwagen stand am anderen Ende des Parkplatzes, der Anblick war ein Schock für sie. «Übernachten hier auch Polizisten?»

Der Angestellte drehte sich um und folgte Tabs Blick. «Zwei Beamte in Rufbereitschaft.»

Als Tab in ihrem Zimmer war, lehnte sie sich an die Tür. Nach der langen Fahrt fühlten sich ihre Augen an wie Sandpapier, außerdem war sie jetzt hellwach.

Sie hatte Burrell gesagt, dass Arthur Kosky mit ihrem roten Mietwagen unterwegs war. Also sollte sie lieber nichts riskieren und das Auto etwas weiter weg parken. Sie ging noch mal raus in den Wind und Regen, fuhr mit dem Auto einmal um die Ecke und stellte es in einer matschigen Seitenstraße ab. Als der Motor aus war, blieb sie sitzen und lauschte dem Prasseln der Tropfen auf die Haube.

Wenn die Polizisten noch hier waren, konnte das nur bedeuten, dass sie Peter noch nicht gefunden hatten. Es war ein gutes Zeichen.

# 52

Hinter der Tankstelle drei Hütten: flaches Dach, enge Veranda. Pete schlich zur ersten Hütte und legte seine Hand auf den kalten Knauf. Verschlossen. Er schirmte seine Augen ab und spähte durchs Fenster, dann trat er zurück in den Regen und ging um die Ecke, wo er geschützter war. Diese Hütten hatten keinen Keller, sie waren auf schweren, im Boden verankerten Pfählen errichtet, mit Platz zum Drunterklettern. Er ging noch ein Stück weiter und sah, dass die mittlere Hütte hinten eine Glasveranda hatte. Er stieg die wacklige Treppe hinauf. Das Glas war dünn und einfach. Mit einem Felsbrocken oder einem größeren Stein konnte er es einwerfen. Da drin könnte er sich zusammenrollen, schlafen. Er stieg die Treppe wieder hinunter. Lauter Kiesel, doch er brauchte einen Stein. Unten am Strand hüpfte ein Licht im Dunkeln. Merkwürdig, dass bei diesem Sturm noch jemand unterwegs war. Wer es auch war, er schrie etwas in die Nacht hinein. Pete rührte sich nicht, als die Lichtkugel sich näherte. Sie strahlte einen roten Regenmantel an, einen gedrungenen Körper. Christian. Pete wartete, bis der Mann noch einmal schrie, um sicherzugehen. Es war Christian, und er suchte Dennis.

«Christian?» Pete joggte ein Stück den Strand hinunter. Die Laterne hielt inne. «Ich bin's.»

«Sieh einer an, der Mann der Stunde. Was für ein verdammtes Glück ich habe, dass ich dich hier treffe.»

«Ich habe gehört, dass du nach Dennis rufst.» Pete sprach nun lauter, um gegen den Wind und den Regen anzukommen.

«Er ist kurz vorm Sturm aufs Wasser rausgepaddelt.»

«Hier?»

«Ich bin den ganzen Weg abgegangen. Seeley's, Merchant, Bodega. Oscar und Andy suchen Richtung Norden.»

«Hat er das Kanu oder das Kajak genommen?»

«Das Kajak. Ich war mir nicht mal sicher, ob das Ding überhaupt schwimmt.»

«Verdammt.» Dann kam ihm ein Gedanke: Kajaksurfing bei stürmischen Wellen. «Er ist in Merchant Bay.»

«Da war ich gerade.»

«Dort muss er sein.»

«Ich bin den ganzen Scheißweg abmarschiert.»

«Trotzdem, wir müssen in Merchant Bay suchen. Los.»

«Dann will ich den Fokus unseres Gesprächs mal auf was anderes richten: Was zum Teufel machst du hier?»

«Gib mir die Laterne.» Pete beugte sich vor und legte seine Hand an den Griff.

«Finger weg.»

Doch Pete hielt sie fest. «Christian, er wollte dort kajaksurfen.»

«Lass los.» Ein scharfer Ruck, und auf einer Seite löste sich der Griff. Pete hatte die Laterne in der Hand, während Christian rückwärts taumelte. Der Strumpf glühte noch. Pete bog den Griff wieder zurecht und befestigte das Ende, das sich gelöst hatte. «Wir sollten es zumindest versuchen.»

«Die Bullen sind hinter dir her. Sie haben alles durchsucht, und als deine wahre Geschichte ans Tageslicht kam, ist Dennis in diesem Kajak los.»

«Er ist in Merchant Bay, Christian.» Pete brüllte, um das Wetter zu übertönen. «Ich bin mir ganz sicher.»

«Wenn er tot ist, dann gnade Gott deinem verfluchten Arsch.»

Pete joggte los. Er zog den Kopf ein, rannte den Kiesstrand entlang. Nicht auch noch das. Nicht noch ein Toter auf dem Gewissen. Hinter der schützenden Bucht von Buckley Bay war das

Wasser eine dunkle Masse, bis auf die weißen Linien, die auf den Strand zuschäumten.

Am anderen Ende der Bucht musste Pete sich zwischen Felsbrocken, umgestürzten Bäumen und Treibholz hindurchkämpfen. Wellen schlugen gegen die Felsen und spritzten Gischt auf. Immer wieder musste er sich ducken und vorwärtskrabbeln. Er brüllte, doch der Wind wehte seine Worte davon. Er nahm die Laterne in die linke Hand. Seine rechte Hand war taub, und er steckte sie in die Tasche, um sie aufzuwärmen. Kurz vor der Anhöhe, hinter der es hinunter nach Merchant Bay ging, ragte etwas aus dem Wasser, eine dunkle Masse. Es konnte durchaus ein Bootsrumpf sein. Pete hob die Laterne und spähte in den schräg fallenden Regen hinein. Das Licht fiel schimmernd auf die Felsen und weiter hinaus auf das anschwellende Wasser, doch es war nur Tang – eine dichte Matte, die sich mit den Wellen hob und senkte.

Ein Stück weiter das felsige Ufer entlang spien die Brecher Wasser bis hinauf in die Bäume. Um weiterzukommen, musste er auf höheres Terrain klettern, auf feuchten Boden. Von dort aus hatte er einen besseren Blick auf das eisige Meer jenseits der schäumenden Wellen. Pete hob die Laterne in die Höhe und schrie in den Wind hinein.

Wenn Dennis irgendwo war, dann hier, in Merchant Bay. Wenn dies denn Merchant Bay war. Merchant Bay kam nach Bodega, und Bodega nach Seeley's. Die nächste Bucht müsste dann Buckley sein.

An einem umgestülpten Treibholzstumpf hielt Pete an. Er kletterte hinauf und stellte sich mit dem Rücken in den Wind, hielt die Laterne etwas von sich weg. In ihrem Licht leuchteten die nassen Felsen auf, während die Spalten dazwischen im Dunkeln blieben. Er spähte die Küstenlinie ab und wollte sich umdrehen, um in den Regen hineinzuschauen, doch bei dem

Manöver rutschte er ab. Er streckte den Arm aus und griff beim Fallen ins Leere. Sein rechter Fuß prallte zuerst auf, verdrehte sich, verfing sich zwischen Felsen, während sein Körpergewicht ihn nach vorne schleuderte. Ein höllischer Schmerz fuhr ihm ins Bein. Er sog Luft ein und versuchte, den Fuß zu befreien, stützte sich an dem Baumstumpf ab und zog sich hoch. Die Laterne war kaputt, der Kolben zerbrochen, Scherben überall auf dem Felsen. Regen klatschte ihm auf Nacken und Hände. Er belastete leicht den rechten Fuß. Schmerz kam auf, scharf und plötzlich, ein Stromschlag von Schienbein zu Knie. Pete suchte die Bucht ab. Keine Spur von Dennis. Keine Spur von dem Kajak. Ein Schritt vorwärts, ein zweiter, ein dritter, dann Pause.

Der Wind legte sich etwas, und Pete hatte das Gefühl, dass es jetzt heller war. Vielleicht waren die Wolken dünner geworden. Der verschleierte Mond schimmerte blass. Pete hob seinen Fuß und strich sich mit den Fingern die Hosen entlang, über das Schienbein zum Knöchel. Das war's dann wohl. Na großartig. Zu allem Überfluss hatte er jetzt auch noch ein lahmes Bein. Christian rief bestimmt gerade die Polizei. Pete versuchte noch einmal aufzutreten, schlang die Arme um sich selbst, humpelte los.

Der Mond trat zwischen zwei Wolkenbänken hervor, und genau in diesem Moment, als sein silbriges Licht auf das Wasser traf, schimmerte etwas zwischen den Felsen hervor. Pete beugte sich nach vorne. Eine Welle rollte heran. Der Wasserpegel stieg an, und als er sich wieder senkte, sah er einen Fetzen Stoff. Pete humpelte hinunter zum Wasser, die Arme ausgebreitet, um sich im Gleichgewicht zu halten. Als die nächste Welle anrollte, verlagerte er sein Gewicht auf seinen heilen Fuß, humpelte weiter, bückte sich, packte den weißen Stoff. Ein Teil des Kajaks. «Dennis!», schrie er. Da erfasste ihn die nächste Welle. Meerwasser ergoss sich über seine Füße, drang in seine Stiefel ein, war so kalt, dass seine Zehen taub wurden. Er warf die Hölzer und die nasse Leinwand weg und brüllte in die Nacht hinaus. Zehn Meter weiter wurde ein zweites Stück des zerschmetterten Kajaks angespült, und da entdeckte er die senfgelbe Jacke – ein Fleck, der sich vom Dunkel der Felsen abhob. Der Junge lag auf seiner Seite, keine zehn Meter entfernt. Seine Beine waren verdreht, sein Körper sah so aus, als wäre er zwischen einem Felsen und Treibholz eingeklemmt. Pete sank auf die Knie und packte Dennis' Schulter. Bilder von Owen Tuggs und seinen unnatürlich verrenkten Gliedern überfluteten ihn, als er den Jungen umdrehte. Dennis' Kopf kippte nach hinten weg, eine schlaffe, muskellose Bewegung.

«Sag was. Bitte.» Wieder eine mondlose Nacht, wieder ein lebloser Mensch in seinen Händen. So hatte er auch vor dem Nachtwächter gekniet, dessen Faust geballt gewesen war, die Haut schwarz, weil verrußt oder verbrannt, hatte den Arm angehoben, die Finger auf das Handgelenk gedrückt, den Puls ertastet, und so machte er es jetzt auch bei Dennis, drückte die Finger auf sein Handgelenk, dann auf seinen Hals, zwischen die Sehnen. Die Haut des Jungen war kalt, sein Gesicht blass, die dünnen Lippen leicht getrennt, die Haare filzig und nass.

Wenn er für sein Vergehen bestraft werden sollte, dann durfte es nicht Dennis treffen. Es durfte einfach nicht. Er beugte sich noch weiter hinunter, hielt seine Wange an den Mund, doch er spürte keine Atmung.

«Mach die Augen auf. Gib mir ein Zeichen.» Er drückte den Finger noch tiefer in Dennis' Hals hinein, und da endlich spürte er einen schwachen Herzschlag, das Ticken des Lebens. «Dennis», sagte er. «Wir müssen hier weg. Wir müssen los.» Dennis murmelte etwas, wirre Worte.

«Alles wird gut», krächzte Pete mit erstickter Stimme. «Du lebst.»

«Kalt», sagte Dennis.

«Ja, ich weiß.»

Pete streifte sich die Jacke ab. Der Stoff war klitschnass, aber er zog sie trotzdem aus und zwängte Dennis hinein, schloss den Reißverschluss. Dann legte er einen Arm um Dennis' schmale Hüfte und hob ihn an. Bei den ersten humpelnden Schritten in Richtung Wald zuckte Pete zusammen. Unmöglich, den Konturen der Küste zu folgen, bis zum anderen Ende der Bucht, dann rauf und wieder runter, nach Bodega, und noch mal das Gleiche nach Seeley's, und dann noch mal bis zum Point. Er musste es querfeldein versuchen. Ein Schritt nach dem anderen. Jede noch so kleine Bewegung löste höllische Schmerzen aus. «Ich will mich hinlegen», sagte Dennis.

«Noch nicht. Nicht jetzt.»

Einige Schritte weiter blieb Dennis stehen. Löste sich von Pete und lehnte sich an einen Baum, erschlaffte. «Sie hat die Polizei gerufen. Um die Belohnung zu kriegen.»

«Auch Christian ruft vermutlich gerade die Polizei.»

«Ich muss mich ausruhen.»

«Das geht nicht. Nicht hier. Wir müssen weiter.»

«Die sagen, du hättest einen Mann getötet.»

«Es war ein Unfall. Es hätte nicht passieren dürfen.» Er zog Dennis vom Baum weg, und zusammen drangen sie ins Unterholz. Auf einem so unebenen Gelände konnte man keine gerade Linie einhalten, aber Pete zwang sich vorwärts, bis Dennis ihm wieder entglitt. Diesmal ließ sich der Junge einfach zu Boden sinken, kauerte sich zusammen. «Hoch mit dir.» Pete musste sich auf alle viere stellen. «Du kannst hier nicht liegen bleiben.»

Doch Dennis' Gesicht war kalt. Selbst mit seinen tauben Fingern konnte Pete spüren, dass die Wangen eiskalt waren. «Los, hoch mit dir.» Er hielt Dennis' Schädel sanft in den Händen, sprach dem Jungen direkt ins Ohr. «Bleib bei mir. Bitte.» Er hievte den mageren Körper auf seine Schulter. Dann holte er tief Luft, zog sich an einem niedrigen Ast vorwärts, doch selbst so brauchte er zum Stehen beide Beine. Ein glasscherbenartiger Schmerz jagte durch seinen Körper. Kurz war ihm schwindlig, es blitzte grell vor ihm auf, und er musste die Zähne zusammenbeißen. Wenn er jetzt schlappmachte, würde der Junge an Unterkühlung sterben. So einfach. Die Polizei würde ihn hier finden, und neben ihm den toten Dennis. Mit purer Willenskraft richtete sich Pete auf und ging einen Schritt. Mit einem fünfzig Kilo schweren, nassen, bewusstlosen Etwas auf den Schultern wankte er durch den Wald. Schritt für Schritt. Schmerz hallte durch seinen Körper. Er versuchte, sein ganzes Gewicht auf die rechte Ferse zu verlagern und mit dem linken Fuß nur aufzutippen. Trotzdem stach es ihn jedes Mal glühend heiß ins Bein. Ein halbes Dutzend Schritte, und er erreichte einen Baum. Er hob den schlechten Fuß an und stützte sich an einem niedrigen Ast ab, um sich kurz auszuruhen. Dann ging er wieder los, visierte den nächsten Baum an, hielt erst wieder an, als er ihn erreicht hatte. Drei Atemzüge, und er drückte sich wieder ab. Tränen kündigten sich an, ein heißes Brennen in den Augen.

Dennis' Füße prallten gegen einen Baumstamm, und der Rückstoß warf Pete nach hinten. Er fuchtelte wild mit dem rechten Arm, um nicht das Gleichgewicht zu verlieren.

Ein Schritt nach dem anderen. Pete begann sie zu zählen, was ihm einen Rhythmus verschaffte, Ablenkung. Zwanzig Schritte, Pause. Noch mal zwanzig. Immer so weiter. Während er in das tiefe Dunkel starrte, kam ihm ein Zweifel. War er wirklich immer geradeaus gegangen? Er hatte seinen Kopf gesenkt gehalten. Er hatte sich von Rast zu Rast geschleppt. Regen prasselte auf das Baumdach. Wind rüttelte an den Ästen. Dennis' Hüftknochen bohrte sich in Petes Schulter, und er versuchte, ihn zu verlagern, ihn zurechtzurücken. Da sah er den Bären. Oder dachte es zumindest – ein leuchtendes Weiß im Dunkeln, in der Ferne, links von ihm. Pete ging noch einige Schritte. Der Bär schien auf allen vieren zu laufen, den Kopf nach hinten gewandt. Pete winkte dem Bären, und der trottete weiter. «Warte.» Pete versuchte, schneller zu gehen. Sein Knöchel war ein Schmerzensschrei, ein wütendes Brennen, das sein Bein heraufzulodern schien. Zweige kratzten an ihm. Zerrten an seiner Kleidung. Seine Füße sanken in der feuchten weichen Erde ein, und er keuchte, weinte fast. Weiter vorne sah er immer noch den Bären, folgte dem fahlen Weiß, bis es sich fast zwischen den Bäumen verlor. «Warte. Bitte.»

Noch ein paar humpelnde Schritte, fast ein Schlurfen, und dann sah er es: nicht den Bären, sondern ein Licht, ein Schimmer menschlicher Behausung. Er rief. Schrie. Da war Licht. Kein Zweifel. Das helle Weiß einer Laterne. Inez' Hütte. Die Bunte Lady.

«Dennis», sagte er. «Wach auf.»

Wenige Schritte von der Hütte entfernt, erwischte Pete eine Erkenntnis kalt: Da drinnen konnte die Polizei sein. Auf jeden Fall Inez. Wenn er da reinging, würde alles über ihm zusammenbrechen. Inez, Andy und die anderen konnten ihn überwältigen, nach Hilfe funken. Sie konnten ihre Belohnung einfordern. Das Umzugsgeld, nach dem hier alle gierten.

Wenn er weiterflüchten wollte, musste er den Jungen zurücklassen.

«Dennis», fragte Pete. «Kannst du mich hören?»

# 53

Inez sah durchs Fenster, dass das Türchen am Herd offen stand und ein Feuer darin glühte. Hoffnung flackerte auf, ein Druck in ihrer Brust, und sie rannte los. Durch die offene Tür hieß ein warmer Atem sie willkommen. Auf Dennis' Bett stapelten sich die Decken, alle Bettbezüge, alle Kissen, alle Quilts, und daraus hervor lugte Dennis' rundes Gesicht, seine vom Regen glitschig feuchten Haare.

«O Gott», sagte sie. «Danke.» In diesem Moment setzte Peter Osborne sich auf. Sie erstarrte. Damit hatte sie nicht gerechnet: Peter Osborne neben Dennis im Bett, die beiden unter einem Schildkrötenpanzer aus Decken.

«Ihm ist immer noch kalt. Unterkühlung. Aber er lebt.»

Inez machte die Tür hinter sich zu. Ein Feuer prasselte im Herd, und auf dem Herd stand ein Topf mit kochendem Wasser. Sie ging um das Sofa herum und streichelte ihrem Sohn über den Kopf, über die Haare. Sie sog seinen Geruch ein – Seetang und Salzwasser, den Duft des offenen Meers, den Duft des Lebens. Sie wusste nicht, ob sie weinte oder lachte, aber ihre Brust hob und senkte sich stoßweise. Und neben ihrem Sohn lag dieser Mann und starrte sie an, noch in den Stiefeln, mit denen er Sand und Schlamm in der ganzen Hütte verteilt hatte, der Mann, der wegen Mordes gesucht wurde.

«Du solltest dich zu ihm legen und ihn wärmen», sagte er. «Zieh dich am besten vorher aus.» Er schlüpfte aus dem Bett und stand da, käseweiß und spindeldürr. Inez wandte ihm den Rücken zu und begann, ihren Mantel aufzuknöpfen, streifte mit dicken, plumpen Fingern ihre Hose ab, ließ alles zu Boden fallen.

«Mir geht's gut», sagte Dennis, doch Inez drückte sich an ihn, nahm seinen kalten Körper in ihre Arme und zog ihn an sich. Sie schmiegte ihr Kinn in seine filzigen Haare. Ein tiefer Atemzug, dann schloss sie die Augen. Sein Duft war noch da, versteckt hinter dem strengeren Geruch nach Salz und See. Er selbst war da, eng an sie gedrückt, und sie konnte sein innerstes Wesen spüren.

«Wo warst du? Was ist passiert?»

«Ich hab's nicht bemerkt. Es ging alles so schnell.» Er krächzte, und die letzten Worte blieben ihm im Hals stecken.

Inez wischte ihm eine Träne von der Wange. Sie lockerte ihre Umarmung. Das Feuer knisterte und knackte. Sie konnte warten. Es musste jetzt nicht alles raus.

Am anderen Ende des Raums saß Ash auf einem Hocker neben dem offenen Türchen des Herds. Peter Osborne. Er wusste wahrscheinlich, was sie getan hatte. Schließlich hatte jemand das Fenster des Anbaus aus dem Rahmen gedrückt, und das konnte nur er gewesen sein – auf der Flucht, als er die Polizei am Strand gesehen hatte.

«Würdest du bitte die Vorhänge zuziehen? Damit dich keiner sieht. Und wenn du mir dann noch das Funkgerät bringen könntest. Ich muss ihnen Bescheid geben, dass es Dennis gutgeht.»

«Wer ist ihnen?»

«Der Küstenwache. Alle suchen nach ihm. Ich sollte hier auf ihn warten, aber ich dachte, er könnte sich vielleicht verstecken, könnte das Kajak hoch zu Phelps Hütte gebracht haben.»

Peter Osborne zog die Vorhänge über Spüle und Herd zu, ging dann an ihr vorbei und schloss auch die Vorhänge auf ihrer Seite. «Du hinkst. Dein Bein sieht schlimm aus.»

Er hielt ihr das Funkgerät hin, sah sie aber nicht an, mied ihren Blick. Inez rollte sich auf die Seite, prüfte, ob Kanal neun eingestellt war. Es klopfte, und Inez legte einen Finger auf ihre Lippen. Sie gab Peter zu verstehen, dass er sich nicht rühren sollte. «Wer ist da?»

«Inez?» Es klang wie Ernie.

«Es geht ihm gut. Er ist hier. Wärmt sich auf.»

«Mir geht's gut», rief Dennis.

«Kann ich reinkommen?»

«Wir ruhen uns aus, Ernie. Wir sehen uns dann morgen früh. Danke für deine Hilfe. Könntest du den anderen Bescheid geben? Sag ihnen, dass es Dennis gutgeht und dass wir uns ausruhen. Sag ihnen, sie sollen uns schlafen lassen.»

Nachdem Ernies Schritte im Regen verklungen waren, sagte Inez: «Du solltest lieber den Riegel vorschieben. Auch wenn niemand weiß, dass du hier bist.»

«Dennis hat's mir erzählt. Das mit der Polizei.»

«Aha.»

«Ich weiß nicht, was die über mich gesagt haben. Mir war nicht klar, dass nach mir gefahndet wurde. Ich hätte es dir gesagt. Wirklich. Ich wollte bestimmt nicht, dass du es so erfährst.»

Sie schaltete das Funkgerät ein und nahm das Mikrophon. Peter Osborne erwähnte sie nicht. Sie sah ihn unverwandt an, während sie sprach, und als sie das Funkgerät wieder ausgeschaltet hatte, sagte sie: «Du wolltest von hier weg und ein verrücktes Leben mit mir führen, obwohl ich nicht den blassesten Schimmer hatte, wer du wirklich warst, ja nicht mal deinen Namen kannte.»

«Es war kein verrückter Plan, Inez. Ich würde jetzt sofort mit dir aufbrechen, wenn du es willst.»

Verrückt war trotzdem das richtige Wort. Es war absolut verrückt.

«Du wolltest uns als Schutzschild. Du wolltest uns dazu bringen, mit dir in den Norden zu ziehen, ohne uns von den Risiken zu erzählen.» Ihre Worte sprühten vor Zorn. Er hatte sie benutzt.

Hatte es zumindest versucht. Er mochte ihrem Sohn das Leben gerettet haben, aber er hatte sie beide auch benutzt. «Ich habe das schon mal durchgemacht, Peter. Ich bin hierher verfrachtet und dann sitzengelassen worden.»

Endlich sah Peter sie an. «Ich habe jedes Wort auch so gemeint.»

«Du kannst heute Nacht hierbleiben. Ich werde niemandem was sagen, aber bitte tu nicht so, als hättest du uns nicht benutzt.»

# 54

Sie lagen in der Wohnung in Mulberry Crescent auf ihren Isomatten, alle drei wach. Art drehte sich auf die Seite und versuchte, eine bequemere Stellung zu finden, lauschte dem Atem der anderen.

«Ich habe nachgedacht», sagte er schließlich.

«Worüber?», fragte Fay.

«Über den Ranger, der den ältesten Baum der Welt gefällt hat. Kennt ihr die Geschichte? Das war in den Siebzigern. Ein Wissenschaftler hat Kernproben genommen, um historische Wettermuster zu erforschen, und bei der Gelegenheit hat er seinen Bohrer in den dicksten Baum gedreht, den er je gesehen hatte.»

«Das hast du uns schon mal erzählt», sagte Derek.

Doch Art redete einfach weiter. Sprach halb mit sich selbst, halb zu den anderen, tastete sich durch die Geschichte, die er selbst nicht ganz verstand. «Das war irgendwo im windigen Nevada, am Arsch der Welt. Der Bohrer blieb stecken, und ein Ranger kam zufällig vorbei und bot an, ihn zu befreien.»

«Wir kennen die Geschichte, Art. Die haben den Baum umgesägt.»

«Das ist ja genau der Punkt, Derek.» Wie sich herausstellte, war der Baum über fünftausend Jahre alt. Er war das älteste Lebewesen auf Erden. Nichts vergleichbar Altes war je entdeckt worden, kein Baum, keine Schildkröte, kein urzeitliches Meerestier. «Nicht ein Holzfäller oder Unternehmer haben das älteste Lebewesen der Welt getötet, sondern ein Wissenschaftler und ein Ranger.»

«Komm zur Sache. Was willst du uns damit sagen?»

«Man nennt es Ironie», bemerkte Fay.

Die Ruhe der Nacht stellte sich ein. Art rollte sich auf den Rücken und kramte in seiner Hosentasche nach den Schlaftabletten, die er aus dem Arzneischrank seiner Mutter genommen hatte. Er hatte eigentlich darüber sprechen wollen, wie sich das mit den zweitausend Dollar abgespielt hatte, wie er Tab Harper die Handtasche vom Arm gezogen hatte, ja regelrecht weggerissen, wie er mit ihr gerangelt hatte, hatte schildern wollen, wie es gewesen war, der Mutter des Mannes gegenüberzustehen, den er in Esterway Ridge in den Wald hatte flüchten sehen.

«Ich war mir immer absolut sicher, dass wir das Richtige tun», sagte er schließlich. «Dass es gerechtfertigt ist, weil wir auf der Seite der Geschichte und der Wissenschaft stehen.»

«Da sind wir einer Meinung», sagte Fay. «Da sind wir alle einer Meinung.»

«Bei was?»

«Weiß nicht, bei dem, was du uns sagen willst, Art.»

«Wir haben über zweitausend Dollar. Weißt du, was ich getan habe, um an das Geld zu kommen?»

Seine Finger hatten an ihrem Arm gekratzt. Unter seinen Fingernägeln mussten noch Spuren von ihr sein, ihre DNA, winzige Fitzelchen von ihr auf seiner Haut. Er tastete nach der Stelle auf seinem Unterarm, in die sie ihre Zähne gerammt hatte.

«Ich hätte Pete nachgehen können», sagte Art.

«Was?»

Das war es gewesen: Seit seinem Zusammentreffen mit Mrs. Harper hatten am Rand seines Bewusstseins Schuldgefühle gelauert.

«Heute habe ich zu Misses Harper gesagt, ich hätte Pete aufhalten können, wenn ich ihm gleich nachgerannt wäre!»

Fay sah ihn nun an. «Was sagst du da?»

«Ich bin zurückgefahren. Das Auto hat ihn erschreckt, und da ist er in den Wald geflüchtet.»

«Zu uns hast du gesagt, du hättest ihn nicht mal gesehen.» Der Schlafsack rutschte an ihr herunter, als sie sich aufsetzte. «Keine Spur von ihm, hast du behauptet.»

«Um mich herum waren Blaulichter. Alles war Chaos.»

Auf der anderen Seite des Zimmers raschelte nun auch Derek in seinem Schlafsack. «Du hast Pete gesehen?»

«Ich dachte, ich kann eh nicht viel tun», sagte Art.

«Und dann hast du gelogen.»

«Fay, ich versuche nur zu schildern, was passiert ist.»

«Du Arschloch.»

«Ich war völlig durcheinander, okay? Es ging alles so schnell, es war nicht mal eine bewusste Entscheidung. Die Einsatzfahrzeuge nur wenige Meter entfernt, er verschwunden, ich immer noch da.»

Fay ging einmal quer durchs Zimmer und machte dann kehrt. «Dann sage ich dir mal, was sehr wohl eine bewusste Entscheidung war: uns hinterher anzulügen.»

«Weil ich wusste, dass du so reagieren würdest.»

«Nicht so laut, Leute», sagte Derek.

«Ich habe dir vertraut. Wir alle haben dir vertraut», erklärte Fay. «Ich gehe seit Tagen auf dem Zahnfleisch und halte nur durch, weil ich bis zum Hals mit drinstecke und nicht weiß, wie ich da wieder rauskommen soll.» Sie riss die Tür auf. «Scheiß drauf.»

«Renn jetzt nicht davon», rief Art. «Warte.»

Die Tür knallte zu.

«Du hast es dermaßen verbockt, Art.»

«Sie haben im Auto gevögelt, in Thurlow Road, nachdem wir losgefahren waren. Pete und Fay. Seither ist alles verkorkst.»

Art legte sich hin und bettete den Kopf auf seine Hände. Fay würde zurückkommen. Sie musste jetzt einfach mal raus. Morgen früh würde sie wieder da sein.

# 55

Inez schlief unruhig. Zweimal wachte sie auf und tastete nach Dennis, um sicherzugehen, dass er noch atmete. So wie früher, als er noch ein Baby war: Damals war sie nachts aus dem Schlaf geschreckt und zu seiner Wiege geeilt, hatte sich über ihn gebeugt und ihre Wange an sein Gesicht gehalten, bis sie seine Atmung gespürt hatte.

Als sie zum dritten Mal aufwachte, war das Feuer zu einem roten Herz aus glühender Kohle heruntergebrannt. Sie schlüpfte aus Dennis' Bett, legte Holz nach und stellte Wasser auf den Herd. Es war noch dunkel in der Hütte, aber sie legte sich nicht zurück ins Bett. Sie zog sich an, und als das Wasser kochte, machte sie sich eine Tasse Tee. Während sie sie trank, lauschte sie dem Atem der beiden – Dennis auf der einen Seite, Pete auf der anderen, ein sanfter, stetiger Chor, der Sound des Lebens.

Licht durchbrach den Morgendunst, und Inez öffnete die Vorhänge über der Spüle. Die Schatten wichen zurück und gaben den Raum frei. Inez ging nach draußen. Der Wind war nur noch ein sanftes Züngeln, das morgendliche Blau wirkte versöhnlich, schuldbewusst. Im Sand waren noch die Spuren des Regens zu erkennen, ein Abdruck quer über den Strand. Wellen hoben sich und brachen rumpelnd. Möwen schrien. Geräusche einer friedlichen Landschaft.

Die Hühner gackerten und scharrten, als Inez sich dem Stall näherte. Sie hob das Drahtgitter an, und ein Huhn nach dem anderen schlüpfte heraus. Wie immer stolzierte Rhonda vorneweg. Inez wühlte im Stroh und holte zwei braune Eier hervor, dann noch eins, ein weißgesprenkeltes.

Dies war eins ihrer Morgenrituale, das Kennzeichen für einen normalen Tag. Danach kam der Kaffee, doch bevor sie wieder in der Hütte war, erspähte sie zwei Gestalten, die den Strand entlangschritten, dunkle Uniformen, flache Schirmmützen. Sie strahlten die Entschlossenheit von Männern aus, die ein Ziel vor Augen haben.

Sie konnte die Polizisten einfach hereinlassen. Das war ihr völlig bewusst. Sie musste noch nicht einmal so weit gehen, sie konnte sich auch ein Stück von der Hütte entfernen und sie klopfen lassen. Sie würden eintreten und ihn selber finden.

Inez umschloss die drei warmen Eier mit ihren Händen, als sie vortrat, um die Beamten zu begrüßen.

Da war Swartz, den anderen kannte Inez nicht. Er war klein und drahtig, starrte zum Boden, als Swartz sprach.

«Wohnt Christian Davis hier irgendwo? Er hat uns letzte Nacht angerufen, sagte, er hätte Osborne gesehen.»

Inez schüttelte den Kopf. Sie musste vorsichtig sein. Sich kontrollieren. «Der will nur die Belohnung.»

«Wie geht's Dennis?»

«Gut. Erholt sich gerade. Hat von allein nach Hause gefunden. Sein selbstgebautes Kajak ist auseinandergebrochen. Ein Wunder, dass er noch lebt.»

«Das werde ich so notieren.»

«Wo notieren?»

«In dem Bericht. Dass er von allein nach Hause gekommen ist. Dann ist also sein selbstgebautes Kajak auseinandergebrochen?»

«Was für ein Bericht?»

«Vermisster Minderjähriger. Sozialbehörde und so. Sollen wir mal nach ihm schauen? Ich bringe ihn auch gern zu einem Arzt.»

«Er braucht keinen Arzt. Er braucht nur Ruhe.»

«Osborne hat sich nicht mehr blicken lassen?»

«Nein, hab ihn nicht gesehen.»

«Wir sprechen jetzt mit Mister Davis und sehen uns noch ein bisschen um.»

Die Beamten gingen los in Richtung Apfelbäume und Holzskulpturen. Inez sah zu den Eiern in ihren Händen. Hatte sie sich zur Komplizin gemacht? Sie hatte gelogen. Sie hatte sie weggeschickt. Mit voller Absicht.

# 56

Pete wurde von Stimmen geweckt. Er hielt seinen Kopf schräg und horchte. Inez und noch jemand. Er stützte sich auf die Ellbogen und spähte aus dem Fenster. Ein Scharren, ein dumpfes Geräusch, und wer da auch bei Inez gestanden hatte, war weg. Die Tür ging auf und zu. Inez durchquerte das Zimmer, blieb vor Dennis' Bett stehen und bemerkte dann erst, dass Pete sie ansah. «Du bist wach», sagte sie.

«Wer war das?»

«Niemand. Sind schon wieder weg.»

«Die Polizei?»

Sie trat näher, stand eine Armlänge von der Kommode entfernt, die als Raumteiler diente.

«Ich sollte rausgehen und mich stellen.»

«Sie sind weg. Ich habe sie weggeschickt.»

«Und die Belohnung?»

Sie nahm seine Hand und drückte sie sanft. «Setz dich und ruh dich aus. Wir müssen dich ein bisschen aufpäppeln.»

«Ich habe einen weißen Bären gesehen», sagte er. «Du wirst mich bestimmt für verrückt halten, aber er hat mich hierhergeführt. Quer über die Halbinsel von Merchant Bay.»

«Geisterbären kommen selten vor. Hier auf der Insel, meine ich.»

Zwei Nächte hintereinander hatte er diesen Bären gesehen. Das konnte kein Zufall sein. Er konnte ihn sich nicht zweimal nur eingebildet haben. «Was bedeutet das? Wenn ich einen gesehen habe?»

«Ich hab's nicht so mit Bedeutungen», erwiderte Inez. «Vermutlich gar nichts.»

«Es klingt verrückt, aber ich bin mir sicher, dass es etwas zu bedeuten hat. Gestern Nacht hätte ich Dennis beinahe auf der Veranda abgelegt und wäre davongelaufen, aber dann musste ich an den weißen Bären denken, dass er mich hergeführt hatte. In der Nacht davor hat mich derselbe Bär zu Christians Hütte geführt. Dort habe ich die Eimer zerstochen, damit er sie nicht mehr als Brandbomben benutzen kann.»

«Und das schreibst du dem Geisterbären zu?»

«Ich wusste nicht, dass er da war, Inez. Owen Tuggs, meine ich. Es war ein Unfall.»

«Du kennst seinen Namen?»

«Ich habe versucht, ihn aufzuhalten. Dabei hatten wir uns so viel Mühe gegeben, dass ja niemand verletzt wird, haben die Aktion mitten in der Nacht durchgezogen, sind dageblieben, um zuzuschauen, wie das Ding hochgeht, statt einen Timer auf zwei Stunden zu stellen. Wir wollten etwas Gutes tun, etwas Wichtiges, etwas, zu dem niemand anderes bereit war. Und dann ging alles schief. Die Explosion hat mich umgerissen. Ein paar Schritte näher dran, und ich wäre selbst gestorben.»

«Klingt schrecklich.»

«Ich war derjenige, der die Bombe gezündet hat. Der Fernzünder hat nicht funktioniert, also mussten wir einen Timer benutzen und haben Streichhölzer gezogen. Eine Frau namens Fay Anderson zog das kürzere, aber sie meinte, sie kenne sich nicht aus, wüsste nicht, wie man das Ding einstellt, also hab ich ihn genommen.»

«Du hast ihr einen Gefallen getan.»

«Ich hätte einen Rückzieher machen können, hätte sagen können, ich wüsste auch nicht, wie der Timer funktioniert, und dann wär's das vielleicht gewesen. Habe ich aber nicht. Vorgestern Nacht habe ich dann diese beiden Eimer aufgeschlitzt, damit Christian einen Rückzieher machen konnte. Er sollte die gleiche Chance kriegen wie ich, nur dass ich mir dachte, er würde sie im Gegensatz zu mir auch ergreifen.»

«Ruh dich ein paar Tage aus. Niemand weiß, dass du hier bist, und die Polizei wird nicht mehr so schnell bei mir rumschnüffeln.»

«Und was dann?»

«Dann kannst du frei entscheiden.»

«Wenn du mich meldest, dann würde die Sache wenigstens etwas Gutes haben. Zwanzigtausend Dollar ist eine Menge Geld.»

«So viel bist du nicht wert. Fünftausend für dich, zwanzigtausend für die ganze Gruppe.»

«Oh.»

«War ein Scherz. Eben habe ich der Polizei gesagt, ich wüsste nicht, wo du bist.»

«Das hättest du nicht tun sollen. Du bist jetzt eine, wie sagt man, Komplizin.»

«Ash», sagte sie. «Peter.»

«Du musst den Polizisten nachgehen und ihnen sagen, dass du mich gefunden hast. Ich schleiche rüber zu Gunters und Maggies Hütte. Muss ja niemand wissen, dass ich heute Nacht hier geschlafen habe.»

«Ich soll dich verpfeifen?»

«Wenn du es nicht tust, tut es Christian.»

«Er weiß ja nicht mal, dass du hier bist. Nimm dir Zeit, dir das alles zu überlegen. Ich habe die Polizei angelogen, damit du die Chance hast, dich frei zu entscheiden.»

«Ich war auf der Flucht, ich habe mich versteckt, ich habe gelogen. So zu leben vergiftet alles. Hast du gestern Nacht nicht so was Ähnliches gesagt? Es hat alles ruiniert, was zwischen dir und mir hätte sein können, hätte Dennis beinahe das Leben gekostet. Dieser Geisterbär hat mich hierhergeführt. Hierher und nicht hoch zur Straße, damit ich weiterflüchte.»

# 57

Am Morgen stand Tab auf dem Fußweg vor Zimmer siebenundzwanzig. Sie ließ den Blick hinunter zum Hafen schweifen, wo das Wasser friedlich wirkte. Leichte Wellen schlugen sanft ans felsige Ufer. Nach dem Sturm der vergangenen Nacht war alles wieder zur Ruhe gekommen. Auch von dem Streifenwagen, der auf dem Parkplatz gestanden hatte, war nichts mehr zu sehen.

An der Rezeption lehnte der Angestellte, der Tab vergangene Nacht eingecheckt hatte, am Tresen, vor sich die aufgeschlagene Zeitung. Ein Kaffeespender stand nicht weit entfernt, daneben ein Stapel Styroporbecher.

Der Angestellte hob den Kopf und faltete die Zeitung zusammen. «Bedienen Sie sich», sagte er.

Tab hob einen Styroporbecher ab. «Wissen Sie, warum die Polizisten schon weg sind?»

«Ich habe sie heute Morgen nicht gesehen. Vielleicht hatten sie keine Lust auf einen Gratiskaffee.»

«Dann liegt es nicht daran, dass ihr Job erledigt ist? Sie haben nicht ausgecheckt, weil ihre Rufbereitschaft vorbei ist?»

«Stecken Sie irgendwie in Schwierigkeiten?»

«Ich suche ein Camp von Landbesetzern.»

«Baker Beach ist nicht gerade eins der üblichen Ausflugsziele.»

«Wissen Sie, wo das ist?»

«Ausgeschildert ist es nicht. Was führt Sie dorthin, wenn ich fragen darf?»

Tab nippte an ihrem Kaffee. Die Hitze wanderte ihre Kehle hinunter und hinein in ihre Brust. «Ich glaube, mein Sohn ist dort.»

Der Angestellte fertigte eine Skizze der Küste an – eine Landmasse voller Buckel und Buchten. Er schob seine Zunge heraus, während er sich konzentrierte. «Sie sollen geräumt werden. Die ganze Halbinsel gehört einem großen Unternehmen der Holzindustrie. Zehn oder fünfzehn Jahre sind manche dieser Leute schon dort, Wehrdienstverweigerer, Hippies und so, nur hat man das in der Firmenzentrale offenbar nicht gewusst.»

Der Angestellte drehte die Landkarte zu ihr hin. «Hier ist eine Tankstelle, felsiger Strand, ein paar Hütten. Da fängt die Halbinsel an. Links ist eine Forststraße, da müssen Sie abbiegen. Nach ein paar Kilometern kommt eine Nothaltebucht. Von dort müssen Sie zu Fuß weitergehen. Der Pfad ist nicht zu verfehlen.»

Tab sah zu ihren Schuhen. «Ich habe nur diese flachen Dinger. Hatte nicht damit gerechnet, durch den Wald wandern zu müssen.»

Der Mann trat einen Schritt zurück, womit er offenbar das Gespräch beenden wollte. Tab hob zum Dank die handgemalte Landkarte. Sie wusste jetzt, wo er war, oder zumindest, wo er bis gestern gewesen war.

Tab ging zu ihrem Mietwagen. Nachdem sie um die Ecke gebogen und einigen Matschpfützen ausgewichen war, entdeckte sie ihn genau an der Stelle, an der sie ihn geparkt hatte, halb versteckt hinter einem verloren aussehenden Holzschuppen.

# 58

Es war hell, als Art erwachte. Die Tür der Wohnung stand offen, und die Sonne warf einen Lichtstreifen herein. Er setzte sich auf, ließ aber sofort den Kopf nach hinten sinken und schloss die Augen. Diese Schlaftablette hatte ihn ausgeknockt, er hatte immer noch einen metallischen Geschmack im Mund.

Dereks Schlafsack war leer, seine Tasche lag zerknautscht neben der schmalen Schaumstoffmatratze. Eine Kuhle markierte noch den Abdruck des Kleiderknäuels, den er als Kopfkissen benutzt hatte; daneben bildete Fays Schlafsack eine flaumige Lache auf dem Betonboden.

Art durchquerte das Zimmer und drückte die Tür zu. Es war merkwürdig, dass sie offen gestanden hatte, merkwürdig, dass Derek nicht da war. Und Fay war auch noch nicht zurück. Art ging ins Bad, erleichterte sich, drehte sich um und setzte sich auf die Kloschüssel. Sein Körper war noch nicht wach, sein Geist auch nicht, bei weitem nicht. Derek war vielleicht losgegangen, um seinen Cousin anzurufen, oder er suchte Fay, es gab jede Menge harmloser Erklärungen.

Art lehnte sich an den Spülkasten und sah auf seine Uhr. Halb neun. Er hatte bis halb neun geschlafen. Ein tiefer Atemzug, und er schüttelte den Kopf, als müsste er seine Sinne resetten. Da war nirgends ein Zettel gewesen. Er stöberte im Zimmer, hob einige Zeitungen an, dann trank er etwas Wasser aus dem Hahn, um seinen Mund auszuspülen. Sie hatten vereinbart, nur rauszugehen, wenn es dunkel war, um das Risiko zu minimieren. Und dass sie immer eine Nachricht hinterlassen würden, damit die anderen wussten, wo man war.

Art kramte in seiner Hosentasche nach den übrigen fünf

Schlaftabletten. In Zukunft würde er nur noch eine halbe nehmen. «Es gibt noch andere Möglichkeiten», sagte er laut. Durchaus denkbare Möglichkeiten: Derek hatte immer wieder angemahnt, dass sie Verhandlungen aufnehmen sollten, einen Deal aushandeln. Trotzdem war es wahrscheinlicher, dass er gerade in einer Telefonzelle stand und seinen Cousin anrief. Um Fay musste er sich eher Sorgen machen – sie war irgendwo hinter dem Mount Warrington und schleppte ihren Zorn mit sich herum. Und diesen Zorn hatte er verdient, zumindest teilweise. Es wäre wesentlich einfacher gewesen, wenn er von Anfang an die Wahrheit gesagt hätte.

Art tastete nach dem Bündel in seiner Tasche. Das Geld war noch da. Gott sei Dank. Und dann hörte er ein Geräusch, ein menschliches Geräusch. Eine Art Ächzen auf der anderen Seite der Hauswand.

# 59

Inez briet Eier auf dem Kanonenofen. Pete lag auf dem Bett und lauschte dem brutzelnden Öl in der Pfanne. «Was werden die wohl mit den Hütten machen? Wenn sie euch geräumt haben.»

Sie drehte sich zu ihm um, den Pfannenwender in der Hand. «Abreißen.»

«Deine auch? Das ist ja fast ein richtiges Haus.» Die Decke war aus Gipskarton. Die drei Laternenhaken, die darin befestigt waren, bildeten ein fast gleichschenkliges Dreieck.

Inez wendete die Eier, und kurz darauf sagte sie: «Da draußen ist jemand.»

Pete stützte sich auf die Ellbogen, aber Inez versperrte ihm die Sicht. «Die Polizei?», fragte er.

Sie würden bestimmt wiederkommen, es war nur eine Frage der Zeit, wenn nicht heute, dann morgen, jedenfalls bald. Wichtig war nur, dass sie ihn nicht hier erwischten. Hier bei Inez.

«Eine Frau», sagte Inez. «Trägt aber keine Polizeiuniform.»

In der mittleren Scheibe des Fensters zeichnete sich die Frau am Strand deutlich ab – langer schwarzer Mantel, aufgespannter roter Regenschirm, obwohl es gar nicht richtig regnete, allenfalls nieselte. Die Frau ging einige Schritte, blieb stehen, sah zum Wald.

Das heiße Öl spritzte hoch. Inez wich zurück und zog die Pfanne weg. Dennis drückte sein Gesicht an die Scheibe. «Sieht aus wie Deborah, die Hauslehrerin vom Amt, aber die würde nie einen Schirm mit sich rumtragen.»

«Könnte meine Mutter sein.» Pete sprach spontan seinen Gedanken aus, doch es erschien ihm völlig absurd. Seine Mutter am Strand. Hier am Strand. Am Baker Beach. Sie saß im Flieger.

Müsste inzwischen gelandet sein. Und er hätte sie anrufen sollen. Trotzdem humpelte er zur Tür und riss sie auf. Humpelte noch ein paar Schritte weiter und rief nach ihr. Er war sich nun sicher und sah, wie auch bei ihr die Erkenntnis durchsickerte. Kurz erstarrte sie, dann hob sie die Hand, hielt sie vor Kinn und Mund und rannte los.

Sie sagte bereits etwas, als sie noch nicht nah genug heran war, und es war nur ein Wort: «Peter.» Sie sagte es wieder und wieder, und dann nahm sie ihn fest in die Arme, drückte ihn so heftig an sich, dass sie beinahe umgekippt wären. Pete musste sich an der Hauswand abstützen. Der Atem seiner Mutter kitzelte ihn im Ohr, ihr Keuchen, ein leichtes Zittern.

«Ihr solltet reinkommen.» Inez stand in der Tür.

Pete drückte noch einmal seine Mutter, dann löste er sich von ihr. Große stumme Tränen liefen ihre beiden Wangen hinunter – feuchte Rinnsale auf einer Haut, die müde und verbraucht aussah. Sie wischte sich die Tränen ab. Sie putzte sich die Nase, und Pete geleitete sie hinein in die Hütte. Er schloss die Tür, und sie klappte den Regenschirm zu. «Das ist Inez», sagte er. «Das ist Dennis. Und das ist meine Mutter, Tabitha Harper.»

Sie musste sich zusammenreißen, das konnte er sehen. Noch einmal wischte sie ihre Augen trocken, strich dann mit dem Finger vorne über ihren Mantel. «Wir haben den Ofen an», erklärte Pete. «Setz dich doch und wärm dich ein bisschen auf.»

«Ich brauche …», sagte sie. «Ich brauche einen Moment.»

Sie machte drei, vier zögerliche Schritte, dann nahm sie am einen Ende des Sofas Platz. Er hatte sie noch nie so ausgebrannt erlebt. «Sieht so aus, als hättest du mich gefunden.»

Offenbar fand sie die Bemerkung witzig, denn ihre Augen weiteten sich. «Ich weiß nicht, wo ich anfangen soll. Es …» Sie hustete mehr, als dass sie lachte. «Es ist so viel Zeit vergangen.»

«Vielleicht sollten wir erst mal einen Tee trinken», schlug Inez vor, aber Petes Mutter winkte ab. Sie hatte bereits innerlich Anlauf genommen für das, was sie zu sagen hatte. Sie winkte ihn zu sich, richtete sich etwas auf. «Wir müssen reden. Die Polizei weiß, dass du hier bist. Sie werden bestimmt bald kommen.»

Pete lehnte sich zurück. «Sie waren schon da. Zweimal, mindestens.»

«Und die beiden? Wissen sie es?»

«Inez und Dennis?»

«Peter hat meinem Jungen das Leben gerettet.»

Dennis hob seine Hand und wackelte mit den Fingern.

«Ich habe mit der Polizei gesprochen», erklärte Tab.

«Inez auch. Und alle anderen auch. Nur ich nicht.» Er fühlte sich unerklärlich beschwingt, empfand es als erleichternd, sich ins Unausweichliche fügen zu können. Was immer jetzt kam, er würde sich nicht mehr verstecken oder wegrennen müssen.

«Ich habe Inez gebeten, die Polizei zu verständigen.» Pete stützte sich auf dem Sofa ab. Er stand immer noch, und sein lädierter Fuß begann zu schmerzen.

«Damit sie die Belohnung kriegt?»

«Nein, nicht deswegen. Die Polizei war hier, und sie hat gesagt, ich wäre nicht da. Sie hat sie angelogen. Hat mich gedeckt. Sie hat einen Sohn. Zieht ihn allein auf.»

«Peter, hör zu, du musst dich selber stellen.»

«Nein, Inez muss die Polizei verständigen. Sonst kriegt sie womöglich noch eine Anzeige. Sie darf nicht riskieren, dass sie ins Gefängnis kommt, sie darf nicht riskieren, Dennis zu verlieren.»

«Ich habe dir einen Anwalt besorgt. Jemanden, der für dich einen Deal aushandelt. Weißt du, wo die anderen sind? Art Kosky? Fay Anderson?»

«Du willst, dass ich sie verpfeife?»

«Peter, sag mir einfach, ob du weißt, wo sie sind.»

«Ich habe bei dir angerufen. Mit Frank gesprochen.» Es schien ewig lang her. «Er meinte, du wärst auf dem Weg nach Hause.»

«Peter, mein Schatz, ab jetzt musst du alles richtig machen. Wenn du nicht aufpasst, kriegst du die Hauptschuld.»

«Warum sagst du das?»

«Art Kosky hat mir erzählt, dass du die Bombe gezündet hast.»

«Du hast mit Art gesprochen?»

«Stimmt das?»

«Der Mann war plötzlich da», erklärte Pete. «Er hatte in seinem Pick-up gesessen, wahrscheinlich gedöst, und auf einmal kam er um die Ecke. Ich habe ihm in die Augen gesehen, als die Bombe hochging, und er mir.»

«Wirst du der Polizei sagen, wo die anderen sind? Wenn ja, können wir Bedingungen aushandeln.»

«Ich soll sie denunzieren?»

«Das muss man nicht unbedingt so sehen», beschwichtigte Inez.

«Aber nichts anderes wäre es. Ich würde meine eigenen Leute verraten.»

«Ist es wegen dieser Frau?», fragte seine Mutter. «Weil du Fay Anderson nicht verpfeifen willst?»

«Nein.»

«Schon okay, ich weiß über euch beide Bescheid, oder ich habe vielmehr zwei und zwei zusammengezählt.»

«Mom», sagte er, aber sah dabei Inez an. «Es ist nicht so, wie du denkst. Fay und Art sind ein Paar. Sie und ich waren nie zusammen.»

«Verstehe», erwiderte Inez. «Ihr seid nur Freunde.»

Sie waren seine Freunde, ja, aber es kam ihm alles so weit weg vor. Es waren nur einige Tage vergangen, aber es schien ewig her zu sein.

«Wenn du sagen kannst, wo die anderen sind, sollte es auch kein Problem sein, Inez da rauszuhalten.»

Da fiel ihm etwas ein: Eins der Häuser, die Nathans Vater hatte bauen lassen, gäbe ein gutes Versteck ab. Seine Firma war bankrottgegangen, als drei oder vier Gebäude noch nicht ganz fertiggestellt waren.

«Ich tippe sehr auf Western Additions. Welches Haus genau, ist schwer zu sagen.»

«Das ist doch schon mal ein Anfang.»

«Inez, ich finde immer noch, dass du der Polizei den Hinweis geben solltest. Dann könntest du sicher sein, dass Dennis und du aus der Sache raus seid, und außerdem das Geld einstreichen. Dann hätte die Sache wenigstens auch etwas Gutes. Es wäre, wie deine Tante immer gesagt hat: Am Ende würde alles gut.»

«Ash», sagte sie. «Peter. Ob die Sache noch etwas Gutes hat oder ob am Ende alles gut wird, darin liegt ein himmelweiter Unterschied.»

«Hör auf uns, Peter. Du kannst ihren Namen raushalten oder um irgendeine Art von Immunität für sie bitten.»

Peter wandte sich an Inez. «Das ist deine Chance.»

Sie sah ihm fest in die Augen, hatte das Kinn zur Brust gesenkt, und er ließ ihr Zeit, es auf sich wirken zu lassen. «Wir kommen schon zurecht», sagte sie schließlich.

«Gut, aber vorher muss ich noch was erledigen, eine letzte Sache. Bin gleich wieder da.»

Der beißende Wind draußen hatte etwas Erfrischendes. Kurz blieb er im diesigen Regen stehen, dann ging er los. Er humpelte, nahm sich Zeit.

Die Holzfällerschneise führte durch Brombeerbüsche. Manche Beeren waren bereits reif, und er pflückte eine im Vorbeihinken. Als er bei Inez' Atelier ankam, machte er sich nicht die Mühe, seine Stiefel auszuziehen. Er rollte einige Bilder auf dem mit Farbflecken übersäten Boden aus. Dann legte er eins nach dem anderen vor die Fensterfront, ein Stillleben, zwei abstrakte Gemälde und eine Landschaft, die ihm ins Auge gesprungen war, Bäume über einem blassen, aufgewühlten Meer. Er zog noch mehr Bilder unter der Werkbank hervor. Im spärlichen Licht konnte man die Farben nicht gut erkennen, nur wenn er direkt ans Fenster trat. Farbe machte so viel aus bei dem, was Inez tat, bei dem, was er an diesen Bildern mochte, dieser Welt, bezeugt von Inez Pierce. Auf seinem Lieblingsbild ragte der Wald wie Splitter in das leuchtende Grau des Himmels hinein. Er rollte zwei weitere Gemälde mit ein und räumte den Rest wieder weg.

# 60

Kaum hatte Art das Geräusch gehört, war ihm alles klar. Es war, als käme es tief in ihm zu einer Entladung. Er stellte sich dicht neben das Fenster, schob den Karton etwas weg und spähte durch die Kratzer in der Folie, mit der das Glas beklebt war. Am Anfang der Sackgasse reihte sich ein Streifenwagen neben den anderen. Ein Polizist richtete ein Gewehr auf das Haus.

Art rannte los, riss die Hintertür auf. Keine Bullen im Hof. Knapp zwanzig Meter bis zum Zaun, zum rettenden Wald dahinter.

Er trat hinaus auf den kleinen Treppenabsatz, stieg die vier Stufen hinauf, und als er oben war, spurtete er gebückt in Richtung Wald. Das Blut brummte in seinen Ohren, sein Herz boxte gegen seine Rippen. Jemand schrie. Eine scharfe Stimme, ein nachdrücklicher Ruf. Noch drei Meter. Zaun und dann Wald. Ein Donnerschlag hallte zwischen den Häusern wider, und Arts Herz stand still, als seine Hände das Gitter ergriffen. Neben dem Haus standen zwei Bullen mit gezogenen Pistolen, der eine mit erhobenem Arm.

«Runter. Sofort.»

Uralter Wald zeichnete sich ab hinter dem Zaun, dunkles Grün, das sich den Berg hinaufzog. Art hielt die obere Stange so fest umklammert, dass seine Knöchel weiß hervortraten. Er konnte es riskieren, darüber klettern, in den Wald sprinten.

Noch ein Blick nach hinten. Einer der Polizisten hatte sich niedergekniet, beide Arme ausgestreckt, die Pistole auf ihn gerichtet. «Auf den Boden.» Der Abzugshahn knackte unfassbar laut.

«Gesicht nach unten. Hände gespreizt.»

Art trat vor, hob die Hände, ließ sich zu Boden sinken. Seine

Wangen drückten sich in das vom Morgentau noch feuchte Gras. Ein Polizist rief etwas, weiter entfernt murmelten leisere Stimmen.

Etwas rammte sich hart in seinen Rücken – ein Fuß oder ein Knie, das Gewicht eines Körpers. Seine Wirbelsäule bog sich durch, kurz bekam er keine Luft mehr. Er versuchte, sich dagegenzustemmen, sich aufzurichten, aber jemand packte seine Hände, erst die eine, dann die andere, kaltes Metall der Handschellen. Das Gewicht löste sich. Er atmete tief ein. Ein Polizist ging neben ihm in die Hocke. «Ist Fay Anderson auf dem Gelände?»

«Fick dich.»

«Wenn sie hier bei Ihnen ist, werden wir sie finden, und das geht wesentlich einfacher, wenn Sie kooperieren.»

«Zu spät. Sie ist längst weg.»

Mit einem scharfen Ruck wurde Art auf die Füße gestellt. Männer links und rechts von ihm, massive Gestalten, jemand schubste ihn vorwärts.

Die Lichter des Streifenwagens blitzten auf, die Glühlampen drehten sich grell im Sirenenaufsatz. Das Auto dahinter sah leer aus, beide Türen auf der Beifahrerseite standen offen. Ein Funkgerät knackte. In dem dritten Streifenwagen rutschte jemand auf dem Vordersitz hin und her. Art erhaschte einen Blick auf Dereks Gesicht und riss sich los. Beide Türen waren zu, doch er spuckte auf die Windschutzscheibe, bevor jemand ihn zurückzerrte. Ein Griff um den Nacken, und er sackte zu Boden. Er schlug hart auf, die Handschellen bohrten sich ihm ins Rückgrat, ein schockartiger Schmerz.

«Sind Sie jetzt bereit zu kooperieren?», fragte der Beamte, der sich über ihn beugte. «Falls ja, lassen Sie es mich wissen.»

«Fick dich und fick Derek Newfeld. Du sollst in der Hölle schmoren, du Scheißverräter.»

# 61

Zu viert schlenderten sie den Strand entlang, seine Mutter und Inez jeweils neben ihm, Dennis ein Stück voraus, ein Bollwerk gegen den Sprühregen – Schichten aus Hemden und Pullovern, die Kapuze seines Regencapes über dem Kopf.

Nachdem sie das Flussdelta überquert hatten, legten sie eine Pause ein. Von dort aus stieg der Pfad so steil an, dass man klettern musste, und Pete war sich nicht sicher, wie sein Knöchel durchhalten würde. Er stieg auf ein Stück Treibholz und hielt sich an einem jungen Baum fest. Inez stützte ihn von hinten, um ihm die ersten Schritte den Hügel hinauf zu erleichtern.

Am Aussichtspunkt wurde der Pfad breiter, und sie konnten nebeneinander gehen. Inez hielt die zusammengerollten Bilder in der Hand und hatte den Arm um Petes Schulter gelegt.

Schlamm saugte von unten an den Stiefeln, und mit der Zeit zog Pete seinen rechten Fuß nach. Der Schmerz war wieder da, wütete munter in seinem Knöchel, während der Pfad kontinuierlich bergauf führte. Die letzten Schritte schleppte sich Pete nur noch dahin. Mit letzter Kraft meisterte er den Serpentinenpfad hinauf zur Forststraße. Zwischen den Bäumen schimmerte das Auto, das seine Mutter gemietet hatte, ein roter, schlammverspritzter Zweitürer. Als sie bei dem Wagen ankamen, setzte Dennis einen Finger oben auf die Rückscheibe und zog ihn nach unten durch den Schmutz. Seine Mutter öffnete die Beifahrertür, deponierte die zusammengerollten Bilder auf dem Sitz und klappte dann die Lehne nach vorn, damit Pete einsteigen konnte. «Du legst dich am besten flach hin. Zumindest bis wir ein Stück gefahren sind.»

Pete hob sein Kinn und sah nach oben. Tränen traten ihm in

die Augen, und er hoffte, die Schwerkraft würde sie vielleicht zurückhalten.

Inez nahm ihn in die Arme, zog ihn an sich. «Es wird alles gut.» Dann drückte sie ihn noch fester und sagte: «Du weißt ja: Wenn du erst mal ans Ende gelangt bist, wirst du sehen, dass alles gut geworden ist.»

«Das gilt nicht für jeden, nicht immer.» Sein Blick war jetzt verschwommen, eine Träne kullerte ihm über die Wange. «Nicht für Owen Tuggs.» Pete konnte den Namen kaum aussprechen. Er vergrub sein Gesicht in ihrer Halsbeuge, doch irgendwann nahm sie den Kopf hoch. Dennis stand dicht neben ihr, bohrte seinen Zeh in ein Loch im Boden.

«Ich werde diese Bilder losschicken. Oder meine Mutter. Zusammen werden wir es schon irgendwie schaffen, dass du eine Ausstellung kriegst.»

«Die Bilder gehören dir. Behalte sie oder schick sie los, wie du willst.»

Dennis umarmte Pete, den Kopf weggedreht, die Arme schlaff – nur ein kurzer Kontakt. Pete fuhr sich übers Gesicht, über seine feuchten Wangen. «Es tut mir leid. Wegen allem. Verzeih mir, dass ich euch so viel Ärger und Schmerz verursacht habe.»

Innen roch das Auto nach Kunstleder. Nach neu und Zitronenreiniger. Erst als Pete auf der Rückbank saß, bemerkte er, wie schmutzig er war, die ganze Hose dreckverschmiert, vom Klettern unterm Baum hindurch. Zum letzten Mal geduscht hatte er vor Esterway Ridge. Er legte sich auf die Seite, um sein verletztes Bein zu schonen. Dennis warf die Autotür zu.

Inez und seine Mutter unterhielten sich noch draußen, mit leiser Stimme, bis Inez an die schmutzige Scheibe klopfte und hereinspähte, die blassen Lippen ein dünner Strich. Seine Mutter öffnete die Fahrertür und stieg ein. Das kleine Auto neigte sich unter ihrem Gewicht, kurz darauf sprang der Motor an. Inez trat zurück und winkte.

Das Auto fuhr ruckartig an. Pete sah nach hinten, durch den schmalen Streifen, den Dennis freigewischt hatte. Inez stand da und winkte, dann war sie weg, verschwunden hinter einer Straßenkurve.

Als sie auf den Highway einbogen, rutschte Pete tiefer in den Sitz. Er betrachtete die Baumwipfel, das altehrwürdige Grün vor dem weichen Grau des Himmels. Dies waren die Farben, die Inez in diesem Land sah, die er in diesem Land sah: sattes Grün, mattes Blau, Bäume und Himmel in Schattierungen, die sanft die Welt in Händen hielten.

Die Straße wurde asphaltiert, und die Welt beruhigte sich. Das Auto brummte vor sich hin. Sie fuhren nach Port Thorvald hinein, und seine Mutter wandte sich nach hinten. «Vielleicht solltest du dich noch ein bisschen flacher hinlegen.»

Pete richtete seine Aufmerksamkeit auf die Decke und den hellbraunen Stoff dort. Am Fenster huschten Gebäude vorbei, Schindeln auf flachen Dächern, ab und zu ein Wohnwagendach, ein Glasfenster. Sie passierten einen Fahnenmast, die Flaggenleine hing schlaff herunter.

Es wurde steiler. Seine Mutter schaltete einen Gang herunter. Dann stellte sie den Rückspiegel so ein, dass sie ihn sehen konnte. «Inspector Burrell von der RCMP führt die Ermittlungen. Er ist in Ordnung. Wenn du ihm hilfst, die anderen zu finden, wird ihn das gnädig stimmen.»

Nach einer Weile schaltete sie das Radio an, drehte den Suchknopf, bis eine leise Stimme ertönte. Die Nachrichten, vielleicht auch das Wetter. Der Empfang kam und ging, während das Auto den Kurven der Küstenstraße folgte. Irgendwann passierten sie die Abzweigung, die hinauf nach Esterway Ridge führte, aber Pete bemerkte es nicht. Er hatte seine Augen geschlossen.

Im Radio tönten die Stimmen mal lauter, mal leiser. Sie schwappten hinein in Petes Gedanken und wieder hinaus, Radiogeplapper, während er den Kopf in seine Hände gebettet hielt. Er wollte schlafen. Er wollte die Augen so lange zumachen, bis alles vorüber war. Sein rechtes Bein wurde starr, ein kurzer Krampf. Auf der Rückbank war nicht genug Platz, um sein Bein ganz auszustrecken, doch er versuchte, sich so hinzulegen, dass sein verletzter Knöchel an der Fahrzeugwand ruhen konnte.

«Diese Frau hat gesagt, du hättest ihrem Sohn das Leben gerettet.»

«Inez und Dennis.»

«Ich weiß.»

«So heißen die beiden. Die Frau. Ihr Sohn.»

«Hoffentlich berücksichtigt der Staatsanwalt das irgendwie.»

Die Landschaft draußen sah aus wie vom Krieg heimgesucht – verkohlter Boden, versengte Bäume. Ein Feuer hatte gewütet und alles dem Erdboden gleichgemacht. Nach einigen Minuten war der Wald wieder unversehrt, eine dunkle Decke zu beiden Seiten der Straße, dicke Äste, die sich fest ineinanderschmiegten.

Seine Mutter sagte etwas, das er nicht hören konnte, dann stellte sie das Radio lauter. Der Lautsprecher knisterte, der Klang war blechern. «Bei einer Razzia heute Morgen verhaftet.» Eine Frauenstimme ertönte: «Die RCMP hat für heute dreizehn Uhr eine Pressekonferenz angekündigt.»

«Sie haben sie.»

«Was?»

Im Hintergrund war weiterhin der Nachrichtensprecher zu hören.

«Nein», sagte sie und zog dieses Nein in die Länge.

«Ist schon okay, Mom.»

«Die Polizei. Die anderen. Diese Leute.»

«Ist nicht so schlimm. Alles gut.» Er rutschte etwas nach vorn und nahm ihre Hand.

«Nichts ist gut. Gar nichts.»

«Hör mal», sagte er und berührte sie an der Schulter. «Kannst du das Radio kurz ausschalten?»

In die Stille hinein sagte Pete: «Ich verstehe, Mom.»

«Tust du nicht. Du hast keine Ahnung. Ich habe dich seit Tagen gesucht. Ich habe zigtausend Dollar ausgegeben, um dich zu finden.»

«Zigtausend Dollar?»

«Ich musste dich finden, damit du einen Deal aushandeln kannst. Der Anwalt hat schon alles vorbereitet.» Sie weinte, verschluckte sich an ihren eigenen Worten. «Damit du ein gutes Leben haben kannst.»

«Du solltest lieber rechts ranfahren.»

«Überhaupt ein Leben. Nach all dem hier. Heiraten. Kinder kriegen. Ich wollte …»

«Mom.»

«Und jetzt das.» Sie drehte sich zu ihm um. Die Straße führte einen Hang hinunter, machte einen leichten Bogen.

«Mom, schau bitte nach vorn.»

«Ich schaue verdammt noch mal nach vorn, Peter.»

Er sah einen Teil ihres Gesichts im Rückspiegel. Sie sah alt aus. Müde und verbraucht. Sie hielt das Lenkrad mit beiden Händen umklammert, bog aber ständig die Gelenke vor und zurück.

«Gestern Nacht im Wald, da habe ich den bewusstlosen Dennis huckepack getragen. Ich hatte mich am Fuß verletzt. Eine Zeitlang war ich mir nicht sicher, ob wir es schaffen würden. Wir hatten uns verirrt. Ich hatte Angst, er könnte sterben, ich wusste nicht mal, ob er überhaupt noch am Leben war, da hinten auf meinem Rücken. Dann habe ich dieses weiße Licht gesehen, und es entpuppte sich als ein Bär. Ein weißer Bär. Er hat mich nach Hause geführt.»

«Ein Bär? Ein Eisbär? Wir reden hier über die Polizei. Über eine Anklage wegen Mordes.»

«Ein Geisterbär hat mich geleitet. Zweimal habe ich ihn gesehen, und ich hatte keine Angst. Auch der Bär hatte keine Angst. In der Nacht davor hat er mich zu einer Hütte geführt, wo …»

«Sie haben sie, Peter. Die RCMP hat diese Leute. Oder hast du nicht zugehört?»

«Doch, habe ich. Aber ich versuche gerade, dir von etwas Wichtigem zu erzählen. Von einer Art Wunder.»

«Was machen wir denn jetzt?»

Peter setzte sich anders hin und griff sich an den geschwollenen Knöchel. «Ob ich sie verpfeife oder sie mich, das ist doch letztlich egal, oder?»

«Sie werden alles auf dich abwälzen. Sie werden sagen, dass du die Bombe gezündet hast.»

«Ich habe sie ja auch gezündet. Wir haben Streichhölzer gezogen, und Fay hat das kurze erwischt, aber sie wollte nicht, also hab ich's übernommen.»

«Dann war es nur ein unglücklicher Zufall, dass du derjenige warst.»

«Ich hätte auch ablehnen können. Wir alle hätten ablehnen können. Aber ich wollte es einfach hinter mich bringen.» Er verstummte und sah aus dem Fenster.

«Und wenn ich dich über die Grenze schaffe? Ich könnte dich bis runter nach Washington State oder Oregon fahren und trotzdem noch meinen Flug kriegen.»

«Inez kennt die Familie, die Tuggs. Sie haben einen kleinen Sohn, gerade mal neun Monate alt.»

Seine Mutter richtete den Rückspiegel wieder so aus, dass sie ihn sah. «Niemand würde davon Wind kriegen. Ich setze dich einfach irgendwo ab.»

«Und ich wäre mein Leben lang auf der Flucht, müsste mich verstecken, jeden, den ich treffe, anlügen, das Vertrauen der anderen missbrauchen?»

«Ich könnte ein bisschen Geld abheben. Du könntest auch eine Weile bei deinem Vater wohnen, wenn du meinst, er hält dicht.»

Sie erreichten die Außenbezirke, Stadtlandschaften, Bauprojekte, Wohnanlagen. Dahinter lag der Fährhafen, doch die Sicht aufs Wasser war versperrt.

«Hör bitte auf, Mom.»

«Dort könntest du noch mal von vorn anfangen. Ein normales Leben führen.»

«So läuft es aber nicht. Die ständigen Lügen machen alles kaputt. In einem solchen Leben kann man keine normalen Beziehungen führen, keine echten Beziehungen. Ich bin mir nicht mal sicher, ob man Freunde haben kann.»

«Du weißt, was passieren wird, oder? Man wird dich zum Sündenbock machen. Bis du deine Aussage zu Protokoll gibst, ist die Sache längst erledigt.»

«Wenn ich mich jetzt stelle, kann ich eines Tages vielleicht wirklich ein normales Leben führen. Es wird nicht alles gut werden, aber ich kann noch mal von vorn anfangen.»

Draußen zogen die Häuschen vorbei, fein abgezirkelte Bauten mit Garage an der Straße, frischgeschindelten Dächern, gemähtem Rasen. Auto, Garten, Haus, Garage. Pete starrte hinaus, bis sein Blick verschwamm. Er sah nun sich selbst. Aus großer Entfernung, mit dem Abstand von vielen Jahren, in diesem kleinen roten Mietwagen, er und seine Mutter am Steuer, gemeinsam auf dem Weg nach Osten.

# DANK

Manche Leute nennen die Proteste gegen die Holzindustrie auf Vancouver Island 1993 den «Krieg in den Wäldern». Die Bezeichnung ist irreführend, denn die Proteste waren friedlich. Dieses Buch ist reine Fiktion.

Wer mehr über die kanadischen Aktivisten erfahren möchte, die zum Mittel der Gewalt griffen, dem lege ich *Direct Action: Memoirs of an Urban Guerrilla* von Ann Hansen ans Herz: eine faszinierende Lektüre. Ebenfalls von Interesse sein könnten zwei Dokumentationen: *If a Tree Falls* und *Sombrio*. *If a Tree Falls* begibt sich im Westen der USA auf die Spuren einer Zelle der Earth Liberation Front, die als «Ökoterroristen» eingestuft und vom FBI gejagt wurden. *Sombrio* erzählt die Geschichte einer Zwangsräumung von Landbesetzern an der Küste von Vancouver Island.

Der Rat, den Inez von ihrer Tante erhält, stammt aus *The Glass Castle*, den Memoiren von Jeannette Walls.

Die Liste der Menschen, denen ich danken möchte für ihre Unterstützung in all den Jahren, ist lang. Manche haben das Manuskript in unterschiedlichen Stadien gelesen und mir wichtiges Feedback gegeben: Gail Anderson-Dargatz, Nerys Perry, Craig Boyko, Jack Kirchhoff, Marni Jackson, John Balogh, Sharon Thompson, Malcolm Griffin, Kim Longenecker. Danken möchte ich auch all den Freunden und Angehörigen, die damals mein Gejammer und Gemecker über dieses Projekt ertragen mussten: Ed@261, Matt, Tim, Chris, Jeff und insbesondere John und meinen Eltern Sharon und Malcolm.

Außerdem hatte ich das große Glück, dass Barb Howard und Kelsey Attard von Freehand mit mir an diesem Buch gearbeitet haben, also geht mein Dank auch an sie, wie überhaupt an alle

Mitarbeiter des Verlags. Und Sam Haywood hat weit mehr für dieses Buch getan, als es nur irgendwo unterzubringen. Sie hat zahllose Überarbeitungen gelesen und mich durch dick und dünn begleitet. Ihr und dem restlichen Team bei Transatlantic möchte ich daher ebenfalls danken. Sowie auch dem Canada Council für seine finanzielle Unterstützung und nicht zuletzt den vielen Cafés, in denen ich kopfhörerbewehrt in irgendeiner Ecke sitzen und vor mich hin schreiben durfte: Bean Around the World, Union Pacific und Café Coffee Day, um nur einige zu nennen.

Und schließlich und am allermeisten will ich meiner Frau Kim und meinen drei Töchtern Evelyn, Tessa und Vivian danken, die jeden Tag die vier Stunden, die ich an dem Roman geschrieben habe, auf mich verzichten und all die Irrungen und Wirrungen über sich ergehen lassen mussten, die damit einhergingen. Ihr bedeutet mir alles.

Castle Freeman

**Der Klügere lädt nach**

Aus dem Englischen von Dirk van Gunsteren

Roman. 208 Seiten, gebunden

ISBN 978-3-312-01058-5

Sheriff Wings Methode der Problemlösung ist die Geduld. Nun hat er allerdings Probleme, bei denen für Geduld kein Spielraum bleibt. Das gilt privat – seine Frau hat ihn rausgeschmissen – und beruflich: ein paar rücksichtslose Rowdys haben ihrerseits eine üble Abreibung erhalten. Das haben sie sich verdient, aber Selbstjustiz ist selbst im Hinterland von Vermont ein schwerwiegendes Vergehen. – In Freemans neuem Sheriff-Roman nach *Männer mit Erfahrung* und *Auf die sanfte Tour* sind sowohl die bösen Jungs gefährlich als auch diejenigen, die die Gesetze selbst in die Hand nehmen.

«Freemans lakonische Menschenzeichnung, die verknappte Sprache und viele klug ausgetüftelte Wendungen werden ganz zu recht von Kritikern gerühmt.» Wolfang Höbel, *LiteraturSPIEGEL*

Nagel & Kimche

Golnaz Hashimzadeh Bonde

**Was bleibt von uns**

Roman. Aus dem Schwedischen von Sigrid Engeler
224 Seiten, gebunden
ISBN 978-3-312-01089-9

Nahid ist sechzig und hat nicht mehr lange zu leben. Nun will sie ihrer Tochter ihre Herkunft neu erzählen: wie sie als junge Frau voller Optimismus loszog, um das politische System zu verändern, wie die Verliebtheit sie beflügelte, wie sie einen unverzeihlichen Fehler beging, wie sie aus dem Land floh und welche Kraft sie aufbrachte, um in einer neuen Heimat zu bestehen. Doch ihrer Sehnsucht nach Nähe steht die Angst vor Kränkungen im Weg, und die Ahnung, dass sie vieles nicht so sagen kann, wie sie müsste.

*Was bleibt von uns* ist von einer ergreifenden Wucht, treffsicher und so ehrlich, dass es wehtut, voller Freude, Leid, Liebe und Wut. In seinem Herkunftsland Schweden wird er von den Medien euphorisch gefeiert – «Jeder Satz hat Feuer und Gewicht» – und derzeit in 25 Sprachen übersetzt.

Nagel & Kimche